"운명…… 그 이름 아래서만이 사람은 죽을 수 있는 것이다."

관부연락선 2

이병주

한길사

이병주전집 편집위원

권영민 문학평론가 · 서울대 교수
김상훈 시인 · 민족시가연구소 이사장
김윤식 문학평론가 · 서울대 명예교수
김인환 문학평론가 · 고려대 교수
김종회 문학평론가 · 경희대 교수
이광훈 경향신문 논설위원
이문열 소설가
임헌영 문학평론가 · 중앙대 교수

| 1권 | 서장
1946년 여름
흘러간 풍경
유태림의 수기 1
탁류 속에서
유태림의 수기 2
서경애

관부연락선 2권 | 유태림의 수기 3 | 7
테러의 계절 | 59
1947년 여름 | 111
유태림의 수기 4 | 149
불연속선 | 209
오욕과 방황 | 247
몇 개의 삽화 | 303
파국 | 315
에필로그 | 349
유태림의 수기 5 | 357

근대사의 굴곡과 문학적 인식의 만남 • 김종회 | 367
작가연보 | 379

유태림의 수기 3

원주신 (하)

암회색 안개가 엷은 보랏빛으로 변해갈 무렵, 새벽의 하늘을 배경으로 하고 서툴게 그린 연필 자국 모양 굴곡이 심한 산의 윤곽이 아슴푸레 시야로 들어온다. 잔주름을 주름잡으며 유착이는 고요한 바다를 쓸고 나가는 육중한 선체의 진동에도 육지가 가까워졌다는 감도가 느껴진다.

"부산이다."

"부산!?"

E의 말끝엔 미지의 항구를 눈앞에 한 여행자의 흥분이 여운처럼 서렸다. 그러나 나는 부산을 떠날 때나 부산으로 돌아올 때면 매양 느껴보는 착잡한 감회에 또다시 사로잡힌다.

그 감회의 바탕에 지금 병들어 누워 있는 어떤 친구의 시 한 구절이 깔렸다.

고향에서 이방異邦을 느껴야 하는 방랑자, 소년의 마음을 잃은 소년…….

햇살이 퍼지자 보랏빛 안개는 간 곳이 없고, 비늘처럼 더덕더덕 붙은 집들을 아래에 깔고 벌거벗은 산들이 돌골한 모양을 부끄럼도 없이 드러내놓았다.

찬란한 초여름의 태양도 이 볼품없는 산들을 상대하곤 허망한 백광白光으로 말라버리지 않을 수 없다. 아라비아의 사막에선 태양의 광선도 허탈하다고 들었다. 부산의 뒷산에서도 태양은 아침부터 권태로운 빛깔로 기진해 보인다.

"꽤 오래된 항구지?"

안개의 베일과 더불어 감상의 베일은 벗겨져버린 탓인지 부산에 관한 E의 첫 물음은 이렇게 산문적이었다.

"꽤 오래됐겠지."

"됐겠지?"

E는 피식 웃음을 터뜨렸다. 그 웃음엔 실속 없는 나의 답에 대한 힐난이 있는 듯싶었다. 그러나 나의 좁은 지식엔 이조 초 태종대왕 때 부산포를 개설했다는 사실밖에 없다.

"도요토미 히데요시의 조선전역朝鮮戰役과 이 부산과 무슨 관계가 있나?"

"있고말고, 히데요시의 제1부장 고니시 유키나가를 비롯한 군대가 상륙한 곳이 부산이 아닌가."

"대강 그때가 몇백 년 전이지?"

"350년 전쯤이 아닐까."

"350년 전이라!"

E는 이렇게 중얼거리면서 바다를 사방으로 휘둘러보았다. 바다 위의 망막한 공간 위로 까마득히 흘러간 350년이라는 느낌이었다.

"히데요시의 수군이 이순신 장군에게 호되게 얻어맞은 곳이 저편이라네."

하면서 나는 가덕도 근처를 가리켰다.

"아아, 그 거북선의 이순신?"

E는 눈에 생기를 돋우었다.

"명장이었다면서? 이순신 장군은…… 국사책에도 그대로 씌어 있을 정도니까 말이야."

부두가 가까워짐에 따라 나는 바다 위에서 시모노세키를 보았을 때의 느낌과 이 부산을 보았을 때의 느낌을 대조해보지 않을 수 없었다.

시모노세키는 푸른 산을 등에 지고 뚜렷한 윤곽으로 꿈을 안은 항구와 같고 부산은 벌거벗은 산을 배경에 두고 이지러진 윤곽으로 그저 펼쳐져 있기만 한 멋없는 항구이다.

시모노세키를 항구라고 말할 수 있다면 부산은 부피만 큰 어촌이다. 그러니 높은 굴뚝을 가진 호화선이 부산에선 귀양 온 귀공자처럼 어울리지 않는다.

나는 나의 평소의 생각에다 E의 눈을 겹쳐 부산의 인상을 의식하지 않을 수 없었다. 그래 물어보았다.

"처음으로 부산을 보는 감상은 어때?"

"글쎄."

하고 E는 대답하지 않았다. 그저 묵묵하게 부두 쪽을 바라만 보고 있었다.

나는 나의 서투른 질문을 후회했다.

배가 떠날 때나 도착할 때 부두엔 언제나 식전式典의 기분이 감돈다고 했다. 그러나 시모노세키의 경우와 부산의 경우는 다르다. 시모노세키의 부두엔 오가는 사람의 기분과 감정이 자연스럽게 교류하는 분위기가 있다. 그런데 부산의 부두는 항상 체증을 일으키고 있는 것 같은 느낌이 남는다. 그렇게 되는 이유의 하나는 부두의 한구석에 도항증 검사소가 있어서 그곳을 일반 반도인의 승객들은 학생과 특수인을 제외하곤 꼭 거쳐야 하는 데 있다.

비좁은 장소에 앞을 다투는 사람들이 한꺼번에 수백 명씩 들이닥친다. 몇 개 안 되는 창구에다 고함고함 도항증을 들이밀고 검인과 더불어 승선권을 받아야 한다. 이 승선권이 없으면 기차표와 선표가 있어도 배를 타지 못한다. 간혹 위조 서류를 디밀었다가 발각이 되어서 묶여 들어가는 사람도 있다고 했다. 내선일체가 절대로 통하지 않는 데가 이곳이다.

그곳 앞을 지나면서 E가 나더러 물었다. 뭣 하는 곳이냐고. 사실대로 말했다. E는 암울한 표정을 지었다. 누구든 생각이 있는 사람이면 그런 표정이 되지 않을 수 없다. 저렇게까지 해서 일본에 가선 이른 새벽 쓰레기통을 뒤지거나 지하 수백 미터의 굴에서 석탄을 파거나 소처럼 중노동을 견뎌야 하는 것이다.

혼잡을 이룬 사람들이 빚어내는 소란 위로 "봉천행 열차를 타실 손님은⋯⋯." 하고, 라우드스피커가 울려 퍼졌다.

"봉천행 열차라!"

E는 처음으로 이국 정서 같은 것을 느낀 모양이었다.

그래 내가,

"그렇지, 여기가 바로 대일본제국의 대륙에 이르는 관문이 아닌가." 했더니,

"봉천행 열차, 나쁘지 않은데."
하는 E의 말투엔 대륙으로 뻗은 일본의 실력을 처음으로 실감했다는 놀라움이 섞여 있었다.
"어디 봉천뿐인가, 여기서 시작해서 하얼빈으로도 가고 치타로도 가고 페테르부르크에도 가고 바르샤바에도 가고 그러곤 베를린으로 해서 파리까지라도 갈 수 있지."
"언젠가 한번은 가봐야 할 길이 아닌가."
E와 나는 역을 빠져나와 광장을 앞으로 하고 섰다.
마침 출근시간이라서 거리는 바쁜 걸음의 사람들로 붐비고 있었다. 그 사람들 틈에 끼어 카키색 제복에 전투모를 쓰고 각반까지 친데다가 배낭을 멘 차림의 중학생들이 오가고 있었다.
"저것이 뭐지?"
E가 물었다.
"보면 알 게 아냐. 중학생이다."
"중학생이 군복 차림인가. 육군 유년학교도 아닐 텐데."
군복을 모방한 중학생의 정복이란 E에겐 신기할지 몰랐다. 도쿄에서는 볼 수 없었던 광경일 테니까.
"조선엔 징병제도가 없지 않아?"
"없지."
"그런데?"
"황민화 교육을 하자면 군대교육을 통하는 것이 가장 빠르다는 당국의 방침에 의한 거겠지."
"이렇게 되면 황민 교육을 조선에서 역수입해야겠는데."
"저 모양을 해가지고 등교를 해선 아침 조회시간엔 열병과 분열식을 하고 황국신민의 서사라는 것을 제창하는 거야."

"황국신민의 서사란 또 뭐지?"

"그런 게 있어. 내 한번 외어볼까?

① 우리들은 황국신민이다. 충성으로써 군국에 보답한다.

② 우리들 황국신민은 서로 신애 협력해서 단결을 굳게 한다.

③ 우리들 황국신민은 인고 단련 힘을 길러 황도皇道를 선양한다."

"잘도 외우는데!"

"중학교 1학년부터 매일 아침 염불처럼 외어왔거든."

E는 돌연 폭소를 터뜨렸다.

"이제 보니 아주 훌륭한 황국신민이로구먼."

"뿐인가, E군 이 부산의 거리에서 반도인 젊은 사람이면 아무라도 붙들고 얘기를 걸어보게, 내지의 시골 사람 이상으로 일본말을 유창하게 할 테니까. 말하자면 이곳에 사는 일본인은 일본에 사는 일본인 이상으로 일본인적이고 반도인은 또 일본인 이상으로 일본말을 잘한다는 얘기다."

"그렇다면 총독정치가 효과를 거두었단 말인가?"

"글쎄, 이렇다 저렇다 간단하게 말할 수는 없지. 각기 주관에 따라 다를 테니까. 그러나 사람의 양심을 일률로 묶는 정책에만은 찬성할 수가 없어. 반도를 식민지라고 규정하고 반도인을 식민지 백성으로 규제하는 것까진 좋아. 일본에 반대하는 행위는 단속해도 좋고. 하지만……아직 황국신민으로서의 각오가 덜 돼 있는 사람에게 황국신민의 서사를 외게 해서 정신을 바꿀 수 있다고 생각하는 사고방식을 이해할 수가 없어. 황국신민으로서의 자각을 가진 사람은 그런 서사를 외우지 않아도 이미 되어 있는 것이니 필요가 없고, 안 되어 있는 사람에겐 매일 그것을 외게 함으로써 스스로의 양심을 거듭되는 기만으로써 마비시켜 사람을 비굴하게 만드는 결과밖에 더 될 것이 있겠나. 가만히 두면 설혹 일본에 반항심을 가진 사람이라도 대세에 휘몰려 저항의 태도만은 완화시켜갈는지도 모를 일인데 억지로 마음에도 없는 것을 시키는 바람에 반발을 돋우는 수도 있거든. 시골에 가면 뜻도 모르고 무슨 주문 외듯 하고 있는 사람이 거의 전부라고 할 수 있지…… 못 외면 기합을 준다나 어쩐다나 하며 두들겨패고…… 자넨 예민한 사람이니까 반도에 온 김에 모든 것을 똑똑히 봐두게."

나와 E는 거기서부터 부평정까지의 길을 어슬렁어슬렁 걸어 어떤 일본인 여관에 들었다. E는 이왕 조선에 온 바엔 조선인이 경영하는 여관에 들고 싶다고 했으나 나는 반대했다. 일본인 여관에는 조추라는 것이 있어 손님의 시중을 잘 든다. 그러나 조선인 여관에는 조추를 못 두게 돼 있을뿐더러 일본인이 투숙할 경우 여러 가지 불편한 점이 있기 때문이었다. 게다가 부산을 통과만 했지 묵어보지 못한 나는 어떤 여관이 좋은지를 몰랐다. 그럴 바엔 무난한 일본인 여관이 좋겠다고 생각한 것이다.

여장을 풀고 목욕을 하고 점심을 먹고 난 뒤 E는 고다合田라는 중학교 시절의 선생을 찾아보아야겠다고 여관에서 일보는 사람을 데리고 나갔다. 여관 주인을 시켜 알아본 결과 고다는 부산 제2상업학교에 근무 중이어서 전화로 미리 연락을 해두었다.

E가 나가고 난 뒤 얼마 동안 천장을 쳐다보고 드러누워 있다가 노다이사건乃臺事件의 후문도 알아볼 겸 나도 밖으로 나왔다.

노다이사건이란 이렇다.

작년, 그러니까 1940년 11월 23일, 부산 공설운동장에서 경남도내 중등학교생의 제2회 학도전력증강 국방경기대회가 열렸다. 경기종목은 군사교련의 기본 과목을 비롯해서 개인 또는 집단의 체력을 평가할 수 있는 종목들이었다. 그러나 완전무장을 한 경주, 무거운 짐을 지고 하는 경주, 수류탄 멀리 던지기 등, 각 방면에 걸쳐 전투력이 될 수 있는 것이면 모두 경기종목에 포함되어 있었다.

그 전년에 개최된 제1회 대회에선 동래중학東萊中學이 1등을 차지했다. 동래중학은 조선인이 다니는 학교다. 그러니 지기 싫어하는 일본인 중학교로선 이번 대회에서만은 우승을 놓쳐서는 안 될 일이었다.

그런 때문만도 아니었지만 대회는 개회 벽두부터 석연치 못하게 진행되었다. 대회규정으로 이 대회엔 전년도 우승교가 선두에 입장하기로 되어 있었는데 대회 심판장 노다이 대좌는 이 규정을 무시하고 일본인 학교인 부산중학을 선두에 입장시켰다. 동래중학생들은 이 처사를 부당하다고 지적, 강력히 항의했지만 노다이 심판장은 간단히 그 항의를 일축해버렸다.

동래중학은 울분을 참고 경기에 참가했다. 그랬는데 첫 경기부터 이상하게 뒤틀려갔다. 동래중학이 1위로 입상만 하면 고의로서인지 어찌 된 셈인지 판정 보류를 하곤 결점을 찾으려고 했다. 이렇게 해서 꼭 같은 식으로 십수 종목에 걸쳐 득점을 감점해나갔다. 일본인 학교인 경우엔 전연 이런 일이 없었으니 그런 처사가 눈에 드러나게 차별 취급으로 나타났다. 동래중학은 거듭 항의를 했지만 경남지구의 위수사령관이며 경남지구 중등학교 군사교련 총감독관을 겸한 노다이 대좌를 상대로 어떻게 할 수가 없었다.

그런데 마지막 종목, 1개분대 장거리 구보행진이 남았다. 이 종목에서 동래중학이 1위가 되면 우승엔 문제가 없고 만일 실격하더라도 총득점에 있어 0.5의 차로 일본인 학교 부산중학을 제압하고 우승할 수 있게 되었다. 이것은 한 사람의 채점이 아니고 참가한 도내 전 교사의 채점 집계였던 것이다.

이 최종 경기에서도 동래중학은 당당 제1위를 차지했다. 그랬는데 노다이 심판장은 동래중학교의 복장을 검사하라고 심판원들에게 특별 명령을 내렸다. 그러고는 단추가 떨어져 있다, 각반이 든든하게 매어져 있지 않다는 등 이유를 붙여 동래중학의 실격을 선언해버렸다.

그래도 총득점으로 보아 우승은 틀림없다고 동래중학은 생각하고 있었는데 노다이 심판장은 부산중학의 우승을 선포하고 동래중학 2위, 부산이상 3위라는 발표를 했다.

동래중학은 그들의 교사를 시켜 집계의 착오를 시정하라고 항의했으나 노다이 심판장은,

"심판은 신성하고 절대 불가침이다. 잔소리 말고 심판장의 판정에 복종하라."고 호통을 쳤다.

이에 이르러 폐회식은 엉망이 되었다.

폐회선언이 있자 황혼이 깃든 운동장에서 '일본인 잡아 죽여라.' '노다이를 죽여라.' 하는 함성이 터져나오고, 동래중학과 부산이상의 학생들은 가지고 있던 총기로 일본인 학생, 일본인 교사를 마구 구타하기 시작했다. 사태가 급박하게 되자 경찰관이 칼을 빼들고 제지에 나섰지만 중과부적한 경찰관들은 되레 칼을 빼앗기고 도망하지 않으면 안 될 지경에 몰렸다.

한편 학생 일부는 재빨리 운동장 입구를 막아 일본인 심판관들의 도망을 막고 노다이 대좌를 찾았다. 그땐 벌써 노다이 대좌는 운동장 뒷

담을 넘어 피신한 후였다.

학생들은 운동장에 일단 정렬하곤 데모 행진에 들어갔다. 데모대는 두 패로 갈려 한 패는 재판소 앞을 거쳐 전기회사 앞으로, 한 패는 검정다리로 부평시장을 거쳐 부평파출소 앞으로, 거기서 다시 합류해선 나가데도리長平通를 누비곤 영주정에 있는 노다이 대좌의 집을 습격했다. 노다이 대좌는 집에 없었다. 돌을 던져 집을 부숴놓았다.

그리고 학생들은 해산했는데 검거선풍은 밤부터 시작되었다. 이렇게 해서 검거된 학생 수는 1백50명, 그 가운데서 가려 낸 주모자급으로 동래중학생 4명, 부산이상 학생 6명이 부산지방 검사국으로 구속 송청되었다.

이상이 노다이사건의 대략이다.

노다이사건은 도쿄 유학생 사이에도 큰 관심거리였다. 그러나 검사국으로 송청된 학생들의 소식은 알 길이 없었다. 나는 우선 그 소식을 알고 싶었다.

나는 부산에 있는 금융조합에 나와 중학교 시절의 동기생인 홍洪이란 친구가 있다는 얘기를 들은 적이 있었다. 나는 그를 찾아보기로 했다.

홍군은 나를 보자 잠시 어리둥절한 모양이더니 곧 알아차려주었다. 15, 6세 때 헤어진 채 6년 후에 만났으니 무심코 지나칠 때면 몰라볼 정도로 피차간 변했다. 소년이 청년으로 자란 것이다.

카키색 국방복을 입은 홍군에게는 제법 의젓한 어른 티가 있었다. 아직 학생복으로 있는 나는 그에게 비하면 애송이 같은 느낌이 들었다.

6년 동안의 간격을 넘어 대화를 이으려고 하니 약간 어색스럽기도 했다. 그나마 친숙하게 지낸 사이라면 또 모를 일이다. 홍군과 나는 같이 한반에 2년 동안 있었다뿐이지 별반 왕래가 없었다. 홍군이 먼저 입을 열었다.

"얼마 만이지?"

"6년쯤 안 될까?"

"자네 소식은 가끔 들었네만."

"신통한 소식이 있었겠나."

"하지만 모두가 부러운 얘기뿐이던데."

홍군은 잠깐 기다리라고 해놓고 안으로 들어가더니 도로 나와선 가까이에 있는 다방으로 가자고 했다. 집무 중에 폐가 되지 않느냐고 했더니 상사에게 말해두었다는 것이었다.

다방에 가서 자리에 앉아 홍군은,

"찾아준 건 고마운데 돌연히 어떻게 된 거야."

하고 물었다.

"그저 한번 찾아봤지."

그러고는 띄엄띄엄 옛날 동기생들의 소식을 묻기도 하고 생활환경 얘기도 나오곤 했다.

"금융조합 일은 재미가 있나?"

"뭐, 죽지 못해서 하는 노릇이지."

"월급은 많지?"

"월급? 말도 말게, 한 달에 50원 안팎이라네. 그것도 출장비를 넣어서."

나는 얼굴이 붉어졌다. 나는 학생의 몸으로 한 달에 평균 2백50원 꼴로 쓰고 있는 것이다. 공연히 죄를 짓고 있는 것 같았다.

"그래도 장래성은 있는 것 아냐?"

"장래성? 금융조합 서기의 장래성이 어디에 있겠나. 20년쯤 근속하면 시골 조합의 이사 자리나 하나 얻어 할까 말까 한 것을…… 내지인이나 되었더라면 월급이라도 많지만."

"금융조합에도 차별이 있나?"

"이 사람 무슨 소릴 하고 있어. 꼭 같이 중등학교를 나왔는데도 월급이 배나 틀린다네. 내지인은 6할의 가봉加俸이 붙어 있지, 게다가 제반 수당이 배나 되지…… 일은 갑절이나 하고 보수는 반도 안 되고…… 불평해봤자 소용도 없는 일이지만 도무지 신이 나질 않아…… 그런데 자넨 무슨 공불 하나?"

"무슨 공부를 한다고 내세울 것도 못 되네."

"그래도 전공이라는 것이 있을 것 아냐?"

"적을 두긴 문학과에 적을 두고 있지."

"자넨 머리가 좋으니까 법과나 해서 고등관이나 되어볼 게 아닌가."

"고등관? 어림도 없는 소리 말게. 자격도 없고 그런 것이 되어보겠다는 근기도 없고……."

"겸손의 말은 그만하고……."

"겸손이 다 뭔가. 문자 그대로 놀유자 유학이지 뭐."

"그러질 말고 아까운 머리를 활용하도록 하게. 나도 조금만 여유가 있으면 도쿄로 갔을 거야. 전문부 상과만 나와도 금융조합 이사쯤 할 수 있거든. 내 의지로 고학은 안 되겠고 우리는 이대로 썩는 거야. 환경이 좋은 자네들이라도 출세를 해야 할 게 아닌가."

"출세는 자네 같은 사람이 해야 되네."

하고 망설이다가 용기를 내어 노다이사건을 묻기로 했다.

"자네 노다이사건의 내용을 잘 아나?"

"작년 겨울에 있었던 동중東中사건 말이지."

"그러네."

"그건 또 왜?"

"그저 알아보고 싶어서."

홍군은 한숨을 쉬었다. 얼굴에 괴로운 빛이 돌았다.

"그 사건 때문에 내 일이 야단이야."

"그 사건과 자네와 무슨 관계가 있나?"

"내 동생놈이 주모자로 잡혀 지금 감옥에 갇혀 있지 않나?"

"뭣?"

"그녀석 나완 성격이 전연 딴판이야. 제가 뭐 잘났다고 설치다가 그 꼬락서닌데, 그냥 둘 수야 없지 않아? 변호사도 사야 하고 사방에 진정도 해야 하고……."

"그래 재판은 있었나?"

"지금 진행 중인데 검사의 구형이 엄청나. 징역 2년 또는 1년 반의 구형인데 아무래도 내 동생은 전과자의 낙인이 찍히고 말겠어."

"배후관계도 없고 소질이 모두 좋은 학생들이라고 들었는데, 그리고 사건의 동기가 또 그렇고……."

"일반의 말을 들으면 검사의 구형은 그래도 헐한 편이래. 배후관계나 있고, 본래 소질이 나쁜 놈들 같으면 10년 이상의 징역감이라는 거야."

"잘 봐줘서 그렇다는 거지?"

"그렇지."

나는 가슴이 답답했다. 어린 생도들에게 2년의 징역이란 될 말인가.

"한데 자넨 왜 그런 사건에 관심을 가지나? 아는 사람이라도 있나?"

"아냐. 작년에 소문을 듣고 줄곧 마음에 걸려 있었던 거야. 그래 부산에 온 김에 알아볼까 해서."

홍군은 나를 말끄러미 바라보고 있더니 이런 말을 했다.

"유군, 어쭙잖은 친구의 충고라고 생각하지는 말게. 자네와 직접 관계가 있는 사람의 일이 아니거든 이런 사건엔 관심을 갖지 말게. 자네는 우리 모두가 촉망하고 있는 사람이 아닌가. 불온한 사상이나 단체나 사건에 말려들어선 안 되네. 도쿄 유학생 가운데는 아직도 엉뚱한 생각들을 가지고 있는 사람들이 있는 모양이더라만 시국을 똑바로 인식해야 하지 않나, 지금이 어느 때라고…… 그리고 뻗어가는 일본의 세력을 봐라, 어디 조선의 독립이란 꿈이나 꾸겠나. 솔직히 바로 하는 말이지 우리 엽전이 독립을 했다고 치고 이만큼이라도 살아갈 수 있겠나. 내 끝의 동생은 육군사관학교로 보낼 작정인데, 글쎄 감옥에 있는 그놈 때문에 어떻게 될는지, 그것도 걱정이란 말이다. 유군, 잘 생각해서 행동하게."

나는 홍군에게 그 충고를 감사하게 받겠다고 했다. 고마운 우정이라고도 했다. 그러나 아까 말하던 차별대우에 대한 불만을 어떻게 소화하는가, 하고 물어보았다.

"차별은 불쾌해. 불쾌하다고 해서 반항해야 한다는 법은 없잖아? 같은 조선인이라도 어떤 사람은 부잣집 아들로 태어나고 어떤 사람은 가난한 집의 아들이 되고 하잖나. 만사가 팔자이고 분복 아닌가. 1등 국민은 1등 대우를 받고 3등 국민은 3등 대우를 받는 거지, 나는 기차의 3등표를 산 사람이라고 생각하고 있어. 1등을 탄 사람이 부럽긴 하지만 분수를 지켜야지 별수가 있나."

"훌륭한 처세철학이군."

홍은 자조가 버릇처럼 되어버린 듯한 웃음을 웃었다.

"유군, 술 하나?"

"조금씩은 하지. 자넨?"

"는 것은 술밖에 없다네. 술이라도 마시지 않곤 배겨낼 수가 있나. 어때, 오늘밤 한잔할까?"

"내가 청해서라도 모시고 싶은데 일행이 있어. 그자를 혼자 버려둘 수도 없고…… 이다음 또 한번 찾을게. 그때 실컷 하기로 하자."

"이건 섭섭한데."

나는 홍군과 헤어지고 용두산 공원을 한 바퀴 돈 후에 여관으로 돌아왔다. E도 돌아와 있었다. 고다 선생과 오늘밤 주석을 갖기로 했다면서 합석해줄 수 없느냐고 묻는 것이었다. 나는 좋다고 했다.

고다 씨는 웃으면 잇몸을 드러내고 말할 땐 게거품을 뿜고 옷치장 같은 덴 신경을 쓰지 않아 그 외양의 품이 달갑지는 않았으나 E의 평대로 실력이 없는 교사는 결코 아닌 것 같았다. 나는 되레 고다 씨에게 조선에 와 있는 일본 지식인 가운데서는 일류에 속하는 식견을 발견했다. 나는 고다 씨를 알게 된 것을 유익한 일이라고 생각했다. 그에게선 들을 만한 얘기가 많았다. 그렇다고 해서 그의 의견에 전적으로 동감했다는 뜻은 아니다.

E가 자꾸만 그런 방향으로 화제를 돌렸기 때문에 즉석에선 주로 조선 문제가 얘깃거리로 되었다.

고다 씨의 의견에 의하면 일한병합을 이룩하는 데 백 가지의 작용이 있었다면 그 중 80가지까지는 조선인이 책임을 져야 한다고 했다. 조선의 자립을 불가능하게 한 것도 조선인이고, 일본의 군대를 청한 것도 조선인이고, 병합운동을 유발한 것도 조선인이고, 반대의 방향으로 국론을 통일하지 못한 것도 조선인이고, 조선의 왕실을 협박했다고 하지만 그 협박의 각본을 만든 사람도 조선인이고, 그 협박의 앞장을 선 사람도 조선인이라는 것이다.

　나머지 20가지는 일본이 응당 책임을 져야 하는데 그것은 주로 도의의 문제다. 일본이 불난 집에 부채질을 하는 격의 행동을 한 것도 사실이고 날도둑을 방불케 한 짓을 한 것도 사실이다. 그러나 영국이 인도를 먹고, 미국이 필리핀을 먹고, 프랑스가 인도지나를 먹고, 네덜란드가 인도네시아를 먹고 그 위에 이들 열강이 지나대륙을 제각기 식민지화하려고 법석을 떨고 있는 세계 정세 속에서 일본에게만 도의적인 태도를 취하라고 요구할 순 없는 것이 아닌가. 그러니 일본의 태도를 고치게 하려면 힘으로써 할 일이지 이론으로써는 불가능한 일이다. 나쁘다고 욕을 할 수는 있다. 성패는 불문에 붙이고 반항할 수도 있다. 일한합병은 힘으로써 된 것이지 도의로써 된 것은 아니니 조선인은 일본을 책하기 전에 먼저 스스로를 책해야 한다.

　고다 씨는 이어 일한병합은 조선인에 대해서 마이너스의 면만이 아니라 플러스의 면도 있다고 했다. 송두리째 나라가 피지배의 상태로 들어가버린 것은 분명히 마이너스지만 이조라고 하는 정권을 없애버린 것은 조선인에 대해서 플러스라는 것이다. 일본인으로서 일본을 편들어 하는 말이 아니라 백성들의 생활환경을 보장하는 것이 정치라는, 그 기능에만 중점을 두고 생각해볼 때 그 후 일본의 수탈이 가혹했다고 치고라도 이조 정권보다는 월등하게 낫다고 할 수가 있다. 이조 정권엔 정치가 없었고 약탈이 있었을 뿐이다. 일본이 손을 뗐다고 가정하더라도 그로써 이조라는 정권이 개량되었으리라곤 믿어지지 않는다. 이상과 같은 사정을 이렇게 말해볼 수도 있다. 조선은 재래식 감옥에서 조금 현대화한 감옥으로 옮아왔는데 그 대가로서 조선인 간수 대신 일본인 간수를 맞아들였다고…… 이에 대해선 굶어죽어도 독립국가 국민으로서 남아 있어야 한다는 항의가 있을 것이다. 그러나 역사는 굶어죽지 않기 위해서 스스로 노예의 신세를 산 무수한 사람으로 범람하고 있다.

고다 씨는, 일한합방의 경위는 그렇다고 치고라도 일본이 조선을 경영하는 방법은 졸렬하다고 지적했다. 현명하게 두뇌를 쓰면 조선인의 프라이드를 상하지 않게 하고 지금과 꼭 같은 이득을 올릴 방법이 있다는 것이었다. 필리핀에 대한 미국, 인도에 대한 영국, 인도지나에 대한 프랑스 등 각국의 방식을 연구해서 장점만을 골라 활용하면 미끈하게 해나갈 수 있을 것인데, 경륜이 부족하고 성미 급한 지배자들이 자꾸만 엉뚱한 짓을 한다는 것이었다. 황국신민의 서사, 신사참배, 창씨개명, 언문탄압 이 모두는 장래에 화근을 남길 문제들이다. 이런 점으로 볼 때, 일본은 일한병합을 했기 때문에 죄인이 되는 것이 아니라 졸렬한 정책 때문에 죄인이 될 것이다.

고다 씨는 조선의 비극은 그 민족성에 원인이 있었던 것이 아니라 가깝게 이조의 제도에 있었던 것 같다고도 했다. 당시의 교통수단 통신수단으로 보아 조선은 봉건제후가 할거하기엔 너무나 좁긴 하지만 중앙집권제가 성공하기엔 너무나 넓었다. 만일 조선의 제지방諸地方을 세습에 의한 영주들이 지배하고 있었더라면, 불출不出한 영주도 없지 않았을 테니 더러는 해점害點도 있었겠지만 공자의 교훈이 고루 퍼진 곳이기도 해서 봉건적 개념의 테두리 안에서라도 좋은 행정이 이루어진 곳이 많았을 것이다. 뒤떨어진 곳은 앞선 곳을 본뜨기도 해서, 영주들은 백성들을 자기의 재산이라고 생각하고 아끼기도 했을 것이다.

그런데 조선에선 관료로서의 군수가 백성의 생살여탈권을 가지고 있었다. 길어서 2년, 짧게는 반년밖엔 그 자리에 있지 못하는 군수와 백성과의 관계가 어떻게 되었을 것인가는 쉽게 짐작이 간다. 영주는 백성을 세습의 재산 취급이라도 하니 아낄 줄도 알지만 상납도 해야 하고 치재致財도 해야 하는 관료는 되도록 빠른 시일에 가장 많이 백성들의 고혈을 짤 궁리밖엔 하지 않는다. 중앙집권제가 부패하기 쉽다는 것은 지금도 마찬가지다. 지방자치 운운은 행정의 능률을 올리기 위한 이유도 있지만 중앙집권제에 수반하는 부패 방지의 일책이기도 한 것이다.

하물며 이조 때의 교통수단 통신수단을 아울러 생각하면 이조가 지닌 그 행정제도가 효율을 올릴 까닭이 없다. 게다가 붕당의 싸움이 치열하고 보면 이조가 5백 년을 계속했다는 것이 이상할 정도다.

고다 씨의 결론은 그러니 조선 백성의 나라에 대한 충성심은 개념적이며 실질이 없었다는 것이며 그 증거로서 일한병합의 발표가 있어도 백성들의 동요는 일본의 관헌이 예상한 10분의 1의 정도도 채 못 되지 않았느냐는 것이었다.

고다 씨의 긴 이야기가 끝났을 때 E가 물었다.

"그럼 조선의 독립은 영영 불가능하단 말입니까."

"가능한 길은 문명 자체가 성장해서든지, 어떤 역사적 전기의 자극을 받아서든지 세계의 대세가 인간 기본의 도의에 쫓아 흐르게 될 때, 진정한 의미로 아시아의 오족五族이 서로의 발언권을 존중하며 공존공영하기 위해 일대 연방이 이루어질 때 트이리라고 나는 본다."

"결국 불가능하다는 말씀 아닌가요?"

하고 E가 다시 물었다.

"불가능하다는 얘기완 다르지. 우회를 하건 때론 제자리걸음을 치건 역사는 보다 옳은 방향으로, 나은 방향으로 흐르고 있는 것은 사실이니까."

"하여간 독립운동은 쓸데없는 노릇이란 결론은 나오지 않습니까, 선생님의 말씀에선."

이렇게 E가 말하자 고다의 답은,

"독립운동은 성패의 문제이기 전에 신념의 문제이니까 쓸데없는 노릇이니 뭐니 할 수는 없지."

나는 노다이사건에 대한 고다 씨의 의견을 물었다.

"조선인 학생으로선 당연한 사건이고 일본인으로선 창피한 사건이야. 일본인의 가장 못된 버르장머리가 집중적으로 나타난 사건이랄 수도 있지."

하더니 고다 씨는,

"그 사건 때문에 나는 학생들 앞에 얼굴을 들 수 없는 심경이야."라고 우울하게 말했다.

그리고 이어 고다 씨는 부산이상과 동래중학의 학생이 얼마나 우수한가를 설명했다.

"도쿄부립일중東京府立一中도 그만큼 우수한 학생들을 모아놓지 못했을 것"이라고까지 말했다.

그의 말투로나 태도로 보아 그런 말들이 내가 있으니까 하는, 그런 것이 아니라고 느꼈다.

그런데 그 우수한 학생들의 앞날에 무엇이 있단 말인가.

우리의 주변을 보아도 대체로 조선의 학생들은 우수하다. 그러나 학교를 나가고 나면 갑자기 위축해버리는 것 같았다. 이에 비해 일본인의 우수한 학생은 학교를 졸업한 뒤 눈부시게 성장하는 예를 나는 보아왔다. 어디에 그 원인이 있는 것일까.

밤이 깊어 자리를 뜨려고 할 무렵 고다 씨는 내게 이런 말을 남겼다.
"아까는 유군의 귀엔 거슬리는 말을 한 것 같네. 그러나 고의로 조작해서 한 말은 아니다. 나의 인식엔 잘못이 있었을는지 모르나 나는 정직하게 말했다. 지금 내가 가르치고 있는 학생들에게도 종종 그런 내용의 말을 하지. 그러면 대부분 듣기가 싫은 모양이야. 그러나 나는 설혹 나의 의견에 잘못이 있어도 이런 의견이 있을 수도 있는 것이니 참고로 하라는 뜻으로 얘기한다. 나는 조선인 학생들이 감상을 버리고 좀더 리얼하게 자신이나 주위를 보는 안력眼力을 길렀으면 해. 일본에 지배를 받는다고 생각하지 말고 일본을 이용한다고 생각할 수도 있잖아? 인간의 이상으로써 볼 때 부자유한 건 일본인이나 조선인이나 마찬가지다. 정도의 차가 조금 있을 정도지. 그러니 그런 것을 가지고 고민할 필요는 없다고 생각해. 어떻게 하면 주어진 환경 속에서 자기의 능력을 충분히 발휘할 수 있을까를 부단히 탐구해나가면 인간으로서의 승리자가 될 것 아냐? 조선인으로서의 굴욕을 인간으로서의 승리로 전화시키는 지혜를 가꾸도록 하란 말이야. 외람되지만 환경이 용서하는 대로 나는 조선 학생의 오늘과 내일을 위해서 내 나름의 노력은 할 참이다. 내가 조선에 나온 것은 얼마 더 받는 월급이 탐이 나서였다. 그런데 너무나 우수한 조선 학생들을 만나고 보니 일종의 사명감 비슷한 것이 생겼다. 내가 지금의 학교로 오기 전엔 동래중학에 있었는데 그때 S라는 교장선생님이 계셨다. 일종의 사명감을 갖게 된 데는 S교장선생님의 영향도 있었다. S교장선생님은 당국의 지시를 무시해서까지 조선인 학생을 두둔했기 때문에, 2, 3년 전 파면처분을 받았는데 그 소식이 전해지자 만주 간도에 있는 조선 사람들이 중학교를 설립해놓고 그 학교의 교장으로 모셔갔다. 눈물겨운 일이 아닌가. 나도 현재의 학교에 버틸 대로 버티다가 안 되면 S교장을 따라갈 참이지. 우리 조그마한 일을 구애하지 말고 큰것, 아시아의 이상이라도 좋고, 인류의 장래라도 좋으니 그런 것에 안목을 두고 노력해보기로 하자."

고다 씨를 보내고 난 뒤 나는 E를 돌아보고 쏘아붙였다.

"너 그 좋은 선생을 형편없이 평하지 않았나."

"아냐, 우리 중학교에 있을 땐 참으로 데데했어. 조선에 와서 갑자기 늘었는데."

하곤, E는 나의 눈치를 보며 말했다.

"그런데 아까 일한병합에 관한 의견은 전형적인 일본인의 생각 아닌가. 기분 나쁘지 않아?"

"나는 그렇게 생각지는 않는다. 고다 선생은 자기 딴엔 조선인의 편에 서서 조선인의 반성을 빌려 그렇게 말한 것이라고 생각해."

"그럴까? 하여간 그자는 늘었어, 공부도 하는 것 같고."

"는 것이 아니라 네가 어려서 그땐 미처 그 선생의 진가를 몰랐던 거지."

10일 후에 경성에서 만날 약속으로 E를 경성으로 떠나게 하고 나는 고향으로 갔다. 그동안 E는 구경도 겸해 총독부 도서관이나 성대成大 도서관을 뒤져 원주신에 관한 기록을 찾아보기로 했다.

내가 고향으로 가는 것은 고향이니까 가보는 것이 아니라 오촌숙을 찾아, 원주신에 관한 도움을 청할 참이었다. 오촌숙은 3·1운동의 투사이며 6·10만세사건의 관계자여서 전후 7년의 옥고를 치른 어른이었다.

고향으로 돌아간 나는 부모님에게 인사를 드리기가 바쁘게 오촌숙을 찾았다.

오촌숙은 불의에 내가 나타나는 바람에 적이 놀란 것 같았다. 미처 반갑다는 말도 할 줄 모르고 그저 당황하기만 했다. 고향에 있을 때도 별반 오촌숙을 찾은 법이 없었는데 도쿄에서 돌아오자마자 찾아온 내게서 무슨 이변을 느낀 모양이었다.

대청마루 끝에 걸터앉아 내게서 인사를 받곤,

"이 사람아, 무슨 일인고."

하고 다그쳐 물었다.

"별일도 아닙니다."

"별일이 아니라니…… 그런데."

"차츰 말씀드리지요."

하고 돌린 나의 시선 앞에 부채 한 개가 놓여 있었다.

'꽤나 성급한 어른이지. 초여름에 벌써 부채를!'

하고 보고 있는데 부채 위에 로마자로 쓰인 것이 눈에 띄었다. 나는 그 부채를 당겨 손에 쥐었다. 부채 위엔,

'THIS IS A MY FAN.'

이라고 씌어 있었다.

'이것은 나의 부채다.'

하는 뜻으로 쓴 것이 분명한데 'A'와 'MY'가 중첩되어 있는 것이 유머러스했다.

'디스 이스 어 마이 판'이라 하고 빙그레 웃으려다가 나는 가슴이 뭉클해짐을 느꼈다. 그 글씨는 붓으로 쓴 것인데 분명 이제 막이 아니면 조금 전에 쓴 것이었다. 먹 흔적이 아직 완전히 마르고 있지 않았다.

오촌숙은 일본말이나 일본글을 배우기를 단연 포기했다. 어릴 적 서울에서 무슨 학교를 다니기는 했는데 그것도 중도에 폐하고 자기 나름

의 독립운동에 몰두해버린 것이다. 그리고 옥고를 치르기를 7년, 이곳 저곳으로 피신 다니기를 10년, 이제 60이 넘어 겨우 조선(祖先)이 물려준 집에 정착하게 되었다.

나는 선뜻 이런 상상을 했다.

피는 끓는데 몸은 노쇠했다. 독립운동자의 전력이 있으니 아무 데나 친구를 찾아 놀러갈 수도 없고 놀러오는 친구도 드물다. 무료히 집 안팎을 드나들고 있다가 여름이 가까워옴을 깨달았다. 묵은 부채라도 끄집어내서 먼지라도 털어두어야겠다고 생각하고 다락을 뒤졌더니 한 자루의 부채가 나왔다. 보니 작년 여름 애용하던, 손때가 곱게 묻은 부채다. 뭔지 모르게 애착이 갔다. 소년의 감상이 되살아났다. 그 부채 위에 뭔가 감회를 적어두고 싶었다. 먹을 갈았다. 붓을 먹에 담갔다. 붓을 들었다. 불현듯 아득히 먼 옛날 서울에서 학교 다니던 생각이 났다. 그때 배웠던 영어의 단어가 한두 개 뇌리를 스쳐갔다. 그 일련의 심상이 부채 위에 정착되었는데 그것이 바로 'THIS IS A MY FAN'이다.

오촌숙은 부끄러운 듯 내 손에서 그 부채를 빼내선 방 안으로 던져버리고 재촉했다.

"어서 얘기나 해봐라."

나는 우선 뭉클해진 가슴을 진정시켜야만 했다. 그리고 원주신 얘기를 꺼냈다.

"원주신?"

오촌숙은 더욱 얼떨떨한 눈치였다.

나는 원주신에 관한 얘기를 차근차근 설명했다.

"그래 어쩌라는 거냐."

"아저씨의 친구가 많이 계시지 않습니까. 독립운동을 한 동지들 말입니다. 그 어른들과 연락하면 연줄을 타서 혹시 원주신의 정체가 밝혀질 수 있지나 않을까 해서 아저씰 찾아온 겁니다."

오촌숙은 무표정한 얼굴로 나를 바라만 보고 있었다.

"도와주시렵니까 어쩌시렵니까."

"……"

"가부간 답은 해주셔야 하지 않습니까."

"……"

나는 이 어른이 노망을 했나 싶었다. 그래 오촌숙의 얼굴을 자세히 들여다봤다. 오촌숙의 얼굴은 여전히 무표정했다. 슬그머니 화가 치밀었다.

"어떡허실 겁니까."

오촌숙은 자리에서 일어서면서,

"집에 가 있게, 생각해보고."

하곤 등을 돌려 방으로 들어가버렸다.

나는 온 김에 안채에 들어가 아주머니에게 인사를 했다. 독립운동을 한다고 가산을 탕진한 남편, 청춘 시절을 감옥으로 객지로 돌아다닌 남편을 받들고 평생을 살아온 노파! 밀수라도 먹고 가지 모처럼 와가지고 그냥 가면 어떻게 하느냐고 만류하는 것을 뿌리치고 나는 집으로 돌아왔다. 한없이 동정도 하고 싶지만 고난의 화신처럼 되어 있는 사람과 자리와 시간을 같이한다는 것은 괴로운 일이었다.

이튿날 아침 오촌숙이 찾아왔다. 대님을 치고 두루마기를 입고 중대가리로 깎은 머리에 갓까지 쓰고 점잖게 나타났다. 바로 이웃이니 평복을 하고 와도 될 일이지만 손아래 집이긴 해도 종가에 들러 종손을 찾자면 의관을 정제해야 하는 것이 양반의 행세라는 것이다.

오촌숙은 내 방으로 들어오자 주위의 사람을 피하게 하고는 바로 내 무릎에 닿도록 다가앉았다.

"태림아."

탁 가라앉은 목소리였다. 지나치게 어설픈 시작이라고 생각했지만,

"네."

하고 대답했다.

"어젯밤 나는 한잠도 못 자고 생각했다."

나는 잠자코 있을 수밖에 없었다.

"너 원주신인가 뭔가를 찾는 거는 그만둬라!"

"넷?"

"너는 우리 집안의 종손이다. 단 하나밖에 없는 종손이다."

"종손이면 어떻단 말입니까."

"그런 위험한 일을 해서 네 신변이 위태로울까 해서 하는 말이다."

"학문입니다. 그저 공부하는 겁니다."

"그게 무슨 공부냐. 공부는 책을 읽으면 되지."

나는 그런 방면으론 가장 이해가 있을 것이라고 생각한 오촌숙에게서 이런 말을 듣고 보니 어안이 벙벙했다.

"일본 관헌에게 쫓기고 볶이고 하는 사람은 우리 집안에서 하나면 그만이다. 나 때문에 자네 아버지가 얼마나 애를 썼는지 너는 모를 게다. 나는 내 평생을 후회하지 않는다. 그러나 우리 집안 누구에게도 나의 전철을 밟게 하고 싶지 않다. 더욱이 너는 절대로 안 된다. 네가 만일 그런 생각을 가진다면 우리 집안은 다 망한다. 다 망해. 나는 독립운동을 오기와 악으로 한 거지 되리라고 믿고 한 것이 아니다. 어떤 때가 와도 나 하나 있으면 우리 집안의 체면은 선다. 운동가들을 은근히 도와

준 네 아버지의 공으로도 집안의 체면은 서게 되어 있다. 너는 잠자코 있거라. 잘 입고 잘 놀고 네 뜻대로 기쁘게 살아라. 그러면 우리 집안은 되는 것이다. 네가 꼭 그런 마음을 먹고 일을 저지르겠다면 나는 네 아버지와 상의를 해서 아무 데도 못 가도록 묶어놓도록 해야겠다……."

나는 귀찮아졌다. 그래 알겠노라고 하고 내 편에서 일어나 서버렸다. 오촌숙은 거듭 엉뚱한 소리를 되풀이하면서 밖으로 나갔다.

아버지는 어제나 아침에나 오촌숙과 내가 뭣을 가지고 왔다갔다하는가 의아해하는 눈치였지만 캐묻지도 않았다. 내 아버지가 가진 가장 큰 장점은 아들의 일에 관해 꼬치꼬치 캐묻지 않는 그 태도일 것이다.

1주일쯤 고향에 머물고 있었더니 E에게서 장문의 전보가 왔다. 앞으로 나흘을 더 기다릴 수 없다는 것이며 서울에 있는 도서관에선 전연 수확이 없었다는 사연이었다. 곧 회전回電을 했다. 부산의 그 여관으로 내려오라고. 그리고 부랴부랴 행장을 꾸려 나는 고향을 떠났다.

거리에서 조선인 여학생인 듯싶은 소녀에게 길을 물었더니 거들떠보지도 않고 지나가더라고 했다.

우연한 기회, 경성제대에 다닌다고 하는 일본인 학생과 자리를 같이한 적이 있었는데 그 기고만장한 식민이론에 아연했다고 했다.

고풍인 조선인 주택가를 걸으면서 이국 정서를 느껴보긴 했는데 그 굳게 닫힌 대문은 단단히 적의를 보이고 있더라고 했다. 고가네마치, 혼마치를 위시해서 번화가를 걸어보았는데 일본인들의 그 경박하게 시시덕거리는 꼴이 목불인견이라고 했다.

이상이 E의 경성에 관한 인상이었다. E는 더는 말하려 하지 않았다. 경성에 관한 E의 감상은 여간 착잡한 것이 아니었던 모양이다.

우리는 시모노세키에서 산인선山陰線, 호쿠리쿠선北陸線을 이어 타고 E의 고향인 동북지방으로 가서 후쿠시마현과 야마가타현과의 경계에 있는 신고시키新五色 온천에서 여름방학을 지낼 작정을 세웠다.

신고시키 온천은 반다이산盤梯山이 동북으로 뻗은 지맥의 첩첩으로 겹친 산 사이에 자리 잡고 있는 호젓한 온천이다. 스키철이 되면 제법 붐빈다는 것이었으나 여름철엔 단 두 개밖에 없는 여관의 방들이 거의 텅텅 비어 있을 정도로 한적한 곳이었다.

E는 순수한 사색의 훈련을 한답시고 수학책만 읽을 예정을 세웠다. 나는 여름 동안 걸려 아르튀르 랭보를 읽었다.

해발이 꽤나 높은 곳이 돼서 한여름이라도 공기는 시원했다. 산 중복까지 울창한 산림으로 덮여 있었고 우리가 묵은 여관은 중복까지 기어오른 산림이 끝나는 지대에 있었다. 그런데 이상한 것은 산림을 이룬 수목의 대부분이 소나무였고 일본 어느 곳으로 가나 눈에 띄는 스기杉나 히노키檜는 보이지 않는 점이다.

중허리에서 위는 일면 구마자사(얼룩조리대)의 밀생지대였다. 나와 E는 독서에 염증이 나면 그 고원으로 나가 봄볕과 같은 햇빛을 쪼이며 우리들의 키 길이나 되는 구마자사의 숲에서 소년처럼 숨바꼭질을 즐기기도 했다. 그러곤 놀이에 지쳐 내복에 땀이 배어오면 풀밭에 드러누워 하늘의 구름을 바라보며 이제 갓 왼 랭보의 「소년기」란 시를 우리의 비위에 맞는 대로 고쳐 읊었다.

이 우상偶像, 검은 눈, 검은 머리, 양친도 없고, 하인도 없고, 동화童話보다도 고상한 조선인이며 일본인. 그 영토는 오만하게 드높은 감벽紺碧의 하늘, 푸르른 들, 뱃길도 없는 파도를 헤쳐 당당하게도 일본, 조선, 중국의 이름으로 불리는 해변에서 해변으로 이른다.

숲이 끝나는 곳에—꿈의 꽃, 소리내어 숨쉬고, 울려 퍼지고 황홀히 빛나며—오렌지색 입술의 소녀, 초원에서 샘솟는 맑은 흐름에 포갠 무릎, 나신裸身, 무지개와 꽃과 바다는 그 나신에 그늘지우고 꿰뚫고 다시 옷을 입힌다.

바닷가 테라스 위에 붐비는 귀부인의 무리, 소녀들과 거창한 몸집의 여자들. 녹청의 이끼 속에 탐스러운 흑인녀. 수목과, 눈이 녹은 뜰의 비옥한 흙 위에 서 있는 보석의 장신구—순례巡禮들의 여수旅愁가 넘칠 듯 담긴 눈을 가진 젊은 어머니와 성숙한 자매들, 터키의 왕비, 대담하게 치장하고 활보하는 공주들, 키 작은 이국녀. 온순하고 불행한 여자들.

아아, 어쩌란 권태일까! '안타까운 육신'과 '안타까운 마음'의 시간.

우리의 비위에 맞는 대로 했다는 것은 원시原詩엔 '누런 머리'Crin Jaune라고 되어 있는 곳을 '검은 머리'Crin noire로 고치고 '멕시코인이며 프랑스인'이란 곳을 '조선인이며 일본인'이라고 고치고 'grec, slaves, celtiques'를 'Japon, coree, chinois'로 고쳤다는 뜻이다.

14세에 시작, 21세에 끝낸 시작으로 프랑스 문학사에 찬란한 광망을 던진 아르튀르 랭보는 우선 그 기구한 운명으로써 우리들을 사로잡을 만한 마력을 지니고 있다. 게다가 본인이 말한 대로 연금술사를 자처했듯이 그 황홀하고 유현한 시는 읽는 사람으로 하여금 일종의 치매상태에 빠지게 한다.

신고시키에 있어서의 여름은 문자 그대로 랭보의 계절이었다. E도 수학책을 던져버리고 랭보에 열중했다.

'아아, 어쩌란 권태일까! 안타까운 육신과 안타까운 마음의 시간.'

이 구절은 그 동안 우리들의 주문처럼 되었고 염불처럼 되었다. 이 구절을 읊기만 하면 모든 시름은 날아가버리고 랭보의 권태를 모방한 포즈만 남았다. 그런데 그 랭보의 포즈는 모방할 만한 포즈이기도 했던 것이다.

다음에 신고시키에서 얻은 견문을 요약해둔다.

이곳 사람들은 인간이 생래적으로 가지고 있는 수치감이란 것을 갖고 있지 않다. 사람은 타인 앞에서 나체가 되는 것을 부끄러워한다. 더욱이 이성 앞에서는 그렇다. 그런데 이곳 사람들은 그렇지가 않다. 온천장의 목욕탕은 남녀 혼욕이다. 20세 안팎의 처녀가 남자가 있는 줄을 알면서도 예사로 옷을 벗고 알몸으로 탕 안에 들어온다.

그런 때문인지 정조관념이란 것이 전혀 없는 것같이 보였다. 농한기를 이용해서 온천장엘 온 시골의 처녀들이 노골적으로 유혹의 눈짓을 보내오고 대담한 행동으로 우리들을 끌려고 했다. 한편 겁도 먹고 한편 이상하기도 해서 여관집 안주인더러 동북의 처녀들은 왜 이 꼴이냐고 물었더니 안주인의 대답은 이랬다.

"시골 처녀들은 처녀 시절엔 함부로 놀아나는 경향이 있지만 일단 시집만 가놓으면 차돌처럼 몸가짐이 단단하다. 도쿄 여자들은 처녀 때나 시집간 후나 행동이 방종하다는데 게게 비하면 시골 여자가 월등하게 낫지 않으냐."

이에 대해 도쿄의 여성들은 처녀 때나 시집을 간 뒤나 정조관념이 여간 강한 것이 아니라고 맞섰지만 여관집 안주인은 도시 우리의 말을 믿으려 들지 않았다.

동북의 그 지방에선 젊은 미혼의 남녀가 예사로 교합을 하는 모양이었다. 이런 성적 아나키는 우리 조선의 전통에서 자란 사람들로서는 상상조차 하기 힘든 사실이다.

E의 의견은 이랬다.

"기근이 심하거나 하면 동북의 가난한 농민들은 딸을 도회의 유곽에 판다. 빚을 갚을 동안 매춘을 하다가 빚을 갚고 나면 다시 고향으로 돌아와 시집을 간다. 그래도 그 사실을 가지고 험을 잡히진 않는다. 그러니 정조관념이니 뭐니가 있을 까닭이 없다. 다만 동북지방에서도 상류에 속하는 가정은 예외다. 배운 것이 있고 가풍이란 것이 있으니까."

또 한 가지 이상한 것은 지주와 소작인과의 관계다.

조선에선 지주라고 해도 소작인의 나이가 많다거나 양반의 집안이거나 하면 경사를 쓰고 대한다. 노비가 아닌 이상 머슴에게 대해서도 경사를 쓴다. 그런데 이 지방의 관행을 보면 지주와 소작인의 관계는 주인과 노비와의 관계다. 지주의 아들은 나이가 어려도 나이 많은 소작인을 이래라저래라 하는 식으로 대하고 소작인은 지주는 물론 그 아들을 대하면 정중하게 머리를 숙여 인사를 한다.

그뿐만 아니라 양복을 입은 사람을 보면 농민들은 한결같이 수건을 벗고 인사를 했다. 그만큼 이곳의 사람들은 비굴할 정도로 소박하다.

조선 사람은 일본인의 지배를 받고 살고는 있지만 양복을 입은 일본인이 지나간다고 해서 아는 사람이 아닌 이상 인사는커녕 거들떠보지도 않는다. 농촌을 대상으로 비교할 때 조선인이 일본인보다 월등하게 그 몸가짐이 낫다. 동방예의지국이란 표현이 어쩌면 정당한 평가일지도 모른다는 생각이 들었다.

9월 초 우리는 도쿄로 돌아왔다.

원주신의 정체를 찾아달라고 호소한 편지에 대한 답장이 30통쯤 E의 하숙에서 기다리고 있었다. 반갑게 봉투를 열어 보았으나 상상한 대로 성과는 없었다. 방학을 이용해서 이곳저곳 알아보았으나 아무런 수확이 없었다는 사연이 대동소이한 문맥으로 적혀 있을 뿐이었다. 그 가운데 도쿄엘 가서 고학을 하고 싶은데 힘이 되어 줄 수 있느냐는 내용의 것이 서너 통 섞여 있었다.

사실이 이쯤 되고 보니 E나 나의 정열은 자연 식어가지 않을 수 없었다. 그래서 원주신에 관한 화제가 우리들의 입 언저리에서 멀어지려고 할 무렵, 한 통의 편지가 기적을 안고 나타났다.

나는 조선 경상북도 봉화국민학교에 봉직하고 있는 곽원의郭元義라고 하는 사람입니다. 여름방학이 끝나려고 할 8월 하순, 나와 친척 관계가 되는 역시 교원 노릇을 하고 있는 사람의 집엘 갔더니 그 사람이 이런 이상스러운 편지가 왔더라고 하면서 보여준 것이 귀하가 원주신을 찾는다고 하는 편지였습니다. 나는 그 편지를 보고 깜짝 놀랐습니다. 원주신이란 이름이 너무나 눈에 익은 때문이었습니다. 나의 증조부는 한말 의병으로 거사했다가 전사하셨습니다. 의병대장 이인영李麟榮과는 각별한 친교가 있었던 모양입니다. 이분의 아들, 그러니까 나의 조부는 의병 노릇을 하지 않았지만 마음속으론 증조부의 뜻을 쫓고 있었던 것 같았습니다. 조부님이 돌아가신 지는 벌써 10년이 넘었습니다. 조부님이 돌아가시고 3년 대상도 치르고 난 뒤 조부님의 문갑을 살펴보았더니 거기서 한 묶음의 편지가 나왔습니다. 그 편지는 모두가 한문으로 된 간단한 인사 편지 같았으나 그 가운데 꼭 미기지존未機志存이란 문자와 뭔가를 격려하는 뜻의 글이 있고 말미의 서명은 죄다 원주신으로 되어 있는 것이었습니다. 40여 통의 편지인데 필적은 7, 8가지로 구별할 수 있었고 원주신이란 성명 위에는 반드시 지명地名이 붙어 있어, 원주原州 원주신, 양주楊州 원주신, 제천提川 원주신, 여주驪州 원주신, 곡성谷城 원주신, 진주晉州 원주신, 창원昌原 원주신, 경성鏡城 원주신으로 되어 있었습니다. 필적으로 미루어 원주신이란 이름은 같아도 각각 사람이 다르다는 것을 곧 알 수 있었습니다. 동시에 나는 어릴 적의 기억이지만 할아버지가 편지를 쓰곤 봉화奉化 원주신이라고 서명하고 있는 것을 본 적이 있는 듯싶었습니다. 나는 아버지에게 그 연유를 물었더니 그런 것은 알 필요가 없다면서 그 편지 묶음을 내 손에서 빼앗아선 불태우고 말았습니다. 모두가 지나간 과거의 일이고 관계자들도 거의 사망했을 것이니 안심하고 말할 수 있다고 믿고 감히 나의 추측을 적는다면 원주신이란 어떤 특정한 사람의 이름이 아니고 비밀결사의 명칭이 아닌가 합니다. 그러니 현해탄에서 투신자살한 사람은 나의 할아버지와 같은 결사원의 한 사람이 아니었을까 짐작이 됩니다. 지명만 있으면 그곳의 원주신이 누군가를 알 수 있었을 터이니, 송병준을 암살할 의무를 띠고 일본으로 건너간 그가 자기의 자살을 결사원에게 알리기 위해서 선객 명부에 원주신이라고 쓴 것이 아니었을까도 상상할 수 있지 않겠습니까.

    내가 알고 있는 대로는 이상입니다. 혹시 참고가 될까 해서 다음의 사실을 첨가해두겠습니다. 할아버지와 친하게 지낸 일본인이 한 분 있었습니다. 그분의 이름은 사쿠라이 노부오櫻井信夫, 지금 사이타마현埼玉懸 신후루카와자新古河字 103번지에 살고 계십니다. 봉화에서 잡화상 겸 농사를 짓고 살았는데 나의 할아버지가 별세하자 대성통곡을 하곤 고향으로 돌아간 분이었습니다. 듣기엔 조선인으로선 갖기 어려운 문헌도 많이 가지고 있다고 합니다. 한일합방 전 뜻을 품고 조선에 왔다가 헌병대의 통역도 한 모양입니다. 의병들의 취조에 입회도 하는 기회가 있었는데 그동안 조선인에 대한 생각에 변화가 생겨 참으로 양심적인 우인友人으로서 조선인을 도운 분이며, 의병의 가족에 화가 미치는 것을 생명을 걸고 방지했다고도 들었습니다. 일본인들은 사쿠라이 노인을 배신자처럼 생각했던 모양인데 워낙 식견이 깊고 인격이 높으신 어른이 돼서 경찰서장도 만만히 취급할 수 없었다고 합니다. 할아버지와 막역한 사이였고 일본인인데도 할아버지는 이 사쿠라이 노인에게만은 통사정을 하고 지냈던 모양입니다. 지금도 아버지와 가끔 문안 편지를 주고받고 있으니 만일 필요하시다면 내가 소개장을 써드려도 좋습니다. 한번 사쿠라이 노인을 찾아보시면 뜻하지 않은 큰 수확이 있을지도 모르겠습니다…….

선善은 서둘러야 했다. 나와 E는 그 편지를 받은 익일 아침, 우에노에서 신후루카와로 가는 기차를 탔다.

한 시간쯤 걸려 신후루카와의 역에 내렸다. 역은 광막한 관동평야關東平野의 한가운데 있는 간이역이었다. 역사 앞 다과점에서 물었더니 사쿠라이 노부오 씨 마을을 곧 알 수 있었다. 그러나 가무스레 보이기는 해도 그 마을에 이르려면 걸어서 세 시간은 걸린다고 했다.

초가을의 관동평야. 옛날 무사시노武藏野의 흔적이 가장 많이 남아 있다는 이 지역을 걷고 있으니 일본이 섬나라라는 것을 잊게 하는 감회가 일었다. 일망 묘연한 들, 은빛으로 망망히 흐르고 있는 도네가와利根川의 지류, 바둑판처럼 경지 정리가 단정한 형상으로 지금 막 익어가는 벼가 황금의 파도를 이루고 있었다.

　백발, 흰 구레나룻, 흰 턱수염으로 윤곽이 지어진 사쿠라이 노인의 햇빛에 그을린 검은 얼굴엔 70의 노인으론 보이지 않는 생생함이 깃들어 있었다. 조그마하지만 다부진 체구에도 장년의 젊음이 있었다. 거친 일을 해서인지 손마디가 굵고, 검소한 노라기野良着를 입고 있었으나 맑고 부드러운 눈빛 탓인지 위엄과 기품 같은 것이 느껴지기도 했다.

　우리의 방문 목적을 듣자 사쿠라이 노인은 반갑게 우리의 손목을 잡고 자기의 거실로 안내했다.

　다다미를 열두 장쯤 깐 널따란 방이 남쪽을 향하고, 열어 젖힌 창을 통해서 벌써 가을 꽃이 만발한 화단을 바라볼 수 있었다. 서편은 벽인데 책장과 여섯 자 사방쯤의 책상, 그리고 조선식 문갑이 놓여 있었고 도코노마床之間는 북쪽인데 거기엔 한 폭의 족자가 걸려 있었다. 그 족자엔 다음과 같은 시가 있었다.

　'我識田家樂春耕破土烟 苗生時雨後禾熟晚霜前 玉粒充官稅陶盆會俗筵 何如金印客憂患送流年.'

　나와 E의 시선이 그 족자에 가 있는 것을 보자, 사쿠라이 노인은 자랑스러운 표정을 지으면서 말했다.

　"이퇴계 선생의 시를, 자네들에게 나를 소개한 곽군의 할아버지가 쓴 것이다. 좋은 시, 좋은 서가 아닌가."

　차를 마시고 한시름 돌리고 난 뒤, 우리들과 사쿠라이 노인 사이에 질의응답이 시작되었다.

　문　"선생님이 조선에 가신 것은 몇 년, 몇 살 때였습니까?"
　답　"명치 36년, 그러니까 1903년, 내가 33세 때다."

문 "목적은?"

답 "신천지에서 한몫 잡으려고 했지."

문 "가신 직후 뭣을 했습니까?"

답 "부산에 있는 일본 상사에서 일하며 조선말을 배웠지. 그 후 러일전쟁이 발생하자 통역이 필요하게 되었다. 그 후론 주로 통역생활을 했다."

문 "선생님은 일본의 조선에 대한 정책을 지지합니까?"

답 "지지하지도 안 하지도 않는다."

문 "그건 무슨 뜻입니까?"

답 "조선에 대한 일본의 태도는 불가피한 것도 있고, 지나친 것도 있다. 한데 지지를 하자니 그 지나친 것이 눈에 뜨이고 지지를 하지 않자니 불가피한 데가 눈에 뜨이고 하니 하는 말이다."

문 "선생님은 한말의 의병운동을 도우셨다고 하는데!"

답 "의병운동을 도우다니, 나는 일본 헌병대의 통역으로 의병들을 취조하는 데 협력한 사람인데……."

문 "곽원의 씨의 편지는 그렇게 되어 있지 않던데요."

답 "의병들에게 대한 관념이 당시의 헌병들관 달랐다는 건 사실이지만 의병을 도운 적은 없다. 잡혀온 의병들을 동정하고 되도록이면 후하게 대접해서 석방하도록 애를 썼지만 어디 나 같은 사람의 힘으로 되는 일이 있겠는가."

문 "그런 정도라도 마음을 가지시게 된 동기는?"

답 "나는 원래가 나카에 조민中江兆民 선생의 제자였다. 선생님이 돌아가시고 난 3년 후에 조선으로 간 것인데 근본의 바탕에 조선인에 대한 동정 비슷한 것이 있기도 했었지. 그러나 뚜렷한 의식으로 굳어 있지는 않았다. 그랬는데 의병들의 취조에 입회할 기회가 많아지자 그 분들을 존경하게 되었다. 조선의 입장에서 보면 모두들 충신들이 아닌가. 나라에 충성을 한다고 해서 벌을 준다면 그것이 될 말인가. 일본인에겐 충성을 가르치면서 남의 나라의 백성을 그 충성심 탓으로 박해한다면 이치가 닿지 않는 것이 아닌가 하고 고민을 했지."

문 "의병들 가운데 특히 인상에 남아 있는 인물들이 있었습니까."
답 "있지. 이인영 대장 같은 분은 참으로 훌륭했어."
문 "이인영 선생의 얘기를 좀더 자세하게 해줄 수 없습니까."
답 "이인영 대장은 경기도 여주에서 탄생한 분으로 대성전 재임大成殿宰任으로 한때 벼슬을 한 적이 있었지만 그 후론 관리를 한 적이 없다. 일본이 시모노세키 조약에서 한국의 독립을 약속해놓곤, 한국 군대를 해산하고 황제의 양위를 강요하는 등 처사를 보곤 의병을 일으키게 되었다.

명치 40년 8월 그는 삼진三陣의 장수로서 팔도에 격문을 띄워 병정을 모집했다. 그때 모인 병정은 8천이 넘었다. 이인영 대장은 정부백관의 죄악을 들먹여 통감이 시모노세키 조약의 약속을 지키라는 내용의 편지를 통감에게 전달하고 그 답을 기다렸다.

그러나 통감의 답은 오지 않았다. 이인영 대장은 의병을 끌고 홍천, 춘천을 거쳐 양주에 이르자 허위許蔿, 이강년李康秊 등의 병력이 합류, 총세 만 명이 넘게 되었다.

허위를 군사장軍師長, 이강년을 호서장湖西將, 이태영을 진동장鎭東將, 김준수를 안무장安撫將, 연기우를 대대장大隊長으로 하고 경성을 격한 30리의 지점까지 이르렀다. 그간 전투 38회를 치렀다. 명치 41년 1월 이인영 장군은 부친이 병몰했다는 소식을 듣고 후사를 허위에게 맡기곤 문경으로 돌아와 부친의 상에 복服했다. 그 후 거처를 전전하고 있던 차에 일본 헌병대에 체포되었다. 그때 이인영 장군은 42세였다."

문 "체포된 후 어떻게 되었습니까?"

답 "혹독한 고문을 받았다. 그러나 늠름한 태도였다. 나는 이인영 대장의 취조에 시종 입회했다. 정식 통역은 소나이 다쓰키치相內辰吉란 헌병군조憲兵軍曹였지만 말이 서툴러 나의 도움이 필요했었다. 그때의 조서를 나는 필사해서 가보로서 지금도 가지고 있다. 나중 보여주지. 그 조서를 읽으면 이인영이란 인물이 얼마나 훌륭한지를 알 수 있을 것이다. 나는 그 인물이 너무나 아깝다고 생각해서 내 나름으로 열심히 구명운동을 했었지만 교수형을 당하고 말았다. 그때 나는 나의 평생을 조선인을 위해서 바칠 각오를 했다. 나라가 한 일이라고 해서 죄의 보상을 하지 않고 지나기엔 너무나 나의 양심이 무거웠다. 그러나 식견과 역량이 모자라는 나는 결국 이렇다 할 일을 하지 못하고 나이만 먹어버렸다."

문 "의병운동의 규모는 어떠했습니까?"

답 "상당히 큰 규모였다. 숫자로 봐선 수십만이 동원되고 수만 명의 희생자를 냈고 시간으로 보면 명치 40년부터 시작해서 대정 4년에 종식되었으니 8년간의 긴 세월이 된다. 조선 민족의 정신을 발현한 것이었지만 일본 군경의 힘이 강했고 민중의 지지가 줄어들었기 때문에 실패를 했다. 그분들의 희생이 그 진실한 가치로서 평가를 받을 날이 있을까 하고 생각하면 가슴이 답답할 때가 있다."

문 "선생님이 일본으로 돌아오시게 된 동기는 뭡니까?"

답 "곽군의 할아버지가 돌아가신 것이 내겐 커다란 충격이 되었다. 나는 조선을 위해서 일하겠다고 맹세는 세웠지만 할 일이라곤 없었다.

그래 그분과 그분의 친구들의 신변을 보호하고 생활을 도와드리는 것으로 양심의 가책을 면하자고 하는 처세를 해왔었는데 그분이 돌아가시고 보니 내가 할 일이란 아무것도 남지 않게 되었다. 게다가 일본의 조선에 대한 정책이 날로 노골적인 악의 방향으로 나타나기만 하니 나로선 조선 사람의 틈에 끼여서 살 면목이 없게 되었다. 그럴 바엔 차라리, 싶어서 고향으로 돌아와버렸다."

문 "원주신이란 사람을 아십니까?"

답 "원주신? 그건 사람이 아니고 비밀결사다. 의병들 가운데 젊은 유생들이 간신들을 없앨 의도로 만든 단체인데 곽군의 할아버지가 중심인물이었다."

문 "그 원주신이란 비밀결사가 무슨 뚜렷한 일을 한 것이 있습니까?"

답 "미수로 끝난 대소의 사건들은 있었지만 큰일은 없었다. 뒤엔 무슨 일을 한다는 데 목적을 둔 것이 아니라 서로의 정신을 가다듬기 위한 수양이 목적으로 된 것이 아닌가 한다."

문 "그러면 1904년 현해탄에서 투신자살한 원주신이 어떤 사람인지 알고 계십니까?"

답 "그런 사람이 있었다는 것만은 뒤에 들어서 알았다. 모두들 본명을 밝혀주지 않았고 나도 굳이 캐묻지 않았다."

문 "조선의 장래에 관해서 무슨 의견이 없습니까?"

답 "그 많은 의병들의 희생이 나라를 위한 공로로서 빛나는 날이 왔으면 하는 것이 나의 소망일 뿐 구체적인 의견은 없다."

사쿠라이 노인의 만류로 우리는 하룻밤을 거기에서 묵게 되었다. 나와 E는 거의 밤을 새우다시피 해서 '이인영 문답조서'李麟榮問答調書라는 것을 베꼈다. 장지에 개서로써 또박또박 필사한 그 조서의 누르스름하게 변색된 빛깔을 보면서 나는 강렬하게 역사란 것을 느꼈고 사쿠라이 노인의 집념에 놀랐다. 다음에 사쿠라이 노인이 가보로서 보관하고 있다는 그 문서를 초록한다.

一九○九年憲兵隊機密報告附李麟榮取調의 件

憲機一三四五號

폭도거괴暴徒巨魁 이인영에 대한 무라이村井 헌병대위의 문답조서 참고로 고람高覽에 공供함. 명치 42년 6월 30일.

第一回 李麟榮 問答調書

문 "너는 근래 이인영이란 이름 외에 다른 이름을 사용한 적은 없는가?"

답 "이준영이라고 했다."

문 "재작년 거병한 이래 이준영이라고 했는가?"

답 "이인영이라고만 했다."

문 "거병한 동기와 원인을 말하라."

답 "한일 양국은 청일전쟁 후 한국이 독립할 것을 약속했다. 그랬는데 러일전쟁 후 일본은 한국의 군대를 해산시켰다. 이러다간 도저히 우리나라의 독립은 가망이 없다고 생각했기 때문에 나는 창의倡義를 일으켰다."

문 "혼자서 창의를 결심했느냐, 누구와 의논해서 했느냐?"

답 "다른 사람의 권유로써가 아니라 내 혼자의 마음으로써 했다."

문 "이구재李九載, 이은찬李殷瓚과 같이 거병한 곳이 어디냐?"

답 "문경에서 나는 창의대장으로 추대되었다."

문 "너는 유자儒者라고 하는데 너의 선생은 누구냐?"

답 "나의 선생은 이미 돌아가셨다. 호는 정난앙鄭蘭央, 본명은 정동현이다."

문 "네가 창의를 일으키는 데 있어서 경성 부근의 인사와 편지의 왕래, 또는 의논을 한 적이 없는가?"

답 "그런 일은 없다."

문 "유인석柳麟錫이란 자를 아는가?"

답 "알고 있다. 을미년 왕비의 변에 같이 행동을 했다."

문 "금번의 창의와 유인석과의 관계는 없는가?"

답 "전연 없다."

문 "네가 국가 문제를 들고 창의를 일으킨 것은 이은찬, 이구재 양인의 권유를 받은 탓인 것 같은데 그 두 사람은 그만한 인물이 아닌 것 같다. 네가 보는 이구재의 인물관은 어떤가?"

답 "내가 창의를 일으킨 것은 그 두 사람의 권유 때문이 아니다. 순전히 나의 단독 의사다."

문 "이구재는 살아 있는가?"

답 "생사는 불명이다. 부친상 때문에 고향에 가 있은 후론, 그들의 행방을 모르겠다."

문 "너에게 창의를 권유한 자는 전연 없느냐?"

답 "전연 없다."

문 "부친이 사망했다는 통지는 언제 어디서 알았느냐?"

답 "정미년 12월 25일이다. 경기도 양주군 내에서였다."

문 "대전에서 네가 진술한 바에 의하면 작년 정월 폭도와 관계를 끊고 귀향했다는데."

답 "음력 정월에 고향으로 돌아갔다."

문 "너는 대장으로서 다수의 부하를 거느리고 있었는데 편지를 받고 즉일 귀향하는 데는 이의가 없었더냐?"

답 "나는 출발함에 있어서 후사를 허위에게 맡겼다."

문 "당시 네가 가진 명칭은 뭐냐?"

답 "관동창의대장關東倡義大將이다."

문 "당시 너의 부하는?"

답 "약 1만 명이었다."

문 "후사를 허위에게 맡겼다고 했는데 창의의 뜻을 버렸다는 말인가, 망부亡父의 장사를 치르고 돌아올 작정이었던가?"

답 "망부 3년의 상을 입는 것은 한국의 관습이다."

문 "창의라는 뜻은 뭐냐?"

답 "글자 그대로 의義를 창倡한다는 뜻이다."

문 "종래 폭도들은 금품과 곡물의 약탈을 감행했다. 그런 행위와 창의의 뜻과는 모순되지 않는가?"

답 "금품을 강탈하는 행위는 모순이 되지만 나는 의를 창하는 데 전심했지 강탈행위는 하지 않았다."

문 "너희들이 말하는 창의의 목적은 어떤 것이냐?"

답 "일본은 한국의 독립을 돕는다고 하면서 삼천리 강토를 강탈했다. 우리들은 먼저 한국의 간신들을 죽이고 나라의 독립을 이룩하려고 했다."

문 "간신이란 누구를 말하느냐?"

답 "송병준 등을 말한다. 한일조약을 체결한 오간칠적五奸七賊,

즉 당시의 대신들을 말한다. 그들은 한국을 멸망시키고 나아가 동양을 망치려고 든다."

문 "너희가 간신이란 자는 되레 대충신일지도 모르는 일 아닌가, 또 한국의 장래는 더욱 좋아질지도 모르는 일 아닌가, 공연한 오해를 해가지고 국가대사를 그릇되게 할 염려조차 있지 않은가?"

답 "한일조약을 체결한 놈들은 모두 간신들이다."

문 "대전大田에서의 진술에 의하면 군용금軍用金, 군량軍糧은 매국노의 것을 빼앗아 사용했다고 했는데 네가 말하는 매국노가 시골에 그처럼 많이 있는가?"

답 "도처에 많이 있다."

문 "매국노란 어떠한 자를 말하는가?"

답 "오간칠적을 말한다. 그들이 소유하고 있는 토지는 도처에 있다."

문 "매국노 아닌 양민은 어떤 자를 말하느냐?"

답 "강도 또는 도적의 무리에 들지 않고 농사에 전념하고 있는 농민들이다."

문 "의병에 가담한 자를 양민이라고 하지 않느냐?"

답 "……"

문 "너는 을미乙未, 병신丙申에 왕비의 원수를 갚는다는 명분 아래 단발령에 반대하고 당시 서상열徐相烈, 유인석과 같이 행동했다고 말했다. 유인석은 요동으로 도망하고 너는 그냥 집에 남아 있었다고 하는데 믿을 수가 없다. 유와의 관계를 상세하게 말하라."

답 "당시 유는 두령으로서 이강년李康秊, 신돌석申乭石 등과 함께 충청북도 제천에서 행동을 일으켰다. 나는 원주에서 병정을 인솔하고 영남 경상도에서 행동을 일으켰다. 군대를 해산한 후 유는 요동으로 떠났다."

문 "유와는 완전히 이별했는가?"

답 "그 뒤 한 번 춘천에서 만났다. 그러고는 전연 소식을 모른다."

문 "이번의 창의엔 유인석이 만사를 너에게 맡기고 북쪽으로 떠났다는데."

답 "이번의 창의와 유인석과는 하등의 관계가 없다."

문 "경성 부근에 온 일은 있는가?"

답 "있다."

문 "문 밖 2, 30리의 곳까지 왔다고 했는데."

답 "한국 이수로 30리쯤 되는 곳까지 갔었다."

문 "무슨 용무였던가?"

답 "병정을 2천 명쯤 데리고 갔었다."

문 "경성에 침입할 생각이었던가?"

답 "정월을 기해 침입할 생각이었다."

문 "너의 부친이 사망하지 않았더라면 침입했을 것인가?"

답 "통감부가 우리의 뜻을 받아들이지 않으면 침입하고 죽음을 결하고 승패를 가릴 각오였다."

문 "어떤 것을 교섭하려고 했던가?"

답 "시모노세키 조약대로 한국의 독립과 황제의 안전을 도모할 작정이었다."

문 "네가 창의한 주된 목적은?"

답 "복아국권 공고독립復我國權鞏固獨立이고 간신을 주살하는 것이다."

문 "막연한 얘기가 아닌가. 너는 한국의 현상에 있어서 뭐가 불만이냐?"

답 "일본이 간신과 더불어 양민을 죽이고 2천만 동포와 삼천리 강토를 멸망시키려고 하고 있다. 2천만 동포라고 하지만 사실은 4천만이다. 일본인과 한국인을 비교하면 일본은 20년쯤 전부터 무기가 발달하고 있다는 정도다. 조선인도 상당한 교육을 받기만 하면 일본인보다 우월한 인물을 배출할 수가 있을 것이다. 그런데 현금 일본이 조선에서 하는 짓을 보면 동양은 자멸하고 말 것이다."

문 "정치론을 하자는 것은 아니다. 폭도가 가장 심한 곳은 어디냐?"

답 "모른다."

문 "허위, 이해춘 등과 장래에 관해서 무슨 협의가 있었던가?"

답 "재회한 일이 없다. 임금은 다시 만날 수가 있고 병정은 다른 사람이 지휘할 수도 있다. 한국의 풍속으론 부친이 사망하면 3년 복상하게 되어 있다. 이를 행하지 않으면 불효가 되고 불효의 사람은 금수와 같은 것이다."

문 "너는 국가의 일과 너의 사사私事와의 경중을 구별할 줄 모르느냐?"

답 "국가의 대사와 일가의 대사는 이를 깊이 연구하면 동일한 것이다."

문 "네가 이미 창의의 대사를 그만두고자 했을 때, 부친 사망의 통지가 와놓으니 그 기회를 이용한 것이 아닌가?"

답 "결코 그런 일은 없다. 나는 어디까지나 결행할 각오를 가지고 있다."

문 "대전에서의 진술에 의하면 어떤 자가 조칙을 가지고 왔으나 그것을 받지 않았다고 했는데."

답 "가져왔지만 받지 않았다."

문 "지참자는?"

답 "진명섭陳明燮이란 자였다."

문 "조칙엔 어떤 내용이 씌어 있던가?"

답 "개봉을 하지 않았으니 내용은 모른다."

문 "어떤 이유로 받지 않았느냐?"

답 "진이 말하길 상경하여 관직을 받으라는 것이라고 하기에 그럴 의사가 없었기 때문이다."

문 "임금의 조칙을 펴보지도 않는 것은 불충이 아닌가?"

답 "한국의 관습은 일단 개봉을 하면 어명을 받들어야 하는 것이다."

문 "너의 답변엔 믿을 수 없는 부분이 더러 있다. 조칙에 관해서도 제실帝室에 누가 미칠까 봐 사실을 은폐하고 있는 모양인데 그렇게 하면 장래 불리한 일이 있을 것이다."

답 "없는 일을 말할 수는 없다."

문 "금번 의병을 그만두고 고향으로 돌아가 귀순할 의사는 없는가?"

답 "나는 유생이다. 나는 귀순할 의사가 없다."

문 "다시 의병을 일으킬 생각이 있는가?"

답 "3년의 상을 마치고 일본의 성의가 인정되면 몰라도 그렇지 않으면 다시 창의할 의사가 있다."

문 "오늘의 문답은 이로써 끝낸다."

위 문답은 명치 42년 6월 19일 오전 9시에 시작 동일 오후 0시

40분에 마치다.

　주한국 헌병대본부에서
　육군헌병대위 村井因憲
　필기 헌병군조 宮崎周太郎
　통역 헌병군조 相內辰吉

　第二回 李麟榮 問答調書
　(주로 다른 사람과의 관계를 묻는 것이어서 생략한다. 단 이 문답 가운데는 이인영이 구미 각국의 영사관에 창의의 격문을 보냈다는 사실이 기록되어 있다.)

　第三回 李麟榮 問答調書
　문 "네가 관동창의대장이란 칭호를 띠고 있을 당시의 부하 편성을 말하라. 창의부라고 했느냐 창의군이라고 했느냐?"
　답 "관동창의소라고 했다."
　문 "너는 관동의 대장일 뿐 한국 13도의 대장은 아니었던가?"
　답 "13도의 대장이라고 칭하지는 않았다. 정미 11월 양주에 집합했을 때 주창자들이 누군가 한 사람 조정자가 있어야 되겠다고 협의한 결과 내가 13도 창의대장으로 추대되었다."
　문 "양주군에 집합한 것은 누구의 명령에 의했던가?"
　답 "누가 명령한 것은 아니다. 내 단독 의사로 강원도에서 경성 방면으로 진주한 것이다. 통감부와 교섭해서 어디까지나 나의 의사를 관철시킬 작정이었다. 경상도·전라도·충청도·강원도·황해도·경기도에는 내가 통문을 냈기 때문에 보조를 맞추게 되었지만 평안도·함경도에는 통문을 내지도 않았다. 그들은 풍문으로 듣고 내게 합세해온 것이다."

문 "당시의 각도 인솔자는 누구냐?"

답 "전라도는 문태수, 본명 문태현, 충청도는 이강년, 강원도는 민긍호, 경상도는 신돌석, 평안도는 방인관, 함경도는 정봉준, 경기도는 허위, 황해도는 권중희였다."

문 "당시 모인 인원은?"

답 "약 1만 명 정도였다. 각도에서 전부가 온 것이 아니고 일부분이 왔을 뿐이다."

문 "당시 너의 부하가 가장 많았기 때문에 네가 대장으로 추대된 것이 아닌가?"

답 "그렇지도 않다. 나보다도 부하가 많은 사람도 있었다."

문 "그것은 누구냐?"

답 "민긍호다."

문 "창의를 그만두고 귀향한 때 일체의 후사를 허위에게 맡겼다고 했는데 그때 금전의 인계는 없었던가?"

답 "돈은 없었다. 양주에 모였을 때 되레 허위에게서 일화 1백 원을 받았다."

문 "병기는 어떤 수단으로 모았느냐?"

답 "의거에 있어선 각자가 소지하는 총기를 가지고 모인다."

문 "총기의 종류는?"

답 "본래 진위대鎭衛隊 출신의 병정 가운데는 양총洋銃을 가진 자도 있었지만 기타는 화승총이다."

문 "병기는 각자 휴대한 것만으로는 부족하지 않았던가?"

답 "새로 구입하진 않았다. 살 곳도 없고 팔 사람도 없었다. 그러나 의병에 참가하지 않아도 총을 소유하고 있는 사람은 자진 차출했다."

문 "격문으로써 폭도를 모집한다고 들었는데 그 방법은?"

답 "격문을 많이 써서 배부한다."

문 "너의 사자를 보냈는가?"

답 "그렇다."

문 "네가 부하를 거느리고 행동할 때 수비병, 헌병, 또는 경찰관과 몇 번이나 충돌한 일이 있는가?"

답 "30여 회 있었다."

문 "30여 회를 교전하는 가운데 너의 부하 가운데서 전사한 자는 몇이나 되는가?"

답 "5명이었다. 원주에서 2명, 양구에서 1명, 양주에서 2명, 그러나 나의 주된 목적은 전쟁이 아니었다."

문 "30여 회의 교전 중 가장 격전을 한 곳은 어디냐?"

답 "춘천과 양주 사이에서 두 번 격전이 있었다. 그때의 일병은 7, 80명이고 우리의 병력은 4백 명이었다."

문 "언제쯤인가?"

답 "재작년 음력 11월이다."

문 "그때 일병의 전사자는 없었던가?"

답 "있었다고 본다. 확실한 숫자는 모른다."

문 "너의 부하들 중에 전사 외에 군율에 비추어 살해한 자는 없는가?"

답 "군율로써 죽인 것은 없다. 태벌笞罰에 처한 자는 3, 40명 있다."

문 "의병의 내정을 일본 관헌에 밀고했다고 해서 인민을 죽인 일은 없는가?"

답 "없다. 의병이 내정을 관헌에 밀고하는 따위의 행동을 하는 자는 한국인 가운데선 없다."

문 "군량 기타의 징수 명령에 응하지 않는 집에 방화를 했다는 얘기를 들었는데 집을 태운 일이 있는가?"

답 "그런 불법은 하지 않았다. 매국노의 것을 빼앗았을 뿐이다."

문 "네가 재물을 빼앗은 매국노의 이름을 말하라."

답 "어제 말한 오간칠적이다."

문 "오간칠적 중 누구누구의 것을 빼앗았는가?"

답 "그런 것은 군량관이 하는 일이다. 내가 알 바는 없다. 단 그 방법의 양부에 관해선 철저하게 감독하고 그 비행은 단속했다."

문 "폭도를 일으키기 전에 경성에 와서 2, 3명의 유지와 협의했다고 들었다."

답 "그런 일은 없다. 처음부터 누구와 의논할 필요조차 없었다. 내 마음대로 한 것이다."

문 "이인영李寅榮이란 너의 친척이 있다고 들었다. 서양인과도 교제가 있었다고 하는데."

답 "전연 모른다."

문 "김인수는?"

답 "모른다."

문 "해삼위海參威 블라디보스토크 부근의 사람들에게 편지를 받은 적은 없는가?"

답 "없다."

문 "상해에선?"

답 "없다."

문 "하와이에선?"

답 "없다."

문 "박종한을 아는가?"

답 "안다. 한 번 양주의 진으로 찾아온 적이 있다."

문 "의병으로서의 동인의 지위는?"

답 "그는 부정행위를 감행한 잡배다."

문 "대전에서 진출한 이태영은?"

답 "동인은 전승지삼품前承旨三品의 위계를 가진 상당한 인물이다. 박정빈보다는 상격이다."

문 "이태영과 이은한과는 어때?"

답 "동자격의 인물이다."

문 "민병한은?"

답 "이름만 알고 있다."

문 "강설호는?"

답 "이것 역시 이름만 알고 있다."

문 "너는 그 양인을 통해서 황제에게 뭔가를 상주한 적이 없는가?"

답 "없다."

문 "네게 가지고 간 조칙은 신제新帝의 것이라고 들었는데 구제舊帝에게선 받은 것이 없는가?"

답 "없다."

문 "이밖에 할 말이 없는가?"

답 "연일의 조사를 통해 내 할 말은 다했다. 그러나 나는 국가를 위해 의를 창하고 충군 애국을 위해 성의를 다했으나 세사, 뜻과 같이 되지 않고, 부친의 죽음에 제하여 운명을 지켜보지 못했다. 그러니 충효 두 길에 죄인으로서 나는 천지에 용신容身할 곳이 없다. 이 위엔 죽음의 길이 있을 뿐이다. 혹시 일본으로 갈 수 있다면 일본 정부에 직접 나의 의견을 개진해보고 싶다."

문 "일본 정부라고 하면 일본의 대신들에게 말을 해보겠다는 것인가, 또 말하고 싶은 내용은 종전의 것과 다른 것이 있는지?"

답 "말하고 싶은 의견이 달리 내게 있다. 천황에게 직접 말하고 싶다."

문 "나라엔 법률 규칙이 있다. 죄인에겐 죄인을 다스리는 규칙이 있고 질서가 있다."

답 "이런 상태에 있는 자가 무슨 얘길 해도 소용이 없겠지만 고어에 광부언성인택언狂夫言聖人擇焉이란 것이 있느니라!"

문 "너의 포부를 듣고자 하는 사람이 있거든 그 사람에게 하라. 일본까지 갈 필요는 없다고 본다. 본직의 취조는 이것으로서 끝낸다."

위 통역하여 읽혀 들렸더니 상위 없다고 하므로 좌에 서명 무인拇印시킴.

위 문답은 명치 42년 6월 21일 오전 10시 30분에 시작하여 오후 3시에 끝냄.

중학교의 역사책에 보면 의병을 기록한 부분은 두세 줄밖에 되지 않는다. 그 두세 줄의 행간에 수만 명의 고통과 임리한 피가 응결되어 있는 것이다. 나는 의병대장 이인영의 기록을 읽으며 역사의 무게라는 것을 새삼스럽게 느꼈다.

결과적으로 보면 이인영 의병대장과 그 동지들의 행동은 위대하기는 했지만 일종의 아나크로니즘(시대착오)이었다고 말할 수 있다. 성공하지 못한 혁명, 목적을 관철하지 못한 저항은 모두 아나크로니즘이다. 그러나 인간의 집념, 인간의 위대함, 인간의 특질이 아나크로니즘을 통해서 더욱 명료하게, 보다 빛나게 나타나는 것은 슬픈 일이다. 그러니까 인생은 그 위상에 있어서나 본질에 있어서나 비극적이라고 할 수밖에 없다.

망국의 슬픔에 복권을 단념한 체념을 섞어 태산보다 무겁게 앉아 있는 의병대장 이인영 앞에 족제비처럼 생긴 일본의 헌병이 주먹을 휘두르면서 심문하고 있는 광경은 분명히 역사의 희화적 장면이 아닌가. 이러한 희화적 장면이 적이 또한 역사가 아닌가. 그런데 정당하게 그 페이소스와 밝은 인식으로 역사가 쓰일 시기가 있는 것일까 없는 것일까.

그러나 이러한 감상感傷에 나와 E는 오래 머물러 있지 않았다. 무책임한 우리들의 젊은 감정은 그 정도로나마 원주신의 정체를 알아냈다는 일종의 승리감으로 바뀌었다.

사쿠라이 노인의 집을 하직하고 가을 태양 아래 관동평야를 걸으며 E는 소리 높이 외쳤다.

"두드려라! 그러면 열릴 것이다. 물어라! 그러면 답이 나올 것이다."

하지만 나는 E처럼은 쾌활할 수가 없었다. E가 학문에의 포부, 조선역사를 전공하겠다는 이야기를 열심히 지껄이고 있는 것을 들으면서 나는 랭보의 시를 마음속에 외우고 있었다.

이인영, 가을, 관동평야, 랭보의 시.

'아아, 어쩌란 권태일까! 안타까운 육신과 안타까운 마음의 시간!'

테러의 계절

1946년이 저물었다.

이해는 전후 문제를 둘러싸고 미소 간의 대립이 현저하게 눈에 띄기 시작한 해다. 독일과 오스트리아 문제를 둘러싸고 엇갈린 의견의 대립이 노출되었고 대일 문제의 경우도 그러했다. 한국의 서울 덕수궁에서 열린 미소공동위원회에서도 그와 같은 현상이 나타났다. 소련군은 만주를 철수하고 그 광대한 지역을 중공군에게 내맡겼다. 국부군이 미군 용기 편으로 만주에 진주해 있었지만 중공군과 국부군과의 승패는 명백한 상태에 있었다. 세계는 갈피를 잡지 못하는 혼돈 속을 헤매고 있을 뿐이었다.

국내의 사정도 마찬가지였다. 탁치를 지지하고 나선 좌익과 탁치를 결사반대하는 우익과의 투쟁은 날로 격심해갔다. 적과 동지의 윤곽이 뚜렷해짐에 따라 그 대립은 정치적인 경합의 범위를 넘은 악의와 악의의 대립으로 화하고 바야흐로 민족분열의 위기에 놓이게 되었다. 그러는 가운데도 좌익은 좌익대로 우익은 우익대로 몇 다스의 단체를 파생하면서 정계의 혼란을 미분微分하고 적분積分했다.

게다가 부산서 발생한 콜레라가 전국에 만연해서 물질적 생활의 피폐도 극도에 이르렀다. 마크 게인이 그의 『일본일기』日本日記에서 한국을 언급, 세계에서 가장 불행한 나라라고 말했는데 그 평을 과장 표현이라고 할 수 없는 상황이었다.

무엇보다도 이해의 대사건은 38선의 월경 금지조치다. 일군의 무장해제를 위한 일시적인 분할선이 항구적인 분단선으로 경화될 징조를 나타낸 것이다. 38선은 사실적 의미로서도 국토와 민족의 분단선이지만 정신적 상징적 의미로서 더욱 심각한 분단선이다. 국토를 부자연하게 불합리하게 분단한 그 인위적인 경계선은 드디어 민족의 정신, 민족의 의식을 분단하는 마력을 부리게 되었다. 38선은 분명히 역사 이래 이 나라가 당한 가혹한 운명 가운데서도 가장 가혹한 운명이었다.

이러한 국가적 위구危懼, 혼란, 대립을, 지방은 지방대로 압축해서 위구하고 혼란하고 대립했다. 가난하지만 평화로웠던 마을에 38선이 생기고 좌우익이 생겼다. 시간을 거듭함에 따라 입씨름 정도의 싸움이 주먹질로 격화하고 드디어는 죽이고 죽고 하는 참극으로 발전해나갔다.

1946년이 저무는 시간에 서서 기왕을 생각하고 앞날을 생각하면 영원히 밝을 날이 없을 것 같은 밤을 느끼고 절망을 느꼈다.

캘린더로선 1947년이 왔다. 그러나 위구의 새로움, 공포의 새로움을 제외하면 새해라는 감동이 없었다. 새롭게 시작되는 싸움은 있었으나 새로운 희망은 없었다. 중국 대륙에서의 내전은 치열해가기만 하는데 미국은 국공國共의 조정을 포기해버렸다. 3·1절을 경축하는 마당에서 좌우익이 충돌했다. 서울에선 남대문에서, C시에선 고등학교의 교정에서 수많은 피를 흘려 민족 독립을 이룩하려고 서둔 3·1운동의 기념식에서마저 민족분열의 추태를 부리지 않을 수 없다는 것은 처참하고 추악한 얘기다.

이러한 상황에서 학생을 어떠한 방향으로 어떠한 방법으로 이끌고 나갈 것인가. 이 문제를 두고 가장 집중적으로 고민하고 노력한 사람 가운데의 하나가 유태림 아니었을까, 나는 이렇게 생각하고 있다. 그가 한 짓이 잘한 것인지 못한 것인지는 다음 날 묻기로 하고 그로선 최선을 다해 그 혼란기를 자기 나름의 신념으로 극복해서 훌륭한 교사가 되려고 애썼다는 점만은 인정해주어야 한다.
　그가 만일 살아 있다면 그 당시 쌓은 경험과 그 뒤에 쌓은 경험으로 인해서 참으로 훌륭한 교육자적 인격을 갖춘 큰 인물로 성장해 있지 않을까 하는 생각도 해본다. 내가 그에게 대하여 느끼고 있는 죄의식은 그처럼 성실하게 살려고 애쓴 사람은 온데간데가 없고 성실하긴커녕 물결치는 대로 바람부는 대로 처신해온 나는 이렇게 뻔뻔스럽게 살아 있다는 바로 그 사실에 연유하고 있는 것인지 모른다.

　……듣건대 태림 씨는 그 탁월한 수완으로 반대파 학생들을 굴복시켰다고 했습니다. 그러나 제가 믿기론 그것이 문제의 시작이지 문제의 해결이 아닐 것입니다. 문제의 해결은 태림 씨가 그 학생들을 어느 방향으로 끌고 갈 것인가 하는 그 방향과 성의에 있다고 생각합니다.

　서경애가 C시를 떠나며 유태림에게 남기고 간 편지의 일절이다. 이런 인식은 빛깔은 달랐으나 유태림 자신의 사태 인식과 일치하고 있었다. 태림은 학생들을 굴복시켰다고 생각하고 있지는 않았다. 서로 이해할 수 있는 실마리를 잡았을 뿐이라고 생각했고 그러니까 문제의 시작이라고 명백히 자각하고 있었다. 그리고 태림이 학생들에게 대한 자신의 태도를 어떻게 취해야 할 것인가, 학생들을 어떤 방향으로 이끌어야 할 것인가 하고 진지하게 모색한 증거와 실적이 있다.

급담임으로서 취임해달라는 학생들의 요청이 있자 태림은 순순히 그 요청을 받아들이고 교단에 섰다. 그리고 그때뿐만이 아니라 기회 있는 대로 다음과 같은 말을 했다고 들었다.

"나는 너희들을 감화하고 교육시킬 수 있는 덕망과 인격이 나에게 있다고는 생각하진 않는다. 나는 너희들을 옳고 깊은 지식으로 인도할 수 있는 역량을 내가 가지고 있다고도 생각하지 않는다. 다만 학문의 길을 너희들보다 조금 앞서서 걷기 시작했다는 경력이 있을 뿐이다. 그 경력을 미끼로 해서 너희들에게 대한 서툴긴 하나 길잡이는 될 수 있으리라고 믿는다. 그러나 서툰 길잡이라고 해도 어디까지나 교사의 입장을 고집할 것이다. 교사는 정당의 지도자와는 달리 조직하고 명령하는 입장이 아니다. 주의와 주장을 밝히고 그 주의와 주장에 따르도록 영도하는 입장도 아니다. 정치적인 목적을 세워 그 목적달성을 위하는 방향으로 전략을 짜고 편달하는 입장도 아니다. 교사인 나는 너희들을 대할 때 어디까지나 학생으로서 대할 것이다. 너희들은 집에 돌아가면 부모의 아들이고 형제의 형제다. 밖으로 나가면 친구의 친구, 애인의 애인, 어떤 조직에 들었으면 그 조직의 일원이다. 나는 인간으로서는 이 모든 종합적 인격으로서 너희들을 대하겠지만 학교 안에서 교실에서 대할 때는 그러한 모든 신분과 의미보단 학생이란 신분을 우선시켜 학생으로서만 대할 것이나 내가 살고 있는 환경이 너희들의 마음에 들지 않거나 내가 품고 있는 사상이 너희들에게 마땅치 않거나 하는 경우도 있을 게다. 그러나 그것이 교사로서의 나의 역할에 지장을 주지 않는 한, 구애하지 말기 바란다. 우리는 자기와 꼭 같은 환경, 꼭 같은 주장과 사상

가진 사람끼리만으로 살아갈 수는 없다. 교사라는 것은 꼭 자기와 같은 사상의 사람이라야 된다는 것도 아니다. 그렇다고 해서 우리의 의견이 엇갈린 대로 방치해두자는 얘기는 아니다. 서로 설득하고 서로 이해해서 일치시키는 데까진 우리의 의견을 일치시켜볼 필요도 있는 것이다. 문제는 같이 배우자는 게다. 너희들은 나를 통해서 배우고 나는 여러분을 통해서 배운다. 교사와 학생은 가르치고 배우고 하는 관계를 통해 다 같이 보다 옳고 보다 착하고 보다 아름다운 것을 배워나가자는 신분인 것이다. 너희들은 대부분 나에게 반동이란 레테르를 붙여놓고 있는 모양이다. 그래도 좋다. 반동이 뭔가를 구체적으로 인격적으로 내용적으로 파악할 수 있는 것도 좋은 일이 아닌가.

 교사로서 제일의적 역할은 학문을 가르치는 데 있다. 나는 나의 역할을 이에 국한하고 싶다. 다만 정치적 사회적으로 대문제가 있을 때엔 거리낌없이 서로의 의견을 나누고자 한다. 물론 강요는 없을 것이다. 가치가 정립되어 있는 사회에서는 교사로서의 직무는 학생들의 윤리교육에 있었다. 그러나 불행인지 다행인지 지금은 가치관이 혼란하고 있어 무엇이 선善인지 어떻게 하는 것이 정正인지 자신을 가지고 보편적 답안을 낼 수 없는 상황에 있다. 그러니 이러한 방면에선 의견을 말해보는 정도에서 끝낼 것이다. 다만 공부할 수 있는 환경을 서로 만들어나가고 배우고 가르치고 하기 위해 편리한 사제 간의 예의만은 서로 지켜나가기로 하자."

 유태림은 학생을 이끌고 갈 구체적인 방법을 알아내기 위해서 우선 학생들의 일반적 상황을 분석하고 파악해보도록 애썼다. 내게 말한 다음과 같은 얘기는 그러한 노력의 결과라고 하겠다.

 "초급은 모르지만 고급 1, 2학년은 일제 때 10 대 1의 경쟁시험을 이겨 들어온 학생들이다. 그것도 국민학교 때 우등의 성적을 차지한 경쟁자 가운데서의 10 대 1의 비율이니 그들의 지능은 소질적으로 월등하게 우수하다고 할 수 있다. 고급 1년은 일제 교육을 3년 치르고, 고급 2년은 일제 교육을 4년 치른 셈인데 일제 때의 학사기록을 들추어 보니, 매년 평균 수업일수가 2백50일, 이 가운데 1백50일을 근로봉사에 소비했고 1백 일 내외가 실질적 수업일수로 되는데 또 그 태반이 교련이었다. 일제 말기엔 그러니까 학업을 완전히 포기한 셈이었다. 나는 학생들에게 근로봉사 때 뭣을 했느냐고 물어봤다. 비행장 닦기, 방공호 파기가 주된 일이었는데 그 작업은 학생들의 근로봉사란 개념을 넘어선 인부들이나 할 수 있는 중노동이었던 모양이다. 쉬는 날이나 비 오는 날은 막걸리나 마시고 화투놀이나 하고 했다니 가히 짐작할 만한 일이다.

그런 상태에서 아이들은 해방을 맞이했다. 해방의 소식을 들었을 때 학생 가운데는 '오이, 니혼가 마켓타요(일본이 졌다).'고 하면서 울음을 터뜨린 학생까지 있었다고 들었다. 그 학생들에게 갑자기 불어닥친 게 정치 바람이었다. 일본이 졌다고 해서 눈물까지 흘리는 의식수준에 있었던 그들은 반사작용도 거들어 민족의 해방과 조국의 독립이란 관념에 사로잡히게 되었다. 어제까진 일본의 졸병적인 교육을 받아왔던 아이들이 일약 독립의 투사로서의 대접을 받게 되었다. 학생들은 우수한 두뇌와 민감한 감수성은 가지고 있었으나, 군사교련의 지식, 일본 역사의 지식, 일본어로 된 초보적인 책을 읽는 실력을 제외하면 그 학력은 중학 1, 2년 정도도 채 넘어서지 못했다. 그리고 한글을 배우게 되고 영어를 배우게 되고 일반 과목을 배우게 되었다고 해도 교사의 부족, 교재의 부족 등으로 그들의 욕구를 채울 수 없었고, 그밖에 그들이 읽을 수 있는 책도 거의 없었다. 월등하게 두뇌가 좋은 학생들은 왕성한 지식욕을 해방 직후 조잡하게 출판되어 나오는 팸플릿을 읽는 것으로 충족시켜왔다. 그런 팸플릿은 대부분 좌익계열에서 출판한 것이어서 독서를 즐기는 학생들의 동향이 자연 그런 방면으로 쏠리게 된 것도 당연한 일이다. 그뿐만 아니라 그러한 좌익적 팸플릿은 종래 학교에서 얻은 지식을 부정하는 매력을 지니고 있어 이것이 또 학생들의 구미를 돋우었다. 그런 팸플릿만 읽고 모임에 나가서 토론을 하면 일류의 지식인 행세를 할 수 있는데 학교 과목을 두고 따지면 스스로의 무식을 자각하지 않을 수 없는 판이니 그들의 자존심을 지탱하기 위해서라도 학교의 수업을 경멸해야 된단 말이다. 게다가 일제 교육에 대한 반발이 또 있다. 실정이 이렇게 되어 있으니 일제 때의 방식을 벗어나지 못하는 교사들은 예외 없이 무능해 보였다고 해도 무리가 아닌 얘기다. 무엇보다도 좌익 계열의 팸플릿을 읽고 어떤 조직에 들기만 하면 전도 유망한 청년으로서의 대접을 받고 애국자로서 행세할 수 있다는 게 커다란 감동이었고 생생한 현실 속에 뛰어들어 활동함으로써 역사 창조에 직접적인 역할을 할 수 있다는 것이 신선한 매력이 아닐 수 있겠는가. 그래놓으니 밤잠 안 자고 돌아다니며 삐라를 붙이고 산을 넘어 연락을 하고 신이 나게 교사들의 욕을 한다. 이러한 방향으로 지도하고 협조하고 심지어는 선동까지 하는 것이 좌익계 교사이고, 이러한 방향에 다소나마 브레이크를 걸려고 노력하는 것이 우익계 교사다. 좌익계 교사는 많은 과오가 없지는 않지만 전진적 진취적으로 보이고 우익계 교사는 양심은 있을는지 몰라도 퇴영적退嬰的으로 보이는 것도 사실이다. 이와 같은 사정으로 해서 의식 있는 학생의 대부분은 좌익의 조직 속에 들게 되고, 부화뇌동하기도 해서 일반적인 학생의 기풍이 지금 좌익 일변도로 기울어지고 있다. 우리는 지금 이러한 상황 속에 있는 학생을 상대로 하고 있다."

이 설명은 대체로 틀리지 않았다고 나도 생각했다. 그때 나는 유태림더러 당신에겐 그러한 기풍의 학생들을 우익으로 전환시킬 수 있는 자신이 있는가 하고 물었다.

"나는 굳이 학생들을 우익으로 만들 필요는 없다고 생각한다. 좌익도 좋고 우익도 좋으나, 그러기 전에 학생이어야 한다는 학생으로서의 자각만 일깨워줄 수 있으면 성공이라고 생각한다."

이것이 나의 물음에 대한 유태림의 대답이었다.

유태림은 자기가 결코 학생들의 적이 아니라는 것을 몸소 증거 세우기 위해서, 또는 학생들의 전폭적인 신뢰를 획득하기 위해서였든지 좌익 이론을 열심히 공부했다. 그리고 한편 학생들 사이에 공부하는 기풍을 일으키기 위해선 갖은 수단을 다 썼다. 심지어는 마음에도 없는 선동까지 사양하지 않았다는 흔적조차 있다.

그는 철저하게 학생들을 천재天才로서 대우했다. 수업의 진도를 효율적으로 하기 위한 수단이기도 했겠지만 유태림의 신념이기도 했다. 그는 입버릇처럼 "너희들은 모두가 천재들이다. 아직 그 천재가 잠자고 있을 뿐이다. 그 천재를 잠깨워야 한다." 천재를 잠깨우기 위해선 우선 기초 학문을 열심히 해야 한다고 했다. 열심히 기초 학문을 하고 있으면 어느 날 돌연 천재가 잠을 깬다는 것이다. 자기 속에 있는 천재를 잠깨워 개발하는 것이 인생의 목적이라고 했다. 자기 속에 천재를 개발하지 못하는 사람은 인생의 실패자라고도 했다. "하물며 우수한 소질을 타고난 너희들이 너희들의 천재를 개발하지 않고 만대서야 말이 안 된다. 너희들이 즐겨 쓰는 정의도 진리도 천재를 개발한 후에야 비로소 그 보람이 나타난다. 자기 속에 있는 천재도 개발하지 못하는 놈들이 국가를 위한다느니, 민족을 위한다느니 하는 소리부터가 벌써 뻔뻔스러운 수작이다."

그는 또 무명의 인사로서 애국하느니보다 유명한 인물로서 애국하는 편을 택하라고도 했다. "무명 인사의 애국이 값이 없다는 말은 아니다. 그 애국도 높이 평가해야 한다. 그러나 유명한 인물이 될 수 있고 유명한 인물로서 애국할 수 있음에도 불구하고 굳이 무명의 인사로서 끝나겠다는 것은 폭이 맞지 않는 얘기다. 졸병으로서보다 장군으로서 애국하고 이름없는 기술자로서보다 아인슈타인 같은 대과학자로서 애국하는 것이 국가, 민족 또는 인류를 위해서 훨씬 유익한 일이다."

혁명가가 되기 위해서라도 학문을 해야 한다고 했다. "너희들이 좋아하는 마르크시즘도 학문에서 나왔고, 또한 학문이다. 학문을 하지 않은 혁명가는 혁명이 성공해도 재료로 쓰이는 인간밖엔 되지 못한다. 혁명을 하기 위한 학문도 기초 학문 없이 해나갈 수 없다. 혁명을 해도 안 해도 사람이 사는 사회는 경쟁사회다. 경쟁사회에선 이겨야만 산다. 경쟁사회에서 이기는 수단이 학문밖엔 없다고는 할 수 없으나 학문이 최대의 수단임에는 틀림이 없다."

이러한 편달과 선동이 효과를 거두어 유태림은 자기가 맡은 학급의 학생들과 다음과 같은 협약을 맺었다.

'학원의 질서를 문란하지 않게 하는 한 학생들의 정치운동엔 유태림이 어떠한 방해도 하지 않는 대신, 학생은 매일 부과되는 숙제를 일언반구의 불평 없이 해올 것.'

동시에 상급학교에 가야 한다는 선전과 아울러 오후에 특별 공부반을 다시 열게 되었다.

그런데 이 협약이라는 것이 만만치 않은 문제를 안고 왔다. 학원을 문란케 하는 활동이 없어진 대신 학생들의 교외활동이 활발해진 것이다.

학생들의 교외활동엔 간섭하지 않겠다는 말을 학생들의 교외활동을 보증하겠다는 말로 확대 해석하고 또는 고의로 그렇게 왜곡해서 이용하는 경향도 없지 않았다. 그래 '유태림이 학생들의 좌익활동을 돕고 있다.'는 풍문이 퍼지기까지 했다.

학생들의 행동이 경찰 문제로 되고 체포되는 경우도 빈번했다. 유태림은 전교 학생 전부를 감당할 수는 없었으나 그가 맡은 학생은 한 사람도 경찰에 붙들리지 않게 신경을 쓰고 수단도 썼다. 몇 차례에 걸친 맹휴盟休에 있어서의 유태림의 결연한 행동으로 다소 당국의 신임을 얻고 있었기 때문에 학생들을 보호하려는 태림의 노력은 그만한 효과를 거두기도 했다.

그러나 사태는 점점 어려워갔다. 우익계 학생단체인 학련學聯이 결성되기에 이르렀고 이 학련과 좌익계 단체인 학동學同과의 사이에 양성적, 음성적인 충돌사건이 빈번히 발생했다.

'학동의 학생들이 테러를 했다.'는 보고에 뒤이어 '학련의 학생들이 테러를 했다.'는 보고가 따랐다. 학생 간의 투쟁이 그 무대를 학교로부터 거리로 옮긴 것이다. 이 사태에 대해서 유태림은 그러한 충돌을 학련과 학동의 충돌로 취급하지 말고 학생끼리의 단순한 싸움으로 취급하고 이에 대처해나갈 것을 학교 측에 건의했다. 그 이유는 학동과 학련이란 빛깔로 갈라놓으면 사상 문제가 되고 정치 문제가 되어 처리가 훨씬 복잡해지니 단순한 폭력사건으로 취급하고 그런 사건이 있을 때마다 가해자를 색출해서 어떠한 폭력도 용서할 수 없다는 명분으로 그 자가 학동이건 학련이건 구애할 것 없이 공평히 처리하는 것이 후환을

덜게 하는 가장 좋은 방법이라고 생각했기 때문이다.

그런 동안에 유태림은 소위 소크라테스의 방법이란 것을 써서 학생들의 좌익적 경향을 억제하기 위한 노력도 게을리하지 않았다. 그의 '소크라테스의 방법'이란 것은 대강 다음과 같은 것이다.

어떤 문제가 나타나면 유태림은 학생과 대립하는 입장에 서지 않고 우선 같은 입장에 선다. 예를 들어 사회주의란 문제가 나왔다고 하면 태림은 일단 사회주의를 긍정하는 입장에 서서 학생과의 문답을 통해 평이하고 간명하게 사회주의의 의미를 해명한다. 그러고는 사회주의도 많은 주의주장 가운데의 하나이며 그 자체를 몇 갈래로 나눌 수 있는 것이며 공산주의도 그 몇 갈래로 나뉜 것 가운데의 하나라고 설명한다. 이렇게 함으로써 사회주의라는 것이 절대 유일한 사상도 아니며 공산주의도 그러하다는 인식의 근처에까지 학생들을 인도하는 것이다. 공산주의를 절대 유일한 진리로만 알고 있던 학생들이 그것이 절대 유일한 진리가 아니라는 것을 깨닫게 되는 것만으로도 일단의 수확은 있는 것으로 친다.

공산당의 이야기가 나오면 세계 각국의 공산당이 목적은 같으면서도 성격이 서로 다르고, 공산당 내부의 권력투쟁이 얼마나 치열한가를 설명함으로써 공산당을 신성한 조직으로만 알고 있는 학생들의 미몽迷夢을 깨뜨린다.

유물론의 설명, 유물사관의 설명, 변증법의 설명도 대개 이와 같이 한다.

그런데 태림의 이와 같은 노력에 주의할 것은 학생을 한꺼번에 설복시키려고 서둘지 않는 점이며 반대편에 서 있다는 느낌을 주지 않는 일이며, 설명이나 해석이 좌익계열의 교사가 하는 것 이상으로 치밀하고 명백하고 쉬워 학생들의 탐구욕을 충분히 만족시켰다는 점이다.

　게다가 태림은 미군이 주둔한 남조선의 정세와 세계 속의 위치를 자기의 의견을 전면에 내세우지 않고 학생들 상호 간에 토론을 전개시켜 그 토론에 방향을 주는 정도로서 각자 파악하게 하고, 학생 스스로가 미군 주둔하의 상황에선 좌익 정권의 수립은 불가능하지 않으면 대단히 곤란하다는 인식을 갖게끔 작용도 했다.

　봄학기가 시작된 지 얼마 안 가서 교장선생 집에 수제 폭탄이 투입된 사건이 발생했다. 다행히도 불발이어서 화를 면하기는 했지만 사건 자체가 센세이셔널할 뿐 아니라 당시의 사태가 얼마나 복잡하고 심각했는가의 예증이 되기도 한다.

　범인은 결국 잡지 못하고 말았는데 경찰이 광범하게 수사활동을 전개한 결과 C고등학교의 어떤 학생 하숙집에서 다량의 폭탄 원료를 적발했다. 그리고 그 하숙집에 있었던 세 사람의 학생은 검거되었다. 모두들 고급 1학년생이었다.

　학생이 경찰에 붙들리기만 하면 뛰어가서 석방운동을 하곤 했던 유태림도 움직일 수 없는 증거, 그것도 이만저만한 것이면 모르되 폭탄 원료라는 끔찍한 물적 증거를 가졌고, 혹시 교장선생의 집을 습격한 범인일지도 모르는 그 학생들에게 대해서는 어떻게 손을 써볼 엄두를 내지 못했다. 학생들은 경찰에서 20여 일 유치되었다가 검찰청으로 송치되었다.

　그러한 어느 날 유태림은 허술한 한복 차림을 한 50세 전후가량 되어 뵈는 시골 사람의 방문을 받았다.

　인사를 하고 보니 폭약사건으로 검찰청에 송치된 학생의 하나인 R

군의 삼촌이었다. R군의 삼촌은 반백이 넘는 머리를 태림 앞에 숙이고 자기 조카를 구해달라고 했다.

"그놈의 아버지는 저의 백씨올시다. 그놈이 세 살 먹었을 때 죽었습니다. 그 뒤 그놈의 어미는 개가해 가고, 제가 그놈을 키웠습니다. 그래 성적이 좋고 해서 중학교 공부까지 시키고 있는데 그놈이 그런 끔찍한 짓을 했다니 배은망덕도 유분수지, 그냥 내버려두려고 했지요. 콩밥을 먹든지, 총살을 당하든지 그냥 내버려두려고 했지요. 그런데 어떡헙니까. 내 아들이면 내버려두겠는데 제 형의 단 하나밖에 없는 혈육이니 가만있을 수가 없었습니다."

초로의 사나이는 부끄럼도 없이 태림 앞에서 눈물을 흘리곤 그 눈물을 때묻은 두루마기 소매로 닦았다. 그 정황이 태림의 심정을 움직였다. 그러나 "그런데 왜 나를 찾아오셨지요." 하고 물어보지 않을 수 없었다.

"그 애의 급주임선생을 만났더니 선생님께 가보라고 하더먼요. 선생님이 들면 그 애를 구할 수 있다고 합니다."

R군의 급주임은 S선생이다. 좌익교사 가운데서도 가장 극렬한 분자였다. 태림은 R군이 가지고 있었던 그 폭탄 원료는 바로 S선생이 준 것이 아닌가 하는 생각도 들었다. S는 화학선생이었던 것이다. 유태림은 화가 치미는 것을 느꼈다.

"나도 그 애가 다니고 있는 학교의 선생이니까 어느 정도의 책임을 느끼고 동정도 느끼고 있습니다만 앞장서야 할 사람은 그 급주임선생입니다. 급주임선생을 찾아가십시오. 그 애를 가장 잘 알고 있는 것도 그 선생일 테니까요."

R의 삼촌은 다시 한번 이마를 방바닥에 대었다.

"그 선생님은 자기에겐 도저히 힘이 없다고 합니다. 선생님이라야 된다고 합니다."

유태림은 아까의 동정심은 말쑥히 없어지고 S에게 대한 분격만 남았다. 직접은 아니더라도 R의 행동에 S는 간접적인 책임은 있는 것이다. 그 S가 표면에 서서 R를 구하지 못하고 유태림의 힘을 빌려야겠다면 왜 S가 R의 삼촌과 동행해 오지 않았던가. 그러나 태림은 이런 감정을 억제하고 조용히 말했다.

"S선생에게 가십시오. 급주임을 제쳐놓고 내가 앞장을 설 수도 없는 일 아닙니까. 그리고 내가 앞장을 선다고 해서 될 일도 아니고……."

꼭 그렇다면 S를 데리고 오라고 할 뻔했으나 그 말은 뺐다.

하지만 R의 삼촌은 움직이지 않았다. 눈물을 흘리곤 닦고, 닦곤 또 흘리며 태림 앞에 몇 번이고 절을 하면서 애걸복걸했다. 그날은 일요일이라서 태림은 밖으로 나가 누굴 만날 약속을 하고 있었다. 그런데 R의 삼촌이란 자가 움직이지 않으니 난처하게 되었다.

드디어 태림은 자기가 S선생에게 사건의 내용을 상세히 물어보고 대책을 세워보겠으니 내일 오후 학교로 찾아오라는 언질을 주지 않을 수 없었다. S에 대한 분격은 그대로 남았지만 R의 삼촌의 그 간곡한 청이 측은도 했던 것이다.

R의 삼촌을 보내놓고 유태림은 R를 구해내기로 결심하고 아버지와 의논을 했다. 태림이 아버지와 의논을 한 것은 교장선생의 집에 폭탄을 던진 범인일지도 모르는 학생을 교장선생을 통해 구명운동을 할 수는 없다고 생각했기 때문이고 R의 구제를 수월하게 하자면 자기 아버지의 신망을 이용하지 않을 수 없었던 것이다.

태림의 아버지는 아들의 말을 반갑게 받아들였다. 이 어른은 누구든 사람을 돕는 일엔 발벗고 나서는 성미가 있었다.

사건을 깊이 파고들어가면 곤란한 문제가 연이어 나타나지만, 폭약 원료를 가졌다는 그 사실을 단순히 취급하려면 할 수도 있는 것이었고, 학생들의 전도가 있다는 것을 이유 삼아 R 등은 유태림 아버지의 신원 보증으로 기소유예 처분으로서 석방되었다.

석방된 조카를 고향으로 돌려보내곤 R의 삼촌이 유태림에게 술대접을 하겠다고 청했다. 유태림은 몇 번이고 거절을 했지만 끈덕진 강청에 못 이겨 그 초대를 받기로 했다. 그리고 나더러 같이 가자고 했다.

삼류쯤 되는 어떤 요정에서 R의 삼촌과 첫인사를 나누었는데 어쩐지 그 사람을 본 적이 있는 것 같은 생각이 들었다. 그러나 아무리 생각해도 어디서 보았는지는 분간할 수 없었다. 그래 그 사람이 변소에 가느라고 잠깐 자리를 비운 사이에,

"어디서 본 사람 같은데 통 기억이 나지 않는다."

고 했더니 유태림도 그렇다는 것이었다.

"얼굴은 어디서 본 것 같은데 이범승이란 이름은 통 기억에 없거든."

조카를 구해주어서 고맙다는 말을 몇 번이고 되풀이하는 동안에 술잔이 몇 순배 돌았다. 태림이나 내가 이런 주석을 좋아하지 않기 때문에 그저 묵묵히 술잔만 들이켜고 있었다.

술에 취하자 그 이범승이란 자의 말이 많아졌다. 그런데 그 말들이 시골 사람의 말 같지 않게 세련되어 있는 것이 이상하기도 했는데 돌연,

"내 조카를 석방시켜 준 것은 고마운 일이지만 빨갱이를 너무나 허술하게 취급하는 데 불만이오."

하는 말투가 나왔다. 나는 그 말을 듣고 놀랐다. 유태림도 동감인 모양으로 그 말의 진의를 알아보려는 듯 이범승의 얼굴을 말끄러미 바라보

고 있었다.

"빨갱이를 잡으려면 일제식으로 해야 돼요. 일제 때 이런 일이 있어 봐요. 운동한다고 해서 되는 일이겠는가. 어림도 없는 일이지, 어림도 없는 일!"

이번엔 제법 언성을 돋우어 비분강개조가 되었다. 어이가 없어서 내가 한말 했다.

"당신 조카를 순순히 석방시켜 주었다고 해서 그게 불만이오?"

"천만에, 불만이야 있을 수 있소. 그러나 공은 공이고 사는 사가 아니겠소. 지금 나는 공적으로 얘기하고 있는 겁니다. 빨갱이는 철저하게 두드려 잡아야 하거든요."

"같은 민족끼리니까 관대할 수도 있는 것 아뇨."

불쾌한 듯 태림이 이렇게 말하자,

"빨갱이가 동족이라구요. 천만의 말씀, 그놈들은 철저한 원수들이오. 일본 사람들을 그런 점으로선 존경해야 돼요. 나는 일본 경찰의 훈련을 받은 사람이오. 선생님들은 우익이니까 이해하실 줄 알고 말씀드립니다만 나는 빨갱이 잡는 데는 선수였습니다."

하고 그자는 기고만장했다.

유태림이 나를 돌아보았다. 나는 태림 쪽을 봤다. 서로 어이가 없다는 신호였다. 이런 우리들의 감정엔 아랑곳없이 이범승의 새살은 계속되었다.

"조선 사람이 특고계 형사로 뽑힌다는 것은 대단한 일이었죠. 나라가 똑바로 되려면 우리 같은 사람이 일선에 서야 하는데……."

유태림은 들었던 잔을 놓고,

"그런데 당신은 어느 경찰서에 근무했죠?"

하고 물었다.

"여러 군데죠. 그 가운데서 가장 오래 근무한 곳이 수상서水上署요."

"그럼 관부연락선에……."

하다가 말고 나는 숨을 몰아쉬었다.

번개처럼 뇌리를 스치는 것이 있었다. 유태림도 거의 동시에 알아차린 모양이다.

"그럼 이만갑이로구나."

나와 유태림의 입에서 동시에 나온 말이었다. '이만갑'이란 이름이 우리의 입에서 나오자 그자는 새파랗게 질린 얼굴이 되었다. 틀림없는 이만갑이었다.

"네 이놈, 잘 만났다."

유태림이 버럭 고함을 질렀다.

"원수는 외나무다리에서 만난다더니."

하며 앞에 놓인 음식 접시를 들어 유태림이 이만갑의 얼굴을 쳤다. 순간에 빚어진 일이었다. 난데없는 벼락을 맞고 얼굴을 가린 이만갑을 향해 유태림은 술상을 걷어찼다. 불이 붙은 종이처럼 유태림의 분노는 더해만 갔다. 이만갑에게 대해 나도 분격을 참을 수 없었지만 유태림이 폭행을 감행하기까지 하는 흥분에 억눌려 되레 나는 말리는 편이 되었다.

유태림이 고함을 질렀다.

"이 녀석을 빨리 끌어내라."

태림의 서슬에 어쩔 줄 모르던 요릿집 사람들이 그때야 우르르 달려들어 이만갑을 끌어냈다. 요릿집 아주머니가 죄송한 듯이 문지방 곁에 서 있었다.

"아주머닌, 저자를 잘 아는 모양인데요."

태림이 숨가쁘게 말하자,

"일제 때 고등계 형사를 한 사람인데 선생님들하구 어떻게 어울렸는가, 하고 저도 이상스럽게 생각했었지요."

하며 아주머니는 죄송하다는 표정을 지었다.

이만갑은 어디로 사라졌는지 온데간데가 없었다. 나와 태림은 그 집을 나왔다.

"그놈을 진작 알아보지 못한 것이 분하다."

면서 태림은 다음과 같은 얘기를 했다.

바로 이만갑이란 자가 관부연락선에서 함경도 친구인 최종률에게 시비를 걸어 끝내 교토경찰서에까지 연락을 해서 당시 S고등학교에 있던 조선인 학생을 투옥하고 집단으로 퇴학시켰다는 것이었다.

"서경애의 오빠가 죽게 된 것도 그놈 때문에 들어간 감옥에서 얻은 병 때문이었고, 최종률이 곤론마루崑崙丸의 침몰과 더불어 죽게 된 것도 바로 그놈 때문이야. 뿐인가. 십수 명의 학생이 학업을 중도에서 폐하게 된 것도 바로 그놈 때문이고. 내가 알고 있는 것만 해도 그런데, 얼마나 많은 조선인 학생이 그놈 때문에 골탕을 먹었겠는가."

때려죽여도 분이 풀리지 않겠다고 유태림은 계속 흥분했다.

나 자신도 이만갑 때문에 화를 입었다.

숙제로서 리포트를 써가지고 가는데 이만갑이 그 리포트에 트집을 잡은 것이다. 선실船室로 보내지 않고 비좁은 형사실에 앉혀놓곤 아무것도 아닌 구절을 들추어 터무니없는 시비를 걸었다. 시모노세키에 배가 도착했는데도 이만갑은 나를 하선시키지 않고 부산으로 도로 가야 한다고 우겼다. 나는 애원을 했다. 그러자 어젯밤부터 줄곧 나와 이만갑의 응수를 지켜보고 있던 형사(일본인인지 조선인인지 분간할 수 없었다)가 사이에 서서 나는 부산으로 되돌아와 수상서의 유치장에 들어가는 굴욕을 면했다. 당시 고등계라고 하면 거의 악질이라고 했지만 이만갑이는 악질이란 정도를 넘어 독사와 같다는 평이 유학생 사이에 퍼지고 있었다.

"어떻게 그놈을 진작부터 알아차리지 못했을까."

유태림은 끝내 원통한 모양이었다.

양복 차림이 한복으로 바뀌고, 젊은 얼굴이 늙은 얼굴로 바뀌고, 검은 중대가리가 반백의 긴 머리로 바뀌고, 거만하고 표독한 표정이 비굴한 표정으로 바뀌었으니 그럴 수밖에 없었겠지만, 원수를 당장에 못 알아볼 정도로 둔감하다면 생존 경쟁의 사회에서 살아갈 능력이 없는 것으로 된다면서 유태림은 한참 만에야 굳은 표정을 풀었다.

(주: 이만갑李萬甲은 본명이다. 일제 말기 관부연락선을 이용한 사람은 이 이름을 들으면 대강 기억할 것이다. 이만갑은 한국이 독립하기 직전, 고향인 경남 창원군 진동면에서 살 수가 없어 밀선을 타고 일본으로 건너갔다고 들었다. 지금 버젓한 교포 노릇을 하고 있을는지 모른다. 소설에 본명을 기입하는 것은 사도邪道인 줄 알지만 그자에게 화를 입은 많은 동포를 위해서 관부연락선의 필자로선 그렇게 하지 않을 수 없는 심정이 된 것이다.)

학생연맹의 강령은 민족주의 이념에 의한 건국, 탁치 반대, 학원의 정상화 등이다. 학생연맹의 존재가 없을 때는 거리에선 탁치 문제를 두고 찬반양론으로 대립이 격화하고 있었지만 학원 내에서는 별반 거론이 되지 않았다.

그랬는데 학생연맹의 세력이 어느 정도 두각을 나타내기 시작하자 이 탁치 문제가 학원 내에 있어서 최대의 이슈가 되었다. 질문을 하라고 하면 어느 교실에서든지 반드시 다음과 같은 질문이 나오게 마련이었다.

"선생님은 신탁통치에 대해서 어떻게 생각하십니까."

이 질문은 좌익 계열 학생이 제출하는 경우도 있었고 우익 계열의 학생이 제출하는 경우도 있었다.

이에 대해 유태림은 다음과 같이 답하고 있었다.

"나는 우선 감정적으로 탁치엔 반대한다. 우리가 이 마당에서 탁치를 지지한다면 3·1운동의 정신과 그 업적을 부인하게 되는 것이고 한일합방에 있어서의 일본의 태도를 긍정하는 꼴이 된다. 일제의 그 가혹한 탄압 밑에서도 독립하겠다고 만세를 부른 백성들이 곧 독립할 수 있는 기회를 목전에 두고 독립을 보류하겠다고 할 수 없는 것이 아닌가. 객관적인 사정이 꼭 그러니 독립을 보류해달라고 말할 수 있다면 한일합방 때의 객관적 사정도 인정해야 하니 그때의 일본 태도를 긍정해야 하지 않는가.

둘째, 역사적으로 보아도 반대다. 어느 나라 어느 민족이 저항을 하다가 역부족해서 식민지가 되고 피보호국이 되고 탁치를 받는 꼴이 되었지, 즐겨서 그런 형편을 자청한 나라는 아직 역사상엔 있을 것 같지 않다. 그러니 탁치를 지지하는 것은 만대에 걸쳐 세계의 조소를 사는 짓이라고 생각한다.

셋째, 현실적으로 보아도 반대다. 3대국의 탁치를 받는다고 하는데 그 3대국이 우리나라를 양심껏 위한다고 해도 자국의 국가적 이익을 우선시켜놓고 할 것은 뻔하다. 그렇게 되면 그 3대국 간의 이해충돌이 탁치의 형식이나 실질에 작용할 것은 사실이다. 그 결과는 이조말기를 방불케 할 것이다. 각기 지지하는 나라가 달라 혼란은 날로 심해져서 독립하는 날이 가까워지기는커녕 멀어만 가고, 자치능력을 인정받기는커녕 상실해가는 꼴이 될 것은 명백하지 않은가. 그때의 혼란은 지금의 유가 아닐 것이다. 그리고 자치능력이 있을 때까지라고 하는데 그 능력을 어떻게 측정할 것인가가 문제로 남는다. 소련이 인정하는 능력은 미국이 인정하지 않을 경우가 있을 것이고 그 반대의 경우도 있을 것이 아닌가.

　이상과 같은 이유로 탁치를 반대하는데 조선공산당이 탁치를 지지하고 나선 것은 전술적으로 큰 과오를 범한 것이라고 생각한다. 이건 공산당의 입장에서 하는 말이다. 공산당은 탁치를 지지하고 나섬으로써 우익에게 가장 좋은 투쟁 목표와 구호를 마련해준 셈이다. 우익은 좌익들의 돌격적이고 전진적인 구호와 선전에 밀려 수세에 있었다. 우익의 대부분은 각기 자기의 현상이나 지키려고 애쓰고 그 노력을 타당한 것으로 만들려고 기껏 구실을 만들고 있는 데 불과했다. 그랬는데 돌연 강대국의 결정에 반대하는 또는 반대하는 척이라도 해볼 수 있는 이슈와 기회를 탁치 문제를 통해 갖게 된 것이다. 만일 공산당이 탁치를 반대하고 나섰더라면 그것이 우익의 독점물이 될 수는 없었다. 좌익이 지지하는 바람에 너희들이 싫어하는 친일파 또는 민족반역자가 애국자연할 수 있게 되어버렸다. 애국자로서 행세하고 그것을 통해 공산당을 공격할 수도 있으니 탁치 반대라는 문제를 가지고 우익은 일석이조의 성과를 거둘 수 있게 되었다. 공산당이 과오를 범했다는 것은 바로 이 점을 두고 하는 말이다."

　이쯤 해놓으면 반드시 이런 질문이 뒤따른다.

"탁치를 않으면 38선으로 국토는 영원히 분단될 것이 아닙니까."

이에 대한 답은,

"탁치를 받으면 소련이 38선을 철거하는 보증이라도 있단 말인가. 분단한 채 탁치하는 방법도 있을 것이 아닌가. 38선을 철거하겠다는 미끼로 탁치를 승낙해놓고 만일 그 약속대로 안 할 땐 어떻게 할 것인가. 전쟁이라도 일으킬 것인가. 탁치 하나도 반대 못하는 민족이라고 보았으면 더 깔보고 덤빌 것이다."

또 이런 말도 나온다.

"소련은 진정한 인민의 벗이 되는 나라라고 하던데요."

"소련은 자국의 권익을 위해선 국제간의 도의를 예사로 짓밟는 나라다. 불구대천의 원수 같은 나치스와도 중립조약을 맺고 방공防共 국가 일본과도 불가침조약을 맺었다. 그래놓곤 일방적으로 파기해버리기도 했다. 에스토니아를 비롯한 발트 삼국을 감쪽같이 먹어버린 나라도 소련이다."

이렇게 말해도 납득이 가지 않는 얼굴을 볼 땐 유태림은 다음과 같은 말을 하기도 했다.

"공산당이 탁치를 지지하는 속셈을 분석하면, 첫째 탁치를 하면 적어도 공산당의 활동을 보장은 해줄 것이니, 탁치가 빚는 혼란을 이용해서 공산혁명을 할 수 있는 터전을 만들 수 있는 것과 둘째는, 조국과 민족의 이익을 다음으로 하더라도 자기들에게 편리한 상태를 만들어놓아야겠다는 것과, 셋째는 명분이야 어떻든 소련이 시키는 대로 해야만 한다는 소위 공산당원의 충성, 이렇게 된다. 그밖의 이유는 상상할 수가 없지 않은가."

좌익계 학생들은 쉽사리 이런 이론에 넘어갈 리가 없었지만, 그들의 의견과 달리한다고 해서 유태림을 물고 늘어지지는 않는 것 같았다.

  그러나 탁치 논쟁에 관한 한 좌익이 불리한 것만은 사실이었다. 유태림의 말따라 조선공산당이 탁치를 지지하고 나선 것은 전술적 면만으로도 그들로 봐서 가장 큰 과오라고 아니할 수 없다. 이러는 동안 뜻하지 않은 곤란이 생겨나고 있었다. 학생연맹의 세력이 강해짐에 따라 유태림의 입장이 전도되어가고 있었던 것이다. 몇 달 전만 해도 유태림은 학생동맹의 압력에서 학생동맹원이 아닌 학생을 보호하고 두둔하는 입장에 있었는데 어느덧 학생연맹의 압력에서 학생동맹원을 보호하고 두둔하지 않으면 안 되게 되는 입장으로 옮아지고 있었다. 학생연맹원의 수는 학생동맹원의 수에 아득히 미치지 못했으나 우익정당·단체와 경찰의 협조를 얻고 있는 그들의 세력은 무시하지 못할 정도로 성장하고 있었다. 임홍구나 정삼호 등 간부들은 그래도 유태림의 충고를 듣고 복종하기도 했다. 그러나 기왕 학생동맹원들에게서 박해를 받은 아이들은 학생연맹이 커짐에 따라 보복의 기회를 놓치지 않았다. 이에 대해 학생동맹의 세력이 맥을 못 추도록 줄어들고 있었으면 유태림이 그들을 보호하기가 훨씬 수월했을 것인데 학생연맹의 세력과 정비례해서 그 단결을 굳게 하고 배수의 진으로 대항하고 있으니 태림의 입장은 난처했다. 학문하는 기풍을 만들려는 노력도 이런 사정 때문에 뜻대로 되지 않았다.

  하루는 유태림이 우울한 표정을 하고 내 곁으로 와서 이런 말을 했다.
  "임홍구와 정삼호가 와서 날더러 학생연맹의 고문이 되어달라기에 거절했더니, 선생님 그러시면 큰 오해받습니더, 하잖아. 무슨 오해냐고 물었더니 모두들 유선생은 말은 우익적으로 하면서 행동은 좌익적으로 한다는 거야."

"그까짓 내버려두면 차차 알 때가 있겠지."
하고 내가 말했더니,

"나도 별반 개의하진 않아. 그러나 기분은 좋잖은데. 학생동맹 아이들은 나를 반동이라고 하고 학생연맹 아이들은 나를 회색분자라고 하고…… 치사스러워서, 원." 하며 쓸쓸하게 웃었다.

"애들이 하는 소리 아닌가."

"하여간 시련이야, 시련. 그런데 학생동맹도 학련도 아닌 아이들을 모아 세미나를 해볼까 하는데."

"세미나라니?"

"시대의 올바른 인식을 위해서라는 간판을 붙여놓고."

"그만두게." 하고 내가 말했다.

"자칫하다간 회색분자 클럽이란 욕이나 먹을 거니."

"호랑이 무서워 산에 못 가나?" 하다가 뭔가를 생각하는 눈치더니 태림은 돌연 눈빛에 생기를 돋우며 말했다.

"고급 2학년 말이야, 상상한 것보다도 더 우수해, 참으로 우수한 놈이 있어. 오늘 아침 운동장 조례 때, 꾸불꾸불 줄을 짓고 서 있는 것이 꼴사나워서 한 방 먹여주었지. 너희들 일제 때 일본놈 밑에서 교련 배울 땐 반듯하게 줄을 짓고 섰었지. 그랬는데 지금 이 꼴은 뭔가. 조선 사람 교사라고 해서 깔보는 건가? 했더니 어느 놈 말이 걸작이었어. 선생님, 그렇게 생각해선 됩니꺼. 일제 때 어디 우리가 사람이었습니꺼. 기계 아니면 기껏 노예였지. 지금은 이래뵈도 우린 사람입니더. 적당하게 어리광을 하면서 이 정도 줄을 짓고 섰으니 굉장한 일 아닙니꺼. 어리광을 부리며 아버지 말 또박또박 안 듣는다고 아버지를 깔보는 겁니꺼.

기계나 노예처럼 반듯이 서 있는 것보다 이렇게 서 있는 것을 좋아라고 하시오, 이러잖아. 한 방 멕이려다가 내가 한 방 얻어먹었지. 눈시울이 따끔하던데…… 난 오늘 아침 굉장한 것을 배웠어. 하여튼 우수한 놈들이야."

그해(1947년) 3월 마지막의 일요일이었다. 오후 5시쯤에 나는 유태림의 집으로 갔다. 열려 있는 대문을 지나 바깥사랑 앞에 가서 서니, 하인이 놀란 듯이 행랑채에서 뛰어나왔다.
"작은서방님은 지금 안사랑에 계십니다."
하곤 그곳으로 가려는 나를 잠시 기다리라고 해놓곤 총총히 안사랑 쪽으로 사라졌다. 나는 유태림의 집에서 그런 꼴을 아직껏 당해보지 못했다. 태림이 안사랑이 아니라 안채(내실이 있는 건물)에 있다고 해도 나는 사양 없이 드나들고 했던 것이다. 나는 의아함과 불쾌감이 섞인 감정으로 바깥사랑의 마루에 걸터앉았다.

조금 있으니 하인이 도로 나와 나를 들어오라고 했다. 나는 잔뜩 상을 찌푸린 채 바깥사랑을 돌아 안사랑으로 향했다. 유태림이 마루에 나와 있었다.
"박군과 강군이 와 있어. 괜찮겠지, 들어와."
박군이라면 민청民靑 간부인 박창학일 것이고 강군은 남로당南勞黨 문화책文化責이란 강달호임에 틀림없었다. 머뭇거리는 나의 표정을 보자 유태림은 디딤돌까지 가지 않고 거기서 마루로 올라오라는 듯 손을 내어 나를 끌어올릴 차비를 하며 말했다.
"괜찮대두, 이광열 군도 와 있으니까."
신을 벗고 유태림의 손에 잡혀 높은 마루로 올라서며 나는 마음속에서 중얼거렸다.
 '오월동주吳越同舟로구나.'
 방에 들어섰다. 이광열이 손을 내밀며 "참으로 오래간만인데." 하고 웃었다. 박과 강은 어색한 웃음을 띠며 자리를 비껴 앉았다.
 "광열이 혼자서 좌충우돌하더니, 이선생이 오는 바람에 원병을 얻은 셈이다. 양 이씨 합세해서 한번 해보지."
하며 태림이 내게 방석을 권했다.
 먼저부터 있었던 네 사람은 사상과 경향은 다르더라도 동기동창들이며 나는 중학으론 그들의 후배가 되는 것이어서 그 자리에 어울릴 것 같지 않았다.
 "이선생, 들어 봐."
하고 이광열이 나를 돌아보았다.
 "이 친구들 말야, 미군정청을 남조선 과도정부로 이름을 바꾸었다고 야단들이거든. 군정청이라고 했건 과도정부라고 했건 뭣이 다르단 말이야."
 "왜 안 달라."
 박창학이 나섰다. 몇 번씩이나 한 얘기를 되풀이하는 탓인지 어조가 정연했다.
 "무엇을 위한, 무엇에 대한, 어쩌자는 과도란 말이야. 그 과도라는 데 의미가 있잖아? 아까 광열인 정식 정부로 옮아가기 위한 동안의 과도라고 했지만 정식 정부란 말 자체가 순전한 추상이란 말이다. 미소공동위원회의 결정이 어떻게 내릴지도 모르고 탁치에 관한 방안도 분명치 않은데 정식 정부라는 구상을 어떻게 세우고 있느냐 말이다."
 "자네 뜻대로라면 김일성을 끌고 와서 대통령 자리에 앉히고, 그가 조직한 인민위원회란 걸 그대로 정부로 만들어버리면 정식 정부가 되는 거지?"

이광열이 이렇게 말하자,

"남의 말을 방해하지 말고 끝까지 들으란 말이야."

하곤 박창학이 말을 이었다.

"말하자면 추상적이고 환상적인 정식 정부란 미끼를 걸어놓고 이승만이 음모하고 있는 남조선 단독정부에 대한 과도정부란 말이다, 이렇게 된 말이야."

"남조선 단독정부를 수립한다고 해도 군정청에서 바로 그리 넘어갈 수 있잖아. 그런데 하필……."

하고 광열이 나서자, 이번엔 강달호가 받았다.

"군정에서 바로 단독정부로 넘어가면 몽땅 미국의 책임이 되거든. 과도정부라고 해놓고 조선 사람에게 권한을 맡긴 척 해놓으면 단독정부를 세워도 조선인의 의사에 의해서 했다는 변명 자료를 만들 수 있거든. 하여간 교묘해, 미국놈들 하는 짓은……."

광열인 답답해 죽겠다는 듯이 가슴을 치곤 언성을 높였다.

"느그 말따나 남조선 단독정부를 세우려는 중심인물은 이승만 박사가 아냐? 그 이승만 박사하고 하지 사령관하고의 사이가 어떻다는 것은 너희들도 들어서 알고 있겠지. 그처럼 사이가 나쁜 하지가 어떻게 이승만 박사의 뜻을 믿겠어."

박창학도 답답해 못 견디겠다는 듯이 몸부림을 쳤지만 언성은 높이지 않고, 그러나 마디마디에 힘을 주며 말했다.

"하지가 어떻고 이승만이 어떻고 그런 게 문제가 돼? 미국의 정책과 국내의 반동세력의 방향이 그렇다는 얘기지."

"느그는 어떤 문제든 그런 공식으로 생각하니까 탈이란 말이다. 통역정치만을 해오다가 좀더 한국민의 발언을 살려서 정치를 해야겠다고 생각한 나머지의 처사라고 순순히 이해할 수도 있는 것을 꼭 그렇게 꼬집어서 생각하는 게 병이란 말이다."

이렇게 말하는 이광열의 얼굴을 비웃는 눈초리로 보며 강달호가 거들었다.

"우리도 너처럼 바보스럽게 순진하라, 그말이지. 안 돼. 놈들은 군정청을 과도정부로 바꿈으로써 조선인을 등용하고, 그들의 의도대로 진보세력을 탄압하도록 획책한 거야. 조선 사람의 손으로 조선 사람을 죽이란 말이지. 그들은 자기들의 손은 더럽히지 않고 이 나라에 있어서의 민주세력과 진보세력을 압살하자는 거다. 그래도 우리는 바보스럽게 순진하게만 앉아 있으란 말이야?"

"신탁통치 지지니, 소련을 조국시하는 비뚤어진 심정을 버리기만 하면 사태가 똑똑히 뵐 테니까, 그런 것을 버리란 말이다. 비뚤어진 거울은 대상을 비뚤어지게만 비추게 마련 아닌가."

"어이, 광열이, 말조심해. 우리가 언제 소련을 조국이라고 하던? 다만 세계에서 인민정권이 서 있는 선배의 나라, 우리의 진로를 가르쳐주는 나라, 우리 인민에게 진정한 협력을 아끼지 않는 동맹국으로 알고 존경은 하고 있어도 소련을 조국으로 말한 적은 없다. 그리고……" 하며 또 말을 이으려는 박창학을 제지하고 광열은 신경질을 냈다.

"누굴 바보로 아나? 그런 얘긴 느그 동진가 동문가에게나 가서 해! 뭣? 세계 유일의 인민정권? 소련의 인민들은 모두 수인囚人 취급받고 있다더라, 얘. 인민의 의사를 횡령한 인민정권의 가장이 그처럼 대단한가? 우리의 진로를 가르쳐준다고? 밀고하고 암살하고 감시하고 노예

취급하는 방법을 가르쳐주는 건가. 또 뭣? 진정한 협력을 아끼지 않는다고? 그들의 앞잡이 노릇을 하는 느그 공산당에게나 협력을 하겠지. 우리의 조국이 분단된 것은 누구에게 책임이 있는 건데!"

강달호가 이광열의 말을 가로막았다.

"말 같지도 않은 말은 이제 작작 하고 내 얘기를 들어 봐. 미국은 어때. 미국은 민주주의의 나라라고 하지 않는가. 그럼 우리 인민대중 다수의 의사를 무시하고 그 의사에 충실하게 봉사하려는 일꾼들을 탄압하고 잡아넣는 것이 민주주의인가? 또 미국은 자유의 나라라고 하더라. 정당, 사회단체의 활동을 봉쇄하고 구속하는 것이 자유가? 아까 넌 인민의 의사를 횡령한 인민정권의 가장이란 말을 했지. 우리 먼 곳까지 갈 필요 없이 우리의 현실을 구체적으로 살펴보자구. 조선 인민의 의사를 횡령한 건 누구지? 미군정청 아냐? 한 줌도 안 되는 친일파, 민족반역자, 시대착오를 일으키고 있는 소수 망명객, 매판자본가, 지주, 이 따위들을 둘레에 모으고 그들의 말만을 듣고 전체 인민의 의사를 무시하고 과도정분지 뭔지를 만들고 있는 것이 그들 아닌가. 우리는 아직 인민 의사를 모아 고함을 친 적은 있어도 횡령한 적은 없다. 그런데도 미군정이 지금 우리들에게 하고 있는 짓을 보란 말이야."

"민주주의에도 규율이 있고 자유에도 규율이 있는 법이여. 너희들이 민주주의의 룰(규칙)을 짓밟고 너희들이 자유의 룰을 유린하고 사회의 질서를 문란케 하고 있으니 도리가 없는 것 아냐? 민주주의는 폭동을 허용하는 체제가 아니고 자유는 파괴의 자유까질 보장하지는 않아. 그리고……."

이번엔 박창학이 이광열의 말을 막았다.

"민주주의의 룰이란 뭣인가. 다수 인민의 의사에 따른단 말 아닌가.

그런데 미군정은 당초부터 그것을 무시하고 들지 않았어? 폭동이 있었다면 무시당한 인민의 의사가 폭동한 게고, 파괴가 있었다면 인민의 의사를 무시한 세력을 파괴한 게야. 폭동이 없을 수 없게 사태를 만들어 놓고 그 폭동을 탄압의 미끼로 삼고 있는 것이 지금의 현실 아냐?"

이광열은 어이가 없다는 듯이 혀를 찼다. 그리고 뱉듯이 말했다.

"해방 직후에 조직한 인민위원회를 인정하지 않았다는 말이로군. 그것을 무시한 것이 인민의 의사를 무시했다는 거로구먼. 그럼 묻겠는데 해방 직후 삽시간에 조직한 그 인민위원회라는 것이 진정으로 인민의 의사를 반영한 것으로 보는가."

"그렇게 보지."

박창학과 강달호가 거의 동시에 답했다.

"그런 소릴 하면 안 되네."

이광열은 침착한 태도로 돌아가 조용히 말했다.

"그 인민위원회야말로 인민의 의사를 횡령해서 만들어진 거야. 설명할 필요조차 없다고 생각해. 우선 우리 C시의 인민위원회꼴이 어떻게 돼 있었어? 하룻밤 사이에 장삼이사張三李四를 모아 가지고 그래 가지고 인민위원회? 또 중앙은 어땠어."

"구성 내용이야 차차 바꿀 수도 있고 개선할 수도 있었으니 그건 문제도 아냐. 요는 우리 인민의 의사를 반영할 수 있는 주체와 형식을 무시했다는 데 문제가 있는 것이란 말이야."

강달호가 말하자 이광열이 받았다.

"바로 그거야. 인민위원회의 구성 멤버도 구성 멤버지만 그것을 만든 주체의 본질이 미군정청의 무시를 받을 만한 것이었다는 바로 그 점이 문제다."

"바로 그 점이라니?"

파고드는 박창학의 눈을 똑바로 보며 이광열이 쏘아붙였다.

"인민위원회를 구성한 주체가 바로 조선공산당과 거기 추종하는 파들이었다, 이 말이다."

"주체가 공산당이니까 미군정이 인민위원회를 무시했다, 이 말이지."

박창학은 이렇게 말하고 이광열에게서 그렇다는 답을 받자,

"그러니까 미국은 진정한 민주주의 국가가 아니란 말이다."

하고 기염을 올렸다.

"공산당의 음모에 넘어가지 않았다고 해서 미국이 민주주의 국가가 아니라는 말은 묘한데. 그럼 미국은 자기들이 점령한 나라가 공산당의 음모에 의해서 적화되는 것을 보고만 있었더라면 민주주의 국가가 될 뻔했군. 그런데 너희들은 미국을 그런 호락호락한 나라라고 보고 있었던가. 그런 안이한 정세 판단으로 어떻게 혁명을 할 셈인가. 미국은 그렇다고 치고 소련은 어땠어? 자기들이 점령한 나라, 말하자면 동구라파 일대에서 자기들과는 적성敵性인 정권, 또는 조직을 그냥 긍정하고 인정하고 있는가? 북한에서는 소련이 인민위원회를 승인했는데 남한에서는 미국이 인민위원회를 승인하지 않았다고 떠벌리고 있는 것을 보면 우스워서 죽겠더라."

"도대체 광열이하곤 말이 안 돼."

하고 박창학이 말했다.

"세계의 대세, 역사의 방향, 인민의 자각, 진정한 민주주의, 이러한 기초적인 것에 대한 인식을 무시하고 그저 기분적·감정적으로만 지껄여 대니 도시 토론이 될 수 없단 말이다."

이광열이 어이가 없다는 듯 웃음을 터뜨렸다.

"세계의 대세는 바야흐로 공산화의 방향이란 뜻이고, 역사의 방향은 봉건제, 자본제, 사회주의 체제, 이렇게 나아간다는 말이고, 인민은 자각해서 자본주의에 항거해선 공산당이 세도를 잡도록 노력해야 한다는 말이고, 진정한 민주주의를 하자면 맹목적으로 공산당의 지령에 따라야 한단 말일 게니, 그런 기초적인 인식이 없는 것을 나는 대단히 다행으로 생각하는 바이오."

"신탁통치 문제만 하더라도 그렇지 않은가."

하고 박창학이 말을 꺼내려고 하자 이때까지 잠자코만 있던 유태림이 손을 저었다.

"탁치 문제는 그만둬. 밤을 새워도 끝장이 안 날 테니."

유태림의 말이 떨어지자 박창학이 입을 다물어버렸다. 방 안은 갑자기 조용해졌다. 자기의 참견으로 어색한 침묵이 고인 것이 민망스러웠던지 유태림이 다시 입을 열었다.

"탁치 문제만 빼고, 또 토론을 계속하게. 이 모두가 공부 아닌가."

그러자 강달호가 말했다.

"이번의 검거 선풍은 너무 심해. 이건 페어플레이가 아니야. 미군정이 과도정부로 명칭을 바꾸자 대뜸 좌익계 인물 총검거거든. 미국이 우익과 결탁하는 건 뻔한 일이지만 그렇더라도 명색이 민주주의란 구호를 걸고 닥치는 대로 잡아들인다는 건 옳지 못한 일 아냐? 이대로 나가면 우익에게도 좋은 일이 있을 것 같지 않아. 그야말로 극한 대립이 될 게거든."

이광열이 무슨 대꾸를 함 직했지만 지금 절박한 처지에 놓여 있는 듯한 박과 강을 앞에 두고 검거 선풍에 대한 얘기는 차마 할 수 없다는 눈치로 그저 잠자코만 있었다.

"골치 아픈 일이다."

하고 유태림이 중얼거렸다.

"좌익들이 한 짓도 심하긴 하지만 이번 검거는 확실히 지나쳐. 내버려두었으면 내가 맡고 있는 학급에서도 반은 붙들려갔을 거다. 그렇게 되면 내 꼴이 뭣 되겠는가. 앞으론 절대로 그런 일을 못하도록 하겠다고 내가 서약서를 쓰고 애걸복걸해서 겨우 구해는 놨는데 그래도 안심은 되지 않아. 애들이 내 말을 듣고 잠자코 있을 거란 보장도 없고……."

"유군은 기껏 자기가 맡은 학급의 아이들 걱정인가?"

박창학이 볼멘소리를 했다.

"그렇다. 기껏 내가 맡은 학생들 걱정이나 할 수밖에 없다. 그것이나마 보람 있게 했으면 싶다."

태림의 어조엔 약간 가시가 돋쳐 있었다.

"사람이 그렇게 에고이스트래서야."

하고 박창학이 말하자, 태림은,

"나는 에고이스트다. 좀더 철저하지 못하는 것이 한스럽다."

고 뱉듯이 말했다.

"우리에게 무슨 죄가 있다고 잡아가는 거야. 죄가 있다면 인민의 행복을 위해서 노력하고 있다는 죄밖엔 없는 우리를……."

이 강달호의 말을 받고 이광열이 쏘았다.

"인민의 행복을 위해서 노력해달라고 인민들이 너희들에게 부탁이나 했나…… 행복을 위한다고 치자. 자기가 노력해서 자기 것 먹고 사는 사람들이 느그 말 듣지 않는다고 반동이라고 욕하고, 자기들의 주관에 따라 너희들의 행동에 반대되는 활동을 하면 민족반역자라고 덮어

씌우고, 설익은 슬로건을 써가지곤 거리에 붙이고, 기회가 있기만 하면 테러나 하고!"

"테러는 누가 먼저 시작했는데."

박창학이 버럭 고함을 질렀다. 잇달아 강달호도 한마디 거들 양으로 몸짓을 했다. 이때 유태림이 나섰다.

"골치 아픈 얘기는 그만들 하자."

강달호는 유태림을 보고 말했다.

"유군은 좀 대국적으로 사태를 인식해주었으면 좋겠어. 너무나 눈앞에 나타나는 사실에만 사로잡혀 있는 것 같아 안타깝단 말이야."

"하여간 토론은 이 정도로 해두자. 내가 대국적으로 사태를 인식 못하는 것은 내 결점인 줄 안다. 그러나 대신 너희들이 대국을 판단하고 걱정해주니 그만이 아닌가. 모두가 다 정치가일 수는 없잖아."

"누가 정치가가 되어야 한다고 하나? 이 위급한 단계에 있어서 좀더 시야를 넓혀 민족적 입장에서 생각해야 되지 않나, 이 말이다."

"그 점만은 나도 강달호의 의견에 동의한다. 방향은 물론 다르지만." 하고 이광열도 한마디 거들었다.

"충고는 모두 고맙다. 그러나 나는 교사로서, 그보다 앞서 학급담임으로서의 임무만이라도 다하고 학생들을 무사히 졸업시켰으면 하는 희망이 고작이다. 교사의 사명은 본래 학생들로 하여금 내일 죽는 한이 있더라도 착한 일을 하도록 지도하는 데 있다고 생각해. 한편 부모는 설혹 착한 일은 하지 못할망정 오래오래 살도록 아들을 보살피는 것이고. 이런 부모의 애정과 교사의 준엄함이 적당하게 조절되는 데 교육의 생리가 있다고 생각한다. 그런데 착한 일을 하기만 하면 꼭 죽을 수밖에 없다는 결과가 명백할 때 교사는 어떻게 해야 한단 말인가. 그래도 착한 일을 꼭 하라고 권할 수 있을까. 지금의 상황이 그렇다는 말은 아냐. 하지만 학생들을 보고 너희들 소신대로 하라고 할 수 있겠어? 학생은, 더욱 중등학교 학생이란 모든 정치적, 사회적 결단을 보류할 수 있는 신분이니 서둘지도 말고 덤비지도 말고 우선 기초 교양이나 쌓으라고 타이를 수밖엔 도리가 없잖아…… 말하자면 지금의 교사는 되도록 오래오래 아들딸이 안전하게 살았으면 하는 부모들 마음의 연장선상에서 일할 수밖에 없는 것이 아닌가. 그러니까 교사로서의 나는 과도 정부가 어떻고 민주주의가 어떻고 하는 문제에 앞서 어떻게 하면 한 사람도 낙오하는 놈 없이, 사고를 내어 희생당하는 놈 없이 무사히 졸업을 시키는가 하는 데 신경을 쓸 수밖엔 도리가 없다는 얘기다. 그 신념을 위해서는 목숨을 걸어도 좋다는 신념을 가르칠 수 있는 교사를 나는 존경도 하고 부럽게 생각하고도 있다. 그러나 아무리 생각해도 내겐 그런 용기가 없다. 용기가 없을 뿐 아니라 나 자신이 그런 신념을 가지고 있지 않으니 어떡허느냐 말이다."

나는 유태림의 이런 식의 얘기를 몇 번이나 들어왔기 때문에 마음의 여유를 갖고 박창학, 강달호, 그리고 이광열 등의 얼굴에 나타나는 반응을 살필 수 있었다.

모두들 부자연한 표정들이었다. 그 표정들은 태림의 말에 깃든 진실을 부인하지 않으면서도 위선의 냄새를 맡은 메스꺼움을 나타내고 있었다. 이런 느낌은 나 자신의 감정을 상대방에게 투영해놓고 거꾸로 그것을 그들의 인상으로서 받아들인 것인지도 몰랐다.

"이런 마음먹이를 빼놓으면, 나는 목하, 일개의 플레이보이에 불과하다. 기생집에나 가고 술이나 마시고 하는……."

이렇게 말을 맺으면서 유태림은 자조의 웃음을 띠었다. 그러고는 술이나 마시러 갈까 하다가, 주춤하는 기색으로 말을 끊어버렸다. 나는 선뜻 박창학과 강달호의 처지를 생각했다. 그들은 피신차 유태림의 안사랑에 들어앉아 있었음이 분명했다. 아까 하인이 나를 바깥사랑에 잠깐 머물도록 한 연유를 깨달았다.

이윽고 술상도 나오고 저녁상도 나왔다. 술을 마시다가 오가는 말들이 가끔 거칠어지기도 했으나 별반 심각한 정도에까진 발전하지 않고 농담도 해가며 식사까지 끝냈다.

식사가 끝나자 박창학과 강달호는 다른 곳으로 가봐야겠다면서 자리에서 섰다. 태림이 마루까지 따라가서 만류하는 눈치였으나 그들은 듣지 않는 모양이었다.

"좀더 안전한 곳으로 가야겠어."

라고 하는 강달호의 말이 들려왔다. 그 말은 나와 이광열을 두고 빈정대는 말 같기도 했다.

대문 밖에까지 갔다가 돌아온 유태림을 보고 이광열이,

"우리들이 와서 그들을 쫓은 셈인데 미안하게 됐군."

했더니,

"그러지 않아도 오늘쯤 다른 곳으로 가겠다는 말이 있었어."

하며 우울한 표정으로 태림이 답했다.

"궁조窮鳥 품에 들어오면 어쩌고저쩌고 하는 그런 것인가."

이광열이 그들을 숨겨준 유태림의 행위를 빈정대듯 말했다.

"딱한 소린 하지도 말게. 만일 그들이 자넬 찾아갔더라면 어떻게 했겠어, 내쫓았겠는가."

이광열이 조금 생각하는 눈치더니,

"그것도 그래."

하고 입맛을 다셨다.
 나는 내게 그들이 찾아왔을 경우를 생각해봤다. 그럴 경우는 상상도 못하겠지만 나는 당장 그들을…… 했으나 역시 어떻게 할 수 없었지 않았을까 싶었다. 그렇다고 치더라도 유태림의 행동은 달갑지 않았다.
 '그들이 어떤 놈들인데…… 태림은 학교에서 좌익들의 치사한 행동을 그처럼 많이 봐왔어도 저렇게 우유부단하단 말인가.'
 이광열이 담배를 피워 물고 혼잣말처럼 말했다.
 "사정이 거꾸로 되었다고 치자. 그들이 과연 우리를 숨겨줄까?"
 "쓸데없는 상상은 하지도 말게."
 유태림의 어조엔 노기가 섞여 있었다. 그러나 그 노기는 이광열에 대한 것이라곤 느껴지지 않았다.

 4월에 들어도 경찰의 좌익분자 검거 선풍은 멎지 않았다. C고등교에서도 몇몇 교사가 붙들려 갔다. 수령급인 M, P, S는 교묘히 몸을 피한 모양이었다. 학생동맹의 지도급에 있는 자들도 대부분 체포되었거나 피신했다. 그런데 학생동맹의 수령급으로서 으뜸으로 쳐야 할 태림의 학급만은 상처 없이 남았다. 물론 그중 몇 학생은 잠시 피신도 했고 더러는 경찰에 불려가기도 했으나 곧 놓여 나왔다. 태림이 서약서를 쓰고 진정도 하고 한 전전긍긍한 노력의 덕택이었다.
 한편 테러사건도 빈번히 발생했다. 학생연맹원들이 경찰과 합세해서 피신한 학생동맹원을 찾아다닌다는 풍문과 더불어 밤길에서 학생연맹원이 학생동맹원에게 테러를 당한 사건이 연이어 일어났다. 이와 정비례해서 학생연맹원은 학생동맹과 관련이 있는 자라고 보면 생트집을 잡곤 폭행을 했다. 그런데 학생연맹의 테러사건은 그 가해자가 노출되는 데 반해 학생동맹의 테러사건은 쉽사리 가해자를 밝힐 수가 없었다. 그러니 학교로선 테러사건으로 인해 학생연맹에 속한 아이들만 처벌하고 학생동맹의 아이들은 테러사건에 관한 한 방치해두는 결과가 되지 않을 수 없었다. 이것이 학생연맹에 속한 학생들로 하여금 학교에 대한 불만을 가지게 했다. 그 결과 표면적으론 학원의 정상화를 어지럽게 하는 측은 학생동맹이 아니라 학생연맹이 되고 말았다. 그뿐만 아니라 조직과 당국의 힘을 믿고 의식적으로 횡포를 하는 움직임조차 나타나게 되었다.

당국의 강경한 태도로 인해서 학생동맹원 가운데는 일부 탈락자가 생겨나기도 했으나 양의 감소에 따라 질적인 단결은 더욱 굳어져갔다. 기왕엔 그저 시끄럽게 떠벌리기만 하던 아이들이 배수의 진을 친 투사로 변모하기 시작했다. 학생동맹이란 조직을 넘어 남로당과 직결하는 경향이 생겼다. 이런 학생에겐 학교란 이미 무의미한 기관에 불과했다.

전엔 '저자는 학련이다.' 하던 것이 '저자는 경찰의 앞잡이다.'라는 표현으로 바뀌고, '저자는 학동이다.' 하던 것이 '저자는 빨갱이다.'라는 표현으로 바뀔 정도로 학생들 사이의 대립은 심각하게 되었다.

'이와 같은 틈바구니에서 교사는 어떻게 해야 하나.'

이 문제를 둘러싸고 가장 진지하게 고민한 사람 가운데 하나가 유태림이 아니었을까 한다.

"공연히 학교에 왔어. 도서관에 앉아 책이나 읽고 있을 것을."

간혹 이런 말을 하기도 하는 유태림은 그 내부에 일종의 허무사상을 가꾸고 있는 모양이었다. 어느 땐가 유태림은 내게 이렇게 말한 적이 있다.

"허무주의엔 세 가지가 있다. 하나는 누구나가 가지고 있는 허무감,

생의 허무감을 느껴보는 기분. 이건 하나의 생활감정이기도 하다. 적당하게 생활을 물들여 단풍진 나뭇잎같이 생활을 아름답게도 할 수 있는 감정 이것이 하나이고, 또 하나는 모든 가치를 근본에서부터 의심해보는 태도, 철저히 탐구하고 진지하게 사색하는 감정과 이성. 이것은 학문적 허무주의라고 말할 수도 있겠지. 앞에 말한 허무나, 지금 말한 허무는 아직 희망을 잃지 않은 허무다. 이 허무사상을 조절하고 기름으로써 보다 충실한 생활, 보다 훌륭한 가치에 이를 수도 있는 거니까. 그런데 여기 일체의 희망을 버려야 하는 허무가 있다. 일체의 가치를 의심하는 것이 아니라 가치의 존재 자체를 부인하는 감정사상, 이건 불모의 사상, 키르케고르 말 따라 죽음에 이르는 병이다. 그러나 키르케고르의 허무사상이 불모의 허무사상이란 말은 아니다. 그런데 이 나라에 희망이 있을 수 있을까. 좌익이 덤비는 꼴, 그들의 사고방식을 보면 거기 희망이 있을 것 같지도 않고, 그렇다고 해서 지금 날뛰고 있는 우익에 기대를 걸 수도 없고, 제3의 길이 있느냐 하면 그것도 없고, 자라나는 세대는 스스로의 보류된 신분이란 특권을 이용하기는커녕, 어른들의 추잡한 혼란을 그들의 규모로서 모방한 채 혼란하고 있고, 유일한 길은 도피인데 도피가 길일 수 있을까. 도피해서 장사를 해선 내 속의 돼지를 키우는 것이 보람 있는 생활이 될 수 있을까. 딜레탕트로서 마스터베이션하는 것이 생활일 수 있을까. 예술에로의 도피? 도피한 예술이 예술이 되자면 천재가 있어야 하는데, 천재 없는 예술은 치욕일 수밖에 없는 것이 아닌가. 생각하면 불모의 허무지. 공산주의자들은 그들의 사상을 강철의 사상이라고 하고 그 사상으로 무장한다고 떠들어대지만 이 불모의 허무주의만은 뚫을 수가 없을 게다. 지금 내가 싸우고 있는 것은 내 속에 있는 이 허무주의에 대해서다. 나는 앞으로 1년 동안은 이 허무주의에 이겨나갈 작정이다. 그 목적은? 지금 내가 맡고 있는 학급 학생 전원을 누구의 손에도 넘겨주지 않고 어떤 사고에도 다치지 않게 하고, 한 사람도 병들어 낙오하지 않게 해서 무사히 졸업시키는 일이다."

이 말을 들었을 때 나는 유태림의 자존심이란 것을 생각했다. 자존심이 이러한 말을 하게 한 것이거니 했다. 한데 지금 생각해보니 이것은 유태림이 자기의 운명을 예감한 뒤의 집념이 아니었던가 싶다. 능력과 의욕은 가지고 있으면서도 이렇게도 못하고 저렇게도 못하는 초조함이 허무감을 짙게 하고 그 짙은 허무감이 뭐든 한 가지의 보람은 이룩해야겠다는 집념을 낳게 한 것이 아니었을까 하는 데서 그렇게도 생각해보는 것이다.

빈발하는 테러사건의 처리를 위해서 매일처럼 비생산적인 회의를 해야 했고, 피신 또는 검거된 좌익교사들의 시간을 메우기 위해서 보강補講도 해야 하는 바쁘고 지루한 나날이 계속되었다. 보강하러 들어가면 거의 반드시라고 할 수 있을 정도로 학생들의 질문이 있었다.

"M선생님은 어떻게 되셨습니까."

"P선생님은 어떻게 되셨습니까."

이런 물음에 대해서 유태림의 대답은 이랬던 모양이다.

"모두들 고민하고 있는 거다. 우리 힘으로써 쟁취하지 못하고 남의 힘으로써 얻은 해방의 값을 치르고 있는 거다. 언젠가 좋은 날이 오면 모든 일이 풀릴 것이니 너희들은 과히 선생님들 걱정은 말고 너희들 걱정이나 하고 공부나 열심히 해라. 이상을 버리라는 말이 아니고 이상을 위해 기초작업을 할 일이다. 너희들의 신념을 버리라는 말이 아니고, 훌륭한 수확을 얻기 위해서는 어떤 작물을 일정 기간 온실에서 키워야 하듯이 너희들의 신념도 우선 온실에서 가꿔라. 학생의 신분이란 것은 굉장한 특권이다. 정치활동이나 사회활동은 두고두고 죽을 때까지 할 수 있지만 학생생활은 한번 지내버리면 다시 돌이킬 수 없다. 학생이 무슨 결단을 내리지 않는다고 해서 욕될 것은 없다. 너희들 개인의 욕심에 집착한다고 해서 누구도 탓하지 않을 것이다. 눈 딱 감고 너희들 자신만을 위해서 학생생활을 해보렴. 먼 훗날 결과를 알 것이다. 나는 예수를 믿지는 않지만 예수의 말 가운데 대단히 좋아하는 것이 있다. 그것은 씨앗을 뿌리는 사람의 비유다. 길바닥에 뿌려진 씨앗은 자라지 못한다. 가시덤불에 뿌려진 씨앗은 크질 못한다. 우리들은 길바닥에, 또는 가시덤불에 뿌려진 씨앗과도 같다. 그러나 우리는 생각하고 움직일 수 있는 씨앗이 아닌가. 비옥한 땅으로 옮길 수 있다. 지금 너희들의 사정으로서 비옥한 땅이란 이 학교를 두곤 없다. 자기에게만 충실하면 이곳에서 짓밟힐 염려는 없다. 새에 먹힐 염려도 없다. 온 나라가 혼란하다고 해서, 온 나라가 고민한다고 해서 너희들까지 혼란하고 고민할 필요는 없다. 어른들의 혼란과 고민을 지켜보며 너희들은 너희들의 길을 걸어야 한다. 너희들은 어른들의 등을 밟고라도 넘어서서 앞으로 가야 할 희망이 아닌가."

4월이 중순으로 접어들자 경찰에 검거된 교사들과, 피신하고 있던 교사들이 학교로 돌아왔다. 학생들도 거의 복교한 모양이었다. 뚜렷한 죄과가 있어서가 아니고 대부분 무허가 집회란 명목으로 연행된 사람들이었기 때문에 구류기간이 완료됨에 따라 경찰에서도 그들을 놓아주지 않을 수 없었던 모양이다. 당시는 어떤 조직에 가담하고 있었다는 것만 가지고는 벌할 수 없게 되어 있기도 했다. 정당에 가담한 교사를 행정 처분할 수도 있었으나 명백한 증거가 없을뿐더러, 그렇게 해놓으면 또 뒷일이 시끄럽기도 해서 당국은 아는 듯 모르는 듯 얼버무려 넘길 수밖에 없었다.

P와 S를 비롯해서 좌익계열의 쟁쟁한 교사들이 다 돌아왔는데 M선생의 모습만은 나타나지 않았다. 주동인물이라고 해서 경찰이 놓아주지 않는 것일까도 생각했지만 M선생이 붙들렸다는 소문을 들은 적이 없었으니 어찌 된 셈일까 하고 궁금하기도 했다. 좌익계 교사의 세력이 압도적으로 강한 학교에서 좌익계 아닌 교사가 어느 정도 견뎌낼 수 있었다는 데는 M선생의 배려가 있었기 때문이라는 얘기도 들은 적이 있고 해서 M선생의 거취에 대해서는 자연 마음이 쓰이지 않을 수 없었던 것이다.

이러한 뜻의 말을 나는 유태림에게 해보았다. 유태림은,

"M선생은 다시 학교엔 돌아오지 않을 게다."

라는 함축 있는 말을 했다.

그 연유를 알고 싶어하는 나의 표정을 보자 태림은 작년 가을 M과 같이 얘기한 적이 있었던, 구강당 뒤 플라타너스 밑의 벤치로 나를 데리고 갔다.

다음은 그때 유태림에게서 들은 얘기를 내가 기억한 대로 적은 것이다.

4월 십×일 밤이다. 통행금지의 예비 사이렌이 울리고 난 직후에 전화가 왔다. 받아보니 M의 소리였다. 지금 찾아갈 테니 만나줄 수 있느냐는 것이었다. 유태림은 좋다고 했다. 그리고 태림은 술상을 준비하라고 일러놓고 대문 밖에서 기다렸다. 15분쯤 뒤, M이 나타났다. 어떤 낯

모르는 사람을 동반하고 있었다.

안사랑으로 인도하고 그 낯모르는 사람과 인사를 나누었다.

"전승일이라고 부릅니다. 물론 본명은 아니니 용서하십시오."

35, 6세 되어 보이는 준수한 얼굴의 사나이였다. 눈썹이 까맣고 콧날이 단정했다. 한복 차림이었는데 회색 세루 두루마기를 입고 있었다.

"밤중에 미안하오."

하며 M은 전승일이란 자를 돌아보며 말했다.

"바로 얘길 하지. 여기 계시는 전선생은 남로당 C시 당의 책임자입니다."

태림은 가까스로 놀란 빛을 억제했다. 그리고 "어려운 걸음을 하셨다."는 인사와 함께 술잔을 따랐다.

"전선생은 곧 C시를 떠납니다. 떠나기 전에 꼭 유선생을 뵈었으면 하는 청이어서 모시고 왔지요."

M의 말이었다.

"반동이란 낙인이 찍힌 저를 하필이면."

하고 유태림은 가볍게 웃었다.

"동, 반동보다 앞서는 인간이라는 것이 있지 않습니까."

전도 부드럽게 웃었다.

"C시에 오신 지가 얼마나 됩니까?"

태림이 물었다.

"1년 남짓 합니다."

"C시는 처음으로 오신 곳이던가요?"

"제 외가가 이곳에 있습니다. 어릴 때는 내왕이 잦았지요."

"C시를 떠나신다는 것은?"

"상부의 명령으로 중앙으로 갑니다. 사회에서 쓰는 말로는 이른바 전근이라는 거지요."

"공산당에도 전근이라는 것이 있구면요."

"있고말고요."

이런 응수가 오가는 동안에 자리의 분위기는 부드러워졌다. 태림은 앞에 앉은 바로 이 사람이 1년을 두고 경찰이 그 정체를 파악하려고 애써도 파악이 되질 않은 사람, 그 소재를 알려고 그처럼 애를 써도 찾지 못한 사람이라고 생각하니 신기로운 호기심이 일었다. 한편 C시에 평화를 줄 수도 있고, C시를 폭동의 도가니 속에 몰아넣을 수도 있는 사람이 바로 이 사람이다, 하고 생각하니 저도 모르게 긴장감을 느끼기도 했다. 그러나 앞에 앉은 사람은 준수한 얼굴, 온유한 표정을 지닌 신사인 것이다.

"전선생은 유선생과 마찬가지로 철학을 전공한 사람입니다."

M의 말이 계기가 되어 전승일의 경력이 화제가 되었다. 종합하면 전은 도쿄 W대학에 다니고 있는 동안 일본 공산당의 지하조직에 가입했다. 그 사실이 탄로가 나서 경찰의 추궁이 시작되자 전은 규슈九州의 탄광으로 뛰었다. 규슈의 어떤 탄광 한바飯場의 장부계로 잠복, 10여 년 동안 고향과도 서신을 끊고 지내다가 해방 후 돌아왔다는 것이다.

"그럼 감옥생활은 하시지 않았구면요."

"다행하게도 그런 경력은 없습니다. 내가 다행하다고 말하는 것은 감옥생활의 고통을 겪지 않았다는 점에 중점이 있는 것은 아닙니다. 감옥생활을 하지 않았기 때문에 아직껏 공산주의자로서 남아 있을 수 있다는 얘깁니다."

"그건 무슨 뜻이죠?"

"붙들리면 공산주의자로선 실격하는 겁니다. 병정이 포로가 되면 병정으로서의 가치와 능력을 상실하지 않습니까. 꼭 같은 거지요."

이런 말들이 술잔과 더불어 오가는 동안에도 태림은 불안을 느꼈다. 이 사람들이 자기를 찾은 이유와 목적이 궁금했다. 그래 단도직입적으로 물어보지 않을 수 없었다.

"선생님들이 저를 찾으신 이유를 알고 싶습니다."

"전연 타의他意는 없습니다. 그저 한번 친히 뵙고 밤을 새워가면서라도 얘기를 나눠보았으면 하는 생각 외엔 아무런 이유도 목적도 없으니 안심하십시오. 그리고 저희들이 여길 왔다는 것은 선생님이 발설하지 않으면 발설할 사람이 없다는 것도 알아두십시오."

"오늘밤만은 조직을 떠나고 사상을 떠나서 구김살 없는 청년으로서 얘기하고 놀려고 유선생을 찾아온 것이니 그리 아시고 얘기나 합시다."

M의 말이었다.

잠시 침묵이 흘렀다. 이런 경우의 침묵이란 견디기 힘들다. 태림은 우선 그 침묵을 깨뜨릴 작정으로 입을 열었다.

"전선생은 혹시 안영달이란 사람을 아십니까?"

"안영달 말이오? 고향이 밀양인. 알구말구요."

"선생은 그 사람을 어떻게 생각하십니까?"

"글쎄요, 뭐라고 평하기는 어렵고…… 솔직하게 말하면 난 그 사람 좋아하지 않습니다. 한데 유선생은 그 사람을 어떻게 아십니까?"

"일제의 학병으로 갔을 때, 같은 부대에 있었습니다. 소주에서요. 나이는 나보다 7, 8세 위였지만 같은 운명을 당하게 된 거죠."

이래놓고 유태림은 소주에서 있었던 안영달과 자신과의 트러블을 소상하게 얘기했다. 태림의 얘기를 듣고 나더니 전승일이 말했다.

"그런 치를 두고 모험주의자란 겁니다. 뭐든지 정식화定式化하는 것을 공산주의자의 고질이라고 웃으실는지 모르지만, 안영달의 그와 같은 행동을 당에서는 모험주의의 경향이란 말로써 비판하지요. 모험주의란 말을 준비한 것은 용기 있는 행동과, 용기 있는 행동인 것 같으면서 그렇지 않은 것과를 구별하기 위해서죠. 모험주의자는 보통 두 가지의 원인에서 나타난다고 봅니다. 하나는 자포자기하려는 허무적 기분이고, 하나는 터무니없는 공명심이지요. 두 가지 다 비판을 받아야 합니다."

"모험주의의 경향이 있는 사람이 변절하기도 쉬운 모양입니다."

M이 한마디 거들었다.

이런 말을 듣고 있으면서 유태림은 이상한 느낌을 가졌다. 유태림의 눈으로 보면 공산주의자, 특히 한국의 공산주의자들은 예외 없이 모험주의자였던 까닭이다. 모험주의적 경향 없이 어떻게 이 상황 속에서 공산주의자가 될 수 있을까, 공산주의자는 거개 지금 모험을 하고 있는 것이 아닐까, 하는 것이 유태림의 솔직한 의견이었다. 그러나 그렇게 솔직한 질문을 할 수가 없어서 다음과 같이 물어보았다.

"그런데 지금 남로당의 전술과 전략에는 모험주의적 경향이 없다고 생각하십니까?"

"이것 아픈 데를 찔렸습니다. 그런 경향이 없지는 않지요. 시정하려고 하면서도 말려들곤 합니다. 그러나 방관자가 결과만 보고 평하는 것과는 다른 사정이 있습니다. 주도한 작전계획, 충분한 준비를 하고 덤볐는데도 패배하는 전투란 것도 있지 않습니까. 그런 것까질 모두 모험주의라고 일괄해버리면 곤란합니다."

"내가 보기엔 처음부터 끝까지 모험주의같이 뵈드먼요."

"어떤 점입니까, 구체적으로 말씀해보십시오."

"쉬운 예로 밤에 삐라를 붙이는 것도 그렇죠. 대수롭잖은 구호를 붙이려다가 경찰에 붙들리면 단단히 경을 치지 않습니까. 조그마한 일이지만 그런 모험을 뭣 때문에 한단 말입니까. 삐라를 보고 민심이 후끈 달아오를 시기는 지났습니다. 삐라도 요즘에 와선 일종의 매너리즘이 되어버렸지 않습니까. 아무런 효과도 없는 매너리즘을 위해서 모험을 한다는 게 납득이 가지 않는다는 말씀입니다."

"그거 모르시고 하시는 말씀입니다."

하고 전승일은 말을 이었다.

"케케묵은 구호를 붙여 그 자체에서 대단한 결과를 얻으려는 것은 아닙니다. 자꾸만 되풀이되는 구호로써 일반대중에게 일종의 고정관념을 심어준다는 정도죠. 그런데 노리는 효과는 딴 곳에 있습니다. 바로 조직에 가입한 자들에게 그런 일을 시키지요. 경찰의 눈을 피해 삐라를 붙이지 않겠습니까. 한번 그런 행동을 하고 나면 경찰관에게 대한 관념이 우선 바뀝니다. 자꾸 그런 짓을 거듭하고 나면 드디어 경찰을 미워하게 되고 증오하게 되지요. 붙들리면 경을 칠 게다 하는 마음의 작용이 경찰관에 대한 반발로 나타난다 이 말씀입니다. 경찰에 대한 반발은 체제에 대한 반발로 발전하고 그렇게 됨으로써 당원 또는 조직원으로서의 자각이랄까 수양이 쌓입니다. 이런 목적이 중대한 거지요."

유태림의 귀가 번쩍 트이는 소리였다. 공산당의 전략, 그 전부가 한꺼번에 납득이 되는 느낌이었다.

"나는 그렇게 사람을 조종하는 방법 자체가 불순하다고 생각하는데요."

"전쟁입니다, 전쟁. 불순하고 불순하지 않고가 문제되는 것이 아니죠."

이렇게 거드는 M을 보고 유태림은 물었다.

"M선생은 이 나라에 공산정권을 세울 수 있다는 자신을 가지고 있습니까?"

"세울 수 있다, 없다에 문제가 있는 것이 아니라, 꼭 세워야겠다는 거지요."

"요컨대 자신이 있느냐 말입니다."

"자신이 없고서야, 이런 말을 하겠습니까. 자신이야 있지요. 그런데 유태림 선생 같은 사람 때문에 대단한 난관에 봉착하고 있는 것입니다."

M의 말엔 농조弄調가 있었다.

"앞으로 어떤 전략을 세워나갈 것인지, 비밀이겠지만 설명해주실 수 있습니까?"

"구체적인 내용이야 밝힐 수 없지만 대강의 방향은 말씀드릴 수 있지요."

하며 전승일은 상세한 설명을 했다.

전승일에 의하면 우선 당을 정수분자 본위로 정비하고 강화해선 단독정부 수립을 결연 반대하고 국제 정세의 성숙에 맞추어 임기응변의 대책을 강구한다는 것이었다.

그런데 그 얘길 통해 유태림이 느낀 것은 자기의 눈으론 공산당에 불리한 국제 정세의 움직임을 그들은 어디까지나 유리하게 해석하려 드는 태도였다.

예를 들면 3월 12일 발표된 트루먼 독트린, 이른바 공산세력 봉쇄 선언을 앞으로 남한에 있어서의 공산활동에 지장이 있는 것으로 보지 않고 공산 동맹국과의 유대를 공고히 할 수 있는 계기로서 이해하고 있는 점이었다.

화제가 공산주의를 지탱하고 있는 사상의 문제로 옮아갔다.

유태림이,

"유물론은 유심론의 사고방식을 전제로 하고, 유심론적인 설명으로썬 미흡한 부분 부족한 부분을 보충하는 입장에 서야 하고, 유심론 역시 그렇게 해야만 진리에 가까워질 수 있는 것이 아니겠습니까."

하고 설명하는 데 반해 전승일은,

"유물론을 학문적으로만 취급하고 분석하면 결점도 있고 부족도 있습니다. 그러나 공산당이 무기로 하고 있는 유물론은 학문적, 철학적 유물론이 아니라 전투적 유물론입니다. 전투적 유물론이란 공산당의 목적 수행을 위해서 스콜라적인 번쇄한 사고를 대담하게 사상捨象하고 명증明證만을 쌓아올린 사상계일 수밖에 없지요."

하고 솔직하게 말했다.

"명증의 허위라는 것을 폴 발레리가 지적한 적이 있지요."

"그런 것을 두고 스콜라적이라고 하는 겁니다. 공산당의 유물론은 목적이 있는 유물론, 무기로서의 유물론, 즉 세계와 역사를 해석만 하고 있는 유물론이 아니라 세계와 역사를 변혁하자는 목적을 가진 유물론입니다."

이렇게 솔직하게 나오면 토론의 여지가 없는 것이다. 그러나 유태림은 또 다음과 같이 물어보지 않을 수 없었다.

"역사와 사회를 움직이는 힘이 변증법적으로 작용하고 있다는 것은 이해하고 있습니다. 그러나 역사와 사회의 발전엔 비변증법적인 부분도 있지 않겠습니까. 단적으로 예를 들어 지진이나 기근이 났기 때문에 발전에 저해가 되는 수도 있고, 난데없이 석유가 솟아났기 때문에 뜻하지 않게 사회가 부유하게 되는 경우도 있고, 적당한 예는 아닐는지 모르나 하여간 변증법만 가지고는 역사와 사회를 이해하지 못하는 국면이 있지 않겠습니까. 이것마저 스콜라적인 사고라고는 할 수 없겠지요."

"그러니까 학자들 사이에는 변증법적 작용과 비변증법적 작용과의 변증법적 관계라는 것을 연구하고 있는 사람도 있는 모양이지요. 그러나 당의 활동을 위해서는 자본론과 유물사관과 변증법적 유물론으로서 족한 것입니다. 요는 전투적으로 이용할 수 있고 설득력만 가지면 되는 것이니까요."

철학도 공산혁명의 목적에 따라서 규제하고 정돈해야 한다는 의견에는 그것을 추종하는가, 안 하는가가 문제일 뿐이지 진眞과 위僞가 문제되는 것이 아니다. 유태림은 토론에 지쳤다.

M이 심각한 표정을 짓고 있더니, 태림에게 부탁이 있다면서 입을 열었다.

"유선생, 나는 학교론 돌아가지 않을 작정이오. 경찰에 붙들린 사람, 앞으로 붙들릴 염려가 있는 사람들에게 모든 책임은 내게 뒤집어씌우라고 연락도 해두었습니다. 나는 앞으로 직업혁명가의 길로 나설 참입니다. 가족들의 생활이 걱정이지만 단단히 각오를 시켜놓았습니다. 유선생에게 부탁이라는 것은 나는 사표를 내지 않고 떠날 작정이니 가능한 한, 그 사표 수리를 지연시켜달라는 것입니다. 그동안이나마 가족들이 먹고살게요."

유태림은 뭐라고 대답할 수가 없었다. 그러나 힘껏 노력해보겠다는 대답마저 피할 수는 없었다.

통금해제의 사이렌이 울리고 나서야 두 사람은 자리를 떴다.

자리를 뜨기에 앞서 전승일이 다음과 같은 말을 남겼다.

"유선생, 내가 유선생의 입장이더라도 유선생과 같은 태도를 취했을 겁니다. 그러니 유선생이 우리의 활동에 반대되는 입장에 서 있다고 해서 그걸 가지고 비난하거나 욕하지는 않습니다. 다만 자기 나름의 신념을 갖고 일하고 있는 우리들의 처지를 이해만은 해주셔야겠습니다. 그리고 외람하지만 한 가지만 일러두고 싶은 것은 단독정부를 꾸미려는 음모에만은 결연하게 반대해주십사, 하는 것입니다. 단독정부의 문제는 공산당, 남로당에게 대해서만 유해한 것이 아닙니다. 전민족적으로 해독이 되는 것입니다. 남쪽에 단독정부를 세워보십시오. 북쪽이 가만 있겠습니까. 한 나라에 두 개의 정부가 서는 결과가 되고 민족은 결정적으로 분열하게 됩니다. 그 뒤의 일은 쉽게 짐작되지 않습니까. 남북전쟁은 불가피하게 됩니다. 그렇게 되면 조국은 어떻게 됩니까. 단독정부에 대한 반대에 좌익과 우익은 가릴 필요가 없습니다. 중립이니 도피니 하는 것도 있을 수 없습니다. 외람합니다만 유선생, 이 사실만은 명심하도록 하십시오."

태림은 굳은 표정으로 듣고만 있을 수밖에 없었다.

태림은 그들을 보내놓고 자리에 누웠다.

"내가 결근한 날이 있잖아? 바로 그 전날 밤의 일이었어."

태림은 이야기를 끝내고 벤치에서 일어섰다. 그리고 혼잣말처럼 중얼거렸다.

"어쩐지 불쌍하다는 마음이 들어. 더욱이 M선생이 말이야."

나는 가만히 있을 수 없었다.

"유선생, 그런 센티멘털리즘은 치워요. 그들은 입버릇처럼 전쟁이니 전투니 하고 있잖아? 전쟁에 동정은 금물이 아닌가."

1947년 여름

1947년의 초여름도 지났다. 긴 장마 끝에 나타난 태양이 뜨거운 햇살을 C시 위에 쏟기 시작했다. 무더움 속의 권태가 추위 속의 절망에 못지않게 고통스럽다는 느낌이 새삼스러운 계절이 온 것이다.

무더운 권태 속에 우리가 지쳐 있다고 해서 세계의 역사마저 정체해 있을 리는 없다. 아무리 보아도 대륙에서의 국공내전은 좌익들이 갈채하는 방향으로 진전되어가는 것 같았다. 일본인 대신 지배자로서 대만으로 건너간 본토인 또는 국부군國府軍과 대만인 사이엔 만만치 않은 반목이 조성되어 미구에 폭동이 전 도를 휩쓸 위기에 놓여 있다는 소식도 들려왔다. 홍콩에서 돌아온 사람이 갖다 주더라는 책을 유태림에게서 빌려 읽고, 그 책에서 받은 충격을 오랫동안 소화하지 못한 채 내 나름으로 대만의 운명을 생각해본 것도 그 무렵의 일이다.

고웅高雄이란, 대만의 남단에 있는 항구에서 발생한 사건이다. 어느 날 아침, 서해안을 도는 버스가 손님을 태우고 막 출발하려는 참이었다. 그때 1개 소대쯤 되는 국부군이 나타나서 그 버스의 손님을 내리게 하고 자기들을 태우라고 트집을 부렸다. 몇 사람의 병정은 버스칸에 들어가서 손님을 내쫓기 시작했다. 이것을 본 운전수는 병정들의 처사에 항의하고 손님들을 태워다주고 난 후에 병정들을 태워다주겠다고 했다. 국부군 병사들은 그렇게 말하는 운전수를 때려눕히곤 차고 밟고 하는 행패를 부렸다. 드디어 운전수는 굴복하지 않을 수 없었다. 손님을 전부 내리게 하고 국부군 병사들을 태웠다. 그리고 운전수는 자기의 도시락을 차장에게 내주면서, 너는 탈 필요가 없다고 일렀다.

서해안의 도로는 태평양의 파도가 세차게 부딪치곤 비말을 올리고 있는 절벽 위를 달리는 길이다. 버스가 그 절벽의 가장 높은 곳에 이르렀을 때, 운전수는 핸들을 바다 쪽으로 꺾었다. 가득 태운 국부 병사들과 더불어 버스는 천애의 절벽을 굴러서 태평양의 바닷속으로 뛰어들었다.

이밖에도 본토인과 대만인 사이에 빚어진 슬픈 이야기로 그 책은 꽉 차 있었지만, 이 얘기 하나만으로도 대만의 비극을 짐작할 수 있는 자료가 되는 것이 아닌가. 대만과 조선, 성질은 다르나 꼭 같이 슬픈 나라다.

"장개석은 어디로 갈 것인가."

좌익들은 장개석의 운명이 한국 우익의 운명인 양, 중공의 승리가 곧 자기들의 승리인 양, 어깨를 으쓱했다.

"우리나라의 운명은 대륙의 운명과 일치한다."

는 것이 좌익들의 입버릇이었지만,

"그렇게는 잘 안 될걸."

하고 우익들은 버티었다. 미국이 한국을 포기하지 않으리라는 희망적 관측이 신념으로 화하고 있었던 것이다.

구라파의 부흥을 위해 미국이 마셜 플랜을 실시할 것을 발표한 것도 이 무렵이다.

"마셜 플랜만이 아니라 미국의 소위 원조정책은 2차대전 동안 팽창한 미국의 기업 규모를 그냥 유지하기 위한 제국주의 자본가들의 음모다."

　이렇게 좌익들은 마셜 플랜을 비난했는데, 여기서 주목해야 할 일은 뭐든 제국주의라고 규정만 해놓으면 그것은 반드시 실패하는 것이며 패배하는 것이라고 믿고 있는 그들의 마음먹이다. 이와는 반대로 우익들은 구라파에서 강경한 대소정책對蘇政策을 쓰는 미국이 극동에서 공산당에게 호락호락 양보할 까닭이 없다는 증거를 마셜 플랜에서 보았다. 그뿐만 아니라 소련의 태도는 우익들의 공세를 봉쇄하기엔 너무나 심한 결점을 노출하기도 했다. 소련은 헝가리의 소지주당小地主黨 간부를 체포한 행위를 비롯, 동구라파 제국에 대해서 공공연한 내정간섭을 하기 시작했다. 그러니,

"동구라파에 침투해서 동구를 한입으로 삼키려고 하는 소련의 태도는 적색 제국주의가 아니고 뭐냐."

는 우익의 비난엔 좌익들도 대꾸할 수 없었던 것이다.

　중공의 진출, 미소의 대립, 이밖에 당시 우리들의 관심을 끈 것은 동남아 일대에 만발하고 있는 독립운동의 양상이었다. 너무나 근접해 있고, 그 속에 말려들어 있었기 때문에 갈피를 잡을 수 없었던 우리나라의 운명을 동남아의 사태를 주시함으로써 점을 처보고 싶어 하는 마음이 암묵의 작용을 하고 있었을는지 모른다. 그런 때문만도 아닐 것이지만 7월 10일, 인도 독립안이 영국 의회를 통과했다고 들었을 때 우리들은 흥분했다. 파키스탄과의 분리 독립이 어떤 뜻을 가졌으며 5분의 1이 아사餓死하게 마련이란 4억 인구를 어떻게 통치할 것인가에 대한 한 조각의 지식도 없으면서 백여 년 동안 영국의 지배를 받아온 인도가, 건듯하면 우리의 운명과 견주어서 얘기되어오던 인도가 독립했다는 단순한 소식만으로도 감격적이었다.

그날 우리들은 간디를 들먹이고 네루를 들먹이면서 몇 차례고 축배를 올렸다. 간디에 관해선 답안을 쓰려면 서너 줄 내용의 글을 쓸 수는 있었지만 네루에 관해서는 전연 아는 바가 없었다. 간디는 파키스탄과의 분할 독립엔 끝끝내 반대하고 드디어는 자기가 이끌어온 국민회의 파와 절연까지 했다고 한다. 그런데 네루는 선배이며 스승인 간디의 의사에 반해서 분할 독립을 추진시켰다. 그래 간디는 초종파, 초당파적인 인도의 지도자이며 네루는 현실감각이 예민한 정치가다, 하는 테두리 속을 맴도는 얘기만을 거듭하는 가운데 나는 문득 우리나라의 분단 독립도 가능한 일이 아닌가 하는 생각을 해보았다. 통일된 형태로서의 독립은 이상이지만 실현 가망성이 없으니 38선으로 갈라놓은 채 독립하는 것이 현실적인 방법이 아니겠는가 하는 생각에서였다. 말하자면 간디 방식은 이상이긴 하지만 추종할 수 없고 불가분 네루 방식에 따라야 하지 않는가 하는 생각이 그렇게 발전한 것인데 이런 뜻을 얘기해보았더니 유태림은 복잡한 표정을 하고 나를 노려볼 뿐이었다. 술에 취한 감도 있어 나는 분할 독립에 대한 나의 의견을 거듭 되풀이했다. 그래도 좌중에선 아무도 대꾸하는 사람이 없었다. 나는 무시당한 것 같아서 분했다. 한바탕 고함을 지르고 싶은 충동마저 일었다. 그런 눈치를 알아차렸는지 유태림이 내게 잔을 내밀며 말했다.

"우린 오늘 인도 걱정이나 하고 인도를 위해서 축배를 들자. 우리나라 걱정은 우리 아니라도 해주실 어른들이 너무너무 많지 않은가."

생각해보면 인도를 위해서 축배를 든다는 행위 자체가 우스꽝스러운 일이었다. 매일처럼 마시는 술에 한 가닥의 빛깔을 섞은 데 불과했다. '오늘도 술을 마시자.' 하는 대신 '오늘은 일본의 신헌법을 위해서 한잔 들자.' 또는 '이 밤은 버마의 아웅산 씨를 위해서 한잔 하자.' 하는 식으로 꼬아놓지 않을 수 없게끔 권태롭고 지긋지긋하고 그러면서도 불안하고 초조한 나날이었던 것이다.

이러한 상황이 계속되던 어느 날 고맹수高孟洙가 나타났다. 유태림에게 가장 큰 영향을 주었다는 뜻도 있겠지만 그가 겪은 경험의 내용으로 봐서 이 친구에 관해선 소상하게 기록해둘 필요가 있다.

고맹수는 우리들보다는 중학교로선 5, 6년 선배이고 연령으로선 7, 8세 연장이다. 고맹수의 집은 나와 태림의 시골집이 있는 H면에서 등을 하나 넘는 O면에 있다. 그의 집 살림은 그가 중학교엘 다닐 때는 넉넉한 편이었다. 그런데 중학교를 졸업할 무렵 가산이 기울어 상급학교에 진학할 수 없게 되었다. 그는 학교를 졸업하자 고향인 O면의 면서기 노릇을 했다. 5, 6년 동안 면서기 노릇을 하다가 도저히 그런 상태로선 견딜 수가 없어 일본 도쿄로 건너갔다. 고학을 하기 위해서였다. 고맹수는 어떤 연줄을 타고 도쿄 도청의 고원으로 취직했다. 그러고는 M대학의 야간 전문부에 입학했다. 독실하게 일하고 독실하게 공부도 했다. 그러는 동안 고맹수는 자기가 속해 있는 과의 과장의 딸과 연애를 하게 되었다. 그 연애도 고맹수의 독실한 생활을 문란케 하지는 않았다. 그가 전문부를 졸업하고 학부의 2학년에 있을 때 학병 소동이 있었다. 일제의 관리로 있던 그로선 학병을 기피할 수가 없었다. 7, 8년 연장인 그와 우리가 친구로서 대할 수 있었던 것은 같은 학병이란 인연 때문이다.

고맹수는 나남羅南에 있는 사단에 입영했다. 거기서 초년병 교육을 마치자 1944년 7월경 남방으로 가는 수송선을 탔다. 고향에 보낸 편지는 나남을 출발해서 모 방면으로 가게 되었다는 사연을 쓴 것이 최후가 되었다.

고맹수가 떠나고 난 뒤 그의 애인이 고맹수의 집으로 왔다. 허물어져 가는 초가집에 맹수의 부모는 끼니를 걱정해야 할 정도로 초라하게 살고 있었다. 맹수가 어렸을 때 결혼한 부인은 남편과의 불화 탓도 있었겠지만 우선 그 옹색한 생활을 견디지 못해 친정으로 가버리고 없었다.

맹수의 애인인 그 일인 여성은 가난한 맹수의 집에 그냥 눌러앉았다. 도쿄도 과장의 생활이 어느 정도인지는 모르나 도쿄라는 번화한 도시에서 고등교육도 받고 그 나름의 생활을 해온 여성이 풍습과 말이 다를 뿐만 아니라 가난하기 짝이 없는 집에서 시부모를 모시고 살 작정을 했으니 이만저만한 각오가 아니었던 것이다.

맹수의 부모는 그 일인 며느리를 한사코 돌려보내려고 애썼다. 그 면의 일인 순사, 일인 교장, 그 밖의 일본인들이 번갈아 찾아와서 자기들의 체면을 보아주는 셈치고라도 일본으로 돌아가도록 회유도 하고 강권도 하고 위협도 했다. 그러나 그 여인은 움직이지 않았다. 자기가 지니고 온 얼마가의 돈으로 논과 밭을 두락두락 사놓곤, 농촌 여자들도 엄두에 내지 못할 정도로 일을 하기 시작했다. 한복으로 갈아입곤 물동이를 이는 동작부터 시작해서 논밭의 김을 매고 소를 치는 것은 물론 남의 품앗이도 하고, 누에도 치고 삼을 쪼개는 길쌈까지도 사양하지 않았다.

이렇게 영악한 모습을 보자 O면의 일본인들은 입을 다물어버렸다. 처음에는 호기심으로써 지켜보던 동민들의 가슴에 찬양의 감정이 일었다. 이 일인 여성의 소문이 인근에 퍼지자 선물을 들고 이 여인을 구경하러 오는 부녀자조차 생기게 되었다. 우리말과 우리글을 열심히 배워 몇 달 안 가서 시부모의 편지를 대필할 수 있게까지 되었다. 이러한 일인 여성에 대한 찬양엔 풍문에 따르기 쉬운 과장이 있었겠지만 한국의 부녀자들을 놀라게 한 사실이 한두 가지가 아니었다는 것은 분명하다. 지금 내가 쓰고 있는 이 내용은 맹수에게서 들은 것이 아니라 학병에서 돌아오자 곧 내게 들려온 얘기를 그냥 간추려 적고 있는 것이다.

해방이 되었다.

그러나 그 여성은 맹수가 돌아와서 뭐라고 하기까진 그 집을 떠나지 않겠다고 했다. 그런데 1945년이 지나도 맹수에게선 소식이 없었다. 그 이듬해의 봄이 되어도 소식이 없었다. 그리고 남방으로 간 사람들은 거의 살아서 돌아올 가망이 없다는 풍문이 돌고 있었다. 부산에 집결해 있던 O면 거주 일본인으로부터 지금 떠나지 않으면 영영 일본으로 갈 수 없으니 빨리 오라는 편지가 빈번히 날아들었다.

맹수의 아버지는 자기 아들이 돌아오기만 하면 꼭 소식을 알릴 테니 일본에 가서 기다리라고 애걸했다. 정상이 가련함을 본 동리 사람들은 이 여인을 돌려보내기 위해서 마음에도 없는 위협을 했다.

당신이 여기 있으면 당신 시부모는 친일파로 몰린다. 그렇게 몰리면 어떤 화가 닥칠는지 모른다. 맹수의 장래를 생각하고 시부모를 위할 생각이 있으면 이곳을 떠나야 한다고 우겨서 겨우 그 여인을 부산에 있는 일인 수용소로 보내게 되었다.

그 여인이 떠나는 아침 온 동리의 여자들이 몰려와서 울음바다를 이루었다. 집집마다에서 가져온 전별금이 꽤 큰 액수였다고 한다. 그것을 모두 시부모 앞에 내어놓곤 그 여인은 떠났다.

맹수의 아버지는 쌀 두 말을 짊어지고 부산까지 전송을 갔다.

그것이 1946년 5월, 맹수가 버마에서 돌아온 것은 8월 초순이었다. 돌아오자 이 사실을 안 맹수는 하룻밤을 집에서 묵곤 그 이튿날 새벽 부산으로 떠났다. 부산엘 가서 일인 수용소를 뒤졌으나 그 여인은 없었다. 한 달쯤 전에 일본으로 건너가버린 것이었다. 맹수는 갖은 수단을 다해 일본으로 밀항하는 데 성공했다. 그리고 1년 동안 도쿄에 있다가 그 여자를 데리고 귀국한 것이다.

여기까진 들어서 알고 있었지만 맹수가 우리들 앞에 나타나지 않아서 궁금하게 여기고 있던 판인데, 돌연, 태림의 표현을 빌리면 그 조선판 오디세이가 C시에 왔다는 것이다.

조선판 오디세이, 고맹수를 위해 학병으로 간 경력을 가진 사람으로서 C시 안에 있는 친구들을 전부 모이게 하도록 유태림이 서둘렀다. 나도 거들었다.

본래 검은 빛깔인 맹수는 열대의 태양에 그슬린 탓인지 얼굴 빛깔로썬 남양의 토인과 분간 못할 정도로 까맣게 되어 있었다. 6척 가까운 키가 아니고 콧날이 섬세하게 서지 않았고 머리칼이 조금이라도 곱슬했더라면 영락없이 남양의 토인으로서 통할 뻔도 했다. 그런데도 좌중 20여 명 가운데 가장 행복한 표정을 하고 있었다. 가느다란 눈은 스스로의 존재 그것만으로도 자랑스럽고 행복하다는 듯이 빛나고 있었다.

이것은 나만의 인상이 아니었다. 모두가 그와 비슷한 말을 하며 맹수의 손을 쥐었다. 우리보단 몇 갑절이 되는 고생을 치르고 왔다는 뜻보다도 맹수에겐 사랑의 승리자로서의 면목이 있었다. 당시 우리의 나이 또래는 정치에 있어서의 승리, 사업에 있어서의 성공, 학문에 있어서의 명망, 그런 것보다는 사랑에 있어서의 승리를 우선시키는 감정을 지니고 있었기 때문에 고맹수라는 인물의 의미가 보다 크게 우리들에게 작용했을는지 모른다.

고맹수의 얘기를 듣기 전에 해방 후 우리들이 뭣을 했는가를 대강 알리는 것이 좋겠다는 제안이 나왔다. 그 소개 설명을 유머가 풍부한 추秋

군이 맡기로 했다.

추군은,

"그럼 이편 가에서부터 차례차례로 시작한다."

고 해놓곤 맨 가에 앉아 있는 C군을 가리켰다. C군은 사범학교에서 지리를 가르치는 교사였다.

"일본놈 센류川柳에 이런 것이 있지, 왜. 지리 선생은 보고 온 거나처럼 거짓말한다는. 그런데 C군의 주변을 봐선 거짓말도 못할 게고 그러니 어떻게 지리를 가르치고 있는지 대단히 궁금해. 허지만 일본지리의 나고야 하마마쓰濱松 부근이 되면 신이 날 게로구먼. 왜놈 병정 노릇을 할 때 그 근처를 샅샅이 기었거든, 마구. 나고야의 어딜 가면 담뱃가게가 있고 하마마쓰 어딜 가면 말똥이 많고, 하는 식으로…… 나하고는 같은 부대에 안 있었나. 잔팡殘飯 훔쳐 먹는 덴 선수권 보유자지. 내 비위만 거슬렸다간 학생들에게 일러줄 참이다. 느그 C선생은 일본 병정 시절 잔팡 훔쳐 먹은 도둑놈이라고……."

"너 뭣 하는 거지? 간단하게 소개나 할 일이지 그건 명예훼손 아냐?"

C군이 부러 투덜대 보였다.

"내게 이런 임무를 맡긴 느그가 잘못이지. 호락호락 느그 마음에 드는 대로 내가 할 줄 알았어?"

추군은 이렇게 한번 익살을 부리곤 씩 한번 웃었다. 끼여 앉아 있던 기생들이 한바탕 킬킬댔다.

"기생님들에게 대한 체면을 봐서도 좀 점잖게 하게."

추군의 독설이 가장 겁나는 듯한 P군이 한마디 거들었다.

"너 겁나지? 에도江戶의 원수를 나가사키에 가서 갚는다는 말이 있잖아. 그러나 미리 떨지 말게. 용기 있는 자는 한 번 죽고 겁쟁이는 수백

번 죽는단다."

추군이 다음에 가리킨 것은 K군이었다. K군은 자기 아버지가 하고 있던 주물공장을 이어받아 경영하고 있었다. 아들에게 공장을 인도한 K군의 아버지는 명예직으로 소방서장을 하고 있었다. 대충 이렇게 설명하고 나더니 추군은,

"어느 날 소방서장의 정복을 입은 K의 아버지가 어떤 사람하고 말을 주고받는 것을 엿들은 적이 있어. 무슨 말을 한 줄 알아? 깜짝 놀랄 끼다. 요즘 경기가 어떻습니까, 이건 상대방의 말이었어. 그런데 K의 아버지 그 어른의 답이 어떠했느냐 하면, 말도 마이소, 불경기라서 죽을 지경이오, 이러지 않아. 소방서장이 불경기라고 한탄한다면 이거 큰일 아닌가. 불이 자꾸 나야만 경기가 좋아질 테니 우리가 K의 아버지를 기분 좋게 하자면 이 C시를 온통 불바다로 만들어야 하지 않겠는가."
하고 한바탕 웃겼다.

다음은 J군을 소개할 차례였다. 추군이 입을 열기 전, J는 벌써 움츠러들고 있었다. 그러나 추군의 독설은 그런 동작마저도 넘겨보아주지 않았다.

"고형! 고형이 아무리 영특하다고 해도 지금 J군이 뭣 하고 있는진 알아맞히질 못할 거다. 놀라지 마십시오. 지금 J군은 제재회사의 사장이올시다. 따지고 보면 나무장수지 뭐. 수천 석 유산을 받아놓고도 돈을 더 벌어야겠다고 나섰으니 욕심도 그만하면 표창감이 아닌가. 그런데 훌륭한 사학자史學者가 될 것이란 우리 모두의 기대를 짓밟고 저렇게 나선 이유가 뭐지? 내가 단언하거니와 미인으로서 이름 높은 그 마누라 때문이다. 그 미인 마누라가 이렇게 침을 놓았을 거다. 난 구질구질한 학자의 마누라가 되기란 죽어도 싫다. 나는 어떤 일이 있어도 록

펠러나 로스차일드 같은 대부호의 마누라가 되어야겠다. 그러지 못하면 죽어버릴 테요. 이렇게 된 거야."

"너 쓸데없는 소리 자꾸 할래. 그만둬."

J군은 태연하게 말하려고 애쓰는 것같이 보였지만 그의 얼굴은 후끈 달아오르고 있었다. 하지만 그만한 정도로 후퇴할 추군은 아니었다.

"기회가 있으니까 말하는 거다. 잠자코 듣고만 있어. J군은 미인 마누라 때문에 뼈까지 다 녹아버렸다. J군의 마누라는 자동차도 한 개 가지곤 모자라 크라이슬러, 링컨, 박카드의 최신형이 각각 한 대씩 대기해 있어야 하고 별장도 스위스에 하나, 리비에라에 하나, 남미 안데스 산록에 하나, 일본 가루이자와輕井澤에도 하나, 이렇게 있어야 하고, 다이아몬드는……."

추군의 독설이 이에 이르자 J는 정말 견딜 수가 없었던 모양이다.

"너 정말 이러기야?"

하고 눈을 부릅떴다.

"여봐 J, 흥분하지 말고 들어 봐. 아까 누군가가 말하지 않더냐, 오디세이가 돌아왔다고, 오디세이를 위해서 오늘은 좀 참으라고. 오디세이가 지난 공백을 메우기 위해선 우리들의 허물을 털어놓을 필요가 있잖은가."

추의 부드러운 웃음과 말솜씨 앞엔 J도 잠자코 있을 수밖엔 없는 모양이었다. J의 흥분이 가라앉는 것을 보고 추가 말을 이었다.

"생각해 봐. 그러지 않고서야 J가 뭣 때문에 나무장수를 하느냐 말이다. 나무장수의 아이디어는 절대로 J의 것이 아냐. 고급차 하나쯤, 별장한 개쯤 갖고 살려면 지금 자기가 가지고 있는 재산만으로도 충분하단 말이야. 그래 미인 마누라 때문에 뼈까지 녹여버리고 도쿄하고도 제국

대학까지 나온 녀석이 나무장수를 한답시고 돌아다니는 꼴을 잠자코 보고만 있으란 말야?"

"제국대학이 뭔데. 자넨 야무지게 뭐라더라, 그 콤플렉스에 걸렸구나."

P가 넌지시 한마디 했다.

"다음은 이놈아, 너 차례다. 제국대학이 문제가 아니라 초심, 처음 초, 마음 심 하는 그 초심이 문제란 말이다."

하고 추는 P를 쏘아보았다. P는 유대계 프랑스인을 정형적으로 방불케 하는 용모를 가진 사나이다. 다갈색의 머리칼은 약간 곱슬하고, 매코를 닮은 코, 쌍꺼풀이 진 움푹 들어간 눈, 고전적 선을 지닌 짙은 눈썹, 백랍과 같이 하얀 살결, 이런 점 저런 점으로 체취에서부터 엑조티시즘이 풍기는 사나이. 그는 학생 시절 수영선수로서도 날린 사나이고 기타를 가지고 베토벤의 소나타를 완주하려고 덤빈 사나이다. 그러나 그땐 그저 가냘프기만 한 모습으로 앉아 있었다. 유태림은 P를 '나의 친구 마르셀'이라고 부르기를 즐겼다. 그는 학병으로 중국에 갔다. 금화라는 곳에서 일본 병영을 탈출, 중국군에게 일본의 스파이란 혐의를 받고 체포되어 장장 1년이 넘는 세월을 중국 군대의 영창, 형무소 등을 전전하면서 총살의 기회를 기적적으로 모면한, 그야말로 오디세이라고 할 수 있는 경력을 가지고 있었다.

추군은 P에 대한 소개를 이렇게 시작했다.

"P는 지금 방적공장의 사장을 하고 있다. 이놈의 욕심도 대단하지. 『인민해방보』라나 뭐라나 하는 공산당 기관지쯤 되는 신문의 C시 지사장을 하고 있거든. 게이오대학慶應大學 이재과理財科를 다녔으니 J의 경우와는 달라 사업을 하는 것은 납득이 안 가는 바는 아니지만 이놈 역시 수천 석 유산을 받은 놈이 『인민해방보』 지사장은 또 뭐냐 이 말이다. 그 신문을 팔아 돈을 벌겠다는 것이면 게이오대학 이재과가 통곡을 해야 할 판이고, 그로써 거부의 아들이면서 인민대중을 위할 줄도 안다는 제스처가 될 수 있다고 생각하고 있다면 본인의 지능 정도를 의심해야 할 판이니 곤란하다는 얘기지, 공산당에게 이 P군의 그러한 제스처가 통할까?"

"집어치워, 이 자식아."

P의 날카로운 고함이 추의 얘기를 막았다. 그러나 추는 바람을 받은 수양버들처럼 거침이 없는 웃음을 띠며 말을 이었다.

"흥분하지 말게, 마르셀. 그쯤 꼬집는다고 신경질을 내서야 어디 정치를 할 수 있겠나. 그러니까 정치 같은 건 그만두고 기생들하고 소꿉장난이나 하란 말이다."

다음은 내 차례였다. 무슨 독설이 튀어나올까 하는 생각에 나는 나도 모르게 긴장했다. 그러나 추군의 나에 관한 말은 뜻밖에도 부드러웠다.

"L군은 C고등학교에서 영어교사 노릇을 하고 있다. 자기도 잘 모르는 영어를 가르치느라고 고된 모양이다. 순진하고 강직한 점은 본받을 만도 하다. P군은 수천 석 거부인데도 공산당을 하고 있는데 L군은 가난한 축에 들면서도 우익의 노선을 지켜 동요하지 않으니 좋은 대조자라고 할 수가 있다."

이어 추군은 십수 명의 친구를 익살과 독설이 섞인 말투로 소개해나가다가 고맹수의 곁에 앉은 유태림의 차례에 이르렀다.

"이 모임을 만든 자는 유태림. 그러니까 고형하고는 사전에 주고받은 얘기가 많았을 것이니 새삼스럽게 소개할 필요는 없다고 생각해서 생략하기로 하고 나의 의견만을 말해둔다. 내가 이 세상에서 가장 미워하는 자가 있다면 그건 유태림이다. C시의 우익 반동을 혼자 대표하고 있는 것 같으면서 좌익과 내통하고 있다는 소식의 근원이 되고, 전 세계의 고민을 혼자 짊어지고 있는 것처럼 하면서 내가 좋아하는 기생을 가로채는 기술을 발휘하고…… 하여간 곤란하기 짝이 없는 놈이다."

이렇게 말해놓고 앉으려는 추를 보고 P가 쏘았다.

"이 녀석아, 네 설명 네가 좀 해봐라."

"아차, 실례."

하고 구부리려던 허리를 추군은 다시 폈다.

"고형, 나는 아는 것 아뇨. 성은 가을 추, 이름은 연애 연, 일백 백, 그래서 추연백, 가을에 백 번 연애를 하라고 지어준 이름에 알맞게 행동하려고 애쓰고 있지. 주의는 돈환이즘, 가장 숭배하는 인물은 카사노바, 그런데 사실은 카사노바가 어떤 인물인지는 모른다. 그저 그 명성만을 뜬소문으로 듣고 있는 판인데, 유태림 대선생이 언젠가는 설명해주리라고 믿고 사전 하나 사놓은 셈치고 있지, 이상."

술이 한잔 들어간 탓인지 여느 때는 말이 없는 K가 불쑥 일어섰다.

"저 녀석 설명은 내가 하지. 저 녀석은 뉴똥공장 사장이다. C시에서 지금 제일 경기가 좋은 곳이 아마 저 녀석의 공장일 게다. 뉴똥이라면 여자들이 사족을 못 쓰거든. 그것을 기화로 저 녀석이 잡아먹은 여자의 수를 헤아리자면…… 산술로서는 어림도 없다. 고등수학이라야 돼. 어떤 사람의 얘긴데 저놈이 지나간 여자들 머리에 붉은 리본을 달게 하면 이 C시 전체가 빨갛게 되리란 얘기다. 뉴똥 팔아 후생사업을 하니 나쁠 것도 없고 우리 고향에서 이 나라 대표 플레이보이가 나타났으니 자랑일 수도 있으니 백천 번 때려죽일 놈이지만 그런 점으로 봐서 살려두고 있는 거다."

만좌에서 폭소가 터졌다. 추에게서 당한 독설을 K가 대신해서 갚아

준 셈이 된 것이다.

다음엔 그 자리에 참석하지 않은 친구들의 얘기가 나왔다. K가 간추려 말했다.

키다리 김, 일본말로 나가이노라고 불리던 놈은 무슨 결심을 했는지 이과대학에 다시 입학했다.

"형기 찾아 오네리이." 하고 C시 출신의 작곡가 이재호가 지은 '대지의 항구'란 유행가를 곧잘 부르던 김형기는 부산 세관에 있다.

민동석이라는 영어를 썩 잘하는 친구는 그 영어를 밑천으로 해서 K도 적산관재국장을 하고 있다.

거물 황용택은 큰 고기를 낚자면 대해로 나가야 한다고 서울엔지 부산엔지 가서 목하 낚시와 먹이를 만들고 있는 모양이고, 나상조는 검사, 김일석은 판사, 각각 무시무시한 관직에 앉았다.

박유래, 구양택, 송호순, 이들은 하늘로 증발했는지 땅으로 함몰했는지 행방을 알 수 없으나 혁명운동을 하고 있는 사실만은 확실하다.

변이두, 백창일, 박원경은 국방경비대에 들어갔고 손두하, 김경철은 서울에서 대학강사를 하고 있다.

C시 한민당 당수의 아들 허봉도는 세상과 담을 쌓고 지금 입산수도하고 있는 모양이다.

"허봉도가 왜?"

고맹수가 되물었다. 유태림이 설명했다.

"나와는 같은 부대에 있었다. 어느 겨울 밤 봉도가 정문 입초立哨를 서 있었는데 자기 눈앞에 총이 한 자루 떨어져 있더라면서 위병사령에게 갖다주었다. 알고 보니 그건 봉도 자신의 총이었다. 잠깐 조는 사이에 총을 떨어뜨려놓곤 깨어나선 그것을 보고 남의 총인 줄 착각을 한 거야. 그때부터 애가 실성하게 되었지."

한기택의 이름이 나왔다.

"한기택도 나와 같은 부대에 있었다. 중대는 달랐지만."

하고 유태림이 1945년 8월 15일 밤에 한기택이 전라도 출신의 최라는 친구와 함께 영문을 빠져나간 채 그 후 소식을 끊어버렸다는 얘기를 했다. 그리고 이어,

"소주 교외의 크리크에 일본 병정의 시체가 둘 떠올랐다는 소문이 있었지만 그땐 벌써 확인해볼 도리도 없었다. 임시정부를 찾아간다고 같은 중대의 친구들을 보고 말했더라지만 임시정부의 요인이 모인 상해에 나타나지 않은 것을 보면 지금 살아 있다면 연안으로 가서 북조선 쯤에 와 있는지 모를 일이다."

하고 덧붙였다.

서주일은 돌아오자마자 장티푸스에 걸려서 죽었다.

"황인수는 어떻게 됐노?"

고맹수가 물었다.

"황인수는 전사했다."

황과 같은 부대에 있었던 Z가 말했다.

"우린 기병이었다. 당시 일본군은 기병을 자꾸 줄이기만 하고 있었는데 해방까지 남은 몇 개 안 되는 기병대의 하나였다. 그러나 기병이라고 해도 말 타고 전투하는 경우는 없었고 일반 보병과 꼭 같았다. 우리가 속한 부대는 개봉開封에 있었는데 그 근처의 팔로군八路軍은 강했어. 1944년의 가을 궂은비가 내리고 있는 오후였다. 우리 중대는 개봉에서 7, 8리 떨어진 곳에서 참호를 파고 불과 백 미터가량의 상거로 팔로군과 대치하고 있었다. 호 안에 숨어 있다가, 상대방의 동태를 살필

양으로 총검 끝에 철모를 달아 살금 호 위로 올려보면 영락없이 상대편의 탄환이 철모를 뚫고 지나갈 정도로 팔로군의 저격은 정확했다. 병정 생활을 7, 8년씩이나 하고 실전 경험도 많은 치들이니까 무리도 아닌 일이지. 호 안에선 기어서 왕래하고 있었는데 그날은 비 때문에 질벅질벅해서 엎드린 자리에서 딴 데로 옮겨갈 수도 없었다. 각각 5미터의 간격으로 엎드려 있었다. 황과 나 사이는 15미터쯤 떨어져 있었을까. 그랬는데 황인수가 벌떡 고개를 들더니 날더러 뭐라고 한 것 같았어. 채 못 알아들어서 뭐냐고 되물으려는 판에 인수는 돌연 호 위로 뛰어올라가면서 '돌격!' 하고 고함을 질렀다. 그뿐이었다. 돌격하는 소리는 외마디였다. 호 위에 머리를 내밀자 집중사격을 받았다. 그것이 인수의 최후였다."

"정신착란을 일으킨 것 아닌가?"

고맹수가 다시 물었다. Z는 우리에게 몇 번이고 이미 설명한 내용을 다시 되풀이했다. Z의 말에 의하면 인수는 갑갑한 것을 참지 못했다. 그 증세가 날로 늘어나 인수가 전사한 날엔 그것이 극도에 달해 있었다. 아침 출동을 할 때 Z는 오늘은 꾀병이라도 해서 내무반에 드러누워 있으라고 일렀다고 한다. 그러나 인수는 그 말을 듣지 않고 드디어 참변을 당하게 된 것이다.

황인수는 중학교 때부터 에피소드가 많은 학생이었다. 건강한 체구와 강한 체력을 가지고 있었다. 아무리 추운 겨울에도 양말을 신지 않았다.

귀찮다는 것이었다. 두뇌도 명석했다. 더욱이 암기력이 강했다. 가정이 곤란했는데도 중학교를 다닐 수 있었던 것은 그의 뛰어난 재능을 아껴 독지가가 도와준 때문이었다. 상급학교에 갈 형편이 아니었으므로 돈이 안 드는 육군사관학교를 가겠다고 했다. 그것을 주변에서 말렸다.
　인수는 고학으로 J대학의 예과를 나오고 그 대학의 학부로 진학했다.
　학부 2학년 때 학병에 걸렸다. 인수의 집엔 노모와 아직 어린 동생이 남아 있었다.
　"그러고 보니 C시 출신의 학병으로서 전사한 사람은 인수뿐이군."
　이 고맹수의 말을 받아 Z가,
　"인수가 죽음을 자청하고 나서지만 않았더라면 우린 전원 생환의 기록을 세울 수 있었을 텐데."
하고 말하니 추연백이 거들었다.
　"그랬으면 모두가 명산名山 집 자손이 되었을 테고 말야."

　버마에서의 고맹수의 생활, 또는 버마의 상태를 알고 싶어 하는 우리들의 기대에 어긋날 정도로 고맹수는 말이 적었다. 그러나 너무나 심각한 경험은 전달할 수 없다는 것과, 입 밖으로 내기만 하면 그 경험의 실체가 왜곡되거나 희석되는 것 같은 느낌을 체험해본 적이 있는 우리들은 고맹수의 그런 태도에 실망하지는 않았다.
　고맹수는 영국의 반격작전이 본격화한 전쟁 말기에 일본군에서 탈출했다. 그리고는 북부 산악지대로 기어들어가서 원주민들의 틈에 끼여 그들의 일을 돕기도 하며 수개월을 지냈다. 맹수가 일본의 항복을 안 것은 1945년 11월경이라고 한다.
　친절한 버마 사람의 보증과 도움을 얻어 랑군으로 나왔고 거기서 맹수는 전에 포로 감시원을 하던 한국인 약 5백 명이 전범이란 죄목으로 싱가포르에 끌려간 사실을 알았다. 감시원이 포로를 학대한 사실이 있기는 했지만 그것은 대부분 감시원들이 무식한 탓이었다. 따지고 보면 그들은 상부의 지시를 그대로 지켰을 뿐이니 만일 책임을 묻는다면 상층의 책임자에게 물을 일이지 말단에 있는 감시원을 처벌할 문제가 아니었다.

일본군이 항복하자 포로수용소를 해방한 영국군과 네덜란드군은 감시원을 일렬로 세워놓고 포로들로 하여금 자기들을 학대한 놈을 적발하라고 지시했다. 영국 포로는 심하게 군 감시원을 보면 그 얼굴에 침을 뱉고 욕설을 하는 정도로서 끝내고 적발까지는 하지 않았다. 이와는 달리 네덜란드군 포로는 담배를 달랬는데 주지 않았다는 이유, 노동을 할 때에 작업을 재촉했다는 이유, 이런 따위 단순한 이유만을 가지고 무작정 적발했다. 그 수가 6백 명을 헤아리게 되었다.

맹수가 싱가포르에 가서 사정을 살펴보았을 땐 이미 전원이 약식재판으로 사형선고를 받은 뒤였다. 면회는 일체 허용되지 않았다.

"나는 더위에 허덕이며 돌아다니다가 캬빌이란 영국 장교를 알게 되었다. 그 장교에게 나는 탄원했다. 감시원들이 어떤 경로로 버마로 오게 되었는가를 설명하고 일본군의 명령 계통엔 인도주의적인 사정私情을 개입시킬 여지가 도무지 없다는 것까지를 얘기했다. 캬빌은 자기의 소관도 아니며 자기가 작용할 틈도 능력도 없다고 버티다가 하도 내가 조르는 바람에 그도 최선을 다하겠다고 했다. 영국인 입에서 최선을 다하겠다는 다짐만 받아놓으면 성공이다. 영국인은 함부로 그런 말을 하지도 않거니와 일단 그렇게 했다고 하면 그야말로 최선을 다하는 사람들이다. 캬빌은 우선 현지 사령관과 싱가포르 총독에게 탄원서를 내고 『런던타임스』의 기자까지를 동원해서 여론의 환기에 힘썼다. 어쩌면 사태를 호전시킬 수 있는 상황에까지 갔다. 최악의 경우라도 재심의 기회는 마련할 수 있을 것이란 희망도 생겼다. 그런데 어느 날 캬빌이 와서 하는 말이 이 일은 영국 정부와 영국군의 의사만으론 해결할 수 없고, 네덜란드 정부와 네덜란드군의 승낙을 받아야 하는데 네덜란드군의 태도가 강경해서 잇금도 들어가지 않는다는 것이었다. 남은 길은 우리 정부가 네덜란드 정부와 직접 교섭하는 수밖에 없었다. 나는 한국에 있는 미군정 장관에게 탄원서를 썼다. 신문을 통해서 안 이승만 씨와 김구 씨에게도 편지를 썼다. 여운형 씨에게도 편지를 썼다. 그러나 그 편지가 과연 목적하는 곳으로 닿았는지 어쨌는지는 알 수가 없었다. 아무런 소식도 국내에선 전해오지 않았다. 나는 하루라도 빨리 본국으로 돌아와서 무슨 방법을 강구해야겠다고 생각했다. 캬빌이 배편을 알선해서 나는 고국으로 돌아오게 되었다."

맹수는 돌아와서 일본의 애인이 그때까지 고향에 있다가 일본으로 갔다는 사실을 알았다. 싱가포르의 동포를 구출하는 일은 일본에 가서 할 수도 있고 기회가 있으면 돌아와서 할 수도 있다고 생각했다.

"일본에 가서 나는 되도록 많은 교포들의 탄원서를 모았다. 그걸 도쿄에 있는 네덜란드 대사관과 영국 대사관에 전달하고 나머지를 싱가포르에 있는 캬빌에게 보냈더니 2주일 후에야 회신이 왔는데 전원 사형을 집행한 뒤라는 내용이었다. 자기 죄도 아니고 남의 죄로 5백 명의 동료가 목숨을 잃었다."

국내의 지도자들이 정치싸움의 틈틈에라도 그들에 대한 조그마한 관심을 가졌더라면 그들을 구출할 수 있었을 것이란 고맹수의 결론이었고 그래서,

"내가 살기 위해서 남의 힘을 빌릴 필요도 없고, 국가니 민족이니 들먹일 필요도 없고, 어떤 정당과 정파에 가담할 필요도 없고 그저 나 자신이 고독을 보물처럼 지키면서 생명이 있는 한 살아야겠다."

는 것이 그의 신념이라고 했다.

"혹시 죽은 사람의 명단에 송낙구라는 사람이 없던가요?"

얘기가 뜸한 틈을 타서 나는 이렇게 물어보았다. 송낙구는 나와 보통학교 동기동창이며 지원병으로 버마에 가 있다는 소식을 들었기 때문이다.

"H면 사람이지? 고향 가까운 사람의 이름이라서 기억하고 있어. 일본 이름으로 마쓰야마 락게이라고 되어 있더구먼."

나는 잠시 낙구의 모습을 회상해봤다. 보통학교 시절의 그, 내가 방학 때 돌아오면 곧잘 막걸리를 같이 나누어 마신 그. 어떤 변화로 환장을 하지 않은 다음에야 송낙구는 포로를 학대할 위인은 아니었다. 그저 우직하게 시키는 대로 했을 뿐이었을 것인데 그 우직함이 그의 목숨을 빼앗아간 것이다.

"얘기가 따분해서 못쓰겠다. 버마에서 연애한 얘기나 해라."

추군이 고함을 질렀다.

"내 주제에 무슨 연애를 했겠나."

고맹수는 가볍게 받아넘겼다.

이야기는 버마의 정치 정세로 옮아갔다. 2백 종이 넘는 복잡한 민족 구성을 가진 버마의 통일 독립이 그렇게 쉽지는 않을 것이지만, 민중 사이에 인기가 대단한 아웅산이 주도권을 쥐고 일단 독립의 형식을 갖추었다는 고맹수의 얘기였다.

"웅산은 공산당이지?"

P가 물었다.

"좌익이긴 하지만 공산당과는 좀 다르지 않을까."

"저 녀석은 인기만 있다면 공산당인 줄 아니까."

추가 P를 쏘아보며 말했다.

"P군은 공산당인가?"

고맹수가 물었다.

"공산당이 될 자격이 있다."

P의 답이었다.

"P군의 공산주의는 코뮤니즘이 아니라 센티멘털리즘이다."

유태림이 한마디 했다. P가 아무리 공산당인 척해도 유태림은 그것을 믿지를 않았다. 설 배운 경제학 지식 때문에 좌익인 척 행세하고 있어도 근본을 캐고 보면 P의 약한 성격의 탓이 그렇게 작용하고 있는 것이란 견해를 태림은 지니고 있었다.

기생과 놀기를 좋아하고 기타를 켜는 것을 좋아하고 주로 프랑스의 데카당 시인을 좋아하는 P가 공산당이 될 수 있다는 것은 어불성설이라고 태림이 말하면 P는 결코 그것에 반대하려고 하지 않았다. 그 대신 승인하려고도 않았다. 기껏 한다는 소리가 이랬다.

"스페인 내란 때 앙드레 지드가 말하지 않았나. 인민대중을 적으로 돌릴 수는 없다고."

그러니 유태림의 말을 빌리면 P는 겨우 지드주의자인 것이다.

앞으로 뭣을 할 것인가 하는 질문에 대해서 고맹수는 이렇게 말했다.

"정치는 무서워서 못하겠다. 우익도 무섭고 좌익도 무섭다. 중간, 더욱 무섭고, 우리나라 사정은 아직 잘 모르지만 짐작만 해도 무시무시하다. 버마의 정치투쟁도 가혹했고, 일본도 역시 마찬가지더라. 백지에서 출발하지 못하는 한, 정치는 어떤 주의와 어떤 경향을 가졌건 하나의 선善을 하기 위해서 백百의 악惡을 서슴지 않아야 되는 일 같애. 그래 나는 최선을 다해 정치는 피할 작정이다. 학문도 할 주제가 못 되고 사업을 할 바탕도 없고. 나는 지리산 밑에 묻혀서 내 마누라와 함께 개간이나 하고 살아야겠어. 이건 내 마누라와 완전히 합의를 본 거다. 그 여자가 나 없을 동안에 봐놓은 산과 강변이 있는 모양이야. 약간 돈도 준비해오고 했으니까 그 산과 강변의 황무지를 사가지고 땅을 파헤칠 각오다. 세상에게 대한 저항을 최소한도로 줄이고, 세상에서 받는 저항도 최소한도로 하자는 얘기다. 일본군의 눈을 피해 버마의 산속을 헤매면서 꾸어온 꿈이다. 그 꿈이 내 마누라의 꿈과 우연히 일치했단 말이다."

면서기 노릇을 하다가 고학까지 하게끔 한 고맹수의 출세 의욕이 역사의 시련 속에 그렇게 변모한 것이었다.

"조금 있어 봐, 얼마나 견디는가, 말은 좋네만 직접 해보면 다를 테니까."

추군이 이렇게 말했지만 고맹수는 웃기만 하고 대답하지 않았다. 그 침묵의 웃음은 단단한 각오의 표명이기도 했다.

이야기가 일본의 현상으로 건너가자 고맹수는 단정적으로 말했다.

"일본인에 비하면 조선인이 월등하게 우수하다는 것을 절실히 느꼈다. 지금 일본인들이 미국인들 앞에 굽실거리는 것을 보면 가관이다. 조선인은 그렇게 비굴하지는 않을 거다. 물론 일반론적으로 왈가왈부하는 것은 위험한 일이지만, 만일 일본인이 우리나라와 꼭 같은 지리환경 속에서 살아왔더라면 어떻게 되었을까 하고 상상해보면 아마 형편없는 상태가 되었을 거다. 다행히 1천여 년 동안 외적의 침입을 모르는 안정된 상황을 지속해왔기 때문에 문화적으론 전통을 가꿀 수 있었고 사실 이상의 우월의식을 가질 수 있었다는 것에 불과해. 그러나 일본엔 천 년 동안을 가꾸어온 저력이 있고 문화의 능력도 우리보단 월등하고 정치의 기술도 능란하니 머잖아 다시 세계의 무대 위에 화려한 모습을 나타내게 될 게다. 하지만 지금 갈팡질팡하고 허덕거리고 있는 꼴을 보면 이 자식들이 과거 뭘 믿고 그처럼 날뛰었던가 싶어."

화제는 다음다음으로 바뀌어가고 밤이 깊어갈수록 취흥이 더해갔다. 우리들은 어느덧 1944년의 1월 20일을 생각하고 있었다.

그날 새벽 36명의 학생이 C시의 역에서 떠났다. 중국으로 만주로 버마로 필리핀으로 각기의 운명을 안고 떠났다. 허황한 만세 소리가 지금도 귓전을 울린다. 그 허황한 만세 소리 틈틈으로 통곡과 오열이 섞였다. 차갑고 영롱한 새벽달이 C역두에 모인 슬픈 군상들을 비추고 있었다.

그 절박한 시간도 아득한 과거의 저편에서 명멸하며 망각의 먼지를 사뿐히 뒤집어쓰기 시작했다. 얼만가가 지나면 그 새벽 그 역두에 모였던 사람들과 더불어 역사의 대해 속에 그 기억은 포말처럼 꺼져 없어지고 말 것이다.

고맹수의 귀향으로써 일제의 학병이란 어처구니없는 운명을 겪은 우리들의 역사는 C시의 규모로선 한 단계를 지난 셈이다.

1944년 1월 20일, 오전 5시. C역두를 출발한 학생은 총원 36명. 전사자 1명과 행방불명 1명을 남기고 34명이 무사히 귀환을 완료했으니 말이다. 이 34명 가운데서 하나가 병사했고 하나는 정상한 정신을 잃었다. 그리고 열넷이 타향으로 나가고 남은 18명은 초조해하고 불안해하고 지리해하면서도 고향에서 살고 있는 것이다.

고맹수의 귀향은 어떤 의미로든지 C시에 있는 우리들에겐 '오디세이의 귀환'이었다.

여운형呂運亨 씨가 암살당했다. 범인은 19세 소년 한지근韓智根이라고 했다. 이 사건의 전모를 내가 알게 된 것은 범행이 있은 이튿날의 신문을 통해서였다.

"정치란 무서운 것이다."

며칠 전 고맹수가 한 말이 새삼스러운 빛깔을 띠고 나의 가슴을 뭉클하게 했다. 나는 한동안 넋을 잃고 건성으로 그 사건을 알린 신문기사를 더듬고 있었다. 여운형 선생의 정치노선에 대해선 나는 반대적 입장에 서 있었다. 그러나 나는 정치와는 관계 없이 여운형 선생에게 대한 경모의 감정을 마음속 깊이 가꾸고 있었던 것이다. 정치가 여운형 선생의 전부가 아니란 믿음이 있었다. 우익으로부턴 좌익으로서 적대시당하고 공산당으로부턴 반동시당한 그 어렵고 복잡한 처지는 여운형 선생 자신의 책임이 아니란 생각마저 있었다. 여운형 선생의 진의는 겹겹이 둘러싸인 오해의 더미 속에 고민의 빛깔로서 빛나고 있으리란 마음마저 가져본 일이 있었다.

'어떤 명분이, 어떤 흉악함이 감히 그 어른의 가슴에 탄환을 쏘아 넣을 수 있단 말인가!'

짤막하게 소개된 약력을 통해서도 그의 파란만장하고 벅찬 고민으로 아로새겨진 생애를 알 수가 있었다.

1886년의 탄생이니 향년 62세. 일제의 어두운 밤을 뚫고 이제 민족의 새벽을 맞는데 여기 무참히도 그 육체와 더불어 그를 통해서 구상해볼 수 있는 가능이 꺾이고 말았다. 만주, 상해, 싱가포르, 시베리아를 방황하고 몇 차례의 옥고를 겪으며 격동하는 아시아의 정국과 더불어 격동한 그 생애가 알찬 하나의 보람도 남기지 못하고 짓밟혔다.

"유산탄 하나면 없어져버리는 인간이 어째서 정신적 통일체일 수가 있단 말인가."

한스 크라비나의 외침이 나의 가슴속에서 고함을 질렀다.

지도자라고 하면 여운형 선생의 이미지가 떠올랐다. 정치노선은 다르다고 하지만 어쩐지 여운형 선생의 이미지와 지도자의 이미지가 겹치는 것은 어떻게 할 수가 없었다. 이 나라의 지도자를 잃었다는 상실감이 절실한 것도 그 때문이었다. 뭐니뭐니 해도 이승만 씨는 먼 곳에 있는 어른이었다. 김구 씨의 경우도 마찬가지다. 김규식 씨는 우리가 지니고 있는 지도자의 상과는 달랐다. 먼빛으로나마 한두 번 만나고 얘기를 들을 수 있었다는 단순한 사정 때문일까, 노선과 사상은 달라 있다고 해도 어쩐지 가장 가깝게 느껴오던 지도자는 여운형 선생이었다. 언제 찾아가도 온화한 웃음으로 대하고 어떤 어리광이든 다 들어줄 것 같이 느껴오던 선생이었던 것이다.

"이 나라는 앞으로 어떻게 될 것인가."

극우와 극좌에 속하는 사람들을 제외하고 여운형 선생의 비보에 접해온 모두들 이러한 물음을 스스로의 가슴속에 제기하고 있지 않았을까.

그리고 또 이런 생각도 들었다. 하나의 간악한 인간의 폭행이 어떤 지도자의 목숨을 끊고 그로 인해서 역사의 방향을 바꿔놓을 수 있다면 역사란 믿을 수 없는 일종의 자의恣意가 아닐까.

나는 몽양에 관해서 평생 잊을 수 없는 한 토막의 장면을 간직하고 있다.

1942년의 가을이다.

도쿄 중앙대학 조선인 동창회의 주최로 재도쿄 유학생의 농구대회가 간다 미토시로초神田美土代町에 있는 YMCA의 체육관에서 열렸다. 당시 도쿄에 와 있던 여운형 선생이 내빈으로서 참석했다. 곤색 상의에 회색 플란넬의 니커보커스를 입고 자줏빛 넥타이를 매고 있었다. 키는 큰 편이 아니었지만 짜임새 있는 체구, 넓은 이마, 부리부리한 눈을 가진 여운형 선생은 많은 내빈 가운데서 월등하게 빛나는 존재였다. 앉아 있는 모습 그것만으로써 만좌를 위압하는 품위와 위엄이 나타나 있었다.

축사를 해달라는 부탁을 받자, 여운형 선생은 자리에서 일어나 대회장인 중대中大의 일인 교수 시바다柴田란 사람 앞으로 가서 일본어를 할 줄 모르니 조선말로 해야겠다고 영어로써 양해를 구했다. 시바다가 좋다고 하는 모양이었다.

연단에 선 여운형 선생은 유난히 빛나는 그 윤기어린 눈으로 참집한 학생들을 한참 동안 바라보고 섰더니 그 묵직한 입을 열었다.

"인도의 설화에 있는 얘깁니다. 사자 새끼 한 마리가 길을 잃었습니다. 그리고 양떼에 섞였습니다. 양이 먹는 것을 먹고 양이 하는 짓을 하고 자기가 사자인 줄도 모르고 양인 줄만 알고 그냥 양과 같이 살고 자랐습니다. 그랬는데 어느 날 돌연 이상한 소리를 들었습니다. 먼 산에서 부르짖는 어미사자의 소리였습니다. 그 소리를 듣고 어린 사자는 홀연 자기가 백수의 왕인 사자임을 깨닫고 달음질쳐 소리나는 곳으로 가더랍니다…… 이것이 축사가 되는 것인지 모르겠습니다만, 여러분의 씩씩한 모습에 접한 감격을 우선 표명하는 뜻으로 변변찮은 얘기를 했습니다. 모두들 자중자애하도록 간곡히 당부합니다."

우리들은 박수할 것을 잊었다. 너무나 심한 감동이었다. 물을 뿌린 듯 조용해진 장내를 걸어 여운형 선생이 자리에 앉았을 때에야 박수가 터져나오고 울먹이는 환성이 일었다.

여운형 선생은 시합이 파한 뒤 그날 모인 수백 명의 학생과 일일이 악수하고 떠났다. 두껍고 포근한 손이었다. 처음으로 조국을 느끼게 하는 손이었다. 처음으로 실감해본 지도자의 손이었다. 약간 희끗한 것이 섞인 짧게 자른 콧수염이 철선처럼 꼿꼿하게 위로 치솟고 있는 듯한, 그 콧수염이 지금도 눈에 선하다.

여운형 씨의 암살사건 후 유태림은 사흘 동안 학교엘 나오지 않았다. 본인은 '술병이 들어서 꼼짝할 수가 없다.'는 핑계였지만 여운형 선생의 비보에 심한 충격을 받은 탓도 곁들여 있었음이 틀림없었다. 유태림은 도쿄 체육회관 3층에 있는 당시 일본 농구협회 전무이사이던 이상백李相佰 씨의 전용실에서 세 차례에 걸쳐 여운형 선생과 친히 얘기를 나눈 적이 있었다고 들었다. 밖으로 표시는 안 했지만 그만큼 여운형 선생에게 대한 유태림의 애착은 컸으리라고 짐작할 수도 있었다. 그렇다고 해서 여운형의 정치노선을 지지했던 것은 아니었다.

병문안을 간 나를 보고 유태림은 자리에 일어나 앉았다. 자연 여운형 씨에 관한 얘기가 나오지 않을 수 없었다. 나는 나대로의 감상을 말했다. 그러나 태림은 묵묵히 듣고만 앉았더니 다시 자리에 누우며 중얼거렸다.

"하여간 하나의 가능이 없어졌다."

나는 그 하나의 가능이란 것이 뭣이었더냐고 묻고 싶었으나 그만두었다.

태림은 자리에 누운 채 이런 얘기를 했다.

"언젠가, 꽤 오래됐어. 외삼촌 딸, 그러니까 내겐 외사촌 누이지. 그 애가 정신학굔가 무슨 학굔가를 졸업하게 되었는데 그 졸업식에 따라가자고 하잖아. 그때 난 서울 외삼촌 집에 묵고 있었거든. 따라갔지. 그런데 뜻밖에도 여운형 선생이 내빈석에 앉아 계셨어. 가까이 가서 인사라도 드리려고 했지만 비좁은 강당에 사람들이 너무 붐벼서 그만두고 멀찌감치 앉아 있었지, 여운형 선생이 축사를 하게 되어 있더구먼. 난 웅변가란 걸 싫어해. 공소한 내용을 미사여구로 떠들어대는 꼴을 보면 구토증이 나잖아? 나로선 여운형 선생의 말을 처음 듣는 기회였거든. 웅변가란 이름이 높은 여선생이 무슨 소릴 하나 하고 잔뜩 호기심을 가졌지. 십상팔구, 케케묵은 것이겠지 하며 트집잡을 요량으로 기다리고 있었던 거야. 되도록이면 혁명가니 독립운동가니 하는 사람을 존경하지 않아도 될 수 있는 결점을 찾았으면 하는 심보도 있었고! 그랬는데……."

하고 태림은 잠깐 동안 말을 끊었다. 벅찬 감회 같은 것이 가슴을 치밀고 있는 모양이었다.

"그랬는데 난 여선생의 얘기를 듣고 몸둘 바를 몰랐어. 여선생은 5년 동안의 학업을 닦아 졸업하게 되었으니 응당 축하의 말을 함 직도 하지만 우선 걱정이 앞선다고 전제해놓고, 너희들은 이제 겨우 날기를 배운 어린 새와 같다, 자기의 힘도 계산하지 못하고 대해大海를 날 작정을 한다거나, 전류가 통하고 있는 전선에 앉는다거나 하는 일이 없도록 하라. 간교한 놈들의 꾀임에 빠져 그 그물에 사로잡힐 염려도 없지 않으니 부디 앉을 자리, 설 자리, 가야 할 거리, 집으로 돌아오는 방향 이런 것을 잃지 않도록 해라, 그것만 조심하면 너희들의 앞날은 너희들의 것이 된다, 대강 이런 요지였어. 은근하고 조용하고 진실성이 넘쳐 있는 말투로 하셨는데, 가슴이 뻐근해졌어. 웅변 아닌 진실한 웅변이란 저런 것이로구나 하고 눈이 번쩍 뜨이기도 했고……."

태림은 다시 말을 이었다가 와락 분통을 터뜨렸다.

"하지만 모두가 말, 말, 말이다. 앉을 자리 설 자리, 갈 곳에 조심하라고 남보고 타일러놓고 자기는 뭐야. 앉을 자리를 택할 줄 알았던가? 설

자리에 조심을 했던가? 갈 곳에 신경을 썼던가? 그래 겨우 열아홉 살짜리 불량배 총에 맞아 죽어? ……매력 있고 훌륭한 인물임엔 틀림이 없지만 정치가로선 낙제지 뭐야."

"정치노선이 틀린다고 해서 정치가로선 낙제라고 하는 건 지나친 말 아닐까?"

내가 이렇게 말하자 태림은 벌떡 자리에 일어나 앉았다.

"맞아 죽지 않았어? 정치가가 일 도중에 죽었으면 그로써 낙제한 게지, 딴 이유가 뭣 필요해."

나는 유태림의 격한 어조에 놀랐다. 그만큼 그는 여선생을 아끼고 있었던 거로구나 하는 생각도 들었다.

"정치활동에 있어서도 그렇지. 고려공산당 시절, 상해 시절을 겪었으면 공산당의 생리와 병리에 어느 정도의 인식은 있어야 하지 않아? 임시정부의 꼬락서니를 똑바로 관찰할 눈이 있었더라면 우익들의 생리와 병리는 알고 있어야 할 게 아닌가."

나는 이와 같은 유태림의 의견에 동조했다. 그럼 여운형은 어떻게 해야 옳았단 말인가.

"정치의 제일선에서 물러서야 했었어. 좌익투쟁의 소용돌이에 말려들어가지 말고 시대를 정관할 시간을 가졌어야 했단 말이다. 좌우가 한창 싸우다가 여운형의 카리스마가 필요할 정도로 시국이 익기를 기다려야 했단 말이다."

그것이 가능한 일이었을까. 유태림의 말도 그저 아쉬워서 하는 말이지 무슨 자신이 있어서 하는 말은 아니었을 것이다. 우리는 이 이상 여운형 선생의 정치활동에 관해선 얘기 않기로 했다. 어떤 의미로든 이 나라의 비극적 인물로서 역사에 남을 것이니 그 비극의 내용을 분석해볼 필요는 있지 않을까 했지만, 충격의 흥분이 가라앉은 먼 훗날에야 할 수 있는 일이었다.

우리는 하수인 한지근이가 어떤 배후 조종을 받고 있었을까에 대해서 얘기를 했다. 여운형 암살의 경우 공산당의 조종일 것이라고 추측할 수도 있고 우익의 조종이었을 것이라고 상상해봄 직도 했다. 그러나 판단할 재료도 없이 하는 상상이란 그저 허튼수작일 뿐이다. 암살자의 심리에 대한 구구한 억측도 해보았지만 이것 역시 부질없는 노릇이었다.

"암살에도 한 가닥의 모럴은 있어야 할 텐데 이건 속속들이 더티플레이다."

태림은 뱉듯이 말하곤 도로 자리에 누워버렸다.

"암살에 모럴이 있을 수 있겠어? 정적의 암살처럼 흉악한 범죄가 있을 수 있겠나."

이렇게 말하는 나를 태림은 말끄러미 바라보고 있더니,

"모럴뿐인가. 미학도 있지. 자네 로프신의 『창백한 말』이란 소설 읽어보지 않았나? 모스크바 총독을 죽이는 얘기 말이다. 히틀러나 스탈린의 암살이라면 모럴도 있고 미학도 성립될 수 있을 것 아냐?"

그럴 수도 있겠지 하는 생각이 들었다. 태림은 천장으로 눈을 옮기면서,

"편협하더라도 사상과 주의로서 하는 암살도 있겠지. 그러나 그런 것과 이 돈푼이나 얻어먹고 했다고밖엔 볼 수 없는 살인 청부자와는 구별해야 해. 딴에 어떤 명분을 내세울지 모르나 살인 청부자다, 한지근인가 하는 자는."

이어 유태림은 이런 소리도 했다.

"좌익은 이제 끝장이 났어. 정치는 주의와 이론과 전술만 가지고는

되는 것이 아니거든. 지도자의 카리스마가 있어야 해. 더욱이 우리나라 같은 상황에선. 여운형을 잃음으로써 좌익은 카리스마를 잃었어. 대중을 움직이려면 과학적이 아니라 정밀과학적 방법 갖고도 안 돼. 카리스마의 작용이 있어야지. 박헌영이가 카리스마일 수 있을까. 어림도 없는 얘기다. 사상과 주의에 반대하는 사람까지도 흡수하는 카리스마적 존재가 여운형 선생이었는데 그런 인물을 포섭하고 당을 대표하게 하지 못한 공산당은 그로써 끝장이 난 거다."

"여운형 선생이 공산당에 포섭될 수 있었겠나."

"포섭을 하지 못하면 공산당이 여운형 선생의 노선에 그냥 따라가면 되었을 것 아냐? 전술이니 전략이란 게 뭣 때문에 있는 건데."

그러나저러나 이미 엎질러진 물이 아닌가. 나와 태림은 말을 끊고 묵묵히 각기의 감정을 되씹고 있었다.

며칠 후 근로인민당勤勞人民黨 C시 당에서 여운형 선생 추도식에 참가하라는 통첩이 태림과 나에게 날아들었다. 여운형 선생의 죽음을 아쉬워하는 우리들의 태도가 근로인민당 사람들에게 전해진 때문이었을 것이다. 나와 태림은 한참 동안 검토해본 끝에 그 추도식에는 참가하지 않기로 했다. 근로인민당수로서의 몽양을 우리가 숭배한 것이 아니란 뜻에서였다. 항차 민전民戰의 지도자 여운형 씨를 경모한 것이 아니었던 것이니 그들이 주재하는 행사에 끼여들 필요가 없었다. 그 대신 정당과 관계없이 뜻있는 친구들끼리 모여 하룻밤의 추도회를 갖기로 했다.

이 모임엔 학병 친구들뿐만 아니라 학병과 관계없는 지식층의 사람들도 많이 모였다. O면으로 돌아가 있던 고맹수도 참석했다.

모인 사람들은 저마다 여운형 선생에 관한 감동적인 기억을 지니고 있었다. 우리 또래의 청년들 가슴속에 가장 깊은 뿌리를 박고 있는 지도자라는 느낌을 새삼스럽게 해볼 수 있었다. 유태림의 말따라 몽양이 만일 정치의 제일선에서 물러나 앉아 자기를 필요로 하는 시기가 성숙할 때까지 기다려봄 직도 했다는 느낌으로 해서 더욱 안타까웠다.

"시국을 보는 눈이 너무나 안이했다."

는 말도 나오고,

"자신을 너무 믿고, 지나치게 서둘렀다."

는 평도 나왔다.

"전 민족의 지도자가 되기엔 너무 깊게 좌우투쟁에 달려들었다."

고 말하는 자가 있는가 하면,

"초당파적으로 민족의 지도자로서 스스로의 태도를 지켰으면 좋았다."

고 아쉬워하는 자도 있었다.

"정치방식은 영미식으로 하고 경제정책은 소련을 본뜨자는 그 사고방식 자체가 대에다 감을 접목하려는 따위의, 본래 불가능한 얘기가 아니었던가."

하고 비판하는 사람도 있었고,

"그 이상주의가 몽양의 진면목이 아니냐."

하는 식으로 두둔하는 사람도 있었다. 요컨대 어떤 내용의 말이건 여운형 선생을 좋아하고 아끼는 마음만은 공통적인 것이었다.

이 자리에서 버마의 지도자 아웅산이 몽양과 같은 날, 7월 19일에 살해되었다는 얘기가 나왔다. 고맹수가 설명해주어야 할 화제였다.

아웅산은 버마의 예난자웅에서 1915년 탄생했다. 랑군 대학에서 법률을 수학하고 있었으나 학생운동에 열중한 나머지 대학을 중퇴했다.

아웅산은 일본군이 버마를 점령했을 때 바 마우 정부에 참여 국방상國防相과 군사령관의 요직에 있었다. 그러나 얼마 안 가 일본의 도움으로 얻은 독립에 의혹을 품고 항일 지하단체를 조직하고 활동했다. 1945년 3월 영국군에 호응, 일본군의 소탕작전에 참가했다. 그리고 금년(1947년) 1월 영국의 승인을 얻어 4월 제헌국회를 구성하고 정부를 수립, 주석이 되었는데 지난 7월 19일 각의閣議 도중 반대파의 습격을 받고 각료 4명과 더불어 살해되었다.

고맹수의 얘기가 끝나자 누군가가 물었다.
"1915년의 탄생이라고 했지. 그럼 아직 32세밖엔 되지 않았잖아."
"그렇지. 32세다."
고맹수가 답했다.
"조숙한 사람이구먼."
누군가 탄성을 올렸다.
"젊지만 아주 똑똑한 인물이었다. 그가 전쟁 도중 일본에 왔는데 그땐 28세였거든. 도쿄도 장관을 예방한 일이 있어서 먼빛으로 보았는데 얼굴도 깜찍하게 생겼어. 그때 인도의 비바리 보스니 찬드라 보스도 일본에 와 있었지만 그들과는 비교가 되지 않을 만큼 월등한 인물이라는 당시 일본인들의 평가였다."
"버마에선 만나보지 못했나?"
내가 물었다.
"포로 감시원 문제로 몇 번을 만나려고 했으나 실패했어."
이어 고맹수는 아웅산이 이끄는 '반파쇼연맹'이며 그의 활동상황, 버마인 사이에 있어서의 인기 등을 상세하게 설명했다.

"아까운 인재였어. 이 사건으로 버마의 정정도 당분간 혼란할 거다."

맹수는 한숨을 쉬었다.

이런 사정으로 여운형 선생 추도회는 아웅산에 대한 추도회까지 겸하게 되었다.

"아웅산을 계승할 수 있는 지도자는 누굴까?"

하는 질문이 나왔다.

"아마 우누라는 사람이 아닐까 해."

하고 고맹수는 우누란 인물은 아웅산보다 훨씬 온건하며 리버럴한 사람이라고 덧붙이곤 다음과 같이 말했다.

"우누가 인도의 네루에 보낸 서한이 공표된 적이 있었는데 대단히 감동적인 구절이 있었어. 우리들은 질서를 지킨다는 명목으로 시민의 자유를 억누르는 과오를 범하기 쉬운데 바로 이 점을 경계해야겠다고."

화제는 다시 여운형 선생으로 돌아왔다.

"좌익에서 많은 탈락분자가 나올 게다. 사상보다, 주의보다 여운형 선생에게 대한 숭배 때문에 좌익 진영에 머물고 있는 사람이 상당히 많았을 게니까."

누군가가 이렇게 말하니,

"좌익이 만일 악이라면 당신 말대로 하면 여운형 선생이 큰 악을 저질렀다는 얘기가 되겠구먼. 동시에 몽양은 잘 죽었다는 결론으로 되고."

하며 맞서는 사람이 나오기도 했다.

그러나 또,

"어째서 좌익을 악이라고 가정할 수 있느냐."

고 따지는 사람도 있었다.

장내의 분위기가 정치토론으로 번질 경향을 나타내자 유태림이,

"오늘은 고인의 명복을 비는 순수한 모임으로 끝내기 위해서 정치적 토론은 삼가자."
고 제안해서 만장의 승낙을 받았다.

순서에 따라 몽양과 가장 가까운 인연이 있었다는 Z군이 추도사를 하게 되었다.

"……지식인의 양심이 이 나라의 풍토에 정치를 심어보려고 했을 때 그 양상이 어떻게 되는가를 몸소 시험해주신 어른이 몽양 여운형 선생님이었습니다. 그의 혼란도 지도자의 혼란이었으며 그의 고민도 지도자의 고민이었습니다. 불의의 참변으로 인한 선생님의 좌절은 곧 이 나라 지식인의 좌절과 통한 것입니다.

선생님은 이 나라 정치계에 있어서 지식인의 양심이 끝내 어떻게 되는 것인가를 그의 죽음을 통해서 증명하셨습니다. 죽음을 통해서까지 선생님은 우리들의 지도자였습니다……."

모임이 끝나자 우리들 몇몇은 또 술집으로 갔다. 그 자리엔 『인민해방보』 지사장을 하는 P군이 섞였다.

술자리에서 P군과 유태림 사이에 맹렬한 논쟁이 벌어졌다. P는 좌익계를 분열케 한 책임이 여운형에게 있고 그 점으로 해서 비판을 면할 수 없다는 요지의 말을 했는데 유태림은 여운형 씨를 망쳐놓은 책임은 공산당에 있다고 맞선 것이다.

입씨름이 몇 차례 오고 간 뒤 유태림은 지쳤다는 표정으로 말했다.

"이런 걸 두고 불모不毛의 논쟁이란 거다. 이 나라 정치엔 사상이고 주의는 방편일 뿐이다. 정쟁政爭의 실상은 권모와 술수다. 몽양은 이미 레이스에서 탈락했고 누가 이 치열한 경쟁에 이겨 남을 것인지. 누구의 권모술수가 정권을 차지할 것인지.

이젠 관중으로서의 호기심만 남았다. 누구든지 이겨 남은 사람에게 나는 박수를 보낼 작정이다. 마라톤 경주의 승리자에게도 갈채를 아끼지 않지 않았는가. 이 권모술수의 싸움에 이겨 남았다고 하면 그 점만으로도 박수와 복종은 강요할 수 있다고 생각한다. 설혹 흉악무도한 놈이라도 나는 이겨 남는 자에게 박수를 보낼 참이다. 나의 정치관은 여기서 끝난다."

"형편없는 데카당이로구먼."

하고 P가 빈정댔다.

"데카당?"

태림은 글라스에 가득 술을 따르게 했다.

"그러니까 술을 마시는 것 아닌가."

유태림의 수기 4

도쿄의 에트랑제

일본군이 싱가포르를 함락했다고 해서 도쿄의 시가가 축제 기분으로 들뜨고 있었다. 그러나 2월 15일(1942년)의 아침은 추웠다.

추운 거리에 나가느니 따뜻한 방 안에 들어박혀 책이나 읽는 편이 좋겠다고 아침식사를 마치고 스토브 곁에 앉아 신문을 펴들고 있는데 어떤 낯선 손님이 둘, 나를 찾아왔다는 조추의 전갈이었다. 이상한 예감으로 가슴을 두근거리며 조추의 뒤를 따라 현관으로 나갔다. 예감은 적중했다. 현관에 서성대고 있는 사람들은 나를 보자 포켓에서 경찰 수첩을 꺼내 보였다. 그러고는 "같이 좀 올라가야겠다."면서 내 승낙을 받을 필요도 없다는 듯이 신을 벗었다.

두 사람은 고마고메駒込 서의 특고계 형사였다. 사이토라고 자기 소개를 한 사람은 30대의 중간쯤으로 되어 보였고 아리타라고 하는 사람은 30에 가까운 20대의 청년으로 보였다. 내가 권한 방석 위에 앉으면서 아리타가 이상스러운 말을 했다.

"요즘 치아후루한가?"

치아후루라니? 나는 그 말뜻을 알아차리지 못해 어리둥절했다. 내가 어리둥절해하니까 그는 고쳐 말했다.

"요즘 유쾌한가?"

치아후루란 자기 딴으론 유쾌하다는 뜻의 영어였던 것이다. 나는 어색하게 웃곤, 유쾌하지 못할 바도 아니라는 식의 요령부득한 대답을 했다.

반도 출신의 학생 하숙에 고등계 형사들이 간혹 온다는 얘기는 들었지만 내가 직접 당한 것은 이번이 처음이었다. 자연 나는 긴장하지 않을 수 없었고, 불안한 감정이 태도로서 나타나지 않을 수 없었다. 그런 나의 태도를 짐작했음인지 사이토가 담배를 꺼내 물며 말했다.

"불안해할 건 없소. 직무상 찾아온 거지만 괴롭히러 온 건 아니니까. 우리가 알기론 유군은 모범학생으로 되어 있어. 오늘은 반도 출신의 모범학생과 솔직한 의견 교환을 해봤으면 해서 온 거요. 필요하다면 유군을 경찰서로 부를 수도 있지만 그렇게 하면 분위기가 딱딱하게 되고 너무나 직무적이 될 것 같아서 우의적인 입장에서 얘기하고 싶은 까닭에 이렇게 찾아온 것이오. 불안해할 것도 없고, 지나친 억측을 할 필요도 없고 그저 허심탄회하게 우리가 묻는 말에 대답만 해주면 됩니다."

사이토가 이렇게 말하고 있는 동안 아리타는 조심스러운 눈초리로 나의 서가와 탁자, 책상 등을 휘둘러보고 있었다.

스토브는 기분 좋게 타고 있었고, 조추의 성의로 방 안은 깨끗하게 정돈되어 있었다. 아리타는 응접탁 모서리를 손가락으로 툭툭 때려보면서,

"이걸 자단紫檀이라고 하는 건가, 흑단黑檀이라고 하는 건가?"
하며 중얼거렸다.

그것이 자단이건 흑단이건 내 물건이 아니고 집주인이 내가 이 집에

있는 동안에 쓰라고 빌려준 것이라고 설명할까 하다가 그만두었다.

"꽤 호사로운 방인데."

하면서 아리타의 눈초리는 민활하게 움직이고 있었다.

"스토브가 아주 잘 타는구나. 그런데 석탄을 구하기가 힘들지 않은가?"

이렇게 말하면서 사이토도 방 사방으로 시선을 한 바퀴 굴렸다.

스토브는 하숙집 주인이 때어주는 것이니 석탄 문제엔 신경을 쓰지 않는다고 나는 답했다.

"이 집은 상류 가정이다. 유군은 아주 좋은 하숙을 구한 셈이다. 한데 영업으로 이 집에서 하숙을 칠 리는 없고…… 누구의 소개로 이 집에 들게 된 거지?"

사이토의 물음에는 '조센징'이 어떻게 이런 집에 들 수 있었을까 하는 의혹의 냄새도 섞여 있었다. 나는 히지카다土方라는 학우의 이름을 들먹였다. 이 집 주인은 히지카다의 이모였다. 사이토가 영업으로 하숙을 칠 집이 아니라고 한 말은 옳았다. 이 집 주인은 아오키靑木라는 성을 가진 초로의 부인인데, 30세에 도야마현 지사를 했고 지금 살아 있었으면 내무성의 차관 자리쯤은 틀림없이 차지하고 있었을 것이라고 촉목을 받던 유능한 관리의 미망인이었다. 그리고 이 집을 중심으로 고마고메 도사카 일대에 수십 채의 집을 소유하고 있어, 그 집들에서 나오는 세만으로도 풍족하게 생활을 꾸려나갈 수 있는 재산가이기도 했다.

"이 집엘 오기 전엔 어디에 있었던가?"

사이토가 묻고 아리타가 수첩을 꺼내들었다. 나는 이치라쿠소一樂莊라는 아파트에 있었노라고 답했다. 사이토는 그 아파트와 거기서 생활하고 있었을 때의 얘기를 꼬치꼬치 묻기 시작했다.

이치라쿠소 아파트는 시전市電 도사카動坂 정류소에서 성선省線 다바타역田端驛으로 가는 한길의 중간쯤 지점 오른편에 자리 잡고 있었다. 그 뒷길을 산허리 쪽으로 올라가면 자살한 지 십수 년이 지났어도 아직껏 명성이 높은 작가 아쿠타가와 류노스케의 집을 볼 수가 있었다. 간혹 그 방향으로 산보를 나가면 아쿠타가와의 집 앞에서 서성거려 볼 때도 있었다. 울창한 정원목에 둘러싸인 한적한 목조 2층의 건물이었다. 그 속에서 아쿠타가와의 미망인이 히로시比呂志, 다카시多加志, 야슨시也寸志 삼형제를 거느리고 산다고 들었을 때 전설을 육안으로 보는 것 같은 신선한 놀람을 느끼기도 했었다.

이치라쿠소는 2층 건물인데 상하 합쳐 32개의 방이 있었다. 그 가운데 두 개만이 남자가 빌려 든 방이고 나머지 서른 개는 모두 여자가 점령하고 있었다. 바의 여급, 백화점의 여점원, 미용사, 여교사 등등이었으나 거의 모두 2호, 또는 3호 부인 노릇을 하고 있다는 얘기였다.

그 아파트에서의 단둘의 남자란 나와 스즈키鈴木란 화가였다. 스즈키는 일본 미술계에서 그 재능을 높이 평가받고 두터운 촉망을 지니고 있는 중견화가였으나 술이 심했다. 30이 넘었는데도 결혼을 하지 못한 이유도 술에 있었다. 술에 취해놓으면 어떤 약속도 잊어버리기 때문에 연애는 언제나 불발이었고, 중매인이 서둘러 어쩌다 상대를 골라놓으면 곤드레만드레가 되어 선 보는 장소에 나타나선 판을 깨놓든가 그렇지 않으면 아예 나타나지도 않아 이것 역시 불발로서 끝난다는 것이었다.

그렇게 술통에 빠져 있는 듯한 상태인데도 스즈키의 눈은 소년처럼 맑았다. 티 하나 없는 흰자위 위에 커다란 검은 눈동자가 윤기 있게 빛나고 있는데, 그런 눈과 약간 들창코의 인상이 있는 코가 어울려 구김살없는 소년의 얼굴을 이루고 있었다. 알코올을 폭포처럼 쏟아 넣어도 더럽히지 못하는 눈이기에 천재의 눈이며, 십수 년 누적한 알코올의 독도 부숴놓지 못하는 소년의 모습이기에 자연의 핵심을 묘출할 수 있는 것이란 어떤 친구의 말이 그대로 수긍될 정도로 스즈키의 모습과 얼굴엔 천재다운 섬광이 빛나고 있었다.

스즈키는 술을 마시지 않을 땐 수줍은 소녀처럼 말이 없고 골마루를 지날 때나 밖에서 만났을 때도 얼굴도 채 못 드는 소심한 성격이었다. 그런데 술에 취하기만 하면 온 아파트를 소란하게 하는 주사를 벌였다.

"첩살이 노릇 하는 몹쓸년들아! 술을 내놔라, 술을 내놔!"
하고 고함을 지르며 아래위 골마루를 쏘다니는 것이다.

스즈키의 말을 빌리면 쓸 만한 사내들은 병정엘 가버리고 여자가 남아도는데다가 군수공장의 하청을 해서 푼돈깨나 번 소시민들이 오입맛을 보기 시작한 데서 2호 여성, 3호 여성이 범람하게 되었다고 한다. 그러니 그런 현상 자체를 나무라는 것이 아니고 그런 재미를 보는 대신 술쯤 주는 인심은 베풀어야 할 것이 아니냐는 취중의 이론이었다.

첩생활을 해도 모두들 세대주들이기 때문에, 방마다 반 달에 한 번씩 청주 한 되, 맥주 네 병씩의 배급을 탈 수 있게 돼 있었다. 스즈키가 술을 내놓으라고 하는 건 그 배급탄 술을 내놓으란 말이었다.

"너희들 사내놈에게 배급탄 술을 먹일 필요는 없다. 야미閣를 해서 번 놈들이니까 야미 술을 사먹어라."

이렇게 악담을 해도 아파트의 여자들은 꿈쩍도 못했다. 그들이 상대로 하는 남자들도 그랬다. 각기 약점을 가지고 있었고 시국에 대한 양심도 있고 한 탓인지 스즈키의 주사에 대항할 수도 없어 순순히 배급받은 술을 내놓게 마련이었다.

아마 이사온 지 얼마 안 된 방에서였을 것이다. 이왕 빼앗길 술을 배급 타놓으면 뭣 할 것이냐는 생각에서였던지 배급날 배급을 타오지 않았다. 스즈키는 그 방 앞에 의자를 갖다놓고 앉아 한 되짜리 정종병을 병째로 들이마시면서 고래고래 고함을 질렀다.

"내 꼴 보기 싫어 술 배급을 안 받아왔단 말이지. 싫으면 당장 이 집에서 나가란 말이야. 파락호의 세계에도 예의는 있는 법이야. 하늘을 속이고 땅을 속이고 이웃을 속이고 느그 친척들을 속여가며 ×만 하면 제일이란 말이냐……."

이쯤 되면 아무도 말릴 사람이 없다. 그 방 주인은 아직 어린 티가 있는 여자였는데 내일 꼭 배급을 타오겠노라고 애걸복걸해서 스즈키의 노발을 겨우 진정시켰다.

그 일이 있은 후부턴 배급날 배급을 타온 술을 죄다 내 방에 갖다놓게 되었다. 스즈키는 밉살스럽고, 그렇다고 해서 배급을 안 타올 수도 없는 판이니 궁여지책으로 여자들이 그렇게 하길 의논했던 모양이다. 이것이 내겐 커다란 화근이었다. 반 달마다 밀려 들어오는 청주 30병, 맥주 백여 병을 스즈키 방에다 날라주어야 할 판이니 귀찮았다. 한번은 스즈키가 거기 있으나 여기 있으나 마찬가지니 옮겨 올 필요가 없다고 하더니 저녁이 되니까 거지꼴을 한 정체불명의 사나이들 7, 8명과 함께 내 방에 몰려들어 끝도 가도 없고 체면도 얌체도 없는 술판이 벌어졌다.

알고 보니 모두들 다소 이름이 있고 장래도 있는 화가들이었는데 그 주사와 취태는 상상을 절絶하는 것이 있었다. 남의 노트를 뜯어서 가래를 뱉는가 하면 창을 열어 젖히곤 한길에다 마구 오줌을 갈기는 정도는 예사의 일에 속하고 나중에는 전원 홀딱 벗고 알몸이 되어선 아파트 골마루에 나가 흑인 춤을 추는 것이다. 입에 담지 못할 비의하고 추잡한 노래를 부르며 광분하고 있는 꼴을 보고 있으니 어이가 없어 실소를 터뜨릴 판인데 그럴 겨를도 없이 벼락이 떨어졌다.

"저 새하얀 놈은 뭣 하는 거냐. 빨리 홀딱 벗고 나와 춤을 춰라. 그렇지 않으면……."

하고 한 사람이 맥주병을 치켜들자 전원이 와 하고 맥주병을 쳐드는 바람에 나는 나도 모르게 옷을 벗고 그들 속으로 뛰어들었다.

이러한 나의 생활환경을 안 히지카다가 나를 구할 셈으로 자기의 이모를 설득시켜 나를 이 집에 있게 해준 것이다.

나는 아직껏 뭣이 그들 화가를 그처럼 광분케 했는지를 알 수가 없다. 다만 나의 서투른 해석은 이렇다. 일종의 마력 없는 창조라는 것은 불가능하다. 그러니 부단히 마력을 키우는 것이 창조에의 가능을 키우는 것이다. 그런데 그 마력이 창조의 단서를 잡을 수 없을 때 사람을 미치게 하는 것이 아닌가 하고.

화가들은 예외 없이 선량한 사람들이었고 꾸밈이 없는 진실을 지니고 있었다. 선량하고 정직한 사람들이 선량하지 못하고 정직하지 못한 사회에 짓밟혀 사는 울분이 술에 취하면 터무니없이 폭발해버리는 것인지도 몰랐다.

그렇게 추태를 부려도 아파트의 여자들은 내심으론 스즈키를 좋아하고 존경하고 있었다고 볼 수 있는 점이 있었다. 주사를 벌인 이튿날 스즈키의 방문이 열리지 않으면 거의 반드시라고 할 수 있을 정도로 두세 명의 여자가 나를 찾아와선 스즈키 선생은 기동을 안 하는데 몸이 몹시 고단하시지나 않은가, 나더러 들어가보라고 이르는 것이다. 그러고는 갈분탕을 타가지고 오기도 하고 약을 먹이라고 가져오기도 했다. 밉살스럽게 굴어도 천재에게 그만한 대접을 해주어야 한다는 식의 마음먹이가 엿보여 고마운 생각도 들었다. 바로 그런 점이 일본 여성, 아니 일본인의 좋은 점이 아닐까 하는 마음도 들었다.

스즈키의 일화를 들먹이려면 한이 없다. 그 가운데서 한 가지만을 들면 이런 것이 있다. 스즈키의 그림이 일동화랑日働畵廊에서 1천5백 원에 팔린 날이다. 스즈키는 그 돈을 받자 도쿄 안에 있는 거지꼴을 한 화가들을 연락할 수 있는 대로 다 불러놓고는 그 돈을 전부 나누어 주었다. 내게도 30원을 주었다. 굳이 거절을 해도 소용이 없었다. 그래 놓곤 사흘이 못 가서 나더러 돈 50전만 빌려달라는 것이었다. 스즈키는 또 입버릇처럼 초상화를 한 장 그려주겠다고 말했는데 그럴 기회도 없이 그곳을 나는 떠난 것이다.

화가들과 어울려 지내는 동안 나는 일본 화단이 얼마나 부패하고 있는가도 알았다. 문전文展이란 화가들의 등용문 격의 전람회가 있는데 거기에 입선하자면 그 전람회의 심사위원 중 누군가의 제자가 되어야 한다는 얘기였다. 심사위원들은 그들을 심사하는 것이 아니라 자기들의 제자 가운데서 매년 순서를 정해놓고 입선시킨다는 것이니 심사위원의 선생을 가지지 않은 사람은 아무리 좋은 그림을 그려보았자 입선은 가망이 없다. 젊은 화가들은 이 폐단에 대해서 비분강개하지만 어쩔 도리가 없다는 것이다. 문전에 입선하지 못하면 이름 있는 화랑에서 그림을 전시해주지도 않으니 딱한 일이라고도 했다.

이와 같이 나의 이치라쿠소 시절은 변화가 있고 재미도 있는 생활이었지만 이런 일을 일일이 형사들에게 말할 흥미는 일지 않았다. 그래 방세 같은 것, 집 구조 같은 것에 관한 얘기만 하고 있었는데, 내게 놀러 온 사람은 없었느냐고 되묻곤,

"그 아파트로 가기 전엔 어디에 있었느냐?"

는 질문으로 넘어갔다.

그 앞에 나는 혼조쿠 긴시초本所區錦子町에 있었다.

"그곳엔 조선 사람이 많이 살고 있지?"

하고 사이토 형사가 의미 있게 나를 쳐다봤다.

그것은 사실이었다. 그러나 나는 당초 그곳에 살 작정은 전연 없었다. 도쿄로 간다니까 어머니가 자기의 먼 친척 되는 사람이 그곳에 있다더라면서 내게 주소를 적은 쪽지를 주었다. 그래 도쿄에 도착하자마자 짐은 역에다 맡겨두고 그 쪽지에 적힌 곳을 찾았는데 그 집의 나에 대한 환영이 대단했다. 그러곤 나의 의사도 물어보지 않고 마침 2층이 비어 있다면서 거기 있을 것이라고 자기들이 작정해놓곤 다다미를 새로 간다 벽을 새로 바른다 하며 법석을 떨었다. 그와 같은 환대를 거역할 수가 없어서 부득이 그곳에 머물기로 했지만 채 두 달을 견디지 못했다. 그 동리가 불결하대서가 아니라 고향을 떠나와 품팔이를 하고 사는 그들 틈에서 빈정빈정 놀고 먹기가 거북했던 것이다. 그땐 다니는 학교도 없고 매일처럼 이 거리 저 거리를 쏘다니다가 돌아오면 노동자들과 어울려 똥창을 구워 막걸리를 마셨는데 아무리 애써 그 분위기에 어울리려고 해도 잘되질 않았다.

그런 자리의 화제란 주로 고향 이야기고 그다음엔 어떻게 일본인을 잘 속여서 한몫 잡았는가 하는 자랑이고, 어느 공장의 임금이 좋다는 등의 몇 번이고 되풀이되는 것뿐이다.

그러나 이런 얘기까질 형사들에게 할 필요가 없었다. 나는 두어 달 그곳에 있었을 뿐이라고 짤막하게 답했다.

"그곳에 살면서 그 불쌍한 동포를 구해야겠다, 또는 지도해야겠단 생각은 들지 않던가?"

사이토의 이 물음은 참으로 난처했다. 그럴 생각이 없었다고 하면 나는 동포에 대해서 냉혹한 인간이 되고, 있었다고 하면 본의 아닌 말을 늘어놓아야 할 위험이 있다. 나는 글쎄요, 하고 고개를 떨구었다.

"정치에 야심이 없는가. 잘하면 박춘금같이 대의사代議士도 될 수 있을 게고 말이야."

아리타가 사이토의 눈치를 보아가며 말했다. 나는 정치에 전연 흥미가 없다고 했다. 동포의 구제니 지도니 하는 것도 공부를 하고 난 후에 생각할 일이라고 잘랐다.

"유군은 프랑스에 가 있은 적이 있었지?"

나는 깜짝 놀라며 사이토를 보았다. 3, 4년 전의 일인데도 나는 나 자신 그러한 과거를 까마득히 잊고 있었던 판인데, 프랑스란 말을 듣자, 어둠 속에서 난데없는 조명을 받은 것처럼 당황하지 않을 수 없었다. 형사들은 내게 관해서 상당한 사전 조사를 하고 온 것이 분명했다. 나는 짧은 동안 거기에 있었기 때문에 꿈같은 기억밖엔 없다고 겨우 말을 맞추었다.

"거기서 뭘 했지?"

"아무것도 한 것이 없습니다."

"아무것도 안 하다니, 아무것도 안 하려고 프랑스에까지 가?"

"당초엔 공부할 목적이었지요. 그러나 그곳에 가보니 얼떨떨해서 공부할 생각도 나지 않습디다."

"바른대로 말해. 우의적으로 하자고 말하지 않았어?"

사이토의 눈이 가느다랗게 움츠러드는 것 같았다.

나는 망설였다. 바른대로 뭣을 말하라는 것인가. 나는 사실 민망할 정도로 아무것도 안 했다. 프랑스에 가서 1년 동안은 아무것도 하지 말고 그저 놀기만 하다가 2년째부터 목표를 세우면 된다는 어떤 선배의 말을 따라서가 아니라, 고국을 잃고 학교를 잃고 친구들을 잃었다는 감상 때문에 나는 프랑스에서 나 자신을 잃어버린 격이 되었다. 그래 거리 구경도 그다지 나다니질 않았던 것이다.

"거기서 조선의 망명객, 일본의 망명객들을 만나지 않았나?"

잠자코 있는 나의 귓전에 사이토의 말이 매질처럼 울렸다.

누구든 만난 사람이 있었더면 싶었다. 그런데 원통하게도 그런 사람이 없었다. 프랑스에 도착하자마자 대사관 직원에게서 받은 충고가 정체불명의 일본인이나 조선인을 만나지 말라는 것이었는데 그런 충고는 내게 있어선 하나마나한 것이었다. 내겐 만나고 싶은 사람도 없었고 나를 만나길 원하는 사람도 없었다. 그러나 나는 파리에서 만난 사람을 내 기억 속에서 찾으려고 애써보았다. 희미하게 기억 속에 나타나는 사람이 두 사람 있었다. 하나는 베르라세에즈 묘지 벤치에서 만난 폴란드 사람이고, 하나는 나와 한동갑이라는 바람에 친하게 지냈던 안남인安南人 청년이다. 하지만 폴란드인은 망명객이기는 해도 일본인이나 조선인이 아니었고 안남의 청년은 망명객이 아니라 학생이었다. 그렇게 말했더니 사이토는 성을 발끈 냈다.

"그럼 도대체 프랑스에서 뭣을 했단 말이냐."

나는 프랑스에서 한 일을 생각해내기 위해서 내가 방황했던 거리를 회상해봤다. 나는 날씨가 좋은 날이면 몽마르트르의 숙소에서 나와 개선문이 있는 에투알 광장으로 간다. 거기서 샹젤리제를 걸어 루브르까지 온다. 그러나 대개의 경우 박물관 안엔 들어가지 않고 뜰 앞에 앉았다가 곧바로 숙소로 돌아오거나 센강을 건너 카르티에 라탱까지 가서 '칼바도스'란 술을 한두 잔 하기도 했다. 어떤 때는 숙소에서 개선문과는 반대편에 있는 베르라세에즈 묘지에 가서 비명碑銘을 이것저것 읽어 보다가, 센강을 건너 식물원을 한 바퀴 돌아 소르본 대학 앞을 거쳐 카르티에 라탱으로 와선 밤늦게까지 놀다간 택시를 타고 숙소로 돌아간다. 간혹 일본 대사관에 가서 일본에서 온 신문을 읽을 때도 있고 하루 종일 개선문 엘리베이터를 타고 50미터 옥상까지 몇 번이고 오르내리며 시간을 보내기도 했다.

그러나 이런 대답은 사이토를 노엽게만 하는 것 같았다.

"안 되겠어. 경찰서로 가서 물어야겠는데."

하고 나를 쏘아보더니,

"김형수는 어떻게 되었지?"

하고 날카롭게 물어왔다.

김형수는 같은 고향의 학생이기는 했지만 프랑스에 갈 땐 우연히 동행이 된 사이였다. 일본 대사관의 권유로 나는 1938년 11월경에 돌아오고 김형수는 스위스로 갔다. 그 뒤의 소식은 알 까닭이 없다.

"김형수는 대사관에 신고도 하지 않고 행방불명이 되었어. 그 뒤 조사를 한 결과, 스위스에서 몹쓸 짓을 하고 있다는 거다. 너와 김형수가 가까운 사이며 같이 프랑스에 갔다는 것도 다 조사가 돼 있어. 아는 대로 말해보란 말이야."

"김형수는 그럴 인간이 아닙니다."

"그럴 인간이 아니라니, 어떻게 단정하지?"

김형수는 도쿄에 있는 모 사립대학에 적을 두고 있었을 때부터 학문이나 사상엔 관심이 없는 사람이었다. 간다神田에다 당구장을 차려놓고 자가용을 타고 돌아다니며 놀아난 순전한 플레이보이였던 것이다. 형사가 몹쓸 짓이란 건 정치적 행동을 말하는 것일진대 김형수는 성격으로 보나 기왕의 행동으로 보나 어떤 의미로서의 정치운동도 할 사람이 아니었다. 그러나 지금의 사정을 전연 모르면서 단정적으로 말했다는 것은 경솔한 일이었다.

"유군은 오자키 조르게 사건을 알고 있지?"

사이토는 화제를 바꾸었다.

오자키 조르게 사건이란 작년 연말 당국에 검거된 국제간첩단의 사건이었다. 나는 신문에 난 정도로는 알고 있다고 대답했다.

"생각해보라우. 조르게는 나치스의 당원이며 주일 독일 대사의 신임을 받고 있었던 사람이고 오자키 호스미尾崎秀實는 고노에近衛 공작의 측근에 있었던 사람이고 사이온 지코西園寺公의 아들과 이누카이犬養 전 수상의 아들과도 친분이 두터웠던 사람이다. 그런 놈들이 모스크바의 스파이 노릇을 했다니 깜짝 놀랄 일 아닌가. 사람을 어떻게 믿고 단정할 수 있단 말이야."

나는 그럼 김형수가 그 사건과 관련이 있단 말인가고 반문해보았다.

"아직은 몰라, 지금 조사 중이니까. 설혹 그 간첩단관 관계가 없더라도 다른 조직과 관련이 있을는지 모르지."

그렇다면 그러한 용의자의 한 사람으로서 나를 보고 있는 것이로구나 하는 생각이 들자 등골이 오싹하는 듯했다.

"그런데 자넨 반도 출신의 여학생과는 교제한 적이 없나?"

나의 얼굴이 화끈 달아올랐다. 서경애의 모습이 불현듯 눈앞을 스쳤다. 서경애도 그런 용의로써 붙들린 것이로구나 하는 심증이 굳어졌다. 그런데 어떻게 해서 서경애가 그런 용의를 받게끔 되었을까. 나는 답답하고 불안했다. 그러나 교제하는 대상으로서 서경애를 들먹일 필요는 없었다. 그럴 정도의 교제도 없었으니까. 나는 없다고 했다.

이 무렵 조추가 커피를 가지고 왔다. 한 입 대보더니 사이토 형사는 탄성을 올렸다.

"이건 진짜 커핀데. 있는 데는 있는 게로구먼."

아리타도 사뭇 맛이 있어 아까워 마시지 못하겠다는 시늉을 하며,

"상류계급이 진짜 커피를 마시고 석탄을 때는 스토브를 가질 수 있게 하기 위해서 우린 이 고생, 이 지랄이니."

하곤 덧붙였다.

"이쯤 말할 수 있으면 나도 빨갱이 소질이 약간은 있는 편 아뇨?"

한잔의 커피 때문인지 사이토의 태도가 훨씬 누그러졌다.

"한데 유군은 왜 조선총독부 장학회에 가입하지 않았지?"

"우리 같은 학생을 어디 가입시켜줍니까."

"바른대로 말해요. 가입할 의사가 전연 없었던 것 아닌가."

나는 솔직하게 그렇다고 말했다.

"총독부 장학회 도쿄 사무소가 어디에 있는지나 아나?"

"모릅니다."

"어떤 이유로 그렇게 무관심하지?"

"총독부의 장학금을 받을 의사도 필요도 없고 취직을 해야겠다는 생각도 없으니까요."

"취직할 생각이 없다니, 그럼 뭣을 할 작정인가."

"죽을 때까지 공부나 할 작정이죠."

"그것 참 좋은 팔자로구나. 그만한 재산이 있단 말이겠지."

"재산이랄 것도 없지만 그럭저럭."

"유군은 문학을 한다니까 소설을 쓰면 취직을 하지 않아도 돈벌이가 되겠지."

아리타가 엉뚱한 소리를 했다.

"내겐 그럴 소질도 능력도 없습니다."

"겸손의 말씀."

하고 아리타가 또 말했다.

"반도 출신의 소설가도 있지 않아? 장혁주張赫宙니 김사량金史良이니."

사이토가 무슨 각단을 내야겠다는 듯이 입술을 다물었다가 폈다가 하더니,

"유군은 대동아전쟁에 대해서 어떻게 생각해. 이길 수 있다고 생각하는가, 또는 승산이 없다고 생각하는가?"

이 물음에 대해서 나는 망설일 수가 없었다.

"이길지 어떨지는 모르겠습니다만 꼭 이겨야 할 것이라고 생각합니다."

"대동아공영권에 대해선?"

"근본의 이상은 좋다고 생각합니다만."

"이상은 좋고, 그래서."

"진실하게 대동아에 사는 모든 민족을 평등하게 대접하는 실천이 따라야 한다는 말씀입니다."

"모든 민족을 평등하게 대접한다는 건 공산주의를 하자는 말인가."

"천만에요. 그런 뜻이 아니고 만주엘 가면 꼭 같은 국민이라고 해놓고 일계日系, 선계鮮系, 만계滿系로 구별해선 차별대우한다고 하던데요. 그런 식으로 해가지고는 대동아공영권의 이상이 무색해질 것 같아서 하는 말입니다."

"우선은 내지인의 의욕을 북돋우고 대륙에 웅비하도록 장려하기 위해서 쓰는 수단이고 모든 문제가 해결되고 나서 그야말로 오족협화五族協和의 공영권을 만들게 될 게 아닌가."

"글쎄요."

하고 나는 토론을 않기로 했다.

"한데 요즘 학생들의 동태는 어때?"

"어떤 동태 말입니까?"

"주로 대동아전쟁에 대해서 말이야."

"모두들 긴장하고 있습니다. 애국심도 열렬하구요."

"유군의 말을 들으면 세상엔 문제가 하나도 없는 것 같구먼."

"내가 보기엔 그러니 그런 대로 말을 했을 뿐입니다."

사이토는 잠시 동안 담배를 피워 물고 덤덤히 앉아 있더니 불쑥 말했다.

"유군은 조선의 독립이 가능하다고 생각하나?"

"천황폐하가 협력해주시면 가능하겠지요."

사이토가 엄숙한 표정을 하고 나를 노려보았다. 순식간에 한 대답이지만 나는 나의 대답이 썩 잘된 것이라고 생각했다.

"유군은 조선의 독립을 바라나?"

"그다지."

하고 말을 꺼냈다가 나는 망설였다. 그리고 다음과 같이 조심스럽게 말을 꾸몄다.

"사이토 형사, 그런 것은 묻지 마시오. 내가 조선의 독립을 바라지 않고 일본제국의 일부로서 있고 싶다고 했을 때 그런 내 말이 진실한 말이더라도 권력을 가진 형사 앞에서 한 말이고 보니 여러분은 바로 그 점으로 해서 반신반의할 것이고, 내가 독립을 원한다고 말할 경우, 형사 앞에서니까 내 위신을 위해서 본의 아니게 그렇게 할 수도 있는 것이니 그런 질문은 괴로움을 주는 것입니다."

"여하간 유군은 진심을 털어놓을 수 없다는 얘기로구먼."

"아니죠. 피차간의 위신을 위해서죠."

아리타는 나의 말을 어떻게 해석해야 옳을까 하고 생각하는 눈치로 나를 바라보고 있었다.

"대장부는 사나이답게 말할 줄 알아야 한다고 생각하는데."

하는 사이토의 표정은 뭔가 아쉬운 표정이었다. 나는 빨리 이 어수선한 공기를 수습해버리고 싶었다.

"사이토 형사, 말이 무슨 필요가 있습니까. 행동이 문제지. 나는 일본제국의 질서를 문란하게 할 의도는 조금도 없고 그럴 용기도 없습니다. 최악의 경우 나는 도쿄에서 에트랑제로서 조용하게 숨도 크게 쉬지 않고 살았으면 살았지 일본제국의 질서를 추호라도 파괴하는 방향으론 가지 않을 것이니 그렇게 알아주시고 계속 감시해도 좋습니다."

"그럼 나도 한마디 하지. 반도 출신의 사람들은 학생이나 일반민이나 차별대우를 받고 있다는 인식을 거의 모두 가지고 있는 모양입니다. 여기에 대해선 오해를 하지 마시오. 일본 내지인끼리도 아키다켄징秋田縣人이니 기후켄징岐阜縣人이니 하고 서로들 차별하고 구별을 합니다. 조선인에게 대한 차별이 있다면 기껏 그런 정도의 차별일 따름이고 언어와 풍습이 다른 사람들끼리 교제를 하니 그 차별의식이 보다 강렬하게 느껴지는 것뿐이오. 경찰은 악한 사상을 가진 일본인보다 선한 사상을 가진 조선인을 우대합니다. 악한 사상을 가진 경우면 일본인과 조선인의 구별이 있을 수 없구요. 그리고 시간이 가면 오늘날 다소 있는 틈서리도 곧 메꾸어져 나갈 것이 아니겠소. 유군 같은 인재가 내지와 반도 사이의 교량 역할을 해야만 돼요. 귀축미영鬼畜米英을 타도하고 대동아공영권이 되는 날을 위해 최선을 다합시다. 그날이 오면 모든 불만은 햇살에 눈 녹듯 녹아 없어질 것이 아니겠소."

사이토와 아리타는 앞으론 친구로서 종종 만나자는 얘기를 남겨놓고 떠났다.

현관에까지 그들을 전송하고 방으로 돌아오니 지친 몸을 가눌 수가 없었다. 방석을 겹쳐 그 위에 팔베개를 하고 드러눕자 옆방과의 사이의 미닫이가 열렸다. 나는 벌떡 일어났다. 옆방에서 이 집의 장녀 가즈에―枝가 나왔다.

나는 어떤 영문인가를 눈빛으로 가즈에에게 물었다. 가즈에는 말이 없었다. 나와는 외면하고 우두커니 탁자에 기대어 한참 동안 앉아 있더니 아무 말도 없이 방에서 나가버렸다.

나와 형사와의 응수를 가즈에는 옆방에서 숨을 죽이고 듣고 있었던 것이다.

'어떤 목적으로 그 얌체 같은 년이.'
하는 분노가 끓다가 말았다. 어쩌면 자기 나름의 걱정을 해서 거기 와 있었는지도 몰랐다.

가즈에! 지금 내게 있어서의 최대의 문제가 가즈에였다. 얼굴을 펴고 나를 대해본 적이 없는 여자. 사사건건 트집을 잡으려고 드는 여자. 그러면서도 뜻하지 않은 경우 호의 비슷한 빛깔을 반짝해 보이는 여자. 가끔 반짝하는 그것이 가즈에의 악의가 쪼개져 나온 유릿조각인지, 호의가 결정된 수정인지, 그것도 알 수가 없는 것이다.

층계 위에서 가즈에의 발소리가 사라지자 나는 다시 팔베개를 하고 누웠다. 바람 소리가 요란하게 유리창을 흔들었다. 창 너머로 흐린 하늘이 있고 2층의 난간 위로 뺀은 나뭇가지가 몸을 비꼬며 통곡하는 노파를 닮았다. 나는 언젠가 본, 지원병으로 가는 손자를 보내면서 울부짖고 있던 고향의 어떤 노파를 생각하고 있었다.

갑자기 가슴을 쥐어짜는 듯한 고독이 엄습했다. 견딜 수 없는 울분 같은 것이 치밀어올랐다. 빈 사이다병을 사두었다가 화가 나면 그것을 깨어 화풀이한다는 어느 친구의 생각이 나기도 했다.

친구들에게서 들은 이야기와 비교하면 그 형사들이 내게 대한 태도는 부드럽기도 하고 신사적인 편이기도 했다. 그러나 심한 고문을 이겨낸 것 같은 서글픔이 고독감으로 번지고 울분을 자아내는 것이다. 내게 죄가 있다면 너무나 조용하게 소리도 없이 살고 있다는 그 죄밖엔 없지 않은가. 그러한 나를 그들은 반 죄인처럼 취급하지 않았던가. 내게 죄가 있다면 조선 사람으로서 태어난 죄밖엔 없다. 조선 사람이란 단순한 그 사실만을 가지고도 피의자로서의 취급을 받아야만 했다.

'조선인! 조선인이란 무엇일까?'

지난 늦가을 어느 비 오는 날의 오후가 생각이 난다. 여름비처럼 억수로 쏟아지는 비 때문인지 학생들은 1학년에서 3학년까지를 합쳐도 7, 8명밖에 학교에 나오지 않았다. 무슨 까닭이었는지 여느 때는 잘 나가지도 않는 내가 그날은 학교에 나가 있었다. 비도 오고 학생도 적고 하니 수업은 집어치우고 교수와 학생이 한자리에 모여 한담이나 하자고 되었다. 그때 와 있던 교수는 미술평론가인 이타가키 다카오板垣鷹雄, 영문학의 아베 도모지阿部知二, 불문학의 곤 히데미今日出海 세 사람이었다.

이타가키 씨는 시종 근엄한 얼굴을 하고 있었고, 아베 씨는 간혹 한마디씩 거드는 편이고, 얘기는 주로 곤 교수가 도맡아 하고 있었다. 화제는 주로 시사 문제였다. 곤 교수의 말을 듣고 있으니 구라파는 온통 유대인들의 손아귀에 놀고 있었다. 어떤 사건이건 유대인의 장난이란 것이었다. 폴란드의 정변도 유대인 때문이고 프랑스의 동요하는 정국도 유대인 때문이고 베오그라드의 반란도 유대인 때문이란 것이다.

믿어지지가 않았지만 명색이 교수가 그처럼 단정적으로 말하는 데는 어찌할 도리가 없었다. 나는 찐득찐득한 곤 교수 특유의 음성에 귀를 기울이면서 바로 저러한 사고방식이 일본 국내에 사건이 일어나기만 하면 '조센징 때문'이라고 발라 넘기는 사고방식일 거라고 생각하면서 불쾌감을 억제할 수가 없었다.

돌연 그때의 감정이 되살아났다. 나는 가만히 누워 있을 수가 없었다. 최군이나 황군을 만나보고 싶은 감정이 불현듯 일었다. 시간은 정오에 가까웠다. 아래층으로 내려가 아시가야阿佐加谷의 우유점으로 전화를 걸었다. 최군은 수금하러 나갔으니 2시경 돌아올 것이라고 했다. 황군에게로 전화를 걸었다. 황군은 하숙에 없었다. 나는 하숙집 둘째 딸 에이코榮子에게 가기(굴) 프라이를 사줄 테니 밖으로 나가자고 소리를 건넸다. 방 안에서 좋아라고 하는 에이코의 수선이 들려오고 미닫이가 열리더니 하숙집 아주머니의 근심스러운 얼굴이 나타났다.

"얼굴빛이 나쁜데 기분이 좋지 않수?"

나는 그렇지도 않다고 대답했다.

"그 정도의 일 가지고 기분 나쁘게 생각하지 말아요."

아주머니의 말을 등뒤로 들으면서 나는 에이코를 데리고 집을 나왔다.

시전 도사카 정류소 근처에 굴 프라이를 잘하는 집이 있었다. 그 집은 또 그 집의 딸이 영화배우 하라세쓰코原節子를 닮았다고 해서 인기가 있었다.

마주 앉은 에이코는 고개를 조금 숙이곤 치켜뜬 눈으로 슬금슬금 나를 보기만 했다. 오늘 있은 일에 대해서 물어볼까 말까 하는, 또 어떻게 위로라도 해야 하는 걸까 어떨까 하는 그런 눈치였다. 에이코는 여학교 3학년, 나이는 열여섯 살의 소녀. 눈망울이 크고 전체의 윤곽이 부드러웠다. 눈빛이 강하고 선이 또렷또렷하고 히스테리컬하게 생긴 가즈에와는 어디까지나 대조적이었다. 자세히 보면 닮은 데가 없지는 않았지만 강한 성격과 부드러운 성격의 차이만큼 다른 용모를 가지고 있었다.

나는 에이코를 앞에 놓고 가즈에의 남편은 불행할 것이고 에이코의 남편은 행복할 것이란 엉뚱한 추측을 하곤, 장차 에이코의 남편이 될 사람에게 대해 실없는 질투마저 느끼고 그런 감정이 더욱 나를 우울하게 만들었다.

"니이상(오빠)."

에이코가 나지막하게 나를 불렀다.

"언니도 데려왔으면 좋았지?"

"느그 언니가 어디 같이 나올 그런 사람이냐?"

"안 나오더라도 권하기나 했더면 좋았을 텐데."

"난 그런 엉뚱한 여자는 싫어!"

에이코는 한참 동안 잠자코 있더니,

"그래도 언닌 니이상을 좋아하는 눈치던데."

"쓸데없는 소리. 그런 밥맛 떨어지는 소린 그만둬. 좋아하는 게 그 모양이면 싫어했더라면 생사람을 잡아놓겠구먼."

에이코는 자기 말이 통하지 않는 탓인지 그저 쓸쓸하게 웃기만 했다.

나는 대여섯 개 놓인 굴 한 접시도 다 먹지 못했다. 에이코는 잘 먹었다.

식사를 마친 뒤 에이코를 집으로 돌려보내놓고 나는 외투 깃을 세우

곧 추운 거리를 우에노上野 방향으로 걷기 시작했다. 이런 것 저런 것을 걸으면서 생각해보고 싶었다.

가즈에는 딱 한마디로 말해서 내게 대해서 별난 여자였다. 내가 이 하숙으로 옮기려고 할 때 가즈에가 맹렬히 반대했다고 한다.

"조센징을 집에 두다니 당치도 않은 말이다."

하고 반대하는 것을 히지카타 군이 겨우 타일렀다는 것인데 그것을 전할 때의 히지카타 군의 말이 퍽 흥미로웠다.

"그처럼 맹렬한 조선인 반대론자와 한 지붕 밑에 살아보는 것도 수양이 될 게다."

가즈에 때문인지는 몰라도 나는 이 하숙에 옮겨온 지 한 달이 되기까진 외식을 했다. 외식을 하면 자연 편식이 되어 좋지 못하니 이제부턴 집에서 식사를 하도록 하라고 아주머니께서 분부가 내린 것은 이 집에 옮긴 지 한 달이나 후였다. 그때도 가즈에의 맹렬한 반대가 있었을 것으로 짐작은 되지만 상세한 사정은 모른다.

가즈에와 나는 같이 앉아 식사를 하게 되었어도 서로 말을 나누어본 일이 없다. 간혹 내게 대한 빈정대는 말을 하곤 했는데 그땐 삼인칭으로 해서 자기의 어머니나 에이코 또는 조추 상대로 쏘아붙였다.

"조센징 방에만 석탄을 때고 내 방은 시베리아로 만들어놔도 좋단 말이야?"

"구두 하나 제대로 닦아 신지 못하는 친구를 항상 먼저 목욕시킬 것은 뭐람."

"조센징에게 잘해주었다고 조선총독부에게서 표창이나 받을 셈인가?"

이런 등속의 소리를 직접 내 귀에 들리도록 떠들어대는 것이다.

이런 일도 있었다. 하룻밤, 에이코가 영어 복습을 같이 하자고 내 방엘 왔다. 그때 나는 그다지 신통치 않은 영어 소설을 읽고 있었는데 그것을 들여다보면서 에이코가 뭐냐고 물었다. 영어 소설이라고 하니까 재미있느냐고 다시 물었다. 재미가 없지도 않다고 말했더니 에이코는 그 소설 얘기를 해달라고 졸랐다.

그것은 어네스트 다우슨의 「어떤 성공자의 일기」란 소설이었다. 두 남자가 한 여자에게 구애하게 되었는데 두 친구의 틈에 끼여 고민한 나머지 여자는 두 남자에게 각각 편지로써 회답하겠노라고 했다. 불행하게도 편지는 상대를 바꾸어서 발송되었다. 그 결과 여자가 진실로 사랑하는 사람에겐 거절의 편지가 가게 된 것이다. 실망한 사나이는 그 편지를 받자 곧 인도로 떠나버렸다. 인도에서 10년 동안 일하는 가운데 일확천금한 성공자가 되었다. 성공한 그는 옛날 자기가 그처럼 사랑했던 여자가 사는 곳으로 찾아왔다. 옛날의 상처도 가시고 해서 옛 친구와 옛 애인이 지금 어떻게 살고 있는가에 대한 호기심도 있었다. 그런데 찾아와 보니 옛 친구는 폐인이 되어 거리를 방황하고 있었다. 얘기를 들으니 그 여자는 그가 떠난 뒤 수도원으로 들어가버렸다는 것이다.

이 얘기를 에이코가 언니인 가즈에에게 했던 모양이다. 가즈에는 천박한 호색 소설로써 순진한 소녀를 타락시키려고 한다고 야무진 욕설을 내게 퍼부었다.

굴욕이라면 굴욕이랄 수도 있었다. 그런 굴욕을 내가 견디고 있는 것은 아주머니나 에이코가 내게 대한 가즈에의 태도를 일일이 미안해하고 자기 딸이나, 언니를 나무라고 비난이라도 한다면 나는 미안해서도 이 집에 있지 못할 것이다. 그런데 그들의 태도는 친형제끼리 장난삼아 퍼붓는 욕지거리 정도로 취급하고 '또 가즈에의 히스테리가 시작했구나.' 하는 정도로 가볍게 무마하는 바람에 내 마음도 편했고 따라서 그러한 가즈에의 태도에 면역이 되어버렸다.

"가즈에에겐……" 하고 그의 어머니가 내게 설명한 일이 있다.

어려서부터 약혼을 해놓은 남자가 있었다. 그 남자는 고등학교에 입학하면서부터 폐를 앓게 되었다. 말은 안 하지만 가즈에가 의학전문학교를 택해 진학한 것도 그 약혼자를 길이 보살필 각오였던 탓이 아니었을까 한다. 그랬는데 그 약혼자는 대학에 입학하자 곧 사나토리움으로 가야 하게 되었고 드디어는 거기서 죽고 말았다. 가즈에의 성격이 그처럼 거칠어진 것은 그때부터였다. 그래 집안에선 가즈에를 병자 다루듯 대한다는 것이었다.

사정이야 어떻든 같은 나이 또래의 여자에게서 조선인이란 이유만으로 터무니없는 천대를 받는다는 건 나의 자존심이 용서하지 않는다. 나는 서경애를 생각했다. 결혼한 몸만 아니었더라면 서경애에게 대담하게 구애해선 이것 보라는 듯이 서로 사랑하는 광경을 보여주었으면 하는 충동이 있었다. 그렇게 못할 형편이지만 가즈에의 분통을 뒤집어놓기 위해서 미리 짜고 애인인 척할 수도 있을 것인데 서경애는 먼 곳에 있었다.

서경애를 생각하자 나의 가슴은 더욱 무거워졌다. 아까 형사들에게 너무나 비굴하게 대하지 않았나 하는 반성도 섞였다. 왜 좀더 당당하게 사내답게 굴지 못했던가 싶었다.

최종률 같았으면 그 억센 함경도 사투리식 일본말에다 영어, 프랑스어, 독일어 등 철학 용어를 섞어가며 부러 어렵게 이론을 전개시켜 그들을 혼란케 해선 꿈쩍도 하지 못하게 했을 것이다. 일전에도 최종률은 형사들이 찾아와 독일, 소련의 전망을 묻기에 "슬라브적 게마인샤프트와 게르만적 게젤샤프트의 싸움이니 어느 편의 스피리추얼리즘이 보다 많은 마테리얼을 감당할 수 있을까에 달린 것이니 일본이 게르만적 게젤샤프트를 돕기만 하면 여하간 문제는 해결되는 것이오."
했더니 잘 알았다고 하더라는 것이고 대동아전쟁에 관해서 묻기에,
"핫코이치우八紘一宇의 정신은 곧 우주정신 아니겠소. 우주정신이 이기지 못하면 뭣이 이기겠소. 세계 사람이 다 죽어 없어져도 우주정신만은 남을 것이고, 일본 국민 1억이 탄환이 되어 우주정신으로 화하려고 하고 있지 않소."
했더니 자네 말이 옳다고 하더라면서,
"이쯤 하면 고등학교에서 배운 논리학도 쓸모가 있지."
하고 너털웃음을 웃었지 않았던가.

하지만 그러한 최종률의 앞날도 암담했다. 우유 배달을 하며 어려운 독일 철학책만 읽고 있는데 그렇게 해서 쌓이는 지식이 활력소가 되는 것이 아니라 자기와 자기의 주위를 암울하게 하는 독소가 될 것이 아닌가.

만주엘 가서 마적단 두목을 했으면 하는 것이 요즘 최종률의 입버릇이었는데 그것이 바로 그의 앞날에 대한 스스로의 울결한 심정의 표현인 것이다.

황의 경우도 딱했다. 새삼스럽게 학교를 고쳐 다닐 생각도 나지 않고 소설을 쓰며 평생을 살아보겠다는 포부였지만 그렇게 노력할수록 허망한 느낌이 든다는 것이었다.

재능의 부족은 묻지 않기로 하더라도 이왕 소설을 쓸 바엔 우리들에게 있어서 가장 큰 문제를 문제로 하고, 가장 깊은 곳에서 나오는 사상을 사상으로 하고, 가장 날카로운 안광眼光에 포착된 사물을 재료로 해

서 한 편의 소설이 하나의 생명체가 되도록 해야 할 텐데, 쓰기도 전에 큰 문제는 회피할 생각이 먼저 생기고 깊은 곳의 사상은 가려버리고 싶고 날카로운 안광에 조명된 사물에선 외면을 하고 싶게 되니 말이 아닌 얘기라고 했다.

시오미潮見 국민학교 앞에까지 왔을 때 나는 공중전화를 걸었다. 최군에게도 황군에게도 연락이 되질 않았다. E를 찾아볼까 하는 생각도 없지는 않았으나 오늘의 이런 기분은 같은 조선 사람끼리 풀어야겠다는 마음이 앞질렀다. E가 오늘의 얘기를 들으면 자기가 무슨 잘못이나 저지른 것처럼 미안해할 것이고 동정과 위로의 말이 쏟아질 것이었다. 천시도 견디기 힘들지만 위로와 동정도 견디기 힘든 노릇이다.

나는 문득 박순근朴淳根이란 친구를 생각해냈다. 나완 중학의 동창이다. 오랫동안 소식을 모르고 있었는데 어느 날 우연히 길에서 만났었다. K대학에 적을 두곤 주로 동방청년회東方靑年會의 일을 보고 있다고 했다. 바쁜 일이 있다면서 총총히 떠나며 내게 주소를 적은 쪽지를 주었다. 전화는 없었다. 나는 시간을 보낼 겸 지나가는 택시를 잡아타고 오던 방향으로 도로 차를 돌려 스가모巢鴨에 있다는 박순근의 하숙을 찾기로 했다.

박순근은 다행히도 하숙에 있었다. 거기서 박의 바로 이웃 방에 있다는 한韓이란 법과 학생과 첫인사를 했다. 작년, 학부 2학년 때 고등문관시험 행정과에 합격하고 금년엔 사법과를 치를 준비를 하고 있는 학생이라고 박순근이 소개했다. 나는 그 학생을 보며 언젠가 관부연락선 2등실에서 만난 군수로 부임해 간다는 사람을 연상했다.

그 학생도 연락선에서 본 사람과 마찬가지로 자기 자신에게 만족하고 있는 자신과 자족에 가득 찬 표정과 몸가짐을 하고 있었다. 고등문관시험이란 대단히 어려운 시험인 모양이다. 그러니 그 시험만 합격하면 모두들 자기 자신에게 만족할 수 있는 것 같았다. 그럴 것이란 짐작도 들었다. 이 도쿄에 있는 조선인 학생을 2천 명이라고 하면 그 가운데 8할에 해당하는 1천6백 명은 법과 학생일 것이라고 하는데 그들이 노리는 것이 바로 고등문관시험이고, 그 가운데 1할 정도가 겨우 합격할 수 있을까 말까 하다니 말이다.

한 곳에 목표를 세워 좌절하지 않고 일사불란할 수 있다는 건 부러운 일이다. 그러나 그 목표라는 것이 뭣이냔 얘기다. 최종률은 법률을 만드는 데 참여할 수 있는 기회도 권리도 갖고 있지 못하는 치들이 법률을 집행하는 직무를 얻으려고 광분하고 있는 꼴처럼 목불인견한 것은 없다지만 그런 악의 섞인 견해가 아니더라도 법과 학생이 지나치게 범람하고 있는 현상을 아름답다고는 말할 수 없는 것이 아닌가.

그 법과 학생은 우등생이 열등생을 보는 눈초리로 나와 박순근을 번갈아 보며 지난번 구술시험 때 자기가 얼마나 멋진 대답을 했는가를 이편에서는 알아듣지도 못하는 법률 용어를 써가면서 열심히 설명했다. 그 얘기를 기분 좋게 듣고 있는 박순근을 나는 범상한 인물이 아니라고 생각했다. 자기 또래의 사람의 자기 자랑을 허심탄회하게, 말하는 사람과 꼭 같이 기쁜 마음으로 들어줄 수 있는 사람이라면 대단한 인물이다. 박순근 본래의 인품이 그런 탓이기도 하지만 그렇게 대범하게 된 원인이 그가 참여하고 있는 동방청년회란 단체와 무슨 관련이 있는 것이 아닌가도 싶었다.

그래 법과 학생의 자랑이 어느 정도의 단절을 맺었을 때 나는 박순근에게 동방청년회 얘기를 해보라고 청했다. 박순근이 채 입도 열지 않는데 법과 학생이 맡아 나섰다.

"아직 동방청년회를 모르슈? 나카노 세이고노中野正剛가 하는 단체지요. 국수주의 단체죠."

무식한 탓인지 나는 동방청년회의 존재와 이름을 박순근을 만나기까진 몰랐다. 그렇다면 박순근은 황민사상皇民思想의 선구자 역할을 맡아 나섰단 말인가. 박이 뚜벅 말했다.

"국수주의 단체라고 하지만 내가 그 단체에 가담한 이유는 따로 있지. 첫째는 나카노 선생의 인품에 반했고, 둘째는 그의 동아東亞의 경륜에 감탄했고, 셋째는 조선을 자치령으로 한다는 주장에 동조한다."

"자치령? 그게 뭔데."

처음으로 듣는 신기한 말이었다.

"내가 생각하기엔 동아의 정세로 봐서 조선의 완전 독립은 불가능해. 그러면서도 일본에 예속해 있는 상태를 그냥 승인할 수 있는 마음은 되지 않고…… 그래 고민하고 있던 중인데 나카노 선생을 만나 조선을 자치령으로 해야 된다는 주장을 들었다. 가만히 생각해보니 그것이 최고의 해결책 같았어. 나는 당장 동방청년회에 들기로 했지. 나카노 선생의 운동을 밀어주고 그 결과 조선이 자치령이 되도록 하자는 것이 나의 포부다."

"박형은 이렇게 순진하다니까."

한이란 법과 학생이 우등생의 미소를 띠고 말았다.

"순진하다고 해도 좋고, 어리석다고 해도 좋아. 나는 나대로의 안목으로 조국을 위해 노력하고 있으니까."

나는 자치령을 어떻게 하겠다는가를 좀더 구체적으로 설명해보라고 박순근에게 일렀다.

"캐나다나 오스트레일리아같이 하자는 거지. 천황폐하에게만 충성을 다하고 정치는 조선 사람의 자치로써 해나간다, 이 말이다."

"박형은 조선 사람에게 자치능력이 있다고 생각하오?"

한이 입을 이상스럽게 삐쭉하면서 한마디 했다.

"한형 같은 우수한 인물이 있는데 어떻게 우리 조선인에게 자치능력이 없겠소."

듣기에 따라서는 꼬집는 말 같지만 박순근은 그렇게 꼭 믿고 있다는 소박한 감정 그대로의 어조로 말했다. 그리고 다음과 같이 이었다.

"일단 자치령으로서 해나가다가 국력을 양성하면 완전 독립을 쟁취할 수도 있는 것이 아닌가. 일본을 적대시하고 독립운동을 하는 것은 희생만 있을 뿐이지 성과는 없거든. 나는 그렇게 믿어. 이 길만이 우리 조선이 살 수 있는 길이라고. 지금 일본의 국력을 보라고, 중국 대륙까지 석권하고 미, 영과 더불어 세계의 패권을 다투고 있는 판인데 어떤 힘으로 대항해서 독립을 쟁취할 수 있단 말인가. 일본의 아량을 전제로 하고 천황폐하에의 충성만 전제로 한다면 자치령으로 승격하는 것은 가능한 일이다."

"그것이 가능한 일일까."

하고 나는 중얼거렸다. 박순근이 열띤 어조로 말하기 시작했다.

"가능하지, 가능하고말고…… 대정익찬회大政翼贊會가 지금 정치의 모체가 아닌가. 그 모체의 중핵이 나카노 선생이 아닌가. 고노에나 기도나 아리마나 모두 나카노 선생의 말을 듣게 되어 있거든. 이번 전쟁이 수습되기만 하면 그 수습책의 일환으로, 나카노 선생이 조선의 자치를 들고 나오게 돼 있어. 고노에도 어느 정도 양해하고 있고, 나카노 선생은 조선 문제가 나오기만 하면 자치령 방안을 내세우거든. 익찬회 간부 사이엔 암묵의 의견일치는 봐놓았다고 할 수 있어. 다만 시기가 문제인데 그건 이번 전쟁이 끝이 난 뒤에라야 하겠지."

나는 이러한 박순근의 얘기를 허황한 것이라고 웃어넘겨야 할지, 그렇게 될 수 있을 것이라고 생각해야 할지 판단할 수가 없었다. 그것이 박의 신념이라고 해버리면 그만이었지만 처음으로 듣는 얘기고 내게 전연 사전 준비가 없는 문제이고 보니 그저 얼떨떨하기만 했다. 그러나 박순근의 순정만은 부인할 수가 없었다. 박순근이 자기 자신의 모든 성의를 경주해서 그런 결론에 이르는 것만은 틀림이 없었다. 한편 생각하면 너무나 어처구니없는 낙관이라고 웃어넘길 수도 있지만 대안도 없이 남의 신념에 물을 끼얹고 싶지도 않았다. 만일 조소하고 있는 듯한 한이란 법과 학생이 그 자리에 없었더라면 즉흥적인 비판이었을지라도 내 나름대로의 의견을 내세워 박순근과 토론을 벌여보았을 것이다. 나카노라는 사람을 잘 모르지만 국수주의자와 식민지의 해방과는 서로 어울릴 수 없는 문제 같아서였다. 국수주의는 파쇼와 통하고 파쇼는 침략과 통하고 침략은 타민족의 예속을 예상하는 것인데, 그런 국수주의자가 어떻게 조선이란 식민지를 자치령 정도에라도 해방시키겠다고 주장할 수 있을까 하는 나의 회의를 솔직하게 털어놓아 봄 직도 했지만 그만두기로 하고 박순근에게 동방청년회에 가담한 조선인이 몇이나 되느냐고 물었다.

"꼭 열일곱이다. 그런데 곤란한 건 나카노 선생의 기마에氣前가 좋은 것을 이용해서 학비나 타쓰려고 가입하고 있는 듯한 몇 친구가 있단 말이야. 터놓고 충고도 할 수 없고 그렇다고 잠자코 있을 수도 없고……."

"그게 영리한 거요. 박형도 엉뚱한 꿈은 꾸지 말고 그 사람들처럼 슬슬 요령 좋게 하시오."

한의 이 말을 듣자 이때까지 호인답게 미소를 띠고 있던 박의 얼굴이 새파랗게 질리는 듯했다.

"한형! 그 무슨 말을 그렇게 하오. 내가 비겁자가 되라고 하는 거요?"

방 안의 공기가 따분하게 되었다. 나는 더 이상 그 자리에 머무를 수가 없었다. 밖으로 나오는 나를 따라 스가모의 전차정류소에까지 바래다주겠다면서 박순근이 같이 나왔다.

전차정류소에까지 나오면서 박순근은 자기의 뜻이 이루어질 때까지 고향에 서신을 끊을 작정이고 지금도 그렇게 하고 있다는 얘기를 했다.

"학비는 어떻게 하고……."

"난 셋째아들이다. 아버지에게서 분재分財를 미리 받았거든. 탕탕 다 팔았지. 형님들이 사주더구먼. 그걸 가지고 와서 저금을 해놨지. 곶감 빼먹듯이 빼먹고 살았는데 이젠 저금에 손을 안 대고도 살 수가 있지. 필경筆耕도 하고 페인트칠하는 일도 생기고 해서 나 하나 살아가는 덴 걱정이 없다."

나는 조선이 자치령이 되고 이어 독립할 수 있다고 생각하느냐고 다시 한번 물었다.

"생각하고말고…… 꼭 그렇게 되네. 나카노 선생은 신념의 인물이고 배반을 모르는 인물이다. 내게 그렇게 약속했어. 그래 나도 나카노 선생에게 목숨을 바칠 서약을 했지. 만일 내게 이렇게 굳은 신념이 생겨날 수 없었다면 희생만 있고 성과가 없더라도 나는 독립운동에 투신했을 거다. 일본의 국수주의 단체에 가입을 하면 친구들이 뭐라고 할 것인가 하고 고민도 했지. 저놈이 드디어 미쳤다고 할 거라는 걱정도 있어 좀처럼 결심을 하지 못했다. 그러나 호랑이 굴에 들어가지 않고는 호랑이 새끼를 잡을 수 없다는 옛말이 있잖나, 말하자면 나는 호랑이 새끼 잡으러 호랑이 굴에 들어간 거다. 하지만 자네나 또 다른 친구들에게 동방청년회에 들라고 권하고 싶지는 않아, 나와 같은 심리적 과정을 밟은 사람이 아니고서는 이해할 수가 없고 납득할 수도 없을 것이니까."

나는 한이란, 아까 소개받은 법과 학생에 대해 언급했다. 태도가 불쾌하더라는 얘기를 하려는 참인데 박순근은 얼른 나의 말문을 막았다.

"총명한 학생이고 근면한 학생이다. 앞으로 우리나라를 위해서 좋은 일꾼이 될 사람이다. 간혹 말을 좀 사납게 하지만 마음은 그렇잖아. 재주 있고 영리한 사람에겐 흔히 그런 결점이 있게 마련이거든."

나는 한이 입을 삐쭉하는 꼴, 눈빛을 조소하는 듯 쏘아보는 꼴을 돌이켜 생각해보면서 박순근이 여간 수양이 된 사람이 아니라고 느꼈다.

전차에 오른 내게 박순근은 손을 저으면서 며칠 후 히비야日比谷공회당에 나카노 선생의 강연회가 있으니 들으러 꼭 오라고 고함을 질렀다.

전차가 학산우에白山上까지 왔다. 거기서 나는 전차를 바꿔 타야 했다. 학산우에 정류소 앞엔 '하이마트'란 다방이 있다. 나는 이 하이마트란 독일어를 좋아한다. 고향이란 뜻의 말 가운데 하이마트란 독일어가 제일이 아닐까 하고 생각해본 적도 있다. 전차를 갈아타기 전에 그 다방에서 쉬어 가기로 했다. 최군과 황군에게 전화도 해볼 겸이었다.

조금 어둡게 조명장치가 되어 있는 다방으로 들어서니 '코카서스의 풍경'이란 음악이 흐르고 있었다. 다방 안은 한산했다. 카운터에 앉아 있던 웨이트리스가 나를 보자 반색을 했다.

"요샌 왜 통 볼 수가 없지요?"

마음에도 없는 그저 입술의 움직임밖엔 되지 않는 말이라고 생각은 해도 반겨주는 사람이 있다는 것은 고마운 일이다. 이때까지 무겁고 어두웠던 내 마음이 그 웨이트리스의 반기는 한마디 때문에 한결 가볍게 밝아지는 느낌이었다.

"요새도 N선생 부자가 여기서 만나시나요?"

"그럼요."

N선생 부자의 얘기는 이 하이마트 다방의 간판이기도 했다. N이란 유명한 평론가와 그 아들이 급하고 중요한 일이 없는 한 정오 15분에 매일 이 다방에서 만나게 되어 있었다. 조혼한 탓으로 그 부자의 연령차는 열일곱밖에 되지 않는다. 무슨 연고인지 별거하고 있는 그 부자는 어느 때부터인지 몰라도 아버지가 살고 있는 스가모와 아들이 살고 있는 시바와의 꼭 중간 지점이 되는 학산우에 하이마트에서 만나선 점심을 같이 먹고 헤어진다. 그들이 서로의 소식을 묻는 투가 또 웃음거리였다. 피차 기다리는 시간은 5분으로 되어 있는 모양으로 5분이 지나도 상대편이 오지 않으면 가버린다. 가면서 하는 소리가, 아버지의 경우엔,

"우리 집 후레자식 오거든 시간 좀 지키라더라고 해주게."

아들일 경우엔,

"우리 집 바보애비 오거든 시간 좀 지키라고 일러 둬."

한번은 눈이 수북하게 내려 있었고 아직도 내리고 있는 날이었다고 한다. 5분을 기다려도 아버지가 안 오니까 아들은 그 독특한 대사를 뱉어놓고 나가버렸다. 2분쯤 후에 아버지가 나타나선 아들이 가버린 것을 알자,

"후레자식 깜찍도 하지. 눈이 내리는 사정을 봐서 늙은 애비를 위해 2, 3분쯤 더 참아줄 수도 없었던가."

하고 아주 서러워하며 투덜대더라는 것이다.

나는 그 부父와 그 자子의 얘기를 들을 때마다 나와 아버지와의 관계

를 생각하고 어쩔 수 없는 봉건성을 미워했다. 그러고는 내가 아들을 가졌을 경우를 상상해봤다. 상상도 못할 일이다. 남의 아들로서도 변변하지 못하고 사람으로서도 방향이 없는 내가 남의 아버지가 되다니! 얼굴이 화끈 달아오를 상상이다.

콩을 볶아서 만들었다는 풍년인가 뭔가 하는 커피를 한 잔 마시고 '코카서스의 풍경'이 끝났을 때 나는 최와 황에게 전화를 걸었다. 또 녀석들은 없었다.

고독! 그렇다. 고독은 고독 속에서 이겨내야 한다. 나는 우울한 내 심정을 친구를 찾아가서 소화시키려고 한 내 마음먹이가 글렀다는 것을 알았다. 그들을 만나보았자 기껏 내 우울함을 그들에게 전염시키는 언동 외에 뭣을 할 것이 있단 말인가. 인간은 본질적으로 고독한 것이다.

'기쁨은 나눠 가질 수 있어도 슬픔은 나눠 가질 수 없다.'

최의 그 무딘 슬픔을 나는 과연 어느 정도로 나눠 고민할 수 있었을까. 황의 그 섬세한 슬픔을 나는 과연 어느 정도로 나눠 고민할 수 있었을까. 그리고 그들은 자기 나름의 방향을 설정하고 몸부림이라도 치고 있는 것 같았다. 우스운 얘기 같지만 최는 철인마적哲人馬賊을 꿈꾸고 있고 황은 민족의 슬픔을 스스로의 정열로써 삭여보려는 꿈을 안고 그 꿈을 기르고 있다.

이제 만나고 온 박은 누가 터무니없다고 하더라도 조선을 자치령 정도로는 만들어야겠다는 신념 속에 살고 있다.

그런데 나는?

형사들 앞에선 비굴했다가 비굴해한 스스로의 모습에 견딜 수 없어 친구를 찾아 거리를 헤매다가 고향 아닌 하이마트에서 먼지 냄새를 맡으며 앉아 있는 것이다.

나도 뭔가를 정해야 한다.

아버지의 호의와 재산에만 편승하고 있는 안이한 생활태도를 버리고 내 힘으로 내 생활을 지탱하며 살아나갈 수 있는 방법을 모색해야겠다. 우선 생활인으로서의 태도와 방향을 정해야겠다.

나는 망명인으로서의 내 숙명을 감상하고 있었다.

코스모폴리탄이란 견식을 모방하고 민족과 조국의 절박한 문제를 회피했다. 에트랑제를 뽐내는 천박한 기분으로 안이하고 나태하고 비겁한 생활을 변명해왔다. 22세라는 젊음을 특권인 양 왕자를 잠칭하고 세상을 속였다.

파리의 베르라세에즈의 묘지 벤치 위에서 폴란드의 어떤 망명인이 한 말을 나는 기억한다.

"망명은 패배가 아니다. 망명은 용기가 있어야 하는 생활이다. 진공과 같은 고독 속에서, 고립무원한 상황 속에서 혼자서 조국을 대표하는 위신을 지녀 나가는 용기와 능력이 있어야 한다. 렌즈를 닦아 입벌이를 한 스피노자처럼 망명인은 스스로의 손끝으로 스스로의 발로 벌어먹으며 그 천업賤業에 오염되지 않게 조국과 동포의 명예를 스스로를 통해서 빛내야 하는 것이다. 망명인과 걸인은 다르다."

그 폴란드인은 여기까지 말하곤 격렬한 기침을 하며 몸을 비꼬았다. 심한 천식병에 걸려 있는 모양이었다. 기침이 진정되자,

"내가 죽을 날도 얼마 남지 않았어. 그래 여기엘 찾아온 거야. 여기엔 많은 폴란드 망명인들의 무덤이 있다."

그 마른 손가락으로 묘지 위를 가리키면서 다시 기침의 발작에 말려들었다. 그 모습이 지금 내 눈앞에 선한 것은 무슨 때문일까. 내게는 망명가가 될 자격도 없다는 자기 가책의 작용일지도 모른다.

고향으로 돌아가서 농사라도 지을까 하는 생각이 일었다가 금방 꺼졌다. 너무도 터무니없는 생각이었기 때문이다. 나는 도쿄를 떠나선 살아갈 수 있을 것 같지 않다. 고향에 돌아가면 도쿄에 있을 때보다도 몇 갑절 더 강하게 스스로가 에트랑제라는 것을 느낀다. 도쿄에서 느끼는 에트랑제는 8백만의 인구 속에 살아가고 있는 미립자로서의 감미로운 겸손이 있다. 그런데 고향에 돌아가기만 하면 주위에 둘러치인 친화감에 적성敵性을 느껴보는 오만한 감정 때문에 발광할 지경이 되는 것이다.

시마키 겐사쿠島木健作의 「생활의 탐구」라는 소설을 주변에서 좋아라고 하는 바람에 읽어보았지만 내겐 생활의 탐구가 아니라 자멸의 탐구로 느껴졌다.

그렇게 해서 생의 보람을 찾아서 뭣을 할 것이며 산다는 것이 그러한 고통을 참아야 하는 것이라면 그런 삶에 무슨 가치가 있는 것일까 하는 반발로서였다.

주위엔 '볼레로'의 곡조가 흐르고 있었다. 어딜 가도 '볼레로', 어떤 다방엘 가도 '볼레로'를 듣지 않는 다방은 없다. 유행이란 그처럼 무서운 것인가. '볼레로'가 그처럼 좋은 음악인가. 나는 '볼레로'를 듣기만 하면 성신경性神經이 이상해진다. 나는 다방을 나왔다.

생각해보니 전차를 탈 것까지도 없었다. 거기서 서너 정거장이면 도사카로 나간다. 가는 도중 리쿠기엔六義園에나 들러 갈까 했다. 리쿠기엔은 옛날 덕천막부德川幕府 때의 어떤 영주의 집이었다고 하는데 수만 평의 정원이 국보로서 지정되어 있는 공원이다.

일개 영주의 정원이 조선 왕궁의 정원을 능가할 정도로 호사롭고 아취가 있다는 엄연한 사실을 두고 조선인 입으로 일본인의 의식을 시마구니島國 근성이라고 할 수 있을까 하는 생각을 자아내게끔 하는 그런 곳이다.

리쿠기엔으로 막 들어가려는 참인데 "끼익." 하며 급정거하는 차 소리가 뒤에서 났다. 돌아보니 낯이 익은 자가용차가 바로 내 뒤에 서 있었고 차 문을 열고 가자마 이사코風間伊佐子가 내게 손짓을 하고 있었다.

(주: 유태림의 수기에 나타나는 박순근은 경남 진양군 문산면 출신, 1943년 나카노 세이고 씨가 당시의 수상 도조東條의 헌병대에 강박당해 자인自刃한 직후, 스가모의 하숙에서 자살했다. 나카노의 죽음과 더불어 그의 꿈이 깨진 것을 깨닫고 절망한 탓이 아니었을까 한다.)

1942년 2월 15일, 일요일.

이날을 나는 잊을 수가 없다. 이 연월일자는 운명의 빛깔을 띠고 나의 가슴속에 선명하고 깊게 새겨졌다. 운명의 빛깔은 때론 황금색으로 눈부시기도 하고 때론 어두운 밤의 빛깔로 암울하기도 하다. 그렇듯 1942년 2월 15일이란 일자는 내 가슴속에서 황금색으로 빛나기도 하다가 암울하게 물들기도 한다. 가자마 이사코와 나와의 교제가 시작된 것이 바로 이날이었던 것이다.

이사코가 언제부터 가즈에의 집에 드나들게 되었는지는 정확하게 알 수가 없다. 1941년의 초겨울 어느 날, 나는 그 집에선 귀에 익지 않은 여자의 소리를 들었고 먼빛으로 그 여자의 용자容姿를 보았다. 그 음성 그 용자에는 뭔지 모르게 사람을 사로잡는 분위기 같은 것이 감돌고 있었다. 그것이 이사코였다. 에이코의 말에 의하면 화가 가자마 이노스케伊之助의 막내누이이며 가즈에와는 여학교 이래 둘도 없는 친구라고 했다. 여학교를 졸업하자 곧 프랑스로 건너갔는데 돌아온 지 얼마 되지 않았다고도 했다.

그 뒤, 종종 먼빛으로나마 이사코를 볼 수 있는 기회가 있었다. 간혹 시선이 마주치기도 했으나 이사코의 시야엔 나 같은 존재는 없는 것이나 마찬가지였다. 자가용차를 타고 내 곁을 스친 적도 있었지만 길가의 우체통이나 전신주를 보는 눈과 조금도 다름없이 시선을 스쳤을 뿐 나의 망막에 남겨놓은 것은 언제나 싸늘하고 단아한 이사코의 옆얼굴이었다. 내 마음 깊은 곳에서 이사코에 대한 모정慕情이 꿈틀거리고 있었지만 그것은 의식의 표면에까진 나타나지 못했다. 고령高嶺의 꽃으로서 나의 마음의 심연에 아슴푸레 그림자를 던지고 있을 정도였다.

그러한 이사코가 일부러 자동차를 멈추고 나를 불렀다는 것은 참으로 뜻밖인 일이었다. 어리둥절한 표정을 하고 멍청하게 서 있었다는 것도 무리가 아닌 얘기다. 멍청하게 서 있기만 하는 나를 보자 이사코는 장난스러운 표정을 꾸미며 자동차에서 내려섰다. 검은 코트, 검은 베레, 구두도 검은 색깔이고 스타킹도 검은 것이었고 게다가 검은 장갑을 끼고 있었다. 엷은 태양의 광선 아래 펼쳐진 산만하고 살풍경한 겨울의 경치 속에 그 검은빛이 강렬한 개성을 주장하는 악센트로서 풍겨왔다. 그뿐만 아니라 검은 일색의 빛이 새하얀 얼굴의 윤곽을 더욱 선명하게 도려내 뵈는 느낌으로 우아했다.

"우린 서로 첫인사를 해야 하나요? 전 이사코라고 합니다."

장난스러운 표정에 진주모색眞珠母色의 이빨이 어울렸다.

"전 유라고 합니다."

"돌연히 불러서 놀라셨겠지요?"

"네, 진정 놀랐습니다."

하고 나는 정직하게 대답했다.

"숙녀의 돌연한 부르심을 받고 기쁘시진 않구요?"

나는 그 활달한 태도에 대응할 수 없어 그저 초조하기만 했다.

"이럴 때 파리의 남자들은 천사의 부르심을 받은 것 같아서 황홀하고 행운을 만난 것 같아 행복하다고 말솜씨를 부리죠."

얌체스러운 이런 말들도 이사코의 메조소프라노 음정인 감미로운 음색을 띠고 있으니 불쾌하지가 않았다. 되레 이편의 마음을 활달하게 하는 작용을 부렸다. 그래 나는 용기를 내어 말했다.

"당신을 만난 것을 행운을 만난 것으로 알아도 좋다는 말씀이죠?"

"행운으로 만들건 불운으로 만들건 그건 남자의 책임이겠죠."

어색스러운 말 같으면서 심각한 뜻일 수도 있는 말이었다. 나의 얼굴이 생각하는 표정으로 바뀌었던 모양이다. 이사코는 얼른 말을 이었다.

"심각하게 생각할 것까지는 없어요. 동양 남자의 결점은 뭐든 심각하게 생각하려는 버릇에 있습니다. 행운, 불운 할 것 없이 대단할 것도 없잖아요?"

"……"

"이 공원에서 누구와 만나기라도 했습니까?"

"아닙니다."

"그러면 이 추운 날씨에 혼자서 공원을 빌빌 돌아다닐 작정이었어요?"

"별 작정도 없이 그저 이 앞을 지나다가 들어가볼까 했을 뿐입니다."

"그런 걸 자학적 센티멘털리즘이라고 하나요?"

"사람의 감정에 어떻게 일일이 레테르를 붙일 수가 있습니까."

"하여간 겨울의 공원을 돌아다니는 것은 육체적으로나 정신적으로나 감기들기 쉬우니 좋은 일이 아닙니다. 프랑스의 격언에 이런 것이 있대요. 고민하는 것은 좋다. 그러나 겨울이면 따뜻한 곳에서, 여름이면 시원한 곳에서 하라고."

"내겐 고민이랄 것도 없습니다."

"그럴까요?"

하며 이사코는 청랑한 웃음을 웃었다. 그리고 이은 말은,

"오늘 오후엔 달리 용무가 있는 것은 아니겠죠?"

"그렇습니다."

"그러면 오늘 저의 나이트騎士 노릇을 할 생각은 없습니까? 싫으세요?"

"좋습니다. 나이트 노릇을 하지요."

이사코는 자동차 안으로 올랐다. 그리고 나더러 따라 타라고 했다. 우선 긴자로 나가보자는 것이었다. 나는 이사코 곁에 자리를 잡았다. 차 안은 훈훈했다.

"대단히 좋은 찬데요."

하고 촌스러운 탄성을 올려보았다.

"어떤 부호에게서 오빠가 사들인 중고품 크라이슬러랍니다. 가솔린을 입수하기가 곤란해서 어디 차를 타겠어요?"

나는 차창 밖으로 스쳐가는 황량한 겨울의 거리와 추위에 쫓기듯 오가고 있는 사람들을 보면서 크라이슬러로써 표현되는 이노스케의 호사와 이치라쿠소에 모여들었던 화가들의 거지꼴과를 대비해보지 않을 수 없었다. 그러나 나는 아침부터의 우울한 감정이 차츰 사라져가는 것을 느꼈다. 이사코가 넘겨줄 미지의 책장에 대한 부푼 기대로써 황홀하기까지 했다. 차는 어느덧 우에노히로코지上野廣小路를 달리고 있었다.

"나는 무슈 유를 전에 본 적이 있어요."

이사코가 또박 말했다.

"가즈에상 집에서 말입니까?"

하며 나는 단아한 이사코의 옆얼굴을 봤다.

"그렇다면 어디 얘깃거리가 되나요?"

"그럼 어디서."

이사코는 입을 새삼스럽게 다물어 보이는 시늉으로 망설이더니,

"그루제 24번가에서."

"그루제 24번가? 파리의 일본 대사관?"

"그렇죠."

나는 일순 일본 대사관의 로비, 그곳에서 만난 여러 사람들의 얼굴을 회상해봤다. 하나같이 선명한 기억은 없다. 흐린 유리창 너머로 방 안을 들여다본 인상처럼 몽롱했다. 그 몽롱한 기억의 경치 속에서 이사코의 단아하고 총명하고 아름다운 모습을 찾아보려고 했지만 허사였다.

"대사관엔 신문을 얻어보려고 종종 들렀었는데 거기서 뵈온 기억은 전, 없는데요."

"저 같은 아름다운 숙녀가 눈에 뜨이지 않았다면 그 눈은 좀……."

"사실 그때 전 사람들을 똑바로 보질 못했으니까요. 더욱이 대사관에서는. 무슨 트집이나 잡히지 않을까도 했지만 그만큼 수줍었던 거지요."

"그러나저러나 무슈 유는 남자로선 아직도 덜 되었어."

"무슨 뜻이죠?"

"제가 그루제 24번가에서 무슈 유를 본 적이 있다고 했으면 당신도 맞장구를 쳐야 하는 겁니다. 나도 본 적이 있다고. 그리고 그 모습을 잊질 못하고 있었는데 우연히 도쿄에서 다시 만나게 되어 몸둘 바를 몰랐다고 덧붙이기도 해야죠."

"그런 거짓말을 할 수 있는 재간이 내겐 없습니다."

"그게 무슨 장점이라도 되리라고 생각하고 있습니까? 한 분의 숙녀를 즐겁게 하기 위해선 그만한 거짓쯤은 되레 미덕이란 걸 알아야 해요."

"알아야 할 게 어디 한두 가지겠습니까?"

"이제 그 말은 썩 잘됐어!"

운전수의 어깨가 들먹한 것 같았다. 백미러에 그의 표정을 찾으니 늙은 운전수도 웃고 있었다.

추위에 떨고 있는 거리를 훈훈하게 따스한 고급차를 아름다운 숙녀와 같이 달리는 기분은 바로 특권을 타고 달리는 기분과 다름이 없다는 실감이 났다. 이러한 특권적 기분에 집착하기 시작하면 인생관이며 세계관이 송두리째 바뀌어버릴 것이란 생각도 들었다. 인생관이니 세계관이 어떻든 이사코와 같이 한평생 크라이슬러를 타고 살 수 있기 위해선 무슨 일인들 감당 못할 바가 아니란 마음이 안개처럼 피어오르기도 했다. 행복의 실질은 고상한 철학에 있는 것이 아니라, 사랑하는 사람과 한 대의 자동차에 있는 것인지 몰랐다.

긴자銀座 코론방 앞에서 차를 내렸다. 긴자의 이곳저곳을 돌아다니며 놀다가 쓰키지築地 소극장으로 갈 예정을 세우고 차는 돌려보내기로 했다.

코론방 한구석에 자리를 잡자 이사코는 아까까지의 약간 경박스럽기조차 한 태도완 딴판으로 의젓하고 침착하고 조용한 숙녀의 포즈를 취했다. 어조도 나직하게 말했다.

"류상! 오늘 아침엔 대단히 불쾌한 일이 있었다지요?"

나는 아침에 있은 일을 어떻게 아는가 싶어 이사코를 말끄러미 쳐다봤다.

"가즈에 집엘 갔었거든요. 류상은 에이코허구 식사하러 나갔다더구먼요. 가즈에에게서 죄다 들었어요."

나는 그만한 일을 그처럼 대단스럽게 취급하고 있는 사실을 되레 의아하게 생각했다.

"우리 조선인 학생에겐 예사로 있는 일입니다. 대단한 사건도 아닙니다."

"그런 일이 예사로운 일로 통용되고 있는 사실이 민망하다는 말씀입니다."

"경찰이 한 일을 이사코상이 대신 사과하는 겁니까?"

"그럴 까닭은 없지 않아요?"

"그런데?"

"하여간 언짢은 일 아녜요? 선량한 학생을 이렇다 할 건덕지도 없는데 괴롭힌다는 것은."

"조선인이란 그 조건만을 가지고라도 충분히 피의자 취급을 받을 수 있는 거랍니다. 게다가 전 선량하지도 못한 학생이구요."

이렇게 말하면서 나의 뇌리를 어떤 의혹이 스쳐감을 느꼈다. 이사코가 자동차를 세워서까지 나를 부른 것은 추운 겨울 날씨에 혼자 공원으로 들어가는 나의 뒷모습을 보자 가즈에에게서 들은 얘기를 상기하고 자기도 모르게 동정심이 이끌린 때문이 아닐까 하는……. 생각할수록 그런 동기 이외엔 이사코의 행동을 설명할 수 없을 것 같았다. 그렇다면 나는 이사코의 값싼 동정에 편승해서 황홀하기까지 했던 것이다. 나는 다시 우울한 감정에 말려들었다.

"그런 일을 자주 당하면 도쿄가, 아니 일본이 싫어지겠죠?"

"글쎄요, 어디 문제가 그렇게 단순하겠습니까."

"문제가 아니고 감정을 말하는 거예요."

"감정을 말한다면 전 매일처럼 가즈에의 악의를 받고 있는데요 뭐."

"가즈에의 악의?"

이사코의 눈이 둥그렇게 열렸다.

"그렇죠. 분명 악의죠. 가즈에는 두말 끝엔 조선인 따위란 말을 들먹입니다. 그러니 내게 문제가 있고 분개해야 할 일이 있다면 가즈에의 태도입니다. 그러나 그런 악의에도 익숙해버렸으니까 사람이란 편리하게 돼 있는 거지요."

내 말에 납득이 가질 않는다는 표정으로 잠시 묵묵하고 있더니,

"무슨 오해가 아닐까요, 그건."

했다.

"오해라니, 가즈에에게 한번 물어보시오."

"가즈에는 아침에 온 경찰관들에게 대해서 굉장히 분개하고 있었어요. 세상에 그런 법이 어디 있느냐구요."

사실이 그렇다면 그것도 이상한 일이다. 나는 덤덤히 앉아 있었다.

"악의가 관심의 표현일 수도 있긴 하지만."

하고 망설이는 눈치더니,

"불쾌하실지 모르나 들어보세요. 이런 일이 있었답니다."

하면서 이사코는 다음과 같은 얘기를 꺼냈다.

3, 4년 전의 가을 어느 날이었다고 한다. 그루제 24번가의 대사관 일반 사무실에서 이사코가 직원들과 한담을 하고 있었는데 사무실과는 카운터를 사이에 둔 로비 한구석에서 신문을 읽고 있는 소년의 모습이 눈에 띄었다. 여행자로선 아직 나이가 어리고 유학생으로서도 어울리지 않는 소년이었기 때문에 특별한 관심이 그에게 쏠렸다. 그래 어느

직원을 보고 "저 소년이 어떤 사람이냐."고 물어보았다. 직원은 힐끔 소년 쪽을 바라보곤 "아아 저것, 저것은 센징입니다." 그러더라는 것이다. 그 말투가 불쾌해서 이사코는 대사관 직원에게 따지고 들었다. "일본인이 뭐 잘났다고 아득히 고국을 떠나 파리까지 와서도 조선인을 업수이 여기느냐."고. 그랬더니 대사관 직원은 "설익은 인도주의는 그만두라." 면서 대꾸도 안 하더라고 했다. 어이도 없고 불쾌하기도 해서 그 소년을 저녁식사에나 초대할 작정으로 돌아보았더니 그땐 벌써 그 소년은 사라지고 없었다. 그 후, 혹시 그 소년을 만날 수 있지 않을까 하고 대사관에 갈 적마다 두리번거리며 찾아보았지만 그럴 기회가 없었다. 그러나 로비 한구석에서 외롭게 신문을 보고 있던 모습은 좀처럼 기억에서 사라지지 않았다. 그런데 프랑스에서 돌아와 가즈에 집엘 들러 나를 보았을 때 이사코는 혹시나 하는 생각을 가져보았다. 하지만 꼭 확인해볼 마음까지는 나지 않았다. 그랬는데 그날 아침 내가 형사들과 응수한 얘기의 내용을 가즈에로부터 전해 듣고 그 소년이 바로 나였다는 확신을 가졌다는 것이다.

이사코의 얘기를 듣고 보니 아까 내가 품었던 의혹이 의혹만이 아니라 사실에 가까운 판단이었다는 것을 알았다. 결국 동정이었다. 파리의 대사관에서 멸시를 받던 소년이 도쿄에 돌아와서도 경찰의 시달림을 받아야 하는 처지에 이사코가 동정을 했고 그 동정심이 리쿠기엔 앞에서부터 그때까지의 행동으로 번진 것이었다. 그러나 나에겐 그러한 동정을 박차버릴 수 있는 용기가 없었다. 비굴함을 느끼면서도 그런 동정에나마 편승하고 싶어 하는 유혹을 물리칠 수 없었다.

"이사코상은 내게 각별한 동정을 느끼고 계시는 모양인데 그 이유가 어디에 있죠?"

"동정?"

하는 이사코의 얼굴엔 당황하는 빛이 있었다.

"전 동정 같은 건 모르는 차가운 여자예요. 만일 무슨 이유가 있어야 한다면 동정이라기보다 호기심이겠죠. 그와 같은 처지에 놓인 청년의 심리는 어떤 것일까 하는."

"호기심의 대상이 될 수 있는 것만으로도 영광으로 생각해야겠습니다."

"비꼬지는 마세요. 제게 악의가 있는 것은 아니니까."

이렇게 말하면서 웃는 이사코의 화사한 웃음을 나는 아름답다고 느꼈다.

"그건 그렇고 어때요. 류상은 지금 자기가 놓인 처지에 저항을 느끼시지 않으세요?"

"살아가자면 다소의 저항을 느끼는 일이 더러 있지 않겠습니까. 조선인이 아니더라도."

"류상은 내게까지도 본심을 뵈려 하지 않는 모양인데 그런 식의 카무플라주가 버릇이 된 것이 아녜요?"

"카무플라주할 의사는 조금도 없습니다."

"의사가 작용하기 이전에 마음의 움직임 자체가 미리 미채迷彩를 띠고 있는 거지요, 그럼."

"그럴지도 모르죠."

정직하게 고백하면 나는 일본인뿐만 아니라 같은 동포를 대할 때도 진실의 내가 아닌 또 하나의 나를 허구했다. 예를 들면 '일본인으로서의 자각'이니 '황국신민으로서의 각오'니 하는 제목을 두고 작문을 지어야 할 경우가 누차 있었는데 그런 땐 도리 없이 나 아닌 '나'를 가립假立해놓고 그렇게 가립된 '나'의 의견을 꾸미는 것이다. 한데 그 가립된

'나'가 어느 정도로 진실의 나를 닮았으며 어느 정도로 가짜인 나인가를 스스로 분간할 수 없기도 했다. 그런 점으로 해서 나는 최종률을 부러워하고 황군을 부러워했다. 그러니 마음의 움직임 자체가 미리 미채를 띠고 있는 것이 아니냐는 이사코의 말은 정당한 판단이었다.

자기 변명을 하자면, 어떻게 저항할 것인가 하는 그 방법을 찾지 못할 바엔 저항의 의식을 의식의 표면에 내세울 필요가 없다는 체관諦觀이 습성화되어버렸다고 할 수도 있다. 생활의 방향은 일본에의 예종隸從으로 작정하고 있으면서 같은 조선 출신 친구 가운데선 기고만장하게 일본에의 항거를 부르짖고 있는 자들에 반발을 느끼고 있는 탓도 있긴 했다.

격에 맞지도 않은 말들을 지껄였다면서 이사코는 금방 장난스러운 표정으로 돌아가더니 파리와 도쿄와의 비교를 가벼운 유머를 섞어가며 하기 시작했다. 이사코의 얘기를 재미있게 듣고 있는 동안 내가 눈치챈 일은 내게 대한 호칭을 이사코는 '무슈 유'와 '류상' 두 가지로 나누어 쓰는데 농담을 할 땐 '무슈 유'가 되고 진지한 얘기를 할 땐 '류상'으로 된다는 사실이었다.

코론방에서 나와 긴자 이곳저곳을 돌아다니다가 알래스카에 가서 식사를 하고 이사코와 나는 쓰키지 2정목을 향해 걸었다.

쓰키지 소극장은 쓰키지 2정목에 있다. 좀더 나가면 쓰키지 혼간지築地本願寺가 있고 더 좀 나가면 생선시장이 있는 도쿄의 옛 판도로 선 변비한 곳에 단층의 조그마한 극장이 여염집 사이에 다소곳이 끼어 있는 것이다.

건물 정면, 사람으로 치면 이마에 해당하는 곳에 포도송이를 닮은 굵다란 극장 마크가 달려 있고 그 곁에 세로 '국민신극장'國民新劇場이란 간판이 붙어 있다. 좌익 연극과 인연이 깊다는 이유로 쓰키지 소극장이란 명칭을 국민신극장으로 고친 것이라고 한다.

일본의 신극사新劇史를 쓰려면 쓰키지 소극장사를 쓰면 된다고 말할 수 있을 정도로 이 극장은 일본 신극운동의 발상과 더불어 비롯된 유서를 가진 극장이다. 그리고 또 이 극장은 오시나이 가호루小山內薰를 위시한 빛나는 이름들과 결부되어 있는 일본 신극의 메카이기도 하고 좌익 전성시대에는 좌익 연극의 총본산이기도 했다. 조선 출신의 연극 학생들이 조직한 조선학생예술좌도 이 극장의 무대 위에서 활약한다.

최근까지 이 극장은 신협극단新協劇團과 신쓰키지 극단, 두 개의 극단에 의해 교대로 사용되고 있었는데 신협과 신쓰키지의 간부들에게 검거 선풍이 불고 극단이 해산되는 바람에 쓰키지의 면목은 일변했다. 두 극단을 잃은 극장은 군소 소인극단群小素人劇團에 무대를 빌려줌으로써 간신히 연명하고 있는 상태다. 신극의 본산이 신극의 노점으로 전락한 느낌이다.

신협과 신쓰키지 양 극단이 해산된 뒤, 일본에 남은 직업적 신극극단은 문학좌文學座 하나로 되었다. 신협과 신쓰키지가 건재해 있는 동안, 문학좌는 쓰키지에 진출하지 못하고 비행관飛行舘 같은 데서 공연을 가졌던 것인데 위의 두 극단이 없어진 오늘에 있어선 문학좌가 이 극장에서 연극다운 연극을 보여주는 유일한 단체가 되었다.

이사코가 쓰키지에 가자고 한 것도 이 문학좌의 공연을 보기 위해서였다. 문학좌의 그날 공연 작품은 우에다 히로시上田廣의 「황진」黃塵이란 소설을 각색한 것이었다. 그날은 일요일이라서 마티네(주간 공연)가 있었다. 이사코는 그 마티네를 볼 참이었는데 나를 만난 탓으로 예정을 변경하고 밤공연을 보게 된 것인 성싶었다.

이사코는 극장 안에 들어서자마자 아는 사람들과 만나 인사하기가 바빴다. 인사하는 상대가 대개 기시다 구니오岸田國士니 이와타 도요岸田豊雄니 하는 쟁쟁한 명사들이었다. 어떻게 그런 유명한 사람들을 잘 아느냐고 물었더니 '모두들 오빠의 친구'라는 것이었다.

「황진」이란 작품은 당초 기대도 하지 않았지만 별반 감동을 주는 작품이 아니었다. 중국 대륙에서 싸우고 있는 일본군의 생활 단면을 그린 것인데 중국인과의 접촉에다 중점을 둔 것이라고 보았지만 절박한 전쟁의 감동도 없고 중국인과의 접촉에도 극적인 모멘트가 있는 것 같지 않았다. 주로 등장하는 중국인은 유자초柳子超라는 쿨리와 진자문陣子文이란 소년이다. 이들은 철저하게 자기 나라의 군인들을 저주하고 일본군을 칭찬하며 목숨을 아끼지 않고 일본군에 협력하겠다고 한다. 예를 들면 이런 대사가 오간다.

유자초　지나 병정 틀렸어. 우리 재산 모조리 뺏어간 도둑놈들이오.
일본 군인　욕을 하고 있으면 혼날 것 아냐? 지나군이 역습해올는지도 모를 일이니 말이야.
유　일본군은 강하니까 문제없어. 지나병은 백성들을 상대로 할 때만 강하거든요.
……
일본 군인　이렇게 일본군을 따라다니지 말고 고향으로 돌아가라.
진　난 갈 곳이 없어요. 죽어도 일본군 따라다닐래요. 그리고 뭐든 시키는 대로 하겠습니다.

나는 이런 장면을 보고 듣고 하면서 얼굴이 붉어졌다. 지금으로부터

3, 40년 전 조선에 일본군이 진주해왔을 때 일본군의 짐을 날라다 주고 취사도 거들고 통역도 하고 한 사람들 가운데는 분명히 유나 진 같은 부류가 상당수 있었을 것이란 생각이 들었기 때문이다.

우에다의 작품은 거짓 아닌 사실을 수록한 것일지 모른다. 그러나 어떤 시기, 어떤 사건의 한 토막을 그린 삽화적인 얘기라고 할지라도 그러한 사람만 골라 등장시킴으로써 4억이나 되는 인구를 대변케 하는 것 같은 인상을 꾸미는 것은 옳지 못하다고 생각한다. 그런 인물을 등장시키려면 그렇지 않은 인물을 등장시키진 못하더라도 상정想定만은 해놓고 대조적으로 그려내도록 하는 것이 옳은 일이 아닐까도 싶었다. 이건 예술의 문제이기 전에 작가의 '에스프리'에 관계되는 문제다.

무대가 파한 뒤에까지 나의 불쾌감은 남았다. 그러나 나는 이사코에게 한마디도 이런 뜻을 비치지 않았다. 나는 이사코가 감상을 묻기에 쿨리 역을 맡은 배우의 연기가 썩 좋더라고만 말했다. 사실 그 연기는 월등하게 좋았다.

"그 배우가 모리 마사유키森雅之란 사람이에요."

모리 마사유키란 건 프로그램을 통해서 나도 알고 있었다. 그런데 그것을 강조하는 뜻은? 하고 물었다.

"모리는 아리시마 다케오有島武郎의 아들이거든요."

"모리가 아리시마의?"

하고 나는 짐짓 놀랐다.

"유명한 작가의 아들들이 배우가 되는 것이 요즘의 유행인가 봐요."

"또 누가 있어요?"

"아쿠타가와 류노스케의 아들 히로시比呂志라는 사람이 지금 배우 수업을 하고 있거든요."

"어느 극단입니까?"

"지금 게이오대학에 다니고 있는데 연극연구회란 걸 만들어가지고 상당히 열심히 하고 있는 모양입니다. 얼만가 전에 쓰키지에서 발표회도 가졌고……."

극장에서 돌아오는 길, 스키야바시數寄屋橋 근처의 '뮌헨'에서 생맥주를 놓고 앉아 문인의 아들들이 배우가 되는 경향이 다시 화제에 올랐다. 그때 이사코가 한 말은,

"아버지들의 허무주의를 아들들이 상속을 받았나보지요. 그래 자기 자신이 있는 그대로의 상태를 견디지 못해 연극 속의 갖가지 인물에 자기를 분산시킴으로써 자기 자신의 부재 증명을 얻으려는 것이겠죠."

정확한 판단은 아닐지라도 하나의 멋진 해석은 된다고 생각했다.

11시가 넘었을 무렵, 이사코와 나는 유라쿠초有樂町에서 성선을 타고 다바타까지 왔다. 그러곤 다바타역에서 혼고本鄕까지의 호젓한 길을 나란히 걸었다. 바람이 일면서부터 가등도 얼어붙은 듯 차갑게 보이는 추운 길이었지만 나의 가슴엔 뜨거운 불길이 일고 있었다. 아득한 옛날부터 이사코와 줄곧 같이 걸어온 것 같은 착각이 즐겁기도 했다.

이사코를 집 앞에까지 바래다주고 하숙으로 돌아온 나는 어떤 영감에 사로잡힌 사람처럼 새 노트를 꺼냈다. 그리고 그 첫 장에 1942년 2월 15일이란 일자를 굵다랗게 써넣었다.

(E의 보충설명: 유태림의 이사코에 관한 기록은 이것뿐이다. 1942년 2월 15일이란 일자부터 시작한 노트는 유태림 자신의 손으로 불태워버렸다고 들었다. 생각하면 이사코는 유태림에게 대해서 그가 예감하고 있었던 그대로 운명적인 여인이었다. 유는 이사코에 열중했지만 그

의 사랑은 성공하지 못했다. 이사코의 유에게 대한 감정은 동정, 호기심, 약간의 호의 이상을 넘어서지 않았다. 이사코의 마음의 깊이에선 어떤 감정이 흐르고 있었는지 몰라도 나타나는 태도로선 그랬다. 유는 이사코의 아리송한 태도에 초조한 나머지 이사코를 알게 된 지 석 달쯤 지난 뒤, 나리타 후도손成田不動尊 경내에서 사랑의 고백을 했다. 그때 이사코는 손뼉을 치며 웃음을 터뜨렸다고 한다. 그런 행동이 유태림의 자존심을 심히 상해놓은 것은 말할 것도 없다. 만일 유태림이 조급하게 굴지 않았더라면 이사코와의 교제는 좀더 계속되었을 것이고 좀더 계속되었더라면 혹시 그의 사랑에 결실이 있었을는지 모를 일이었다. 그러나 객관적으로 보아 그들의 사랑은 이루어질 수 없게 되어 있었다고 볼 수도 있다. 이사코의 나이가 유보다는 세 살이나 위인데다가 상류계급의 여자들에게 흔히 볼 수 있는 정열의 결핍을 이사코에게서 발견할 수 있기 때문이다. 일본의 상류계급 여자들에겐 거개 호기심과 허영심은 있어도 사랑에 대한 정열은 없다. 특별히 기록해야 할 사실은 이사코와의 파탄이 가즈에로 하여금 유에게 접근시킨 일이다. 상식으론 납득할 수 없는 일이지만 이사코가 유의 구애를 거절한 그때부터 가즈에의 유에게 대한 사랑이 시작됐다. 가즈에와 유와의 사이를 접근시키기 위해 이사코가 의식적으로 행동했다는 해석도 있음 직하지만 나는 그 해석을 취하지 않는다. 이사코는 1944년 가을의 도쿄 대공습 때 소개선疎開先에서 짐을 가지러 도쿄에 돌아왔다가 자택의 방공호 안에서 폭풍으로 인한 질식사를 했다.)

작년부터 격증激增의 경향을 보여오던 고등전문학교 입학 지원자가 십수 배로 부풀어올랐다. 몇 년 전만 해도 거의 무시험으로 들어갈 수 있었던 삼류 대학의 전문부도 15 대 1이란 경쟁률을 보이게 되었다.

　날이 갈수록 생활은 각박해지는데 향학열이 이렇게 부풀어 오른다는 것은 심상한 일이 아니다. 그런데 원인은 향학열에 있는 것이 아니고 징병 연기에 있는 것이다. 고등학교나 전문학교에 가면 대학을 졸업할 때까지 징병 연기의 특전을 받을 수가 있다. 그 특전을 얻으려고 전국의 농부, 소상인들이 세간을 팔고 전답을 팔아 아들들을 상급학교에 보내려고 한다.

　학교의 공기가 나날이 변해가는 것이 눈에 보이는 듯했다. '인생 25년'이란 말이 어느 곳에선가 나타나 학생생활의 전면에 침투하기에 이르렀다. 대수롭지 않은 언쟁이 칼부림으로 번지기도 했다. 조선인 학생들에게 대한 태도에 기묘한 변화가 있었다.

　"너희들은 병정엘 가지 않아도 좋은 놈들이구나."
하는 선망과 증오를 섞은 눈초리를 피부로 느낄 정도까지 되었다.

　거리의 변화도 눈에 띄었다.

　담뱃가게의 아주머니가 퉁퉁 부은 눈을 하고 있기에 사정을 물었더니 남편이 출정했다고 했다. 냉면집 주인도 병정엘 가고 꽃집 아저씨도 떠났다. 내가 살고 있는 혼고 도사카本鄕東坂만 해도 거리에서 남자들이 비어가는 양상이 뚜렷해졌다.

　어수선한 거리에 남자라곤 노인과 불구자와 학생들만 남게 되었다. 학생들만 거리를 흥청거리고 있는 현상이 오래갈 것같이 생각되지 않는다. 머지않아 무슨 조치가 취해질 것만 같았다.

　4월, 도쿄에 첫 공습이 있었다. 와세다早稻田에 있는 오카자키岡崎 병원이 무참한 형해로 남았다.

　"왜 하필이면 병원에다 폭탄을 던졌을까?"

이렇게 묻는 얼굴들엔 이번의 전쟁엔 전선도 후방도 없는 전쟁이란 예감으로 깃들인 불안이 있었다.

E가 동인지를 하자는 제안을 내놓은 것이 이 무렵이다. 동인지를 하자는 제안은 종전에도 여러 번 있었다. 그러나 흐지부지해왔던 것인데 이번의 E의 태도에는 절박한 것이 있었다.

"살아 있을 동안의 이 시간을 귀중하게 해야 될 게 아니냐."

E의 말은 타당한 것이었다. 우리는 E의 의견에 따라 동인지 발간에 대한 첫 모임을 E의 아파트에서 열었다. 모인 사람은 H, A, J와 최종률, 황군 등이었다.

H는 자기가 표면에 서면 될 것도 안 될 것이란 이유로 뒷자리에 물러서 있기로 했다. 나와 최와 황의 경우도 마찬가지라서 동인지는 E와 A와 J가 주동이 되어 추진하기로 했다.

그러나 이 계획은 제목의 선정에서부터 난항을 시작했다. E는 '에투아르'란 이름으로 하자고 우기고 시인인 J는 '폐허'로 하자고 했고 A는 '에트랑제'라고 하자는 것이다.

E는 우리의 모임을 천공에 찬란한 성좌처럼 영원하고 고독한 의미로서 자각적으로 꾸려나가야 한다는 것을 이유로 내세웠고…….

J는 우리의 시대적 상황을 폐허로서 감수하고 그런 감수 위에 우리의 생의 진실을 탐구해나가야 한다는 것이고.

A는 우리의 정신적 상황이 곧 에트랑제로서의 상황이니까 이 에트랑제로서의 심성을 파고들자고 했고.

이런 식으로 대립된 의견은 밤이 깊도록 일치를 보지 못했다.

드디어 A가 절충안을 냈다.

"에투아르나 폐허나 에트랑제 등, 모두 아름다운 이름들이기는 하지만 지나치게 감상적인 것 같다. 이 어려운 세상을 살아가자면 감상을 졸업해야 할 것이 아닌가. 그런 뜻에서 우리 동인지의 이름을 문門이라고 하자. 좁은 문으로 들어가는 자는 어떻고 하는 그 문이라도 좋고 개선문의 그 문이라도 좋고 감옥엘 들어가고 나오는 문, 병영의 문, 학교의 문도 좋고…… 하여간 상징적으로나 정서적으로나 우리의 현재와 우리의 졸렌(당위)을 나타내는 기호로서 문이란 게 어떨까?"

최종률이 그게 대단히 좋다고 찬성하고 나섰다. 황이 동조했다. 나도 그것이 좋겠다고 했다.

E는 J와 A의 얼굴을 번갈아 바라보고 있더니 웃음을 터뜨렸다.

"뒷자리에 물러앉아 있겠다는 놈들이 출발 당초부터 전면에 나와 버리는구나."

모두들 따라 웃었다. 그래 동인지의 이름은 '문'으로 하기로 했다.

다음은 동인지 운영에 대한 비용 문제였다. E가 전액을 자기가 부담해도 좋다고 나섰는데 최종률이 완강히 반대했다. 일개 우유 배달을 하고 있지만 소정의 동인비는 내겠다는 것이다. 그래 한 달의 동인비를 10원으로 하고 부족한 부분은 E와 내가 부담하기로 했다.

편집의 책임자는 E, 부책임자로서 나와 J가 E를 거들기로 하고, 인쇄소와 종이장사와의 거래는 A와 황군이 맡기로 했다.

창간호의 내용은 다음과 같이 정했다. 소설은 H와 황군이 쓰고, 최종률은 철학논문을 쓰고, J는 시와 시론을 각각 한 편 쓰고, E는 역사논문을 쓰고, A는 문학평론을 쓰고, 나는 수필을 쓰기로 하고 학내 학외에 구애됨이 없이 우리의 취지에 찬동하는 사람은 동인으로 흡수하기로 했다.

대강 이상과 같이 정해지고 난 뒤에 H가 입을 열었다.

"동인지는 무슨 운동을 표방하는 노력이라야 되지 않겠나. 어떤 방향이라든가 표현방법의 신기축神機軸이라든가 뭔가 우리들의 주장을 내세우는 것이라야 되지 않겠나. 그저 내키는 대로 글을 써서 한 권의 잡지를 만들어보았자 교우회지니 뭐니 하는 그런 것과 다를 것이 없잖아? 그런 것은 하나마나 아냐? 그러니 동인지를 낸다는 것은 결정되었으니 순서는 거꾸로지만 우리가 내세워야 할 그 무엇을 연구해보는 것이 어떨까?"

이에 대해 E의 대답은,

"그것을 생각하지 않는 바는 아니지만 지금의 경황 속엔 불가능한 일이니 우리들이 이렇게 모여 우리들끼리의 잡지를 낸다는 그 뜻만으로서 만족해야 될 것 같애."

"우리들이 이렇게 모였다는 그 분위기, 그리고 동인지라도 해야겠다는 그 뜻을 집약하자는 거다. 무슨 대문제 대운동을 일으키자는 뜻은 아니야."

H가 이렇게 고쳐 말하자 J가 받았다.

"우린 지금 폐허에 서 있는 기분 아냐? 환경으로도 정신적으로도 그러니 폐허적 상황, 폐허적 정신을 동인운동의 바탕으로 했으면 어떨까?"

"폐허적 정신을 바탕으로 했다간 한 걸음도 전진할 수 없을 것 아닌가?"

최종률이 억센 일본말 악센트로 의견을 말했다. A가 나섰다.

"에트랑제의 바탕엔 폐허의 의식형태도 있을 것 아닌가. 그러니 우리의 동인운동은 스스로의 에트랑제를 발견하고 확인하는 방향과 방법의 모색으로 했으면 어떨까?"

"너희들이 에트랑제라고 자꾸 말하고 있는데 일본인이 일본에 앉아 에트랑제를 들먹이는 의식의 내용이 뭐지?"

황군이 조용하게 이런 말을 하자 H가 A를 대신하고 나섰다.

"A군의 말뜻은 이런 게 아닐까. 우리는 우리의 운명을 우리 아닌 어떤 힘에 송두리째 맡겨버리고 있다. 자기 의사가 아닌 남의 의사로써 우리 생활을 규제당해야 한다. 구체적으로 말하면 우리의 힘으론 어떻게 할 수 없는, 즉 자긴 참여하지도 못한 정치의 작용을 받고만 산다. 이런 심정이 에트랑제로서의 심정이 아닌가. 이런 뜻이지, A군?"

A는 그렇다고 고개를 끄덕였다.

"좋다. 이 상황 속에서 절실하게 스스로가 에트랑제임을 느껴본다는 것도 의미가 있고 그런 방향으로 자기를 파들어가는 노력이 우리의 문학과 철학을 보람 있게 할 수도 있을 것이다."

이렇게 말해놓고 E는 '문'이란 동인지의 당분간의 방향으로서 '자아에 있어서의 에트랑제의 발견'에 두자고 했다.

"우리 조선 사람이 있으니까 그런 억지 방향을 만드는 것은 아니겠지."

최종률이 무뚝뚝하게 한 말이었다.

"그럴 리가 있나?"

하고 H가 말했다.

"에트랑제의 자각에 있어선 너희들이 우리들의 선생님이겠지. 그러나 우리의 상황을 곰곰이 생각해보면 너희들이나 우리들이나 근본적으로 다를 것은 하나도 없어."

'자아에 있어서의 에트랑제의 발견'을 과제로 하고 논문과 소설, 시를 쓰기로 다시 한번 의견을 모았다. 막연한 원고를 모으는 것보다 이런 과제가 정립되고 보니 훨씬 보람 있는 성과가 있을 것 같았다.

그러나 문제는 그처럼 만만치가 않았다. 그 이튿날 인쇄소와 종이가

게를 돌아보고 온 A와 황군은 동인지 발간도 내각정보국內閣情報局의 인가를 받아야 하고 그 인가가 있어야 종이의 배급을 받을 수 있다는 사실을 보고해왔다.

E는 그 보고를 듣자 자기 고향 출신의 대의사代議士에게 전화를 걸었다.

대의사의 답은 이랬다.

1백 페이지 남짓한 책 5백 부쯤 인쇄할 수 있는 종이는 무슨 수단을 쓰더라도 알선해줄 수는 있지만 정보국에서 인가를 받는 일엔 전연 자신이 없다고.

마음을 부풀게 가졌던 그만큼 우리들의 실망은 컸다. 정보국의 인가를 받는 일에 관해서 저명인사와 선배들을 찾아다녔지만 허사였다. 허사였을 뿐만 아니라 세상을 모르는 풋내기라고 핀잔을 받기까지 했다.

"지금 어느 때라고 동인지 운운이야. 이때까지 발간해오던 잡지도 대부분 폐간해버린 상태인데."

이런 사정이었지만 우리는 굴하지 않고 노력해보기로 하고 우선 회람잡지를 하자고 했다.

"회람잡지 때문에 골탕을 먹고 또 회람잡지를 해."

최종률이 투덜댔다.

"인쇄한 잡지는 하겠다면서 회람잡지를 못할 까닭은 뭐냐."

고 내가 따졌더니 최종률은,

"인쇄한 건 양성적으로 뵈니 내용에 별게 없으면 그만이지만 회람잡지는 음성적이어서 내용은 불구하고 그 존재만으로도 의심을 받는다."

고 했다.

이것이 동기가 되어 회람잡지를 하자는 것은 유야무야되고 말았다.

동인지니 회람잡지니 하는 계획은 좌절되었지만 '자아에 있어서의 에트랑제의 발견'이란 과제는 내 가슴속에 깊숙이 남았다. 문학이니 철학을 통해서가 아니라 구체적으로 나의 생활을 에트랑제로서 꾸려나갈 방법을 생각하게끔도 되었다.
　E는 간혹 침울한 표정으로 일본의 장래를 들먹이고 자기가 전사할 가능성에 대해서 우울한 의논을 걸어왔다.
　"인생 25년! 25년 살 수 있으면 그만이기도 하지. 그러나 너무 짧지 않아?"
하고 혼잣말처럼 중얼거릴 때도 있었고,
　"오래 살아야 될 사람은 베토벤이나 괴테나 톨스토이 같은 사람이다. 평범한 사람은 빨리 죽어야 해. 전쟁은 어느 의미에 있어선 썩 잘된 제도야. 구질구질한 생을 이 잡듯 말살해버리니 말이야."
하고 너털웃음을 웃기도 했다.
　최종률은 오카자키 병원의 폐허를 나와 함께 걸으면서,
　"도쿄도 이미 살 곳은 못 돼. 같이 만주에 가자."
고 나를 꾀었다.
　"황이 간다면 나도 가지."
　나는 황이 도쿄를 뜰 생각을 하지 않을 것으로 믿고 이렇게 답했다. 설혹 도쿄가 일망무진한 폐허가 된다고 하더라도 나는 도쿄를 떠날 수가 없었다. 그 이유는 간단하다. 에트랑제로서의 나를 정착시키는 곳을 도쿄를 두고 생각할 수가 없었기 때문이다.
　"그럼 너는 영영 고향을 등질 것이냐?"
고 누군가가 반문하면 나는,
　"등지지 않기 위해서 고향관 떨어져 있어야겠다."

고 답할 것이다.

　식량이 점점 아쉬워갔다. 술도 제대로 마실 수 없게 되어 생맥주 두 조끼를 위해서 백 미터나 늘어선 행렬의 뒤꽁무니에 서야 했다.

　뭔지 황급한 공기가 도쿄의 이 골목 저 골목에서 몰아쳐 부는 기분으로 불안한 나날이 계속되기만 했다. 나와 E는 학교고 뭐고 치워버리고 매일처럼 도쿄 근교의 산과 바다를 헤맸다.

　　오늘도 나는 도네가와에 와서
　　내 몸을 던지려고 했더니
　　물살의 흐름 너무나 빨라
　　내 마음 진정치 못한 채
　　종일토록 돌을 던지며 지냈다.

　이 하기하라 사쿠타로萩原朔太郎의 시를 E는 입버릇처럼 외게 되었고, 나는 나대로,
　　"나는 저 동지의 까마귀가 되어
　　한풍이 부는 지붕 위에서
　　허무의 노래를 부를 참."
이라고 했다.

불연속선

"남조선 단독정부 수립엔 반대해야 하지 않을까."

단독정부의 문제가 간혹 우리들의 화제에 오르긴 했다. 그러나 이런 식으로 유태림이 발언할 줄은 상상조차 하지 않았다. 여운형 선생 추도의 모임이 있은 지 며칠 후의 일이다. 나와 유태림은 학교에서 집으로 돌아가는 길 위에 있었다.

하도 어이가 없는 말이어서 나는 얼른 대꾸할 수가 없었다. 찌는 듯 뜨거운 태양 아래 길은 백도白道로서 펼쳤고 길 속에 박혀 있는 조약돌이 유난히 눈에 부셨던 것이 기억에 남는다.

유태림이 다시 입을 열었다.

"단독정부가 서기만 하면 남북전쟁은 꼭 일어나고 말 게다."

나는 이 말이 유태림 자신의 몸에 배지도 않은 뭔지 기를 쓰며 하는 말같이 여겨졌다.

전쟁이 겁이 난다고 해서 언제나 미군정의 지배를 받고 있어야 하겠다는 말인가. 아니면 이북 공산당의 비위에 맞도록 이편의 사정을 조절해야 한단 말인가.

그러나 나는 이런 말은 집어치우고 다음과 같이 말해보았다.

"우린 정치와 무관하게 살기로 하잖았어?"

"단독정부의 문제는 정치 이전의 문제라고 생각하는데!"

태림의 이 말을 듣고 나는 다시 어이가 없어졌다. 깊은 탱자울 사이로 접어들고 있었다. 두툼한 탱자 잎의 진한 녹색의 밀집, 그 위로 쏟는 강렬한 태양, 엷게 푸른 하늘을 배경으로 무수한 잠자리의 투명한 날개들이 어떤 각도가 되면 가냘픈 점으로서 반짝거리기도 했다. 나는 그 잠자리 떼를 시선으로 쫓으며 걷고 있었다.

"이선생의 솔직한 의견을 말해 봐."

태림은 나의 솔직한 의견을 듣고 싶단다. 단독정부의 얘기가 나올 때마다 나는 나대로의 의견을 말하지 않았던가. 그런데도 새삼스럽게 물어온다는 것은 내가 자기의 의견에 동조해오길 은근히 기대하고 있는 까닭일 게다. 뭐든 자기의 의견에 따라가주는 내 버릇을 계산한 뒤의 기대, 그런 것을 알면서도 추종해주기로 한 일이 한두 번이 아니었던 것인데 나는 우선 그러한 나 자신에 대한 반발을 강하게 느꼈다. 이 문제만은 그렇게는 잘 안 될걸. 그러면서도 나는 나의 동의를 구하고 싶어 하는 그의 처지를 이해할 것도 같았다. 서경애의 음연한 압력, 언젠가 말한 M선생과 같이 밤중에 찾아왔더란 공산당 C시 당책의 권고에 대한 체면, 옳은 일엔 스스로 앞장서겠다고 한 학생들에게 대한 맹세, 누구에게나 굿 보이가 되어야 하는 수작들이 누적되어 유태림을 궁지에 몰아넣고 있음이 확실했다. 단정 반대는 공산당원이 되지 않고도 공산당에 협조할 수 있도록 사람을 꼬이는 절호의 미끼가 아닌가. 태림은 나의 침묵을 자기의 제안을 심사숙고하는 태도로 보고 있는 모양이었다. 지나친 자부심은 갖지 말아야 한다고 일러줘야겠다. 그러나 나는 그렇게는 말하지 않았다.

"아까 유선생은 단정 반대는 정치 이전의 문제라고 했는데 나는 반대다. 단정을 찬성하는 사람이나 반대하는 사람이 모두 정치 문제로서 발언하고 있고, 정치적으로 세력을 규합하려고 하고 있고, 끝내 정치적으로 해결되어야 할 문제인데 어떻게 정치 이전의 문제냐 말이다."

"정치적으로 누가 어떻게 이용하건 말건 양심의 문제로서 독립시킬 수도 있잖아?"

이 무슨 철없는 발언일까. 유태림답지도 않은, 세상을 얕잡아보아도 정도가 있어야 할 게 아닌가. 왜 이 사람은 주위의 사정 때문에 딜레마에 빠져 있다고 솔직하게 말하지 못할까. 유태림의 말이 다시 뒤쫓아왔다.

"바로 정치 문제라고 하자. 그렇더라도 이 문제는 정치에 관심을 가진 사람만의 문제가 아니라 전체 국민의 운명에 관한 문제가 아닌가, 그러니……."

"그러니?"

하고 나는 힐문하는 표정을 지었다.

"우린 나라와 민족의 장래를 위해서 지푸라기 한 개 들어본 적도 없잖아? 그런 우리지만 이 문제만이라도 진실로 나라와 민족을 위하는 방향을 택하고 노력했으면 하는 말이다."

나는 아무 말 없이 시가로 통하는 한길을 버리고 죽림 사이의 길로 꺾어들었다. 유태림이 나를 따랐다. 죽림을 벗어나면 N강의 백사장으로 빠진다. 죽림의 짙은 그늘이 백사장을 반쯤 덮고 있었다. 나와 유태림은 적당한 장소를 골라 앉았다. 내가 말을 해야 할 차례였다.

"단정을 반대하겠다는 유선생의 순수한 동기와 이유를 모르는 바는 아니다. 그러나 문제는 그런 순수한 동기와 이유만으론 감당할 수 없는 국면으로 전개되고 있지 않은가. 좌우투쟁의 쟁점이 이때까진 찬탁과 반탁에 있었다. 그랬던 것이 어느덧 단정 지지와 단정 반대의 대립으로 그 쟁점이 옮겨졌다. 말하자면 단정을 지지하는 사람은 우익이고 반대하는 사람은 좌익의 세력에 힘을 주는 결과가 된다."

"민족진영에서도 단정을 반대하는 인사가 많은 것 같은데……."

"그게 야단이란 말이다. 좌익은 이 틈바구니에서 민족진영의 분열을 획책하고 있거든."

"그렇더라도 도리가 있나. 옳은 방향 옳은 내용을 지지하는 세력으로 다시 단합해야지."

"그렇다면 유선생에겐 단정을 반대하는 것이 절대적으로 옳은 방향이라는 자신이 있나?"

"절대적으로 옳다고야 말할 수 없을는지 모르지. 다만 화근을 서둘러 만들 필요는 없지 않은가. 남북의 분열을 항구화시킬 위험은 피해야 하지 않겠는가."

"죄송한 얘기지만 그런 것은 유선생답지 않은 생각이다. 단정을 만들지 않고 이대로 있다고 해서 남북 분열의 항구화를 막을 수 있다고 생각해? 군정의 형태대로 가만히 있으면 이북 공산당이 굽히고 돌아올 줄 알아? 되레 우리의 정부를 만들어가지고 한편에선 자치능력을 기르고 한편으로 통일정부를 만들기 위한 교두보를 구축하는 노력이 필요하지 않을까."

"그렇게 되면 이북은 어디 가만히 있나. 꼭 같은 짓을 할 게 명백하잖아? 그러니까 남북전쟁의 위험이 있다는 말 아닌가."

"그럼 남조선에서 정부를 만들지 않고 미군정의 형태 그대로 있다고 해서 이북이 가만히 있을 줄 아나? 남조선에 단독정부를 세우건 안 세우건 그런 것은 문제 밖의 일이고 그들은 이러나저러나 그들이 할 짓은 죄다 할 것이고, 현재도 그러고 있는 모양 아닌가."

"적어도 국토의 분열을 항구화하는 계기를 이편에서 주어선 안 된단 말이야. 남북전쟁을 일으키는 제1원인을 이편에서 만들진 말잔 얘기다."

"그런 명분론과 도의감을 가지고 일이 처리되게 돼 있어?"

"하여간 단정 수립은 반대해야 할 줄 알아, 지금의 정세로 봐선 말이다."

"지금의 정세가 어떻단 말인가. 내가 보기엔 지금의 정세는 남조선에 단독정부라도 세워야 하지 그렇지 않으면 왜놈 군가에 있잖아, 어디까지 펼쳐진 벌판이냐가 된다고 생각해."

"국토의 완전 분단, 민족의 결정적 분열, 우익 지도자 간의 알력, 어느 하나를 보더라도 통일의 노력을 중단할 수 없는 상황이 아닌가."

"유선생의 생각에 일리가 있다고 치더라도 이 경우 방관하는 태도를 취하는 정도의 조심을 가지고 행동하는 것이 어떨까?"

"방관?"

태림은 강 쪽으로 멍한 시선을 보내면서 중얼거렸다.

"나는 언제나 방관자였다. 본의 아니게 좌우익의 투쟁에 말려들어가기는 했어도 마음의 바닥엔 언제나 방관자로서의 의식이 작용하고 있었다. 하지만 이런 상황 속에서 사람이란 끝내 방관자 행세만을 하고 살아갈 수 없는 것이 아닌가. 자기 편의대로만 살아가는 소시민적 근성을 청산해버리는 때가 있어야 하지 않을까. 옳은 일이라고 생각했으면 한번 목숨을 걸어보는 결단도 있어야 하지 않을까. 아까도 말했지만 나는 학생 시절은 물론 그 뒤 병정생활, 지금의 생활을 통해서 조국이나 민족을 위해서 지푸라기 하나 들려고 하지 않았거든. 영리하게 구는 척

했지만 이건 영리한 것이 아니라 비굴한 것이었어. 사람은 자기 이외의 자기를 넘어 있는 어떤 것을 위하는 그런 것을 가져야 할 것 같애. 보잘 것없는 자기를 지키기에 전전긍긍하는 꼴을 탈피하고 싶어. 그렇게 해 가지고 자기가 지켜지는 것도 아니니 말이야. 설혹 냉정한 제3자가 볼 땐 어리석은 노릇이라고 해도 어떤 목적, 어떤 사명감으로 해서 스스로를 희생시킬 수 있는 각오와 실천이 있어야 될 것 같애……."

이와 같은 유태림의 말에 성실성이 없는 바는 아니었다. 하지만 내 귀에는 먼 소리로 들렸다. 일종의 초조감이 표명된 것이기는 해도 말의 내용을 그대로 진실이라고 할 수 없는 느낌이었다. 그래 나는 시니컬한 반문을 해보지 않을 수 없었다.

"유선생의 그 말을 자기 희생을 감행해서까지 남조선 단독정부 수립을 반대하겠다는 뜻으로 들어도 좋을까?"

유태림이 멈칫하는 얼굴이 되었다. 그러나 대꾸는 없었다. 나는 곧 그런 반문을 한 것을 뉘우치고 얼른 말을 이었다.

"유선생…… 초조해할 건 없잖아? 아까 유선생은 여태껏 조국과 민족을 위해서 지푸라기 하나 들려고도 않았다고 했지만 그건 너무 지나친 겸손이라고 생각해. 유선생은 짧은 동안이지만 교사로서 훌륭한 일을 하지 않았나. 앞으로도 교사로서 더욱 훌륭한 일을 할 수 있을 게고…… 그만하면 민족과 조국을 위한 일을 한 게고 앞으로도 그 길을 통해서 얼마든지 민족과 조국에 봉사할 수도 있을 것 아닌가. 단독정부 수립이니 반대니 하는 것은 남에게 맡겨둬버려. 우린 우리 할 일을 하는 거다. 유선생이 그 대열에 끼였다고 될 일이 안 되고 안 될 일이 되고 하진 않을 것 아닌가. 되레 아까운 인재를 그런 투쟁의 틈바구니에서 잃게 된다면 그게 민족과 조국을 위해서 욕되는 일이라고 생각해. 유선생 같은 교사는 이 나라에서 드문 교사 아닌가. 모든 사태를 보아 가면서 차분히 학생들의 지도나 해나가면 될 게 아냐? 투쟁에 말려들어 승패를 겨루어보는 것도 소중한 일이겠지만 투쟁에 말려들지 않고 사태를 지켜보는 행위도 소중하다고 생각해. 어느 편이 보다 민족과 조국을 위했는가는 먼 훗날 판정이 내릴 일이지 지금 당장 알 수 있는 일은 아니거든."

나는 제법 간절하게 말했지만 유태림은 귀담아듣고 있는 것 같지 않았다. 뭔가 자기 자신의 생각에 골몰해 있는 것 같더니 돌연 음성을 가다듬고 내게 물었다.

"결론적으로 말해서 이선생은 단정 수립을 지지하겠단 거지?"

"적극적으로 지지할 생각까진 없어. 하나 단정 반대의 편에는 서지 않을 작정이다."

태림은 '흐음' 하고 한숨을 쉬었다. 그러고는 중얼거렸다.

"전쟁이 일어난단 말이다, 전쟁이!"

나는 그 중얼거림에 대꾸하기 싫었다. 먼 훗날의 사건을 가정해놓고 그렇게 심각해하는 꼴엔 실감이 나지 않았다. 전쟁이 불가피한 것이라면 그것은 단정관 무관하게 불가피한 것이지 꼭 단정과 결부시켜야 할 건덕지가 없다고도 생각했다.

유태림이 시계를 보더니 일어섰다. 누군가…… 만날 약속이 있다는 것이었다. 둘이는 다시 죽림을 빠져나와 한길에서 헤어졌다. 여름 햇살은 좀처럼 줄어들지 않았다.

뽕나무밭 사이로 사라져가는 유태림의 뒷모습을 보고 그가 나의 완강한 반대를 일종의 분노로 받아들였을 것이라고 짐작했다. 그 분노가 태림의 태도를 바꾸게 하는 계기가 되었으면 하는 마음이 간절했다. 그러나 그렇게 되지 않더라도 도리가 없는 일이라고 생각했다. 사람은 저마다 가야 할 길을 스스로 장만하고 걸어야 하는 것이다.

　그 무렵의 일들을 지금 회상해보면—
　민족의 갈 길—가야 할 길이 아니고 바로 갈 길을 명백하게 파악하고 있었던 사람은 이승만 박사 단 한 분이 아니었을까 싶다.
　어떻게 해서 이승만 씨는 민족의 갈 길을 그처럼 소상하게, 그처럼 치밀하게 예견할 수 있었을까. 그의 탁월한 현실감각, 자기를 카리스마로서 정립하고 그 카리스마를 활용해나가는 대인기술도 절대로 빼놓을 수 없는 전제가 되겠지만 핵심은 마키아벨리즘을 보다 철저히 한 그의 마키아벨리즘에 있었다고 볼 수가 있다.
　이승만 박사는 이 나라는 꼭 자기가 영도해야 한다고 믿고 의심하지 않았다. 다른 지도자들이 이 나라는 이러이러한 나라가 되어야 한다고 막연히 공상하고 있을 무렵에 이승만 박사는, '나는 이 나라를 이렇게 만들고 이렇게 지배하겠다.'고 세밀한 계산을 하고 있었다. 그리고 그 계산대로 되지 않을 경우란 이승만 씨의 뇌리엔 있질 않았다. 자기 계산대로 되었을 때에 비로소 나라가 만들어지고 정부가 세워질 것이니 민족의 갈 길은 오로지 이승만 씨의 뇌리에 세밀한 지도처럼 미리 그려져 있었던 것이다.
　다른 지도자들에게도 정권을 잡아야겠다는 야망과 계산이 없었던 것은 아니다. 그러나 그들의 사고방식은 도식처럼 다음과 같다고 볼 수 있다.
　'이러이러한 나라가 되어야 하는데 그러는 과정에 민중의 지지를 얻어 어쩌면 정권을 잡을 수 있는 기회가 있을는지 모른다. 그 기회가 오

게 하기 위해서 노력하고 그 기회를 효과적으로 포착해야 하겠다.'

이승만 박사의 경우는 전연 다르다. 다른 지도자들이 '어쩌면 정권을 잡을 수 있는 기회'라고 발상하고 있을 때 그는,

'정권은 꼭 내가 잡아야 한다. 문제는 기회와 방법에 있을 뿐이다.'
하고 미군정 권능 한계, 좌익의 동향, 우익진영의 세력분포를 세밀하게 검토하여 시류를 교묘하게 이용하고 이에 대처했다.

그는 철저한 반공 선언으로써 민족진영의 총수로서의 관록을 확보하고 정권 담당에의 강한 자신을 풍김으로써 우익진영의 부동층浮動層을 그의 둘레에 모았다.

그는 또한 미국의 보호가 있는 한, 공산세력이 정권을 잡을 수 없다는 사실을 알았고, 중립은 정권을 잡기엔 강한 결집력이 모자란다는 실태를 파악했고 한민당은 나라를 대표할 만한 인물을 당내에 갖지 않았다고 보았고, 김구 선생은 섹트 의식이 강한 독립당을 가졌기 때문에 유리한 것 같으면서 민족의 대동단결을 꾀하는 데는 결점이 있음을 투시하고 있었다. 이러한 계산 위에서 그는 당을 만들지 않고 언제나 초당파적인 우익 지도자로서의 이미지를 심으려고 애썼다.

미군정청이 자기의 의도와는 다른 방향으로 한국 정부의 수립을 구상하고 있음을 알자, 그는 하지 사령관과의 불화를 불사하고 미국으로 건너가 남조선 자율정부의 구상을 제출했다. 그뿐만 아니라 그는 시카고에서 기자회견을 청하고 한국의 분단상태는 미국이 책임져야 한다고 역설하고 38선을 설정하는 데 찬성한 루스벨트 전 대통령을 빨갱이라고까지 극언했다. 자기들이 존경하고 있는 루스벨트를 빨갱이라고까지 극언한 이승만 씨의 발언에 미국의 조야朝野는 아연했을 정도로 놀랐다. 자기 나라 대통령을 외국인이 비난할 땐 미국인은 대단한 반발

을 보인다는 것이다. 신문들은 일제히 이 기사를 싣고 이승만 씨를 비난했다. 그런데 바로 이런 결과를 이승만 씨가 노린 것이라고 보아야 할 흔적이 있다. 남조선에 수립되는 정권은 강력한 반공정권이라야 한다는 것은 미국의 중론이 일치하고 있는 터였다. 그럴 경우 루스벨트를 빨갱이라고 비난할 정도의 인물이라면 그 이상 강력한 반공 지도자는 바랄 수 없다는 인상으로 굳어져간 것이고, 미국은 군정을 통해 좌익을 탄압함으로써 국제간에 체면을 잃을 것이 아니라 하루바삐 그런 강력한 반공 지도자를 영도자로 하는 정권을 세워 한국의 문제는 한국인의 손으로 처리하도록 하는 것이 좋겠다는 여론이 국책國策으로서 결실하게 되는 계기가 되었으니 하는 말이다.

좌우익 투쟁의 쟁점이 찬탁, 반탁에 있었을 때엔 우익진영의 지도자는 이승만, 김구, 김규식 등등의 복수로서 나타났는데, 그 쟁점이 단정 지지와 단정 반대로 옮겨졌을 땐 우익의 지도자로선 이승만 박사 단수로서 나타나게 되었다. 말하자면 남한에 정부가 서기만 하면 이승만 정권이 출현할 것이 명백한 사실이 되었다. 예상대로 좌익의 선거 보이콧, 우익 측에서의 남북협상파 소동이 있자 이승만 씨가 구상한 그대로의 정부가 이승만 씨의 포석 그대로 출현했다.

알다가도 모를 일의 하나는 그때 좌익들이 어떻게 해서 이중 작전을 쓰지 않았을까 하는 점이다. 공산당의 전통적 전략은 대개 양면 작전이다. 단정의 수립을 반대하다가 그 반대가 효과를 거두지 못할 것을 알아차렸으면 그 일부가 계획적으로 총선거에 참여함으로써 교란 작업을 할 수도 있었던 것이다. 만일 좌익들이 전면적으로 총선거에 참여할 기세를 보였더라면 미국이 안심하고 단정 수립을 추진할 수 없었지 않을까도 한다. 또 하나 의아스러운 일은 김구 선생의 태도다. 일단 정부가 선거만 하면 그 정부의 지배를 받아야 할 것은 물론이고, 남북협상의 문제도 정부의 견해에 따르지 않을 수 없는 것이다. 정부의 견해와 상치되는 의견으로 남북협상에 임할 수 없게 된다는 사실을 사전에 알지 못했다면 너무나 어리석은 일이고 알고도 감행한 일이라면 양심과 정치의 작용과의 관계를 너무나 소홀하게 다루었다는 얘기가 된다.

정치는 양심의 작용이기 전에 야심의 발동이고 야심은 성공하지 못할 경우 패배자의 낙인이 될 뿐이다.

이승만 씨는 자기가 각본을 쓰고 자기가 연출을 하고 자기가 배우 역까지를 맡았다. 이에 비해 우리나라의 다른 지도자들은 남이 쓴 각본을 남의 연출로 행세했다고밖엔 생각할 수가 없다. 또 이렇게도 말할 수 있다. 이승만 씨는 문제를 자기 자신이 풀고 계산만은 측근자에게 시켰는데 다른 지도자들은 계산은 물론 문제를 푸는 것까지도 측근자에게 맡긴 느낌이 있다고.

다른 지도자들은 거의 붕당의 보스로서 군림하고 전근대적인 인적 유대에 사로잡히기가 일쑤였다. 이승만 씨의 경우는 이와 전연 다르다. 카리스마의 활용엔 전근대적인 색채가 없지는 않았지만 측근을 다루는 방식은 현대적인 매니지먼트(경영) 방식을 닮았다. 정보원의 제약 때문에 여러 가지 과오가 있었지만 적재적소의 인재등용에는 구식의 인적 유대를 청산해버린 활달함이 있었다. 이승만 시대의 고관들이 지당주의자至當主義者들이란 비난을 받곤 하지만 이건 그들의 아첨 근성 때문이라고 하기보단 이승만 씨의, 타인의 추수追隨를 용허하지 않는 탁발한 통찰력에 압도당한 때문이라고 해석하는 것이 옳을 것이다. 대문제, 대전제에 있어서 그의 판단이 탁월하니 어떤 소절에 하자가 있어도 그것을 틀렸다고 반대하고 나설 자신을 부하들이 갖지 못했다는 것이 진상일 것이다.

 단정 수립의 시비가 있은 지 어언 이십수 년이 지났다. 지금 와선 그 시비 자체가 한갓 우스갯거리다. 그때 정부를 세우지 않았더라면 하는 가정 자체가 이미 난센스에 속해 있다. 그 때문에 6·25의 화란禍亂을 앞당겼다고 해도 그밖에 별 도리가 없었을 것 같다. 군정이 지금까지 존속해야 된다는 말도 어불성설이고, 정부를 세우지 않았더라면 통일이 되었을 것이라고 믿어지는 근거란 아무 데도 없다. 그러니 단정의 수립은 이승만 씨의 공로이긴 해도 과오는 아니다. 그렇다고 해서 그때 단정을 반대한 김구 선생을 잘못이라고 할 수는 없다. 하나의 지도자가 단정을 세워서까지 정권을 잡아야겠다고 결심하면, 하나의 지도자는 어떤 희생을 감수하더라도 국토를 통일시켜야 한다고 외치는 양심을 발현해야만 마땅한 일이다.

 이승만 씨의 공과는 한국을 무대로 한 마키아벨리즘의 공과로 번역할 수가 있다. 마키아벨리즘은 그것이 정치의 실천으로서 나타날 때 한계가 있다. 그 냉엄한 현실감각의 소유자, 민심 조정의 귀재도 그 한계의 벽 앞에서는 좌절하지 않을 수 없었다. 이승만 씨의 교훈적 의미는 바로 이런 점에 있다. 그것이 곧 애국적 지성至誠, 민족의 양심으로 번역되지 못하는 데 이 나라의 '워싱턴'이 되지 못한 그의 비극이 있는 것이다.

 1946년엔가 아니면 47년엔가 한국을 방문한 미국인 기자 마크 게인은 당시의 일기에 다음과 같이 쓰고 있다.

　김규식을 미군정청이 아무리 옹립하려고 서둘러도, 박헌영이 아무리 날뛰어도, 여운형이 뭐라고 해도, 김구가 어떤 지지세력을 가졌어도 모두 문제가 안 된다. 나는 이승만을 만났을 때 첫눈으로 이 나라 장차의 운명은 이 반안半眼을 감고 앉아 있는 노인에게 있다고 직감했다.

참으로 놀랄 만한 직감이라고 아니할 수 없다. 이 기록이 들어 있는 마크 게인의 '재팬 다이어리'를 유태림에게서 빌려 읽은 탓으로 나는 당시의 정세를 회상하면 마크 게인을 생각하고 따라서 유태림을 생각하게 되는 것이다.

1947년 11월 14일 남조선만의 총선거안이 유엔 총회에서 가결되었다. 유태림이 파리한 얼굴로 그 관계 기사를 읽고 있는 것을 보고 나는 한마디 해줄까 하다가 그만두었다. 지난 여름 죽림의 그늘 속에서 단정에 관한 토론을 하고 난 이래 우리들은 그 문제를 다시 화제에 올리지 않았던 것이다. 그러나 태림이 단정 반대운동에 은밀하게 가담하고 있다는 것은 그의 거동을 보아서 짐작할 수 있었다. 그런 까닭에 피차간의 사이를 거북하게 하지 않기 위해서 되도록이면 단정의 화제를 피해 왔었다. 피했을 뿐만 아니라 그 문제에 대해 의견이 대립되고 난 뒤부터는 서로의 사이가 서먹서먹하게 되어 있었다. 그 대신 박창학과 강달호와의 왕래가 빈번한 것 같았고 학생들과의 사이가 더욱 좋아진 모양이었다. 나는 그러한 유태림을 쓸쓸한 마음으로 지켜보고 있었다. 간혹 학생연맹의 간부들이 "유선생이 변한 것이 아니냐."는 질문을 들고 찾아올 때는 등에 식은땀을 흘려가며 대신 변명하기에 애썼다.

"유선생이 변할 리가 있나. 다만 각기 생활하는 영역이 다르고 생각하는 각도가 다를 뿐이다. 자기의 자로써 남을 재곤 조급한 판단을 내린다는 것은 경솔하기 짝이 없다."

워낙 유태림을 좋아하는 학생들이어서 이 정도의 변명으로써 통할 수 있었지만 유태림이 단정 반대에 가담하고 있는 사실이 폭로되면 학생연맹 가운데선 적잖은 반발이 있을 것으로 예상되었다.

그해 12월 22일, 김구 선생이 남조선 단독정부 수립을 반대한다는 공식 성명이 있었다. 그땐 유태림이 신문을 들고 와서 내게 읽으라고 했다. 자기의 행동에 불안을 느껴오던 참인데 김구 선생의 성명을 읽고 안심이 되었던 모양이라고 상상했다.

나는 이미 읽은 것이었지만 처음으로 읽어보는 척해놓고는,

"유엔 총회에서 이미 결의해놨는데 이건 사후의 약방문 아닐까?"

하고 무관심을 새삼스럽게 꾸미며 신문을 그에게 돌려주었다.

"유엔 총회의 결의면 단가? 모스크바의 삼상회의 결정대로 신탁통치가 됐나?"

나는 태림의 말투에 정세를 자기가 편리한 대로 해석하려고 드는 사람의 태도를 느꼈다.

"신탁통치는 미국이 그 결의에 참여했달 뿐이지 미국의 책임은 아니잖아? 실현이 불가능하면 철회해도 미국의 체면관 무관해. 그러나 유엔 총회의 결의는 미국이 모든 회원국을 설득해서 꾸며낸 것 아닌가. 만일 그 결의대로 되지 않으면 미국으로선 망신을 한단 말이다. 강력하게 추진할 의사 없이 그런 안이 가결되도록 적용도 안 했을 것이고……어쨌든 신탁통치 문제와는 다를 거야."

"전 민족이 단결해서 반대해도?"

"전 민족이?"

하고 나는 하마터면 실소를 터뜨릴 뻔하다가 고쳐 물었다.

"누가 어떻게 전 민족을 단결시킬 건데?"

그때야 유태림은 자기가 한 말이 너무 유치했다는 것을 알아차린 모양이었다. 계면쩍은 얼굴로 신문을 구겨 쥐고는 자기 자리로 돌아가버렸다.

그런 일이 있은 지 며칠 뒤 바로 연말이 박두한 어느 날이었다. 나는 장차 장모될 사람에게 연말 인사도 차릴 겸, 과일상자를 사들고 최영자의 집을 찾았다. 이래저래 미루고만 있을 것이 아니라 새해에 들어서면 빨리 날을 정해 결혼식을 올리자는 의논도 할 참이었다.

최영자는 집에 없고 그의 어머니만 계셨다. 대강 인사를 드리고 난 뒤 나는 최영자를 기다릴 셈치고 최영자 방으로 갔다. 전에도 그럴 경우 그 방에서 책이나 뒤지며 기다리던 예도 있어서 별반 죄스럽다는 생각도 없이 자연스럽게 그 방으로 건너갔던 것이다.

여자가 거처하는 방다운 냄새가 풍기고 있는 방 안에 혼자 앉아서 영자가 시집을 오면 이 냄새까지를 몽땅 안고 올 것이거니 하는 상상을 하며 경대에 얼굴을 비춰보기도 하고 묘하게 생긴 화장도구를 만져보기도 하고 있는데 우연히 시선이 책상 밑으로 갔다. 거기엔 두툼한 봉투가 몇 개 포개져 벽 쪽으로 쌓여 있었다. 나는 그 봉투에 대한 호기심을 억제할 수가 없었다. 무슨 편지 뭉치거니 하는 생각이 들자 호기심은 더욱 심해졌다. 남이 비장해둔 물건을 풀어본다는 것은 안 될 일인 줄 알면서도 나는 바깥의 공기를 얼른 살피고는 그 봉투 꾸러미를 꺼냈다.

봉투의 하나를 집어 들었다. 봉함이 되어 있지 않았기 때문에 수월하게 그 속의 물건을 꺼내볼 수 있었다.

봉투에 든 것은 편지가 아니고 무슨 연판장 모양의 서류였다.

연판장 모양이 아니라 바로 연판장이었다. 사람의 이름이 각자의 서명인 듯 형형색색 다른 필체로 씌어 있었고 그 이름 밑엔 도장 또는 지장이 즐비하게 찍혀 있었다.

봉투는 도합 다섯 개, 연판장의 수도 다섯 통이었다. 나는 도대체 어떠한 목적의 연판장인가 하고 앞뒤를 살폈으나 도시 분간할 수가 없었다. 봉투를 뒤집어 봐도 요령부득이었다. 그런데 어떤 봉투 하나에 연필 글씨로 '유선생 분'이라고 적힌 것이 있었다. 유선생이면 나나 최영자가 아는 범위에선 유태림 이외에 있을 리가 없었다.

'유선생 분.'

나는 까닭도 모를 연판장이 들어 있는 봉투 위에 적힌 그 글자를 한참 동안 들여다보며 암호를 해독하려는 듯이 생각을 집중시켰다. 그 바람에 밖에서 돌아온 최영자의 기척을 깨닫지 못한 것이다.

방문이 열리는 소리에 나는 고개를 들었다. 최영자는 몹시 지친 사람처럼 우뚝 서 있었다. 터져나올 뻔했던 고함을 가까스로 억제할 수 있었다는 품의 표정이기도 했다. 나도 말없이 그런 최영자를 쳐다보고 있었을 뿐이었다.

정신을 차린 듯한 최영자는 황급히 내 무릎 위에 펼쳐져 있는 연판장을 주섬주섬 챙겨들더니 윗방으로 올라가버렸다. 일순 동안의 일이었다. 나는 멍하니 방 안을 두리번거리며 앉아 있었다. 확실히는 알 길이 없으나 내가 무슨 낭패한 일을 저지른 것 같다는 의식이 무겁게 가슴을 졸아붙였다.

한참 만에야 최영자가 들어왔다. 그 얼굴엔 뭔가를 각오한 듯한 다부진 표정이 깃들어 있었다. 모든 일이 끝났다는 체관과 같고 예감과도 같은 것이 가슴속에 서렸다. 나는 되도록 침착하게 말하려고 애썼으나 말꼬리가 떨렸다.

"아까 그것 뭣 하는 것입니까?"

최영자의 태도에도 흥분을 진정하려는 노력이 엿보였다. 그러나 나타난 말엔 가시가 돋쳐 있었다.

"남의 방을 함부로 뒤지면 어떻게 되지요?"

그 '남의 방'이란 말이 내 가슴에 비수처럼 꽂혔다. 그러나 그런 말시비를 벌일 생각은 없었다. 그래 되물었다.

"아까의 그 문서는 뭣 하는 거지요?"

최영자의 얼굴에 독기가 서렸다. 이 여자에게 이런 면이 있었나 하고 놀랄 정도의 군은 표정이었다. 그러면서도 말은 없었다.

"기어이 대답하고 싶지 않으면 대답하지 않아도 좋지만 우선 사람의 궁금증은 풀어줘야 할 게 아뇨."

어느덧 내 음성은 거칠어 있었다.

"이선생의 궁금증을 풀어줘야 할 의무도 없고 그 문서는 이선생과는 아무런 관련도 없는 것이니 따지고 물을 필요가 없다고 생각하는데요."

최영자의 또박또박 내뱉는 말을 들으면서 나는 그와 약혼한 사이라는 사실이 엉뚱하기만 했다. 비록 절실하지는 않았지만 서로 사랑하겠노라고 서약한 남녀 사이에 오갈 수 있는 말투는 아닌 것이다. 나는 그대로 일어서려고 하다가 아무튼 무슨 결단을 내야겠다는 마음으로 고쳐 앉았다.

"원수를 대하듯 할 필요는 없지 않소. 그것이 뭔가를 알지 못해도 그만이기는 하지만 내가 알아두는 것이 피차간 마음 편한 줄 압니다."

"마음이 편하려면 모르는 것이 나을 거예요."

나는 슬그머니 화가 났다.

"그러면 그 봉투 가운데 '유선생 분'이란 게 있었는데 유선생이란 유태림 씨를 말하는 거죠?"

최영자는 고개를 숙였다. 나는 내 가슴속에서 소용돌이치는 소리를 들었다.

"뭐요, 그게? 유태림 씨와 당신 사이에 어떤 거래가 있는 거죠?"

"거래라니요? 그런 것 없습니다."

하고 얼굴을 똑바로 들고 말하곤 다시 최영자는 눈을 아래로 깔았다.

"그러니까 그게 뭐냐 말입니다. 나와 유태림 씨와는 친구요. 당신과 나완 약혼한 사이고. 내 친구와 내 약혼한 사람이 같이 경영하는 일이 있다면 난 그것을 알아둘 만하지 않소? 당신이 말하지 않으면 내가 유태림 씨에게 직접 물어보겠소."

"그건 안 돼요. 유선생이 반대하는 것을 억지로 내가 맡아 나선 거니까 그분을 탓할 것은 아무것도 없습니다."

"반대하는 것을 억지로 맡다니? 글쎄 그게 뭐냐 말이오. 사실만 알면 모든 것이 석연해질 것이 아뇨?"

"대단한 것도 그처럼 흥분하실 것도 아녜요."

"대단한 것이 아니라면 왜 밝히질 못하오. 내가 당신 방에 들어와서 그런 것을 본 것은 잘못이라고 합시다. 그러나 잘못은 잘못된 대로 처리하고 이왕 보게 된 거니 속시원하게 설명을 해줄 아량쯤은 있음 직하잖아요?"

"고의로 이선생에게 숨기고 하려는 것은 아니었어요. 이선생이 그 문제에 대해서는 반대하고 있다고 하기에 이때까지 말을 꺼내지 않은 것뿐이에요."

"그 문제라니, 또 그건 뭔데?"

최영자는 다시 고개를 숙이고 입을 열려고 하지 않았다. 나는 벌컥

일어서면서,

"좋습니다. 이 길로 가서 유태림에게 물어보면 알 일이니까."
하고 방문에 손을 걸었다. 최영자는 황급히 몸을 일으켜 세워 나를 나가지 못하게 했다. 자초지종을 설명하겠다는 것이었다.

최영자의 얘기를 간추리면 대략 다음과 같았다.

그 연판장은 유엔에 보내는 남조선 단독정부 수립 반대 진정서였다. 그 진정서를 좌익단체인 문련文聯을 통해서 보낼 참인데 한 사람이 백명씩 연판을 얻도록 되어 있다는 것이다. 그런 결의를 한 모의에 유태림도 참석하고 있었다. 그러나 연판장 문제는 유태림에게 커다란 부담이 되는 것 같았다. 그래 최영자가 유태림의 몫까지를 찍어다 주기로 했다는 것이었다.

최영자가 구구하게 설명하려는 것을 중간에서 막아버리고 나는 최영자 집에서 나왔다. 따분하고 불쾌하고 같잖고 맹랑스러운 그런 기분이었다.

단정 반대를 위한 비밀집회에 유태림과 최영자가 같이 참석했다는 사실부터가 우선 비위에 거슬렸다. 내가 단정 반대운동을 반대한다는 사실이 두 사람 사이의 화제에 올랐던 것은 확실한 일이다.

그때 이 대화가 어떤 표정, 어떤 말투였었던가를 상상하니 더욱 불쾌해졌다. 최영자가 유태림을 꾀어 그 자리에 갔을까, 유태림이 최영자를 권유했을까, 우연히 만나게 된 것일까, 이런 의혹이 불쾌했고 이런 의혹에 사로잡히지 않을 수 없는 나 자신이 민망스러웠다. 단정수립 반대운동을 한다는 것이 기껏 유엔 총회에 연판장 보내기라니 그것도 가소로웠다. 어떤 누구가 조작한 것인지도 모르고 그 진의조차 확인할 수 없는 불결한 종이뭉치를 가지고 유엔에 영향력을 끼칠 수 있을 것이란 아이디어를 낸 자도 가소롭고 그런 아이디어를 유유낙낙 긍정하고 연판장을 찍고 돌아다니는 군상들도 가소롭고, 그것이나마 자기가 하지 못하고 남에게 시키는 따위의 인간의 됨됨도 알 수가 있지 않은가, 싶으니 노여움이 치밀어올랐다. 친구 몰래 친구의 약혼녀에게, 설혹 그 여자가 맡아 나섰다고 치더라도, 그런 것을 맡기고 안연할 수 있는 인물이란 뭣으로써 만들어진 인물일까.

흙으로 된 인간이냐 철석으로 된 인간이냐?

흥분을 참을 길 없어 나는 유태림에게 전화를 걸까, 찾아가서 공격을 할까 하고 망설였다. 그러나 이것도 저것도 그만두기로 했다. 질투에 미친 사나이의 몰골을 보이고 싶지 않았다. 그런 오해도 받기 싫었다.

"단정 반대운동을 하려거든 사나이답게 정정당당하게 하라."는 말만은 꼭 하고 싶었지만 이것도 하지 않기로 했다.

나는 최영자와의 약혼을 해소하기로 했다. 영자는 울며 자기의 잘못을 사과했다. 유태림은 온갖 방법으로 변명하기에 바빴고 나의 결심을 돌이키려고 애썼다. 그러나 나는 담담한 심경으로 일을 처리했다. 약혼이라는 서약만 해소되면 영자의 잘못이란 것도 없어지는 것이고 따라서 유태림이 내게 미안해할 것도 없는 것이다. 그리고 상세하게 사정을 알고 보니 최영자가 그렇게 잘못을 저지른 것도 아니고 유태림에게 무슨 과오가 있는 것도 아니었다. 그들의 모임에서 연판장 문제가 나왔을 때 유는 끝내 반대했는데 다수결로 결정이 되었고 내내 못마땅해하는 태림의 태도를 볼 수가 없어서 최영자는 대신 그 일을 맡아주겠다고 나선 것뿐이었다. 그것까지도 유태림은 굳이 반대했다. 그래 그는 최영자가 자기 대신 자기 몫의 연판장을 만들고 있는 사실조차 몰랐다는 얘기다.

하지만 내겐 불쾌감이 남았다. 그런 불쾌감을 안고 결혼하느니보다

파혼하는 것이 피차의 장래를 위해서 낫다, 나는 그렇게 생각했다. 사실 내 심중을 살펴보면 이왕 약혼까지 했으니 결혼을 하려고 했던 것이지 꼭 최영자가 아니면 안 된다는 열정이 있었던 것도 아니어서 약혼을 해소했다고 해서 마음에 상처가 남거나 하는 일은 없었다.

하지만 유태림과의 사이는 소원해졌다. 학교에서 테이블을 나란히 하고 앉아 있으면서도 꼭 해야 할 얘기가 아니면 주고받지 않게 되었고 어쩌다 술자리를 같이하는 일이 있어도 전과 같이 얘기가 어울리지 않았다.

그러는 사이에 시간은 흘렀다.

1948년의 2월 26일엔 남조선에 정부를 세운다는 안이 유엔 소총회에서 구체적으로 가결되었고 단정 반대의 바람이 불고 있는 틈 사이사이로 선거운동이 움트기 시작했다.

3월 8일엔 김구 선생의 남북협상 지지성명이 발표되었다. 이 성명이 발표되자 C시에서도 단정 반대의 기세가 요란스럽게 올랐다. 얼마 전까지만 해도 이승만과 더불어 김구 선생을 당장에라도 때려죽일 놈처럼 욕설을 퍼붓던 좌익들이 구국의 영웅, 민족의 양심이라는 등의 찬사를 아낌없이 김구 선생에게 쏟았다.

이 모든 것을 보고 듣고 견디기가 서글펐다. 김구 선생이 안타까웠다. 그분의 양심을 의심하는 바도 아니고 그분의 고민을 이해하지 못하는 바도 아니었다. 그분의 현실감각이 무디어 뵈는 것이 안타까웠다. 김구 선생은 자기의 적심赤心이 토로된 성명을 동포들이 읽고 총궐기할 줄 믿고 있는지도 몰랐다. 하지만 내가 보기엔 그것을 이용하려는 좌익들이 우쭐해서 환호성을 올렸을 뿐이고 우익들은 그저 어리둥절한 태도로 받아들였다. 그런데 일반 대중들 사이엔 단정이니 뭐니 하는 시비는 고사하고 어서 선거라는 것을 해봤으면, 그래가지고 우리의 손으로 국회의원이란 것을 선출해봤으면 하는, 쉽게 말해서 되도록 빨리 민주주의의 흉내라도 내봤으면 하는 것이 지배적인 풍조로서 흐르고 있었다.

실상 따지고 보면 인민대중을 대변한다고 나선 좌익의 지도자들도 민중이 선출한 인물들이 아니며 조국과 민족의 행복을 위하겠다는 우익의 지도자들도 민중이 선출한 인물들이 아니었다. 그런 의미에서 "우리나라는 민주주의를 해야 할 나라이므로 백성들의 뜻으로써 뽑힌 국민의 대표자가 모인 국회에서 헌법을 만들어 우리가 갈 길을 밝혀야 한다."는 이승만 박사의 거듭 되풀이하는 말이 강한 호소력을 지니고 있었다.

이 무렵 유태림은 교실에서,

"김구 선생이야말로 민족 영년永年의 복지를 위해 헌신하시는 애국자이고 이승만은 정권을 잡기 위해 광분하는 늙은 집념의 덩어리."
라고 했을 뿐 아니라,

"이승만이 정권을 잡는 날, 이 나라의 장래엔 민주주의가 자랄 수 없고 복지국가에의 꿈을 키울 수가 없고 일체의 명분과 도의를 유린하고 권모와 술수가 활개를 치는 암흑세계가 비롯할 것."
이라고 자못 흥분해서,

"그러니까 단정수립엔 단호히 반대해야 한다. 단정의 수립이란 곧 이승만에게 정권을 주는 일."
이라고 역설하더라는 얘기를 들었다.

나는 이와 같은 얘기를 듣고 그냥 내버려두어야 하느냐, 어떻게 하느냐, 하고 망설였다. 나와 그와의 사이가 약간 소원하게 되어 있다고 해서 그냥 내버려두는 것은 우의에 어긋나는 일이라고 생각했다. 나는 먼저 이광열에게 연락을 해서 어느 날 유태림과 한자리에 앉았다. 내가 먼저 이승만 박사가 정권을 잡으면 암흑세계가 된다는 말을 유태림이 했다는데 그것이 사실인가 하고 물었다. 유태림은 사실이라고 했다. 그래서 이광열이 따지고 들었다. 그때의 문답을 기억나는 대로 적어본다.

이 "이승만 박사가 정권을 잡으면 암흑세계가 된다면 누가 정권을 잡아야 하겠나?"

유 "남북을 통한 선거에서 가장 많은 지지를 받는 사람이 정권을 잡겠지."

이 "구체적인 인물을 대보란 말이다."

유 "어떻게 구체적인 인물을 지금 댈 수가 있어?"

이 "자네 의중의 인물을 말해보란 얘기다."

유 "내 의중엔 지금 아무도 없다. 남북을 통한 선거를 할 기회가 오면 그때 후보자 가운데서 가려낼 참이다."

이 "이승만 박사가 아니면 누구라도 좋다는 얘긴가?"

유 "누구라도 좋다는 얘기를 한 적은 없다."

이 "이승만 박사가 정권을 잡아서 안 될 이유는 뭔가?"

유 "자기가 정권을 잡기 위해선 내란을 유발할 위험상태를 만들어도 그만이라는, 그런 사고방식을 가진 사람에게 어떻게 추종할 수 있단 말인가?"

이 "가정을 가지고 얘기하지는 말자. 이박사는 자기가 정권을 잡기 위해서 내란도 불사한다는 말을 하지도 않았고 그런 행동을 한 적도 없다."

유 "남조선 단독정부를 수립하려는 의도가 바로 그런 저의를 드러낸 것이지 뭐냐?"

이 "미국의 직접적 지배에서 벗어나 우선 주권을 찾아놓고 그 바탕 위에서 통일을 모색하는 방법도 있을 것이 아닌가?"

유 "그렇게 되진 못할 것이다. 단정이 서기만 하면 그대로 경화되어버린다. 통일보다도 정부 자체를 보호 유지하기 위한 위생관념이 압도적인 세력으로 된다. 민족은 결정적으로 분열하고 국토는 결정적으로 분단되고 만다. 그렇게 되면 내란이 일어나든지, 항구적인 분단 상태가 되든지 하는 도리밖에 없다."

이 "가정 위에서 얘기하지 말라고 하지 않았나. 자네의 가정이 그렇다면, 전쟁이 나지 않을지도 모르고 통일에 보다 접근할 수 있을지 모른다는 가정도 성립할 수 있지 않나, 이 말이다."

유 "절대로 그렇게는 생각할 수가 없다. 단독정부가 서기만 하면 그 단독정부의 테두리 안에서 이득을 보는 자가 생기고 그것이 세력화해선 고의로 통일을 방해하려는 수단을 강구하게 된다. 이건 가정이 아니고 사태의 필연적 귀결이다."

이 "넌 언제부터 그런 예언자가 되었나. 들어보니 꼭 빨갱이 말투 같구나."

유 "나는 내가 생각한 대로 믿고 있는 그대로 얘기했을 뿐이다."

이 "이승만 박사가 정권을 잡아선 안 된다는 주장이 곧 빨갱이가 정권을 잡아야 한다는 주장이 된다는 걸 자네는 모르나?"

유 "어떻게 그런 비약이 있을 수 있어. 우익진영의 지도자가 어디 이승만 씨 하나뿐인가?"

이 "서툴게 말재주 부리지 말고 우리, 현실을 직시하자꾸나. 우익이 정권을 잡는다는 얘기는 바로 이승만 박사가 나라의 원수元首가 된다는 얘기 아닌가. 누구라도 우익정권을 구상할 땐 대통령 이승만, 국무총리 김구, 이렇게 된다네. 그야 김구 선생의 측근은 김구 선생을 대통령으로 하고 싶을 게고 김규식 씨의 경우, 역시 마찬가지겠지만 우익의 승리는 곧 이승만 박사를 선두로 한 진영의 승리라고 되는 거다. 그럴 때 이승만이 정권을 잡으면 암흑세계가 된다는 말은 우익이 정권을 잡으면 암흑세계가 된다는 말과 꼭같은 결과가 되잖아? 그게 바로 정권은 좌익이 잡아야 한다는 말이지 뭔가?"

유　"생사람을 공연히 그렇게 들볶지 말게. 그런 사고방식을 바로 데마고기라고 하는 거다. 이승만 씨가 지금이라도 단정수립의 책략을 버리고 민족진영을 대동단결시키는 지도자로 남는다면 나도 이승만 씨를 지지하겠다. 우익의 승리, 곧 이승만 씨를 대표로 하는 진영의 승리가 되도록 미력한 힘이나마 다하겠다. 그러나 그분이 단정수립의 책략을 버리지 않는 한 양심적인 민족의 지도자란 대좌臺座에서 스스로 이탈해 버린 거다. 나는 그렇게 생각해. 그런데 한 가지 주의해둬야겠다. 자네들이 어떻게 생각하건 나는 공산주의자도 아니고 그 동조자도 아니니 농담이라도 그와 비슷한 얘기는 말아주기 바란다."

이　"그래 자네는 끝까지 단정 반대운동을 할 셈인가?"

유　"운동이랄 것도 없다…… 나는 내 나름대로 단정 반대의 편에서 노력하고 있을 뿐이다."

이　"그것이 자네의 소신이라면 할 수가 없구나. 하지만 교사들이 학생들을 정치적으로 선동한다고 해서 자네는 좌익들과 싸우지 않았나. 그러니 자네도 자네가 자네의 소신대로 하는 것은 좋네만 학생들을 선동하는 언동은 하지 말게, 주의주장의 문제이기 전에 자아당착이니까."

이광열과 유태림과의 토론은 얼만가 더 계속되었다. 감정이 격화되어 간혹 언성이 높아진 적도 있었지만 오랫동안 친하게 지낸 친구로서의 절도는 잊지 않았다.

토론이 막바지에 왔을 때 나는 유태림더러, 단정 반대가 효과를 거둘 것 같으냐고 물어보았다. 이에 대한 유태림의 대답은 맥이 빠져 있었다.

"자신이 있어서 하는 일이 어디 있겠나. 더욱이 내 주제에. 그저 하는 데까지 해보는 거지 뭐."

"하는 데까지 해본다고? 필승의 신념을 가지고 해볼 일이지 왜."
하고 이광열이가 가시 돋친 한마디를 내뱉었다.

"그만 가자."

유태림이 지쳤다는 듯 일어서면서 중얼거렸다.

"난리가 겁이 난단 말이야, 난리가…… 너희들은 난리가 겁나지도 않나?"

"난리?"
하고 이광열이 따라 일어서서 유태림의 얼굴을 똑바로 쏘아보며 말했다.

"혼자 당하는 난리가 겁나지, 모두가 당하는 난리 같은 건 겁나지 않는다."

유태림과 이광열을 회상할 때마다 이 장면이 눈앞에 선하게 나타난다. 난리가 겁난다고 한 유태림과 난리 같은 건 겁나지 않는다고 한 이광열이 꼭같이 6·25란 난리의 희생이 된 때문일 것이다.

5월 10일 선거는 성공적으로 끝났다. 신문 보도에 의하면 몇 군데서 난동사건이 있었지만 수습 못할 사태는 아니었던 모양이고 남한의 유권자 8할 이상이 투표에 참가했으니 대성공이라고 아니할 수 없다. C시의 경우는 거의 평온했다. 선거일 바로 전날 밤, 아니 투표하기 직전의 새벽까지 단정수립을 반대하는 파들이 호별 방문을 해가며 투표하지 못하도록 선동했다지만 투표소가 열릴 무렵엔 시민들은 이미 장사진을 치고 있었으니 단정을 반대하는 사람들에겐 무색한 꼴이 되었다.

 소위 제헌 국회의원으로서 C시가 선출한 사람은 무난한 인물이었다. 탁월한 경륜 같은 것은 기대할 수 없을지 모르나 3·1운동에 참가한 경력도 있었고 일제 통치기간 비굴한 타협을 않고 청빈하게 살아온 분이어서 그분의 당선이 결정되자 C시의 대부분 시민들은 C시의 체면은 살릴 수 있었다는 뜻으로 안도의 숨을 내쉬기도 했다. 그런 만큼 C시의 경우 선거의 후유증이라는 것도 없이 5·10선거는 깨끗하게 치러진 셈이었다.

 선거 소동이 거의 막바지에 이르렀을 무렵 나와 이광열은 우리 동리 국민학교 교정에서 열린 소위 합동 정견발표대회를 구경하러 갔었다. 입후보자는 열다섯, 그 가운데 한민당, 독촉국민회, 대동청년당 소속이 각각 한 명씩이고 나머지는 전부 무소속이었다. 직업은 시장 상인이 있고, 목공소 주인이 있고, 고무공장 사장이 있고, 술도가 주인이 있고, 변호사, 의사 그리고 직업이 없는 사람도 몇몇 끼여 있었다.

 지금 기억에 남아 있는 것은 전체적으로 유머러스한 기분이고 각 입후보자들이 말한 내용은 거의 기억에 없다. 그러나 기념의 뜻으로 생각나는 대로 당시의 그 광경을 간추려볼 작정이다.

 맨 처음 등단한 후보자는 시장 상인으로서 꽤 돈을 벌었다는 소문이 있는 육십 가까운 노인이었다.

 "바쁘시고 불구하시고 에에, 그런데도 불구하시고 이처럼 많이 모여주시고 감사하시고…… 여하튼 보내만 주이소. 국회에 말입니다. 보내만 주고 한번 차라 보이소. 잘할 낍니더…… 감사하시고 이렇게 와주시고…… 보내만 주이소."

10분 제한시간을 3분을 채 못 채우고 이렇게 하고 내려오니 장내에서 웃음이 터졌다. 이광열도 나도 웃었다.

그다음이 의사 출신이었다. 격에 맞춘 서두로써 제법같이 시작하더니 가다가 말이 막혔는지 돌연 소리를 높여,

"여러분 알지요?"

했다.

"뭣을 알아?"

하고 장내에서 고함이 나왔다.

"나는 의삽니다. 병 잘 고치고 수술 잘합니다. 나는 민족의 병을 멋지게 고칠 겁니다. 여러분이 나를 국회에 보내주기만 하면……."

이에 이르자,

"네 계집 히스테리나 고쳐라."

하고 또 고함 소리가 나왔다. 장내는 폭소의 도가니가 되었다.

그다음에 등단한 사람은 일본식으로 다스키懸帶를 메고 수건으로 머리를 두른 청년이었다.

"북으론 백두산, 남쪽엔 한라산. 이 나라를 두고 삼천리 금수강산이라고 합니다. 삼천리 금수강산, 삼천만의 동포, 이 나라 이 민족을 위해서 나는 뼈를 갈고 피를 말려서라도 헌신할 것입니다, 여러분!"

음성이나 제스처가 제법 어울렸다. 그러나 아무리 봐도 웅변대회의 연사이긴 해도 국회의원 입후보자란 격은 아니었다.

이 웅변가 다음에 나타난 사람이 고무공장 사장이었다. 그는 먼저 사람의 웅변을 도저히 당해낼 수 없다고 생각했는지 판에 박은 듯한 인사를 하고 나서는,

"여러분! 말 잘하는 사람 국회에 보내려면 장터 약장수를 보내고 얼굴 잘난 사람 국회에 보내려면 기생 오래비를 보내시오. 국회의원은 말 가지고 하는 벼슬이 아니올시다."

하고 익살을 부렸다. 그런데,

"말 가지고 안 하면 × 가지고 국회의원 하나?"

하고 반박이 나왔기 때문에 다시 한바탕 장내가 끓었다. 고무공장 사장은 외입 잘하기로 소문난 사람이었던 까닭도 있었다.

그다음의 순서는 희미한데 한 사람, 애국애족을 되풀이해서 들먹이는 사람이 있었다. 그 뒤에 등단한 사람이 그것을 꼬집었다.

"이제 막 말한 사람, 틀림없이 애국자입니다. 개장국 잘 먹거든요. 또 애족자인 것도 틀림없습니다. 돼지 족발 잘 잡숫거든요."

애국애족한다는 사람이 가만있을 리가 없었다. 단상에 뛰어올라 꼬집은 자의 멱살을 잡는 난장판이 벌어졌다. 뒤에 알고 보니 사돈끼리라고 했다.

그다음 차례의 어떤 사람은 자기가 국회의원이 되기만 하면 공출을 없애고 뭣을 없애고 하며 한창 신이 나게 없애가는 통에 세금을 없애겠다고 나섰다.

"미친놈 다 보겠다."

고 내 곁에 있던 영감이 퉁명스럽게 중얼거렸다. 그러자 저편에서,

"이왕 없앨 바엔 국회도 없애버려라."

고 고함이 터졌다.

어떤 입후보자가 자기의 포스터 위에 다른 입후보자 포스터를 붙였다고 해서 행동대원을 시켜 그 포스터를 찢어버린 사실이 있은 모양이었다. 피해를 입은 듯한 입후보자는 포스터를 찢게 한 입후보자를 통박

하는데 그 말투는 이랬다.

"돌쪼이石工가 돌 쪼길 배우기 전에 눈 깜박거리는 버릇부터 먼저 배운다고, 국회의원이 되기도 전에 세도부터 부릴랴고 하니 이게 될 말입니꺼?"

"안 되지, 안 돼. 안 되고말고……."

하는 소리가 여기저기서 났다. 그 연사는 신이 나서 탁자를 탕 쳤다.

물주전자와 컵이 굴러떨어지는 소동이 잇따랐다.

걸작의 하나에 이런 것도 있었다. 어디서 굴러 들어왔는지 모르는 정체불명의 입후보자—쉰 살쯤 되어 보이는 자가 있었는데 이 친구 한다는 말이,

"저 시베리아 만주 벌판에서 내가 10년 동안 독립운동을 했는데 그때…… 저 심심산곡에서 내가 10년 동안 수도생활을 했는데 그때…… 저 국제 항구, 무시무시한 도시 상해에서 내가 10년 동안 항일단체를 지도했는데 그때…… 그래가지고 일본 헌병에게 붙들려 내가 10년 동안의 감옥살이를 했는데 그때…… 감옥에서 나와가지고 10년 동안 교육자생활을 했는데 그때……."

이런 식으로 10년씩 가산하여 도합 1백 년이 가까워졌을 때 참다가 참다가 이젠 못 참겠다는 듯이,

"아이, 이 자식아, 지금 네 나이는 몇 살이고?"

하는 고함 소리가 나오자,

"내버려둬라, 몇백 살이 되든지."

하고 야유하는 소리도 튀어나왔다. 그래도 그자는 눈썹 하나 까딱하지 않고,

"제 나이 지금, 남의 나이로 쉰 살이올시다."

"그놈 배짱 좋다. 배짱으로선 대통령감이다."

내 곁에 있던 아까의 노인이 또 퉁명스럽게 뱉었다.

이 가운데 가장 흥미롭게 지금도 기억하고 있는 것은 목공소를 경영하고 있는 조모 씨의 연설이다.

"……내가 국회의원이 되면 맨 먼저 김일성이를 부를 작정이오. 불러놓고 자네도 독립운동을 했다니 전공이 가상이라 번쩍번쩍하는 훈장 몇 개와 평생 먹을 양식은 당해줄 터이니 점잖게 들어앉아 있거라 하고 우선 통일을 이루어놓고, 다음엔 미국 대통령을 찾아가서 눈 딱 감고 2천억 불만 내놓으시오, 그럼 세계 제일 금강산에 별장 하나 지어주겠소 해서 경제 문제 해결하고…… 이만했으면 되지 않겠습니꺼. 내 기호는 10, 되게 부치면 약간 곤란한 말이 되는데, 보시오, 위에 막대기 다섯 개 밑에도 막대기 다섯 개, 노름꾼 문자로 5땡이라는 겁니더. 열다섯 사람이 나왔는데 짓고땡이 끗수로선 내가 최고 아닙니꺼. 노름으로 치면 이긴 거나 마찬가지지요. 그런데 여러분이 표를 찍어주건 안 찍어주건 나는 국회에 갈랍니다. 내 기술이 목공이요, 책상 하나 걸상 하나 만들어가지고 국회에 턱 갖다놓고 앉아 버틸 참이오. 국회의원 노릇을 한다 이 말씀입니다. 내 아들이 작년 사범학교에 시험을 봤는데 뚝 떨어졌거든요. 그래 책상과 걸상을 만들어 아이놈에게 짊어지우고 학교로 가서 교실 한구석에 턱 갖다놓고 아들놈보곤 앉으라고 하고 나는 옆에 서 있었습니다. 선생님 보곤 동냥글 좀 배웁시다 했지요. 그랬더니 일주일 만에 보결로 입학시켜 줍디다. 시험에 떨어진 학생을 배짱으로 입학을 시키는디 백성을 돌보는 국회가 괄세를 하겠습니까. 허나 선거에 떨어진 놈이 국회에 가서 옥신각신한다면 우리 고을의 창피가 아닙니꺼, 그러니 그런 창피가 없도록 미리 내게 표를 많이 던져 주십시오.

기호는 10, 5 땡이 올시다…….”

"그 아버지에 그 아들이라고."

하며 곁에 있는 노인이 우리더러 들으라고 씨부렸다.

"저자의 아들은 아버지가 당선되면 나라일이 말이 아니고 아버지가 낙선되면 우리 집 일이 말이 아니라면서 돌아댕긴다오."

말이 내킨 참인지 그 노인은 또 이런 얘기도 들려주었다.

윤또상이란 입후보자의 아들은 운동원을 트럭에 가득 싣고 거리를 돌아다니면서,

"윤또상 군을 국회에 보냅시다."

하고 선창을 한다는 것이다. 그런데 영감의 주석이 또 걸작이었다.

"국회의원도 좋지만 아들놈이 제 애비를 윤또상 군이라고 해? 후레자식 같으니…….”

정견 발표회가 끝나자 나와 이광열은 그 노인을 막걸릿집으로 청했다. 거기서 별의별 우스꽝스러운 얘기를 들었다. 돈의 힘, 술의 힘, 온갖 수단이 쓰인다는 얘기는 우울했지만 처음으로 겪는 선거가 그런 정도로 되어가는 것도 반가운 일이라고 우리들은 웃었다.

"저렇게 해서 이루어지는 국회의 꼴이 뻔하기도 하지만."

하면서도 이광열은,

"그러나 로마는 하루 아침에 이루어지는 것은 아니니까."

하고 덧붙이길 잊지 않았다.

그러나 5·10선거의 수립을 단정수립에 대한 민중의 지지라고 간단하게 평가해서는 안 될 일이었다. 5·10선거의 성공은 선거를 통해서 남조선에 단독정부를 세워야 한다는 주장에 대중이 동조한 때문이라기

보다 그 이유를 선거 자체가 지닌 매력에 있었다고 보아야 할 국면이 다분히 있었다.

첫째 말만 들었지 해보지 못한 선거라는 것에 대한 호기심이 강하게 작용했다. 일제 때에 선거라는 의미의 행사가 없었던 것은 아니다. 부읍면의원 선거라는 것도 있었고 도평의원의 선거라는 것도 있었다. 하지만 그런 선거를 통해 만들어지는 직위라는 게 대수롭지 않은데다가 선거 자체가 세금을 어느 액 이상 내어야만 선거권이 있는 이른바 제한 선거였기 때문에 선거에 참여할 수 있는 사람이란 성년 인구의 1할에도 미치지 않는, 특권계급의 행사에 지나지 않았다. 그러니 성년이 되기만 하면 재산, 학력, 신분, 성별을 불문하고 참여할 수 있는 평등 보통 선거로써 대의사代議士란 벼슬을 만들어낼 수 있다는 바로 그 사실이 대중에겐 그럴 수 없이 견인력을 가지고 작용했다. 단정 반대는 선거 반대로 구체화해야 하는데 그런 주장을 대중에게 납득시키기 위해선 대중의 이해를 전제로 하는 이론이 갖춰져 있어야 하고, 앞날의 상황을 그려보이는 설득력이 있어야 한다. 그런데 그들의 이론도 설득력도 대중의 불붙은 호기심을 끄기엔 힘이 미치지 못했다고 말할 수 있다.

게다가 어떤 종류의 선거이건 경쟁의 양상을 띠게 마련이다. 경쟁이 되면 편이 생긴다. C시의 경우만 하더라도 열다섯의 입후보자가 경합하면 열다섯 갈래로 편이 생긴다. 경쟁은 갈수록 과열한다. 이 열기는 전염성을 가지고 있다. 주의와 주장이야 어떻든 우선 경쟁에 이겨놓고 봐야 한다는 상황의식이 생겨나 범람한다. 이런 열풍 속에 차분한 이성이 있어야만 납득할 수 있는 단정 반대의 이론이 통할 리가 없다. 단정 반대의 이론이 설혹 정론正論이었더라도 대중은 정론의 작용에보다 호기심의 작용, 경쟁심의 작용을 더욱 강하게 받게 마련이다.

둘째는 미군정에 반대하는 언행으로 일관해온 좌익이 결과적으로 군정을 연장시키게 되는 정부수립 반대를 들고나오는 바람에 피상적으로나마 좌익의 행동이 모순당착으로서 대중들의 가슴속에 인상지어지고 좌익은 반대하기 위한 반대에 광분하고 있다는 우익 측에서의 비난을 입증하는 결과가 되었다.

셋째로는 현전하는 권력에 타협하기 쉬운 대중심리를 들 수가 있다. 몇 해 동안 미군정을 겪는 동안에 미국 체제의 지배에 대중은 익숙하게 되었고, 사상적으로 물들지 않은 대중들은 미국의 체제에 편승하는 것이 안전하다는 의식을 갖게 된 것이다.

5·10선거의 승리는 이러한 의식이 그만큼 부풀어 있었다는 증거도 된다. 그럴수록 좌익단체는 혁명성을 더해갔는데 혁명성은 그 농도가 짙어갈수록 현존 질서와 예각적으로 대립하는 것이며 그럴수록 대중은 위험을 피하고 평안을 바라는 본능으로 현존 질서의 편에 서게 된다.

이상과 같이 분석도 해보는 것이지만 결정적인 요인은 역시 역사의 대세에 있다. 미·소를 대극으로 하는 두 개의 세계 속에서 한국의 갈 길은 그길밖엔 없었던 것이다. 이승만 박사는 이와 같은 상황을 누구보다도 정확하게 누구보다도 앞서서 파악하고 실천함으로써 정권 쟁탈의 경쟁에서 이겨 남았다고 말할 수 있다.

선거가 끝나자 이어 5월 31일 제헌국회가 열렸다. 6월 10일에는 이승만 박사가 초대 국회의장으로서 선출되었고 7월 17일 헌법이 제정 공포되었다. 이 헌법에 의해 7월 20일 이승만 씨는 대한민국의 초대 대통령으로서 취임했다. 파란만장한 파도를 헤치고 역사의 대해를 향해 이승만 씨를 함장으로 하는 대한민국호가 드디어 출범했다. 그날이 1948년 8월 15일. 모든 일들이 이승만 씨가 미리 준비한 각본 그대로 진행된 셈이다.

어떤 자리에서 이광열이,

"기분이 어때?"

하고 묻자 유태림은,

"나는 누구이건 이겨 남은 사람에게 갈채를 보내기로 했으니까."

하며 활달한 척 웃어 보였으나,

"최후에 웃는 자가 가장 잘 웃는 자란 말이 있잖아."

하는 의미심장한 말을 덧붙였다.

나는 그 말을 따져보고 싶은 심정이 없지는 않았으나, 단정 문제를 가지고 서먹해졌던 사이를 풀기 위해 모처럼 마련한 자리라서 참기로 했다. 이광열도 같은 심정인 성싶었다. 유태림의 두뇌와 가슴속에는 나와 이광열이 추측할 수 없는 사상과 감정이 꿈틀거리고 있음을 짐작할 수가 있었다.

이 자리에서 유태림이 C고등학교를 그만둘 의향을 비쳤다.

"백이숙제라도 돼서 수양산으로 갈 셈인가."

이광열이 빈정댔지만 태림은,

"백이숙제라도 될 수 있다면야 여부가 있겠나."

했을 뿐이었다.

"마음 고쳐먹고 대한민국 국민으로서 충실하게 살아보자구나."

이광열이 간절한 표정을 하고 말했다.

"마음을 고쳐먹다니……."

유태림이 이광열을 쏘아보았다.

"대한민국에 불만이 있는 모양인데 그래가지고 앞으로 어떻게 살 거냐."

이광열의 이말이 떨어지기가 바쁘게 유태림이 답했다.

"다시 식민지에 사는 요량하면 되지 뭐."

그럼 당신은 빨갱이가 될 작정인가고 윽박질러주고 싶은 충동이 없진 않았으나 나는 간신히 참았다. 나는 유태림이 단정을 반대한다고 해도 내심으론 그다지 심각하게 생각하진 않았다. 여러 가지 사정으로 마지못해 휘말린 결과 정도로 생각했었다. 그것이 나의 오산이었던 모양이다. 그렇다면 나와 태림과의 대화는 끊어진 것이라고 느꼈다.

유태림은 C고등학교뿐만 아니라 교직이라는 것을 그만둘 작정이었던 모양인데 C시에 신설하게 되는 대학으로 옮겨갔다. 초창기 대학을 돌봐달라는 간청을 물리칠 수 없었던 탓이다. 태림을 보내게 되자 학생들은 섭섭해했다. 짧은 동안이라고 할 수 있으나 유태림처럼 강한 영향력을 학생에게 준 교사는 드물 것이다. 그는 자기의 소신대로 자기가 맡은 학급을 맡았을 당시의 33명을 아무런 사고도 없이 낙오자도 내지 않고 고스란히 졸업시켰다. 가장 말썽이 많았던 학급이라는 점과 당시의 상황을 합쳐 생각하면 실로 대단한 일이라고 할 수 있다. 태림은 또한 C고등학교에 공부하는 기풍을 조성하는 데 커다란 공로가 있었다. 이와 같은 이유로 해서 C고등학교는 유태림이 떠나는 날 성대한 송별식을 열었다. 이 식상에서 유태림은 대략 다음과 같은 말을 남겼다.

"……이 학교에 있은 2년 동안, 나는 많은 것을 배웠습니다. 여러분들이 얼마나 훌륭한 소질과 능력을 가지고 있는가를 안 것만 해도 커다란 수확이었습니다. 그러한 여러분과 더불어 아름다운 추억의 재료를 남기지 못했다는 것을 섭섭하게 생각합니다. 그러나 지난 2년, 그 격동하는 역사의 한 시기를 같이 격동하고 혼란하며 지냈다는 사실만은 영영 잊지 못할 것이 아닌가 합니다. 여러분 가운덴 나와 대립하고 나와 싸운 학생들도 많이 있습니다. 하지만 그 싸움이 보다 옳은 것을 위해서 싸운 것이지 개인의 이익을 위해서 싸운 것이 아니란 점으로서 피차의 깨끗한 기억이 되리라고 믿습니다…… 여러분! 자기 자신을 소중히 하십시오. 사회는 사람이 자기를 소중히 하는 그 정도에 따라 여러분을 대우하게 됩니다. 여러분이 근면하면 근면한 사람으로 여러분이 게으르면 게으른 사람으로 대접합니다. 여러분이 여러분 자신을 아끼고 여러분의 능력을 개발하는 데 진지하고 여러분의 능력을 확대하는 데 성실하면 사회도 그런 인물로서 대접합니다…… 사람이 살아가는 길을 두 가지로 나눠볼 수도 있습니다. 하나는 체제 속에 사는 길이고 하나는 체제 밖에서 사는 길입니다. 자기를 둘러싼 체제의 가치 서열을 그대로 인정하고 그 서열을 통해 향상해야겠다고 마음먹은 사람은 전자이고, 어떤 체제 속에 육신은 사로잡혀 있으면서도 그 체제의 가치 서열을 부인하고 그 서열을 변혁하는 노력을 해야만 살 보람을 느끼는 사람은 후자에 속합니다. 어느 길이 옳다고 단정할 수는 없습니다. 어느 길을 택하더라도 비겁하지 말고 풍부한 인간성과 생활인으로서 숙련된 기술을 가져야 합니다. 마지막으로 꼭 일러두고 싶은 말은 자기가 속할 단체를 택하는 데 있어서, 자기가 지녀야 할 사상을 택하는 데 있어서 조급한 결단을 하지 말라는 부탁입니다. 아무리 좋은 주의사상이라도 그것을 통해서 자기를 키울 수 없는 것이라면 유독한 사상입니다. 아무리 좋은 주의사상이라도 자기가 주인으로서 그것을 소화하고 그것을 수단으로서 활용하지 못하는 것이라면 유해한 사상입니다. 조급하게 상전上典을 장만하는 것 같은 사상의 선택을 하지 말라는 것입니다. 자칫하면 스스로를 노예로 만들 수 있는 사상을 선택하지 말라는 것입니다. 조급한 판단 조급한 결단을 하지 않기 위해서는 여러분은 보다 더 성장해야 하고 보다 더 성숙해야 합니다. 어떤 객관적 정세가 최후의 결단을 요구할 때까지 자유로운 학도로서 버티어 넓고 깊게 탐람하게 문화의 유산을 섭취하고 소화해야 합니다. 이런 마음과 노력이 계속되면 언젠가 여러분은 여러분의 인생을 충실하게 만드는 에센스―우리말로 해서 지혜에 이를 수 있을 것입니다. 지금 여러분과 이별하는 이 마당에서 내가 무능한 교사였다는 것, 불성실한 교사였다는 것을 뉘우치고 있습니다. 불결한 기억은 여러분의 이해로써 용서하고, 2년이란 귀중한 시간을 같이했다는 인연을 두고두고 소중히 했으면 합니다. 비둘기와 같은 눈을 가지고 배암과 같은 마음을 가지라는 말이 있습니다. 우리말로 번역하면 외유내강하라는 얘기가 되겠습니다. 지금 우리 앞에 펼쳐 있는 험난한 세상을 우리들은 비둘기와 같이 부드러운 눈과 배암과 같은 슬기로운 집념 없인 살아갈 수가 없습니다…….”

　교정을 둘러싼 플라타너스의 무성한 잎은 무성한 그대로 이미 추색秋色을 띠고 있었다. 그 위로 펼쳐진 하늘도 가을의 하늘이었다. 나는 유태림의 말을 자기는 체제 밖에서 살기로 작정했다는 의사표시로서 들었다. 그러나 나는 그가 결코 공산주의자가 되지도 않을 것이며 될 수도 없다는 것을 알고 있었다. 경례가 끝나자 다시 숙연해진 시간 속에 유태림은 단을 내리고 있었다. 그 모습을 지금도 나는 눈앞에 보는 것 같다.

오욕과 방황

전라남도 여수에서 군대의 반란사건이 발생했다. 삽시간에 순천 지구까지 그 회오리바람 속에 휘말려 들어갔다. 이른바 여순반란 사건이란 것이다.

제주도의 좌익폭동을 진압할 목적으로 출동명령을 받은 14연대가 여수에서 승선하기 직전 반란을 일으킨 것이라고 했다. 주모자는 김지회金智會라는 육군 소위, 대한민국 정부가 수립된 지 2개월 남짓한 1948년 10월 20일 새벽의 일이다.

반란군은 그 지방의 좌익세력과 합세해서 경찰서를 비롯한 지방 관서를 점령하는 한편 경찰관과 공무원, 우익계 인사들을 닥치는 대로 학살했다. 급거 출동한 토벌대의 보복이 또한 처참을 극했다. 반란군과 이에 합세한 좌익들은 토벌대의 치열한 반격에 이기지 못해 지리산 속으로 후퇴했다. 그로부터 짐승 소리와 새 소리밖엔 들리지 않았던 지리산의 골짜기마다에 총성이 울려퍼지기 시작했고, 이 한적한 영산은 민족의 역사 위에 영원히 지워버릴 수 없는 핏자국과 눈물 자국을 새긴 비극의 산으로 화하고 말았다.

……비명에 쓰러진 그 많은 애절한 시체를 안고, 산아, 꽃으로 치장하고 너만이 아름다울 수 있느냐!

　지리산 주변에 살아본 사람이면 이런 치졸한 글귀에서도 설레는 감회를 얻는다. 천혜처럼 해방을 얻어 겨우 3년이 지난 뒤, 이 지리산에서 동족이 동족을 죽이는 참극이 전개되리라곤 상상을 절할 일이었다.
　여기에서 황급히 필자의 의견을 말해본다면 여순반란사건은 천인이 공노할 민족의 비극이긴 했지만, 한편 생각하면 대한민국이란 어린 정부가 살아 남기 위해서는 꼭 필요했던 시련이기도 했다.
　만일 그런 반란사건이 없었고 그러나 반란분자들이 정체를 감춘 채 국군 속에 끼여 그 세위를 확장해가고 있었다고 하자. 그런데다 6·25동란이 덮쳤으면 어떻게 되었을까. 그들은 침략군에 호응해서 일제히 반란을 선동하고 나섰음이 틀림없을 것 아닌가. 설혹 반란에 호응한 수가 적었다고 하더라도 기습을 받았을 때의 당황한 당시의 사정을 짐작하면 그들의 반란은 어린 정부에 대해서 거의 치명적인 충격이 되었을 것이 뻔하다. 첫째 연합군이 국군을 신뢰하지 못하는 사태가 나타났을 것이고 그렇게 되었더라면 국군이 충성을 다하지 않는 정부를 과연 도와주어야 하느냐는 식의 회의가 생겨났으리라는 것은 그리 무리한 추측이 아니다. 여순반란사건이 계기가 되어 철저한 숙군肅軍이 있었다. 그 때문에 6·25동란 중에 국군 가운데서의 반란을 방지할 수 있지 않았을까 하는 견해가 성립되기도 한다.
　좌익진영의 끊임없는 장난과 음모가 남조선에 단독정부라도 세워야겠다는 자극이 되었고, 단독정부 수립의 필요를 미국 정부나 유엔에게 납득시킬 수 있는 명분이 되었다. 그 후, 끈덕진 선거방해운동, 그들의 결사적인 선거 보이콧으로써 우익 일색의 국회가 성립될 수 있었다. 우익 일색의 국회는 완고하리만큼 튼튼한 우익 정부를 세울 수 있었다. 그런데다가 여순반란사건이 생겨 국군 내의 좌익세력을 추방하기 위한 전기를 만들었고 이어 11월 20일 국가보안법을 통과시켜 일체의 적성단체, 적성사상을 봉쇄해버리는 기회를 제공했다. 이렇게 보면 좌익들은 그 열띤 언변과 행동을 통해 스스로의 묘혈을 파는 데 광분하고 있는 셈이 된다. 그 명분과 대의는 따지지 않기로 하더라도 공산당은 대한민국의 규모에 있어선 전술적으로 몰락했다고 말할 수가 있다. 전투적 사상으로써 무장해야 한다고 외치는 공산당이 전술에 있어서 실패했다면 남한에 있어서의 공산당은 공산당으로서도 낙제한 격이다. 그러나 이것은 이십 년 전을 회고하는 지금의 나의 생각일 뿐이고 당시엔 그런 견식의 근처에도 가지 못했다.

지리산에 빨치산이 우글거리게 되자 그 일대는 낮엔 대한민국, 밤엔 인민공화국이란 현상을 나타내게 되었다. 이런 현상은 근 일 년 동안 계속되었다. 당시 C시는 그러니까 밤이 되면 인민공화국과 접경해 있는 도시로서의 긴장과 불안을 갖게 되었다.

그런 까닭도 있고 해서인지 C시에 있어서의 좌익분자의 검거 선풍은 맹렬했다. C고등학교만 하더라도 십수 명의 선생과 수십 명의 학생이 붙들려 갔다. 사전에 위험을 느낀 교사나 학생은 도피했다. 박창학과 강달호의 모습도 보이지 않게 되었다. 일제 때 학도병으로 갔던 친구들 가운데도 좌익과 기맥을 통하고 있었던 사람들은 어디론가 사라지고 없었다.

"추풍에 낙엽이라, 이렇게 간단히 청소되어버릴 놈들이 뭘 믿고 그처럼 야단들이던가."

이광열이 한 말이었지만 나도 동감이었다. 좌익이 거세되어버린 학교는 거짓말같이 조용했다. 군복 차림이 거리에 범람하고 있어 삼엄한 기분이 감돌고 있었지만 시민의 표정엔 그런대로 침착한 빛이 있었다.

사정이 이와 같이 되고 보니 변함없이 상종할 수 있는 친구란 뉴똥공장을 하는 추군, 소방서장의 아들이며 철공장을 하고 있는 K군, 제재공장 사장인 J군, 과수원을 경영하는 서군, 사범대학교에 근무하는 Z군, 그리고 유태림과 이광열과 나였다. 유태림의 후임으로 이광열이 C고등학교에 와 있었기 때문에 그와 나와는 매일처럼 같이 어울려다니는 처지였다.

그해가 가고 다음 해의 정월이 되었다. 겨울방학이 곧 끝나려는 어느 날이었다. 나는 돌연 유태림의 집에서 좀 와달라는 전갈을 받았다. 황급히 뛰어가보니 유태림의 아버지는 처량한 얼굴을 하고 나를 기다리고 있었다. 유태림이 경찰서에 붙들려갔다는 것이었다. 나는 얼떨떨해서 채 말문이 열리지 않았다.

"무슨 일인지 어떤 일인지 알 수가 없어."

유태림의 부친은 침통하게 말했다.

"그럼 곧 광열일 찾아서 같이 알아보기로 하지요."

하며 자리에서 서려고 하니까,

"이광열 군도 같이 붙들렸다네."

하는 것이 아닌가.

유태림이 경찰에 붙들렸다는 사실도 천만뜻밖의 일이었다. 그러나 단정 반대니 뭐니 하며 좌익들과 어울려 다니던 일이 있었으니 혹시나 그런 탓이 아닐까도 했지만 이광열의 경우는 전연 상상조차 할 수가 없었다.

'그렇다면 사상적인 사건은 아닐 것 같은데 대체 어떠한 일일까.'

아무런 힌트도 주어지지 않은 어려운 문제를 풀려고 해보았자 쓸데없는 노릇이었다. 나는 자리에서 섰다.

"하여간 제가 경찰서로 가보겠습니다."

"이광열뿐만 아니라 추군, 김군, 서군, 전군, 정군도 같이 붙들린 모양이더라."

나는 더욱더욱 혼란하지 않을 수 없었다. 나 하나를 제외하곤 일상 상종하고 있는 친구 모두가 붙들려간 셈으로 된다.

"대강이라도 이유를 모르시겠습니까?"

"내가 어떻게 알겠나."

태림의 부친은 긴 한숨을 쉬었다.

"아침밥을 먹고 얼마 안 돼서였지. 낯모르는 사람이 셋, 대문으로 주르르 들어오더니 태림을 찾더구먼. 난 그애의 친구들인 줄 알았지. 그게 형사들이었다. 태림에게도 전연 초면의 사람들인 것 같았다. 당장 같이 가자고 하더라. 그러면서 유치장 안이 추울 테니 옷을 툭툭히 입고 가자고 그러대."

"수갑을 채우고 갔어요?"

"수갑은 안 채웠다. 골목 어귀에 자동차를 세워 두었더먼. 경찰서 문 앞까지 가봤지. 거기서 추군의 부인을 만나 모두들 잡혀갔다는 사실을 알았다. 서장을 만나고 올까 했지만 창피해서 어디…… 자네가 붙들리지 않았다는 것을 확인하고 자네와 의논을 하고 뭐든 해야겠다고…… 자네를 찾아갈까 했지만 창피해서 길을 어디…… 김군 아버지나 정군 아버지를 만나 의논을 할까 했지만 창피해서 어디……."

연신 '창피해서'라면서 말을 제대로 잇지 못하는 태림의 부친을 안타깝게 쳐다보며 나는 선뜻 C시의 경찰서를 신축하는 데 그분이 많은 돈을 기부했다는 사실을 염두에 떠올리고 '창피해서'라는 그 말엔 '내 아들 잡아 가두라고 경찰서 짓는 데 돈을 냈단 말인가.' 하는 울분이 섞여 있을 것이라고 짐작했다.

나는 사정을 알아보고 곧 보고하겠노라는 약속을 남기고 그집 문을 나섰다. 경찰서에 가서 태림을 아끼고 좋아하는 배형사를 찾을 작정이었다.

경찰서 앞으로 갔을 때 다행히도 배형사가 경찰서 문으로 나오는 것을 봤다. 내가 소리를 지르기 전에 저편에서 나를 보았던 모양으로 그는 황급히 내 곁으로 다가서면서,

"제엔장!"

하고 경찰서 쪽을 흘겨봤다.

가까운 다방에 들렀다. 배형사는 대단히 흥분해 있는 어조로,

"C시의 사정을 통 모르는 작자들이 그저 덤비려고만 하니 기가 막혀서."

하고 거칠게 숨을 쉬었다.

"도대체 어떻게 된 거요, 유태림 씨의 일은."

이렇게 내가 묻자,

"글쎄 그 얘깁니다. 그런 분들을 함부로 붙들어 넣을 수가 없다고 주장했거든요, 나는. 그런데 여기 온 지 두 달도 안 된 반장이 있어요, 그 사람이 절대로 안 된다는 겁니다. 지금 경찰서장은 우리 서에서 파견한 전투대를 독려하기 위해 출장 중이거든요. 꼭 붙들어야겠다면 경찰서장이 돌아오고 난 뒤 의논하고 하자고 했는데도 지금 시국이 어떤 때냐

면서 호통을 친단 말입니다."

"대체 무슨 일인데요."

"검거한 놈들을 심문하는 과정에서 약간 불미스러운 사실이 탄로된 거지요. 그러나 놈들의 말만 믿고 어디 지도급에 있는 사람들을 함부로 그렇게 취급할 수 있겠어요?"

배형사의 말에 의하면 그들의 혐의 사실은 이러했다.

유태림은 기왕 몇 차례에 걸쳐 무허가 집회에 가담한 적이 있고 박창학의 동생 박창원을 통해서 좌익계열에 자금을 준 사실이 있고, 이광열은 자기의 고종사촌을 통해서 민청民靑에 자금을 댔고, 뉴똥공장 추군은 자기 공장의 남로당 세포총책에게 돈을 주었고, 철공장 K군은 중학교 동창인 사람에게 자금을 주어 지리산 빨치산에게 파견했고, 제재공장 J군은 부산에서 C시로 온 오르그(조직책)에게 숙식을 제공했을 뿐만 아니라 지리산 빨치산과의 연락할 길을 터주었고, 과수원 서군은 동리의 좌익들에게 돈을 주어 격려했고 사범학교 Z군은 자기 제자들을 빨치산에 가담하도록 선동했고, 작곡가 이씨는 좌익의 노래가 좋다고 극구 찬양하고 자기도 그런 식의 작곡을 해선 주위의 학생들에게 가르쳤다는 것이다.

"그래 그게 모두 사실인가요?"

"사실도 있고 사실 아닌 것도 있겠지요. 그러나 그게 모두 사실이라고 하더라도 그분들은 좌익이 아니지 않습니까? 좌익들에게 속아서 한 짓이겠죠."

"본인들은 뭐라고 합니까?"

"과수원을 하시는 서선생은 과수원 일을 돌봐주었던 동리 사람들에게 한턱 내는 대신 돈을 주었다는 겁니다. 그걸 서로 뜻이 맞는 좌익들끼리만 모여서 쓴 모양이지요."

배형사는 설명을 하면서도 못마땅하다는 표정을 지우지 않았다.

"이광열 선생은 가난한 고종사촌이 돈을 빌리러 왔기에 빌려준 것이라는데 그런 일은 이번 한 번이 아니고 과거 수없이 있었다는 얘기고요. J선생은 어떤 사람이 부산의 친구가 쓴 소개장을 가지고 왔기에 하룻밤을 공장 숙직실에 재워주고 그 이튿날 덕산(지리산 바로 아래 있는 마을) 가는 자동차 정류소를 가르쳐주었다는 겁니다."

"유태림 선생은?"

"박창학의 동생에게 돈을 준 것은 사실이지만 민청 자금으로 준 것은 아니라거든요. 글쎄 유선생이 민청 자금으로 쓰라고 돈을 주었겠습니까. 무허가 집회 운운하지만 정부가 서기 전에 마지못해 그런 자리에 나간 것이 분명하거든요. 괜히 그런 델 나가셔서 말썽을 부린 건 좋지 않지만 절대로 좌익일 수 없다는 건 명백한 사실 아닙니까. 이런 사정을 얘기하고 개인적으로 만나 경고를 해둘 필요는 있지만 검거할 것까지는 없다고 우겼지만, 그 새로 온 반장이 한사코 안 된다지 않습니까."

"그럼 어떻게 되겠습니까?"

"일시나마 붙들려 왔다는 것이 치사스러운 일일 뿐이지 구속까지는 되지 않을 겁니다. 주임은 대가 약해서 반장이 우기는 바람에 우물쭈물하고 있지만 계장도 그분들을 검거하는 덴 반대했으니까요. 서장님이 돌아오시면 곧 풀려나가게 될 겁니다."

배형사는 유태림 등이 검거된 사실도 그렇지만 지방 사정을 잘 알고 있는 자기의 의견이 통하지 않은 것이 더욱 분한 모양이었다.

"사찰업무란 본질을 파고들어야 하는 것이지 지엽말절에 구애되어서는 안 되는 것이거든요."

나는 배형사의 태도가 혼란기 경찰관이 취할 가장 훌륭한 태도라고 칭찬하고 아무튼 대사에 이르지 않도록 친구들을 위해 노력해달라고 부탁하고 나서 그 길로 태림의 부친을 찾아 자초지종을 보고하고 그를 위로하려고 안간힘을 다했다.

태림의 부친은 내 말을 듣고 약간 수미愁眉를 여는 것 같았지만 그 표정은 끝끝내 개지 않았다.

사태는 배형사가 말하는 것처럼 단순하게 해결되지 않았다. 재차 태림의 집을 나와 J군 집을 들러 경찰서 앞 다방에 앉아 배형사를 기다리고 있는데, 땅거미가 질 무렵 배형사와 같이 다니던 정형사가 나를 찾아왔다. 일은 만만찮게 되었다는 것이다.

"어떻게 되었는데요?"

하고 나는 황급하게 물었다.

"유선생이나 J선생이 모두 좌익단체의 구성원이었다는 증거가 나왔다는 겁니다."

"좌익단체라니 뭔데요?"

"문련의 회원들이라나요."

"문련?"

나는 아연했다. 문련이라면 문화단체총연맹이란 좌익단체가 아닌가.

"절대로 그럴 리는 없을 텐데요."

나는 확고한 자신을 가지고 이렇게 말했다.

"배형사도 지금 그렇게 주장하고 있습니다. 그러나 증거가 있다는데야 어떻게 합니까? 세상은 참 알고도 모를 일이지."

정형사의 말투엔 그들이 문련의 구성원이란 사실을 긍정하고 드는 냄새가 있었다.

나는 와락 불쾌해졌다.

"여보시오, 정형사. 정형사는 그들을 좌익단체에 가담하고 있는 양으로 생각하고 있는 모양이구먼요?"

"글쎄요, 증거가 있다는 데는 어떻게 할 수 없지 않습니까."

"그래 정형사는 그 증거라는 것을 보았소?"

"남의 반에서 진행 중인 사건이고 자진해서 뵈주지 않는 증거를 어떻게 볼 수 있습니까."

"그럼 피의자들의 진술이 그냥 증거가 되는 겁니까?"

"아까 말한 증거는 붙들려 온 사람들의 입에서 나온 말이 아니라 무슨 물적 증거인 것 같습니다. K씨의 집 안을 가택수색했는데 그때 나온 건가 봅디다. 뭔지는 모르죠. 증거가 있다고 자신 있게 말하는 것을 보니까 있는 게 틀림없는 것 같습디다."

나는 뭐가 뭔지 모르는 혼란 속에 빠져들어가는 것만 같았다.

"그럴 수가, 그럴 수가." 하고 나는 나도 모르게 중얼거리고 있었던 것 같았다.

"그러니까 열 길 물속은 알아볼 수 있어도 한 길 사람의 속은 모른다고 하잖습니까."

정형사의 입가를 씰룩하며 웃는 표정이 눈앞에 있었다.

유태림이 문련에 가담하고 있을 리 없었다. 이광열도 그랬다. J도 K도 서도 Z도 그럴 리가 없었다.

"좌익계열의 문화단체란 건 모두 당의 시녀다. 정치의 시녀 노릇을 하기 위해 문화활동을 한다는 건 문화에 대한 모독이고 문화인 스스로에 대한 모욕이다. 그럴 바엔 발벗고 정치의 투사로서 나설 일이지 문화단체에 머물러 비굴한 꼴을 당할 필요가 없지 않으냐."

언젠가 문화단체쯤에는 가입해도 무방하지 않을까 하는 어떤 사람의 권고를 유태림은 이상과 같은 말로써 거절해버리는 것을 나는 목격한 적이 있었다. 그뿐만 아니라 유태림은 좌익계열의 문화활동이라는 것을 전혀 신용하지 않았다. 문련 산하의 문학가동맹에서 출판된 『문학』이란 잡지의 첫 호가 나왔을 때였다. 그 잡지는 소련 공산당이 조시첸코와 아흐마토바의 작품을 퇴폐적, 비생산적, 반인민적이라고 규탄하고 그런 작가는 단연 추방해야 한다는 결정서를 발표한 것을 그대로 전재하고, 조선공산당이 그 본을 따라 구상具常이라는 시인의 작품을 반동이라고 결정한 내용을 싣고 있었다. 그것을 보고 유태림은 말했다.

"공산당에겐 선전문이 필요할 뿐 문학은 그 존립조차도 허용하지 않는다는 결정서가 바로 이 잡지의 내용이다. 잡지의 제호를 문학이라고 해놓고 이처럼 문학을 말살하겠다는 의지를 보인 것은 통쾌할 정도로 풍자적이 아닌가."

나는 일순에 이런 기억을 더듬으면서도 도대체 어떠한 착오로 유태림 등이 그런 오해를 받게 되었는가 하고 궁금했다.

"우리들은 제기랄, 기백 원 기천 원이 없어서 쩔쩔매는데, 빨갱이들이 돈을 달라고 하면 기만 원씩 주었다는 것이 벌써 이상하단 말입니다."

정형사는 내 눈치를 살피면서 이런 말을 꺼내놓았다.

"빨갱이라고 주겠어요. 아는 사람이 와서 딱한 사정이니 동정해달라니까 준 것이겠죠."

"가난한 것도 병이지만 돈 많은 것도 병이구먼요."

정형사의 말에 빈정대는 투가 섞였다. 나는 불쾌함을 참았다.

"정형사 말대루 하면 우리가 살아가면서 돈을 빌리고 빌려주고 하는 것도 해선 안 되겠습니다그려."

오욕과 방황 257

"말씀을 들으니 이 선생도 꽤 거래가 있으시는 모양인데 어떻소, 자수를 하시면. 지금 자꾸 잡아들이는 판인데 언제 이 선생과 거래한 놈이 걸려들지 압니까. 그때 그놈이 실토하는 바람에 탄로되는 것보다 미리 자백을 해놓으면 훨씬 유리합니다."

나는 폭발하려는 감정을 가까스로 진정하고 그러나 날카롭게 뜬눈으로 그를 쏘아보며 말했다.

"여보시오, 정형사, 나와 당신은 어제 오늘 안 사이도 아닌 사람인데 어떻게 그런 말을 함부로 할 수가 있소. 자수를 하라느니, 자백을 하라느니, 그게 무슨 소리요. 꼭같은 내용도 말하는 방법에 따라 의미가 달라지는 거요. 당신 눈엔 피의자밖엔 보이지가 않소?"

"대단히 화가 나신 모양인데."

하고 정형사는 너털웃음을 웃었다.

"그러나 생각해보시오, 유씨나 J씨나 K씨나 추씨나 모두 이 C시에선 일류가는 집안의 아들들이 아뇨? 그런 사람들이 빨갱이 혐의를 받고 끌려오는 판국이니 눈에 빨갱이밖엔 뵈지 않는다고 해서 그게 내 죄요? 바로 저 산골에선 빨치산들이 우글우글하고…… 모두들 좀 선명히 하란 말이오. 우리는 참새 눈물만큼 한 월급을 받는 죄로 목숨을 걸고 빨갱이와 대항하고 있소. 뭣 때문에, 당신들의 생명과 재산을 보호해주려고요. 우리의 덕을 가장 톡톡히 보고 있는 것이 당신들 아뇨? 그런데 뒷구멍으로 그들과 암거래를 하고 있다면 이게 될 말이겠소. 이선생의 비위를 거슬린 말을 하게 된 것도 이 때문이오. 용서하십시오. 나는 배형사의 부탁을 받고 이선생께 사정 설명을 하고, 그러나 걱정할 건 없다는 말을 전하러 온 건데 곰곰이 생각하니 화가 난단 말이오."

정형사의 말을 들어보니 그의 말에도 일리가 있었다. 하지만 불쾌감은 가시지 않았다. 유태림 등을 빨갱이와 암거래하고 있는 사람이라 단정해서 말하는 태도부터가 비위에 거슬렸다.

배형사가 나타난 것은 그로부터 30분 이상이나 더 기다린 후였다.

배형사가 정형사 곁에 비집고 앉으면서,

"참으로 딱한 사람들이야. 증거가 있다고 하기에 빼달랬더니 수사형편상 당장은 빼줄 수 없다고 하잖아, 누가 자기들의 수사를 방해하려고 든단 말인가, 기가 막혀!"

하고 불만을 털어놓았다.

"그래 그 증거란 걸 보지 못했소?"

정형사가 배형사를 보고 물었다.

"왜 못 봐, 안 보고 견딜 사람이야, 내가."

"뭡디까."

정형사가 나의 물음을 도맡은 셈이 되었다.

"같잖아서, 아무것도 아냐. 아무것도. 이선생, 작년 1월 20일 경성관에서 모인 일이 있지요. 학병 친구들끼리 말이오."

"모인 적이 있죠. 바로 지난 1월 20일에도 모였는데요."

1월 20일은 우리들이 일제 때 학병으로 몰려나간 바로 그날이다. 그날을 기념하기 위해 우리는 예년 C시에 있는 친구들끼리 자리를 같이하고 술판을 벌였었다.

"그때 사진 찍은 일이 있죠?"

배형사가 물었다.

"찍은 일이 있죠."

내가 대답하자 배형사가 다시 물었다.

"한데 이선생 사진은 없던데 어찌된 거죠?"

나는 선뜻 대답을 못했다. 그러자 생각이 났다. 어머니가 병석에 있었기 때문에 나는 연회 도중에 빠져나왔던 것이다. 그 얘기를 했더니 배형사는,

　　"그런 일만 없었더라면 이선생도 이번에 같이 붙들릴 뻔했습니다."
하고 증거라는 것이 그 사진이었더라고 덧붙였다.

　　"그 사진이 어떻게 증거가 될 수 있었을까."
하고 나는 의아스러워했다.

　　"그날 그 자리에 학병 친구 아닌 사람이 두 사람 있었죠. 하나는 음악가인 이씨고 하나는……."

　　아슴푸레 기억이 되살아났다. 그 자리에 낯선 사람이 하나 있었다. 부산에 사는데 학병 간 경력을 가진 사람이라고 하면서 거무스레한 빛의 네모진 얼굴을 하고 있는 사람이었다. 누구의 소개로 그 자리에 오게 되었는지는 알 수가 없다. 학병 친구라면 그만이지 꼬치꼬치 따져 물을 필요도 없었다. 성이 뭣인지 이름이 뭔지도 알 수가 없다.

　　"그 사람이 화근이었습니다."
하고 배형사는 설명을 이었다. 배형사의 말에 의하면 그 사람은 경남도 문련文聯의 오르그였다. 그때 그 사람은 C시의 문련을 확대 강화할 사명을 띠고 C시에 왔었다. C시의 문련을 강화하려면 학병 출신의 지식인들을 포섭할 필요가 있었다. 사실 몇 명을 포섭도 했다. 그래놓곤 그 오르그는 자기의 상부에 대해선 그때 그 자리에 모였던 사람들 모두 포섭한 양으로 보고하고 명단을 제출했다. 유태림 등이 검거된 것은 그때의 오르그와 경남도 문련의 간부가 체포되는 동시에 압수된 서류 때문이었다. 그런데다 이미 검거된 사람의 자백을 통해 좌익분자들에게 돈을 준 사실이 탄로난 것이다. 지방 사정을 잘 알고 사찰 본연의 의무를

똑바로 깨닫고 있는 배형사 같은 사람은 유태림이나 이광열의 기왕의 언동과 경력을 참작해서 압수한 서류를 재검토할 마음의 여유와, 피의자의 진술을 그대로 받아들이지 않는 신중함을 가지고 있었지만 지방 사정에 어둡고 공을 세우기에 들떠 있는 다른 형사들로서는 그만한 조건이 갖추어지면 체포하려고 들 만도 한 것이었다.

"그럼 오늘 내론 나오지 못하겠구먼."

하고 나는 물었다.

"오늘은 어려울 겁니다. 지금 조사를 하고 있으니 일단 그 조사가 끝나야 할 테니까요. 하여간 유선생이나 이광열 씨나 너무 사람이 좋아서 탈이야."

배형사는 투덜대는 어조로 말했다. 투덜대는 배형사에 덩달아 정형사는,

"경찰관이면 아까 내가 한 말에 모두가 공명할 겁니다. 빨갱이들은 저렇게 악착같은데 우익 인사 가운데는 너무나 너절한 사람이 많아요."

하고 내 비위를 거슬려놓은 자기의 언동을 배형사 앞에서 무마하려고 들었다.

배형사의 노력과 경찰서장의 아량으로 붙들려간 일당은 긴급 구속의 제한시간을 꽉 채운 48시간 만에 풀려 나왔다. 모두들 파리한 얼굴을 하고 경찰서 문을 걸어나왔다. 언제나 명랑한 추군만이 싱글벙글하고 있더니,

"우리 이대로 한잔하러 가자. 가족들은 모두 쫓아보내고…… 벌을 선 아이들이 부모님들의 마중을 받고 돌아가는 것 같아서 우습지 않아."

했다.

모두들 분통이 터져 죽을 지경일 거라고 상상한 내겐 의외의 광경이

벌어졌다. 당연한 벌을 받았다고 모두들 생각하고 있는 모양이었다.

"이제부터 우리도 정신 좀 차려야 해. 뭐든 태도를 선명히 하잔 말이다."

이광열이 이렇게 말하니 K군이 받았다.

"내가 당해놓고 말하긴 뭣하지만 대한민국의 경찰이 이만했으면 됐어."

추군의 제안으로 일동은 꾀죄죄한 몰골을 한 채 술집으로 갔다. 우리들의 태도를 분명히 해서 앞으론 좌익계 인사들이 돈을 빌리러 오게 하지 않기 위해서라도 반공가反共歌 만들자는 동의가 나온 것은 그 술자리에서였다.

작사는 이광열이 맡고 작곡은 공연히 학병 출신의 모임에 끼었다가 날벼락을 맞은 격인 음악가 이군이 맡기로 했다. 음악가 이군은 일제 때 유행가 작곡가로서 굉장한 인기를 얻기도 한 사람이었다. 해방과 더불어 마음먹은 바 있어 건전한 가곡을 써보겠다고 고향에 돌아와 있었다. 친구들의 열띤 토론이 벌어져도 그는 눈을 껌벅껌벅하면서 술잔만 들이켜고 있었다. 그래 유치장에서의 감상은 어떻더냐고 내가 물었더니 그는 빙그레 웃으며 답했다.

"새벽녘이 되니까 선선해서 안됐더구먼."

엄동 새벽의 추위를 선선하다고 표현하는 태도에 나는 그의 인품을 봤다.

억지로 명랑한 척 꾸미려고 모두들 서두는 모양이지만 그렇게 될 까닭이 없으니 술자리는 어울리지 않았다. 이 어려운 세상을 어떻게 살아야 하느냐 하는 문제가 불과 이틀간이긴 해도 유치장 신세를 졌다는 사실로 해서 새삼스럽게 무겁게 느껴지는 모양이었다.

누군가가 그만 일어서자고 하니 아무도 이의 없이 따라 일어섰다. 무거운 마음을 안고 나는 집으로 돌아왔다. 집엘 돌아와 보니 서경애가 기다리고 있었다. 뜻밖이었다.

서경애는 막차에서 내려 최영자의 집을 찾았다고 했다. 그랬는데 영자는 집에 없었고 영자 어머니의 태도가 이상하더라는 것이었다. 밤중에 사람이 왔는데도 방으로 들라는 말도 않고 인사를 받는 품도 어색했다. 그래 거기에 머물 수가 없어 밖으로 나왔는데 나오고 보니 갈 곳이 없어 실례를 무릅쓰고 나를 찾았다는 것이다.

"참 잘 오셨습니다."

하고 나는 반겼다. 진심이었다. 술을 깰 요량으로 냉수에 세수를 하고 다시 고쳐 인사를 했다.

"참 잘 오셨습니다."

곁에 있던 어머니가 웃었다.

"얘가 오늘은 단단히 취했구먼. 몇 번이고 같은 소릴 하는 걸 보니……."

"취하다니요. 좋은 손님이 왔는데 백번 인사한들 어떻단 말입니까."

까닭도 없이 쾌활해지는 대로 나는 깔깔대고 웃었다.

최영자가 집에 없는 것은 유태림 등이 붙들렸다는 소문을 듣고 단정 반대 때문일 거란 지레짐작을 하고 딴 데로 피한 까닭일 것이고 영자의 어머니가 서경애에게 쌀쌀하게 대한 것은 서경애의 방문이 자기 딸에게 무슨 화나 미치지 않을까 해서였을 것이다.

"유태림 씬 어떻게 됐습니까?"

서경애의 물음을 받고 나는 어머니 쪽을 바라보면서,

"유태림 씨가 어떻게 되다니요?"

하고 시침을 떼봤다.
"영자 씨의 전보를 받았어요."
"영자 씨의?"
"네."
"그럼 서선생께선 쭉 댁에 계셨습니까?"
"……"
"그런데 어찌 영자 씨의 전보가?"
"저희들끼리는 연락할 장소를 정해두고 있었어요."
그럼 서경애는 유태림이 체포되었다는 소식을 듣고 부랴부랴 달려온 것이었다.
"유태림 씬?"
"오늘 초저녁에 나왔습니다. 그래 한잔씩 하고 헤어졌지요."
"그래요."
서경애가 내쉬는 한숨 소리가 들리듯 했다.
'서경애는 아직도 유태림을 사랑하고 있는 것일까.'
나는 짓궂은 유혹을 물리칠 수 없었다.
"서선생은 그럼 유태림 씨가 경찰에 연행되었다는 소식을 듣고 일부러 오신 게로구먼요."
"제가 온들 무슨 소용이 있겠어요. 다른 볼일이 있어서 왔습니다."
"그게 뭡니까?"
"내일 말씀드리지요."
이어 그동안 피차가 겪은 얘기들이 나왔다. 말투를 듣고 보니 서경애는 유태림이 단정 반대운동에 가담했다는 사실을 알고 있는 것 같았다.

그리고 놀라지 않을 수 없는 것은 서경애가 끝끝내 좌익세력이 승리하리라고 믿고 있는 점이었다. 다른 사람이 그따위 소릴 하면 나는 분격에 사로잡히기 일쑤였다. 그런데 서경애의 입을 통하면 그런 말을 들어도 성이 나지 않는 게 이상했다.

'나는 그토록 서경애를 동경하고 있는 것일까. 다른 볼일이 있다고 했는데 그 다른 볼일이란 무엇일까.'

곁방에서 서경애가 자고 있다는 사실을 의식하면서 나는 새벽이 될 때까지 잠을 이루지 못했다.

아슴푸레 깨기 시작한 잠을 다시 청할까 하다가 서경애가 이 지붕 밑에 있다는 생각이 일자 나는 미련 없이 이불을 걷어차고 일어났다.

찬바람을 쏘여 완전히 잠에서 깨어날 양으로 창을 열었다. 밀려오듯 들이닥치는 차가운 공기에 앞서 하얗게 내리덮은 은백색 눈이 시야에 들어왔다. 새벽부터 눈이 내린 모양이었다. 오동나무 가지에 쌓인 눈의 부피를 보아 얕게 깔려지긴 했으나 만목滿目 은세계를 이룰 정도로 눈은 내려 있었다. 흐린 구름이 찢어진 틈서리로 겨울의 아침 태양이 하얀 대지 위에 군데군데 핑크빛 줄무늬를 놓고 있었다.

나는 마루로 나갔다. 서경애가 들어 있는 방문은 닫힌 채 있었다.

나는 조심스레 덧문을 겸한 유리창을 열고 뜰로 내려섰다. 눈이 완전히 멎은 것은 아니었다. 실오라기 같은 눈자락이 이곳저곳 띄엄띄엄 휘날리고 있었다.

서경애가 잠을 깨어 이 눈풍경을 보면 자못 놀랄 것이라고 생각했다.

이어 남의 집, 그것도 남자친구의 집에 묵으면서 늦잠을 잘 수 있는 서경애란 여성이 대범하게 느껴졌다. 고식하고 인습적인 생활태도에서 탈피하고 당당하게 남자들과 겨누어 행동하면서도 여성이 아니면 가질 수 없는 델리커시를 하나도 잃지 않고 지니고 있는 서경애란 여자의 의미…… 이런 것을 생각하면서 나는 부엌 쪽에 있는 우물가로 걷고 있었는데 대문을 삐익 열고 들어오는 사람이 서경애였는 데는 놀랐다.

경애는 나를 보자 주춤하고 섰다. 나도 경애를 보고 주춤했다.

연지색 스웨터, 다갈색 스커트, 오버도 입지 않은 그대로의 차림으로 은백색을 배경으로 하고 선 경애의 모습은 소녀처럼 청순했다.

약간 거무스레한 얼굴이 흰 눈빛으로 해서 더욱 검게 보이긴 했는데 그 대신 경애의 눈이 그처럼 청랑하다는 것은 처음의 발견이었다. 아무런 기교도 없이 빗겨 내려 어깨 근처에서 컷한 머리칼 위에 몇 개의 눈자락이 흐트러져 있었고…….

"어딜 갔다 오시죠?"

이렇게 물어본 것도 한참 만에였다.

"강가에 갔다 왔어요. 강도 보고 싶었고 눈도 밟아보고 싶었고."

"강가에 가신 기분은 어땠습니까?"

"N강은 좋아요. 여름에 보아도 좋고 가을에 보아도 좋고, 겨울에도 좋고…… 우리 D시엔 강이 없지 않아요. 강이 있는 곳에 사는 사람들이 부러워요."

아무런 시름도 없는 여학생과 같은 말투. 어느 모로 보나 가혹한 경력과 무서운 의지를 가진 여자라고는 볼 수 없는 서경애란 여자.

나는 목이 마른 것 같은 어떤 감정에 일순 사로잡혔다가, 한없이 먼 곳에 있는 존재란 인식으로 되돌아가면서 절망의 심연, 그 언저리를 걷는 것 같은 아찔한 느낌을 가졌다.

우물에 가서 펌프 물을 퍼올려 나와 경애는 형제처럼 세수를 했다.

눈은 왔어도 추위에 가시가 없는 아침이라면서 경애는 자기의 발 위에 펌프 물을 쏟았다. 크지도 작지도 않은 맵시 좋은 경애의 발가락을 유심히 바라보다가 나는 얼굴을 붉혔다.

경애가 가지고 다니는 세수도구란 칫솔과 손수건 한 장이었고 경애가 지니고 있는 화장도구란 맨소래담 한 통뿐이었다. 하나의 여자가 아름답기 위해서 칫솔 한 자루와 맨소래담 한 통이면 족하다는 것은 반갑고 신기로운 발견이었다.

아침밥을 어머니의 방에서 먹게 되었는데 어머니와 나에겐 겸상, 서경애에겐 독상을 차려 들여왔다. 그것을 보자 경애는 손님을 혼자 먹이는 법이 어딨느냐면서 독상을 어머니에게 돌리고,

"수저만 바꿔놓으면 되겠지요."

하고 독상 위에 있는 자기 몫의 수저와 겸상에 놓인 어머니의 수저를 바꿔놓고 내 앞에 앉았다. 고지식한 어머니가 얼떨떨해하는 것을 보더니 서경애는,

"겸상은 젊은 사람끼리 먹어야죠."

하며 장난스럽게 눈을 치뜨며 어머니를 보았다. 어머니는,

"아가씨는 참 활수다."

하고 웃었다. 활수란 활달하다는 뜻의 우리 지방 말이다. 그리고 덧붙였다.

"도쿄까지 가서 공부한 여자는 아무래도 달라."

"도쿄 가서 공부했다고 모두들 서선생같이 되나요?"

하고 나도 한 말 거들었다.

"이선생님의 방금 하신 그 말은 양쪽에 칼날이 달린 말인데요."

"양쪽에 칼날이라니요?"

"한쪽 칼날은 저렇게 훌륭하게 되기가 힘들다는 의미를 도려내는 것이고 다른 한쪽은 저런 말괄량이가 될 수 있느냐는 뜻을 도려내는 칼날이구요."

"그렇다면 서선생 좋으신 대로 해석하십시오."

"전 훌륭하지도 물론 못하구요, 그렇다고 해서 말괄량이도 되지 못하는, 이를테면 어중재비, 그렇죠 어중재비죠."

나는 식사를 하는 서경애의 동작을 눈여겨봤다. 남자와 겸상을 하고 먹는다고 해서 위축한 구석도 없었고 그러면서 조용하게 우아하게 수저를 놀렸다. 숟갈을 들 때나 젓갈을 들 때나 소리라곤 내지 않았다. 무엇을 씹을 때나 국물을 마실 때도 소릴 내지 않았다. 반찬을 집을 땐 자기에게 면한 부분부터 단정하게 집어 갔다. 서경애와 같은 식사방법을 하면 먹다 남기더라도 뒤에 불결이 남지 않으리란 생각조차 들었다.

간혹 맛이 있다고 느껴지는 것이 있으면,

"아아, 이 동김친 퍽 맛이 있는데요. 이렇게 담그자면 무슨 묘방이 있겠죠?"

"이 고동찜엔 특별한 양념이 들어 있는 모양인데 배워가지고 가야 되겠는데요."

하며 말을 섞지만 그 말들이 도무지 수다스럽지가 않고 식사시간의 단란함을 북돋우는 반주가 되기도 했다.

"아가씬 음식 맛에 꽤 까다로운 성질인가 보지?"

어머니가 말하자 서경애의 답은,

"전 아무거나 잘 먹습니다. 음식에 까다로움을 부려본 적은 없어요. 그러나 좋고 맛있는 것을 먹으면 맛이 있구나 하는 정도는 알죠."

나의 집에선 일찍이 있어보지 못한 즐거운 식사시간이었다. 아버지는 농토가 있는 시골에 노상 가 계시고 식구래야 어머니와 나와 식모밖에 없는 우리 집의 식사는 으레 필요를 메우는 단순한 절차 이상이 되지 못했던 것이다. 나는 서경애가 지닌 새로운 면모에 놀라면서 경애를 통해 가정의 식사시간도 이렇게 즐거울 수 있다는 것을 배웠다. 만일 경애와 같은 주부가 있어 살림을 꾸려나가고 식사시간을 마련한다면 한 뚝배기의 된장찌개로도 산해진미를 능가하는 진미를 나타낼 것이 아닌가 하는 마음이 들었다. 나는 또 유태림의 부인을 염두에 떠올려봤다. 양반집에서 자라 예의범절은 의젓하며 유순하고 근면하겠지만 서경애와 같이 아기자기하고 훈훈한 분위기를 만들어내는 센스와 재질엔 미치지 못할 것이 아닌가 싶었다.

식사가 끝났다. 어머니의 밥상을 물리는 식모에 잇따라 경애는 선뜻 자기 앞의 밥상을 들고 부엌방으로 나갔다. 말릴 여유를 주지 않는 동작이었다.

"아무리 손님이라도 여자니까요. 최소한도의 여자구실은 해야죠."

밥상을 들고 나가면서 한 경애의 말이었다.

상을 물리고 방을 대강 설겆이고 난 뒤에 경애는 단정하게 태도를 고쳐 앉으면서 어머니에게 부탁이 있다고 했다. 어머니는 무슨 부탁이든 해보라고 했다.

"미안합니다만 저를 며칠만 더 댁에 머물게 해주실 수 없겠습니까?"

"그게 부탁인가?"

하고 어머니는 웃으면서,

"얼마든지 좋소. 있고 싶은 대로 있으소."

했다.

"이곳에 며칠은 꼭 있어야 하겠는데 여관에 들 수도 없고 해서 무리한 부탁을 올린 겁니다. 양해해주세요."

"양해는 무슨 양햅니까. 되레 영광으로 생각합니다."

내가 어머니에 앞질러 말했다.

그러자 서경애는 아까 밥상을 바꿀 때 한 것 같은 장난스러운 표정이 되더니,

"어머닌, 아드님 혼인길 막힐까 봐 겁나지 않으세요?"

하고 어머니를 바라보았다.

내 얼굴이 화끈했다. 그런데 어머니의 답이 걸작이었다.

"툉이 장가갈 생각도 없는 놈인데 혼인길이 막힌들 어떻고 안 막힌들 어떻겠소."

혼인길 막히는 걸 걱정할 정도면 당신이 내게 시집오면 되지 않겠느냐고 농담조로나마 말해보고 싶은 충동이 일었지만 내겐 그럴 용기가 없었다.

경애는 재작년 초겨울, 나와 함께 걸은 일이 있는 C루를 거쳐 S대에 이르는 길을 다시 한번 걸어보자고 했다. 나는 그러기에 앞서 유태림에게 연락을 해두자고 말해보았다. 경애는 태림을 만나기 전에 나더러 의논할 얘기가 있다는 것이었다.

나는 경애와 더불어 산보하는 것은 싫지 않았지만 검문이 심한 거리에서 서경애에게 무슨 일이 생기지나 않을까 해서 우선 그것이 불안했다. 그러나 그런 말을 입 밖에 낼 수는 없었다. 눈치 빠른 경애는 그와 같은 나의 마음속을 꿰뚫어본 양으로 핸드백을 열더니 한 장의 신분증을 꺼냈다. 대구시에 있는 어떤 학교의 교사 신분증이었다. 사진은 경애의 것이 붙어 있는데 이름은 '이정순'이라고 되어 있었다.

"이정순?"

하고 나는 경애의 얼굴을 돌아보았다.

"가명을 만들어보았어요. C시에선 이만한 신분증으로써 통할 수 있지 않을까요?"

경애는 침착하게 말하는 것이었지만 나는 어안이 벙벙했다. 가짜 증명서가 있을 수 있다는 것도 그런 것을 가지고 행동하는 사람이 있다는 것도 들어서 알고 짐작도 하고 있었지만 바로 눈앞에 그런 사람을 보는 것은 그때가 처음이었고, 그런 것을 알면서 같이 행동해야 할 처지가 그저 딱하기만 했다. 하지만 나는 아무런 기색도 나타내지 않았다.

"제정 러시아 시절의 여자 테러리스트 같구먼요."

나는 고작 이렇게 말하며 마음속의 동요를 얼버무렸다.

N강을 낀 산보로를 C루를 향해 걸어 올라가면서도 나의 마음은 엷게 눈에 덮인 풍경에 있지 않고, 가짜 증명서를 가진 위험한 여자와 공범으로서 행동하고 있다는 의식으로 꽉 차 있었다.

상대방이 서경애가 아니었더라면 어림도 없는 일이다. 나는 새삼스럽게 서경애에 대한 내 마음의 경사가 얼마나 가파른가를 깨닫고 암연한 심정이 되었다.

N강의 빛깔은 주위의 흰빛 때문인지 검게 보였다. 녹청을 흘린 것 같은 흐름이 잔잔한 주름을 잡은 물결 위에 간혹 엷은 얼음조각이 희미한 광택으로 태양빛을 반사하고 있었다.

C루 위에서 이런 풍경을 내려다보며 그 의논해야 할 얘기라는 것이 하마나 나올까 하고 기다렸지만 서경애는 말문을 열지 않았다. 나는 제정 러시아 말기 혁명조직에 가담한 여자들의 군상을 서경애의 모습을 통해서 공상했다. 당시의 혁명조직 가운덴 사상의 힘으로써보다 신비

로운 분위기를 가진 여자의 매력에 의해서 지탱되어간 것도 있었을 것이 아닌가 하는 생각도 들었다.

경애도 말이 없었고 나도 말이 없었다. 눈이 온 뒷날이라서 그런지, 차가운 물 때문인지 그렇게 붐비던 세탁녀들의 모습이 한 사람도 N강변에 나타나 있지 않았다. 황량한 겨울의 길이었다. 나와 경애는 S대 쪽으로 묵묵히 걷고 있었다.

S대에 이르자 경애는 지리산이 있는 쪽을 향해서 섰다. 한참 동안 같은 자세로 서 있더니 경애는 중얼거렸다.

"지리산이 보이지 않네요."

"맑은 날씨가 아니면 보이질 않습니다."

그러나 서경애는 희미한 태양빛이 비치곤 있다지만 흐린 하늘이라고밖엔 할 수 없는 그 하늘의 저편에 있는 지리산의 모습을 꼭 찾아내고야 말겠다는 듯이 그 방향에다 시선을 쏟고 있었다.

"지리산은 춥겠죠."

경애는 묻는 말도 아니고 혼잣말도 아닌 어조로 이었다.

"전투에서보다도 동상 때문에 희생이 많이 난다고 하던데."

서경애는 지리산 속에 있는 빨치산에게 마음을 쏟고 있는 것이었다.

지리산 속의 빨치산! 그들은 여수와 순천 기타 지리산 주변에서 나와 같은 사람을 많이 죽였다. 우익이라고 해서, 그들과 같은 사상을 지니지 않았다고 해서, 만일 그들이 나를 붙들면 영락없이 죽여버릴 게다. 그런데 서경애는 그러한 빨치산에게 호의가 넘치는 관심을 쏟고 있는 것이다. 나는 억지로라도 서경애에 대해서 적의를 품어보려고 애썼다. 허사였다. 실감이 나지 않았다.

서경애의 '얘기'란 것은 S대에서 내려오면서부터 시작되었다. 간추려 말하면 재작년 겨울 태림의 부친이 경애에게 주려고 했던 그 돈을 달라고 할 수 없을까 하는 의논이었다. 하도 어이가 없는 제안이어서 나는 선뜻 뭐라고 말할 수가 없었다. 경애가 스스로 태림의 아버지로부터 돈을 받겠다고 나선다는 것은 도무지 납득이 가질 않았다.

"불가능할까요?"

내 마음의 소용돌이가 가라앉기도 전에 경애의 말이 뒤쫓아왔다.

"말씀만 드린다면 당장에라도 내놓을 겁니다."

해놓곤, 나는 꼭 돈 쓸 일이 있으면 내가 어떻게 마련해드려도 좋겠느냐고 묻고 싶어졌다. 그래 그런 빛을 풍겨보았더니,

"이선생님을 괴롭힐 생각은 없습니다."

하고 잘라 말했다.

"돈이 필요하다기보다 태림 부친의 돈이 필요하단 말입니까?"

"돈이 필요하다는 것뿐이죠. 갑자기 돈을 쓸 일이 생겼어요. 그래 재작년 일을 생각해낸 거지요."

서경애에게 돈을 써야 할 일이 생겼다면 그건 어떤 경우일까. 미묘한 관계에 있는 태림의 부친에게 돈을 요구해야 할 만큼 필요하게 된 돈이란? 그 용도는? 경애의 기품과 성질로 보아 그리고 연전 한 말로 미루어 굶어죽는 한이 있더라도 그런 쑥스러운 요구를 할 사람이 아니라는 나의 인식을 버릴 수 없었으니 벅찬 수수께끼였다.

"돈은 어디다 쓸 작정입니까?"

용기를 내어 물어보았다.

"미안합니다. 그건 묻지 말아 주세요."

용도를 밝히지 못할 사람에게 그런 의논은 뭣 때문에 하느냐고 윽박지르고 싶은 마음이 일었으나 말은 마음과 딴판으로 나타났다.

"좋습니다. 태림 씨의 부친께 말씀드려보죠."

경애의 얼굴이 활짝 개었다.

"고맙습니다. 이선생께는 정말 신세만 끼치고……."

"쇠뿔은 단김에 뺀다고 지금 유태림 씨의 집으로 가겠습니다."

"되도록이면 태림 씨는 모르도록 했으면……."

"그거 안 됩니다. 그렇다면 전 사이에 설 수가 없지요."

경애는 한참 망설이는 눈치더니,

"좋아요. 태림 씨가 알아도 좋습니다."

하고 단호한 표정을 지었다. 창피스러운 꼴이라도 감수하겠다는 각오의 표명처럼 보였다.

경애를 데리고 태림의 집 근처까지 갔다. 그러곤 그 근처에 있는 음식점에서 경애를 기다리게 해놓고 나는 태림의 집으로 갔다.

태림은 그때까지 자리에 누워 있다가 이제 막 세수를 하고 식사를 끝낸 참이라고 했다. 나는 서경애가 왔다는 것과 서경애의 요구를 대충 설명했다.

"경애가? 돈을?"

태림은 도무지 납득이 가지 않는다는 멍청한 표정이었다.

"그런데 그 얘길 아버지에게 어떻게 하지?"

"그건 내게 맡겨 둬."

이렇게 말하고 나는 사랑으로 나왔다. 태림의 부친은 나를 반겨 맞았다. 이만저만한 신세를 지지 않았다면서 무슨 부탁이건 하면 자기도 힘이 되도록 애쓰겠다고 했다.

나는 망설일 것도 없이 서경애의 얘기를 털어놓았다. 그리고,

"웬만해가지곤 이런 얘길 할 여성은 아닌데 참으로 딱한 사정인가

봅니다."

하고 덧붙이기도 했다.

"그것 참 잘됐네. 언제나 마음에 걸려 있었던 건데. 연전에 드릴려다가 드리지 못한 것이 그대로 있는데 그것으로써 될까?"

하면서 벽장 속의 문갑을 뒤지더니 눈익은 봉투를 꺼냈다. 재작년 초겨울 나를 거쳐 서경애에게 주려다가 거절당한 바로 그 봉투였다. 햇수로 2년인데 그 봉투를 그냥 간수하고 있는 태도에 태림 부친의 마음가짐을 새삼스럽게 알 것만 같았다.

"펴보게, 그걸 가지고 되겠는가?"

나는 봉투 안에 든 것을 꺼내보았다. 50만 원짜리 수표가 다섯 장이나 들어 있었다. 도합 2백50만 원, 우리들 교사 10년 치의 월급을 합해도 미치지 못할 액수였다. 그런데도 태림의 부친은,

"그걸 가지고 될까?"

하고 근심스럽게 물었다.

"되다뿐이겠습니까."

서경애가 필요로 하는 돈의 액수를 물어오지 않았던 것이 후회가 되었지만 이런 거액까질 필요로 하지 않을 것은 분명한 일이라고 생각했다.

"조금이라도 미안하다는 생각을 갖지 않도록 자네가 잘 말해주게. 만일 그걸 가지고라도 모자란다면 기탄없이 말해주도록 이르기도 하게."

이렇게 말하는 태림 부친의 말을 등뒤로 들으면서 나는 밖으로 나왔다. 대문 밖에 태림이 기다리고 있었다.

"2백50만 원을 받았어."

태림을 보고 이렇게 말했으나 태림은 아무런 말도 없이 내 뒤를 따라 나왔다. 나와 태림을 보자 경애는 음식점에서 나왔다. 경애와 태림은

서로 덤덤한 인사를 주고받았다. 태림은 어디 조용한 데나 가서 얘기나 할까 하는 눈치를 보였지만 경애는 급한 일이 있다면서 이만 실례하겠다고 딱 잘라 말했다.

한길 한가운데 서서, 경애와 내가 나란히 걸어가는 뒷모습을 보고 유태림이 어떤 생각에 잠겼을까.

나는 경애가 태림의 부친에게서 돈을 받았다는 그 사실에 태림과 경애의 영원한 결별을 짐작했다.

나는 봉투를 건네기 전에,

"경애 씬 돈이 얼마나 필요하지요?"

하고 물었다.

"10만 원, 넉넉하게 쓰려면 20만 원."이라는 경애의 대답이었다.

"2백50만 원입니다."

하고 나는 경애에게 봉투를 넘겼다.

"2백50만 원?"

하면서 경애는 길 위에 서버렸다.

"필요 없어요, 그런 큰돈은. 20만 원만 빼고 도루 돌려드려야겠어요."

"전 더 이상 이런 심부름은 하지 않을랍니다. 꼭 돌려주고 싶으면 서 선생이 직접 돌려주시도록 하십시오."

경애는 뭔가를 마음에 다지는 듯한 표정이더니 아무 말 않고 그 봉투를 접어 핸드백 속에 넣었다.

은행 있는 곳을 가르쳐달라기에 가르쳐주고 나중 집에서 만나자고 하고 나는 경애와 헤어졌다.

이광열이 나와 있는가 하고 T다방에 들렀다. 나와 있지 않았다. 다방

안은 군복 차림의 정보원인 성싶은 사람들이 우글거리고 있었다.

'이 사람들은 바로 서경애 같은 사람을 노리고 있다.'

다방 한구석에 앉아 이런 상념에 이르자 나는 등골이 오싹하는 것 같은 충격을 받았다. 다방 안의 눈초리들이 모두 나를 보고 있는 것 같았다. 나는 그냥 나갈 수도 편하게 앉아 있을 수도 없는 안절부절못한 상태가 되었다. 안면이 있는 우익 청년단 간부가 들어오는 것을 보고 나는 그를 내 자리에 청했다.

"눈이 좀더 오기만 해도 빨갱이들을 영락없이 골탕먹일 수 있을 텐데." 하면서 그는 토벌작전에 따라갔을 때의 이야기를 늘어놓았다. 어떤 골짜기에 있는 동리를 빨갱이들에게 밥을 해주었다고 해서 몽땅 불살라버린 적이 있다고 했다. 장보러 오는 양민을 가장하고 빨치산들이 어떤 소읍에 내려와선 지서니 면사무소를 습격한 일이 있다고도 했다.

나는 한 시간 이상 그 다방에서 빈둥거리다가 집으로 돌아왔다. 서경애는 아직 돌아와 있지 않았다. 어머니의 말에 의하면 무언가를 잔뜩 사다놓고 이제 막 또 나갔다는 것이었다.

그 이튿날도 서경애는 뭔가를 사다 날랐다. 한꺼번에 사가지고 오는 것이 아니라 사다가 놓곤 또 나가고, 사가지고 와선 또 나갔다. 이러길 몇 차례를 했는지 모른다. 나는 서경애의 그런 행동을 서경애답지 않은 경박한 짓이라고 봤지만 생각지도 않았던 큰돈이 들어왔으니까 그참에 필요한 것을 죄다 사려는 것이로구나 하는 정도로 생각했다.

다음 날은 학교가 시작하는 날이었다. 학교로 나가 하루의 과업을 마치고 돌아오려는 참인데 유태림에게서 전화가 왔다.

"경애 씬 대구로 갔나?"

태림의 첫 말이었다.

"아직 안 갔어."

"그럼 지금 어디에 있지?"

"내 집에 있어."

"뭣! 이선생 집에?"

당황한 것 같은 어조였다. 그러나 잠깐 동안 말소리가 끊겼다. 나는 그때야 경애가 내 집에 묵고 있다는 것을 그저께 그를 찾았을 때 말하지 않은 것을 후회했다. 태림은 아마 최영자의 집을 찾았을 것이다. 거기에 없는 것을 보고 대구로 가버렸나 하고 생각했던 것인데 혹시 싶은 생각으로 내게 전화를 걸어봤을 것이다. 계속 말소리가 없기에 "여보시오." 하고 내 편에서 말을 건넸다.

"아아."

하는 소리가 들리더니 가까스로 흥분을 가라앉힌 듯한 냄새가 풍기는 말로,

"언제 떠난다고 하던가?"

"글쎄 그건 잘 모르겠는데."

"그런데 뭣을 하고 있어?"

"나 말인가?"

"아니, 서, 경애 말이야."

"뭔진 몰라도 물건을 사들이고 있더구먼."

"물건을?"

"응."

"어떤 물건인데?"

"글쎄 난 모른다니까."

"물건이라……."

태림의 중얼거리는 소리가 들렸다. 그러더니 조금 있다가,

"내 한번 찾아갈게."

하고 수화기를 놓았다.

돌아가면 집에 경애가 있다는 사실이 왜 그렇게 나를 행복하게 하는지 알 수가 없었다.

그러나 그날 밤, 저녁 밥상을 물리고 난 뒤 경애는 내일 떠나겠다고 했다. 불과 며칠 사이에 정이 든 어머니는 좀더 있다가 가라고 만류했다. 그 만류는 진심에서 우러나온 것이었다. 경애는 늙은 할머니를 기쁘게 해주는 말솜씨와 태도를 지니고 있었다. 경애가 얘기를 하면 어머닌 끝까지 조심스럽게 듣고는 "아가씨를 보고 아가씨 얘기를 들으니 아무래도 우리는 세상을 헛 산 것 같애." 하고 한숨을 짓곤 했다. 나도 어머니에 편승해서 만류해보았으나 내일 떠나겠다는 경애의 마음을 돌이킬 수 없었다.

"한가하면 또 오지요."

"그래 꼭 와요."

서경애와 어머니가 주거니받거니 이런 얘기 저런 얘기를 하고 있는데 밖에서 문을 두드리는 소리가 났다. 시계를 보니 열 시가 넘어 있었다. 밤이 깊었는데 누굴까, 하는 생각으로 나는 밖으로 나갔다. 태림이 문 밖에 서 있었다. 문을 열었다. 약간 취기가 있어 보이는 태림이 자기 집에 돌아온 것처럼 서슴없이 들어왔다.

"경애 씬 있지?"

"어머니 방에 있어."

방으로 들어선 태림은,

"어머니, 저 오늘 밤 한잔했어요."

하고 어머니 곁에 앉았다.

"오늘밤만 한잔했나?"

하고 어머닌 웃으면서,

"아가씨, 이 어른들인지 애들인지 모르는 사람들이 어떻게나 술을 마시는지 모른다오. 이 사람들의 아버지들은 그렇지도 않았는데……."

서경애는 어색하게 웃고만 있었다. 그 태도와 표정으로 보아 태림의 난입을 탐탁스럽게 생각하고 있지 않음이 역연했다.

"어머니, 술 한잔 주이소."

태림이 어리광조로 말했다.

"달라고 하기 전에 줄려고 했다."

면서 어머니는 식모를 부르며 일어섰다.

"술을 많이 마신다고 걱정하시면서 또 술을 멕이려고 해요?"

서경애가 어머니를 붙들어 앉히려고 했다.

"아가씬 모르는 소리요. 이 학자님들이 한번 달라고 해놓으면 안 주곤 배겨내지 못하오."

어머니는 부엌으로 나갔다.

어머니가 부엌으로 나가자 태림의 취기는 일시에 가신 듯 태도가 일변했다.

"경애 씨."

"네."

"경애 씬 무슨 물건을 사들이고 있지요?"

"물건을요?"

"무슨 물건을 사들이고 있는지 그걸 한번 얘기해보시오."

"제가 뭣을 사건 팔건 그것을 유선생에게 보고해야 하나요?"

"회피하지 말고 똑바로 말해보소."

태림의 음성은 나지막했지만 거칠어 있었다.

"명령하는 겁니까?"

경애의 응수도 싸늘했다.

"명령이라도 좋고 명령 아닌 부탁이라고 해도 좋소. 하여간 뭣을 샀지요?"

"유선생의 아버지가 내신 돈으로 샀다고 해서 명령조로 나올 수 있는 권한을 가진 건가요?"

"문제를 엉뚱하게 돌리지 마시오."

"엉뚱하게 나오는 사람이 누군데요."

나는 태림의 태도에 와락 불쾌감을 가졌다. 자기 아버지가 돈을 주었다고 해서 저렇게 강하게 나올 수가 있나, 하는 생각에서였다.

"그 물건 어디에 있지?"

태림의 눈이 무섭게 이글거렸다.

"있는 데를 알면 가지고 가겠다는 말씀예요?"

"이상하게 굴지 마시오. 난 다 압니다."

"뭣을 안단 말씀이죠?"

"당신이 산 물건은 지리산으로 가지고 갈 물건이라는 걸 나는 안단 말이오."

경애의 얼굴이 일순 굳어지는 것같이 느껴졌다.

곤봉으로 얻어맞은 것처럼 나의 머리가 핑 돌았다. 곧이어 가려놓은 포장이 벗겨지듯 사태의 내용이 선명하게 눈앞에 그려졌다.

'그렇구나. 경애가 사들인 물건은 지리산으로 갈 물건이었구나.'

경애는 가까스로 침착을 되찾고,

"지리산으로 가건 한라산으로 가건 아는 척하지 않으면 될 게 아뇨?"

"아는 척하지 말라고?"

"그렇습니다."

"기가 막혀서."

유태림이 허탈한 것 같은 웃음을 웃었다. 그러고는 나더러 어머니가 당분간 들어오시지 않도록 해달라고 했다. 나는 밖으로 나가 어머니에게 한길 가게에 가서 과일을 사가지고 오시라고 일렀다. 식모가 사면 좋은 것을 가리지 못한다고 과일 사는 심부름은 식모에게 시키지 않는 어머니의 버릇을 나는 알고 있었다.

방으로 돌아와 보니 태림과 경애는 입을 다문 채 서로를 흘겨보며 앉아 있었다. 이러길 한동안 지탱하다가 경애는,

"뜻대로 하시오. 밀고를 하시든지 모른 척하시든지. 저는 가서 자야겠습니다." 하고 일어서서 미닫이를 열고 나가버렸다.

"어떻게 하지, 이 일을?"

태림의 얼굴엔 고민이 서려 있었다. 나의 가슴도 무거웠다. 어떡하든 내버려둘 수는 없는 문제였다.

"유선생과 나와 애원을 합시다. 무릎을 꿇고 만류를 합시다."

"무릎을 꿇고?"

태림은 어이가 없다는 듯 천장을 쳐다봤다.

그러고는,

"한데 이선생은 그런 눈치도 채지 못했나?"

하며 힐난하는 눈초리로 나를 쏘아보았다. 내겐 할 말이 없었다.

"저 여자가 어떤 여자라고 내 아버지에게 돈을 달랠 수 있겠는가 말

이다. 그저께 이선생과 헤어지고 나서 온갖 생각을 다 해봤어. 꼭 한 가지 목적밖엔 없을 것 같애. 지리산으로 들어가기 위한 물자를 구할 목적밖엔 없을 거라는 짐작이 들었지. 그래 부랴부랴 최영자 씨 집으로 갔었다. 없지 않아, 영자 씨도 없고. 이선생 집에 있을 거라는 생각은 전연 하지도 않았지. 오늘은 혹시나 하고 전화를 했는데 무슨 물건을 사들인다고 하잖았어. 내 추측이 맞다는 확신이 들더란 말이야. 그래 달려온 거야."

태림의 얘기를 듣고 나는 왜 거기까지 나의 생각이 미치지 못했을까 하는 뉘우침을 가졌다. 간단한 상식을 발동했으면 알 일인데 나는 그 상식을 발동시킬 여유도 없을 정도로 경애 곁에서 황홀하기만 했던 것이다. 태림이 일어섰다. 경애가 묵고 있는 방으로 같이 가자고 했다. 나도 따라 일어섰다. 태림은 주저하지 않고 그 방의 문을 열었다. 서경애는 전등불을 등지고 유리창을 향해 조상처럼 앉아 있었다. 태림이 조용하게 경애의 오른편에 가 앉았다. 나는 궤짝이 놓인 구석에 가서 궤짝 위에 걸터앉았다.

"경애 씨."

유태림이 부드럽게 불렀다. 경애의 답은 없었다. 유태림이 말을 이었다.

"경애 씨, 우리 그러질 맙시다. 뭣 때문에 섶을 지고 불에 뛰어든단 말이오."

"경찰에 밀고하는 건 좋지만 내 하는 행동에 간섭일랑 말아주시오."

여전히 싸늘한 경애의 대답이었다.

"이건 간섭이 아니고 애원입니다. 경애 씨에게 애원을 하는 겁니다."

"……"

"생각해보시오. 여기서 지리산까진 오십 리 남짓하다고 하지만 도중의 경비는 여간 삼엄한 것이 아닙니다. 산으로 가다가 붙들리면 즉결처분이오."

"그만한 것을 모르고 행동을 시작한 줄 아십니까?"

"경애 씬 이미 각오가 서 있으니까 좋다고 합시다. 당신을 재워주고 물건을 사는 데 거들어준 이선생은 어떻게 되지요?"

"제가 자백을 할까 봐서 그래요? 난 죽어도 남에게 누는 끼치지 않을 겁니다."

"그런 문제는 고사하고 당신은 당신이 하는 일이 꼭 옳다고 생각하고 계십니까?"

"옳고 그르고란 없습니다. 제가 가야 할 유일한 길인걸요."

"인민을 위한다면서 인민을 못살게 굴고 있는 것이 지리산의 빨치산입니다. 그런 빨치산이 되는 것이 경애 씨의 유일한 길인가요?"

"인민을 못살게 구는 것은 대한민국의 경찰과 군대 아뇨? 경찰과 군대가 발악을 하니 빨치산이 항거하는 것 아닐까요? 전 그렇게 생각하는데요."

유태림은 어이가 없다는 듯 웃었다.

"경애 씨, 흥분하지 말고 얘기합시다. 세계 어느 정부가 반란하는 폭도를 내버려두는 예가 있겠습니까?"

"정부 자체가 불법 아뇨?"

"그런 말을 하게 되면 물싸움이 되는 거요. 나도 정부수립엔 반대했지만 이미 세워진 정부는 자체의 권위를 가지고 있고 복종을 요구하는 겁니다. 이런 현실만은 긍정하고 살아야 하잖을까요?"

"이 현실을 긍정하고 사느니 부정하고 죽는 길을 택하겠다는데 왜 시비를 걸죠?"

 태림은 벌떡 일어서더니 경애의 맞은편 구석에 놓여 있는 류색을 치켜들었다. 경애가 불현듯 그 류색에 매달렸다. 태림은 사정없이 경애를 밀어버리고 류색을 치켜들곤 밖으로 나가려고 했다. 경애는 재빨리 몸을 일으켜 세워 류색의 멜빵에 손을 감았다. 태림은 한쪽을 경애에게 붙들린 채 류색을 끄르기 시작했다. 조그만 깡통이 쏟아져 흐르고 약병 같은 것이 쏟아져 떨어졌다. 경애는 광란한 여자처럼 그 깡통과 약병을 쓸어 모으며 울음을 터뜨렸다. 태림은 경애의 손이 떠난 류색을 방 가운데 놓고 그 속에 든 물건을 죄다 끄집어냈다. 양말 뭉치가 있었고 종이 뭉치도 있었고 나이프도 있었고 기타 별의별 물건이 꾸역꾸역 나타났다. "어린애들의 장난도 아니고 이런 것을 걸머지고 지리산으로 가?" 유태림이 거칠게 숨을 쉬면서 나이프 하나를 줍더니 류색을 갈기갈기 찢기 시작했다. 경애는 일체의 저항을 단념했다는 듯 흐트러진 머리칼을 쓰다듬을 생각도 하지 않고 넋을 잃은 모습으로 앉아 있었다. 흐트러진 머리칼, 넋을 잃은 모습이 센슈얼한 인상을 강렬하게 풍겼다. 나는 얼굴을 붉히며 방바닥에 산란한 깡통에 적힌 '맨소래담'이란 글자를 읽고 있었다.

 "전투에서보다 동상으로 인한 희생자가 많다지요." 한 경애의 말이 메아리처럼 울려왔다. 나는 방바닥에 내려앉아 무릎을 꿇었다.

 "경애 씨, 지리산으로 가는 것은 단념하십시오. 이렇게 애원합니다."

 나의 돌연한 행동을 태림은 멈칫한 눈빛으로 보고 있더니 다시 류색을 찢기 시작했다.

 "경애 씨, 지리산으로 가는 것만은 단념하십시오."
하고 다시 머리를 숙이려고 할 때 경애의 두 팔이 내 어깨를 잡았다. 몸을 앞으로 숙이지 못하게 하는 동작이었다. 나는 그 눈을 보았다. 한없이 슬픈 눈이었다. 어느새 들어와서 이 광경을 보고 있었던 어머니도 경애 곁에 와 앉으며 헝클어진 경애의 머리를 쓰다듬었다.

"아가씨, 만 리 같은 앞길이 있지 않소. 사내대장부 둘이서 이렇게 말리는데 마음을 바꿔먹으소."

바람이 일기 시작한 것 같았다. 유리창이 떨었다. 기적 소리가 울렸다. 최종 열차가 들어오는 것이다.

"맘대로 해, 나도 내 맘대로 할 테니까."

서경애의 등뒤에서 이런 아리송한 말을 던져놓고 유태림은 밖으로 나갔다. 나는 그를 따라 나갔지만 대문을 열고 어둠 속으로 사라지는 그를 향해 인사의 말조차 보내지 않았다. 보내지 않았다기보다 그런 마음이 되어 있지 않았다. 대문의 빗장을 걸고 나는 우두커니 뜰 한가운데 서서 하늘을 바라보았다. 싸늘한 별빛이 시야로 흘러들었다. 그러나 아무런 감상도 없었다. 집 안으로 들어왔어도 경애의 방으로 들어가기가 뭔지 두려웠다. 뭐라고 중얼거리는 어머니의 말소리가 문틈으로 흘러나오는 것을 귓전으로 들으면서 나는 내 방으로 들어가 누웠다. 이 지붕 밑에 지리산 빨치산 노릇을 하려고 갈 작정인 여자가 있다는 것이, 그것이 바로 서경애란 사실이 나를 억눌렀다. 제목도 작자의 이름도 잊은, 옛날 읽은 아일랜드 소설의 한 장면이 염두에 떠오르기도 했다. 그것은 부부가 각각 대립되는 진영으로 갈라져 있는 상황에서 마누라가 남편의 군대를 기습하도록 자기의 상부에 통보하는 장면이었다.

이런저런 생각으로 엎치락뒤치락하다가 쉽게 잠을 이루지 못했던 탓인지 이튿날 아침 내가 잠을 깼을 때는 겨울의 태양이 높게 솟아 있었다. 학교에 늦을세라 황급히 세수를 하고 식사를 할 참이었는데 서경애가 기동하는 기척이 없었다. 어머니더러 좀 들어가보라고 했다. 경애가 묵고 있는 방에 들어가자 곧 나오신 어머니의 얼굴엔 당황한 빛이 있었다.

"머리가 불덩어리 같다. 저걸 어떡허지?"

어젯밤의 일이 경애에게도 심한 충격이었구나 싶었다. 이웃에 있는 의사를 데리고 왔다. 의사는 체온계를 빼들고 거의 40도 가까운 열이라면서 세심하게 경애를 진찰했다. 경애는 고열에 상기된 얼굴로 눈을 감은 채,

"미안해서 어떡허죠? 미안해서 어떡허죠?"

하며 신음하는 듯 중얼거리고만 있었다.

"말라리아 같기도 하고 티푸스 같기도 한데 하여간 좀더 두고봐야겠습니다."

의사는 피하주사 한 대를 놓고 왕진가방에 청진기를 챙겨넣으면서 이렇게 말했다.

"입원을 시켜주십시오, 입원을요."

경애가 가냘프게 말했다.

본인이 입원을 원하고 있고, 게다가 티푸스의 염려가 있다면 그냥 둘 수가 없어 부랴부랴 서둘러 왕진 온 의사가 경영하고 있는 병원에 입원을 시켰다. 그럭저럭 한 시간이나 지각해서 나는 학교로 나갔다. 학교엘 갔으나 아무 일도 손에 잡히질 않았다. 수업시간엔 학생들을 자습시켜놓고 멍하게 뜰만을 바라보면서 학교가 파하길 기다렸다.

병이 난 것이 오히려 다행이란 생각이 들었다. 병이 나지 않았더라면 서경애는 내 집을 떠났을 것이다. 떠나고 난 후엔, 지리산으로 가건 대구로 돌아가건 알 길이 없을 것이다. 그랬더라면 지금쯤 나는 안절부절

마음 둘 바를 모를 것이 아닌가, 설혹 지리산으로 간 것을 확인했더라도 경찰에 밀고하진 못할 것 아닌가. 그런 상황을 생각하니 서경애의 발병은 위기의 모면으로 번역될 수도 있다. 그러나 그 위기가 완전히 사라진 것은 아니다. 병이 낫고 난 후에 반드시 재기될 문제인 것이다. 유태림이 '나도 맘대로 하겠다.'고 했지만 뭣을 맘대로 하겠다는 뜻인가.

학교가 끝나기 바쁘게 나는 곧 병원으로 달려갔다.

빙낭氷囊을 이마에 얹고 핼쑥한 얼굴로 누워 있던 경애는 방문을 밀고 들어서는 나를 보자 힘없는 웃음으로 반겼다.

"이렇게 폐만 끼치게 되니 어떻게 하죠?"

안타까우리만큼 약한 여성의 성격이 한 가닥의 말이 된 듯한 가냘픈 음성이었다.

"폐가 뭡니까. 마음 푹 놓으시고 누워 계십시오. 경애 씨에겐 쉴 때가 필요했던 것 같습니다."

이렇게 말하면서 나는 경애의 머리맡에 놓인 시클라멘의 화분을 보았다. 그 병원엔 어울리지 않는 화분이었다. 어머니에겐 그런 것을 사올 주변이 있을 리 없었다. 간호부가 그 정도의 호의를 베풀 까닭도 없었다. 내 시선이 가는 곳을 알아차린 경애는 약간 눈을 치켜뜨면서 말했다.

"그거 유선생이 갖다놓고 간 겁니다."

"유태림 씨가 오셨던가요?"

"네, 이제 막 돌아가셨어요."

나는 유태림과 경애가 어떠한 마음으로 상대하고 있었는지, 둘 사이에 어떤 말들이 오갔는지가 궁금했다. 유태림이 경애의 손목이라도 잡았을까, 경애의 이마라도 짚어보았을까, 하는 의혹이 생기자 내 자신도 분간하기 어려운 감정이 치밀어 목구멍이 말랐다. 이것을 질투라고 하는 것일까. 그러나 그런 생각을 쫓고 있는 것이 쑥스러워,

"뭣을 좀 잡수셨습니까?"

하고 물었다.

"네, 미음을 조금."

젊은 여인의 병실에 무료하게 앉아 있기란 힘드는 노릇이었다. 나는 경애가 눈을 감은 것을 기화로 경애의 얼굴을 유심히 들여다보았다. 그다지 길지는 않으나 짙은 속눈썹이 단아한 윗눈썹과 부드러운 조화를 이루어 눈을 감은 그대로 개성적인 특징을 뚜렷이 부각하고 있었다. 화려하거나 염려艶麗한 데는 없어도 꽉 째인 얼굴의 윤곽이 이제까지 보아왔던 것보다 훨씬 작아 보이는 것이 인상적이었다. 그리고 저 조그마한 두뇌 속에 비등하고 있는 사상의 내용을 구체적으로 알았으면 하는 욕망이 일었다. 저 머릿속에 있는 사상이나 감정의 내용과 방향에 대해서 무력한 제3자밖엔 되지 않는다는 나 자신의 처지가 안타깝다고 느끼면서 나는 얼굴을 붉혔다.

고른 숨소리가 들렸다. 경애는 잠이 든 모양이었다. 문을 여닫는 소리에 신경을 쓰면서 병실을 빠져나온 나는 의사를 찾았다.

"도대체 병명이 뭡니까?"

"글쎄요, 의사생활 삼십 년에 이런 경우는 처음인데요. 통히 종잡을 수가 없습니다."

"말라리아가 아니었습니까?"

"말라리아면 열이 그토록 오래 끌지 않습니다."

"티푸스는?"

"티푸스는 아닙니다. 그건 확실해요."

"……."
"심장, 신장, 위장, 폐장 모두 건전한데 원인 모르는 열만 나니!"
"단순한 피로가 아닐까요?"
"글쎄요, 열이 난다는 것은 반드시 열이 나지 않을 수 없다는 원인이 있다는 얘긴데."
"생명엔 지장이 없겠죠?"
"모르죠, 그것도. 저렇게 열이 장시간 계속되면 우선 뇌신경이 상합니다. 게다가 무슨 변이 생길지도 모를 일이고……."

자신이란 전혀 없어 보이는 의사의 말을 듣고 있으니 울화가 치밀었다.

그 의사는 그런 태도이기 때문에 의과대학을 나오고 삼십 년 개업 경력을 가졌으면서도 문전에 참새집을 칠 정도로 인기가 없는 것이다.

유태림이 뭔가를 한 보자기 싸들고 들어왔다.

"주스가 좋다는 말을 듣고 왼 시장을 다 헤맸는데도 구할 수가 있어야지."

하면서도 열어 보인 보자기 속에는 미제 오렌지주스 다섯 깡통이 들어 있었다.

"그것이라도 구할 수 있었으니 다행이었습니다."
하고 의사가 말하자,
"시장에서 구한 것은 아닙니다. 다방을 들러 거의 강탈해온 셈이지요."
하고 태림이 경애의 경과를 물었다.

"아까 열을 재어보니 조금 내리기는 했습니다. 그래도 38도를 넘고 있으니 곤란해요."

"어떻든 선생님 잘 부탁합니다. 필요한 약이 있으면 부산에라도 사람을 보내서 구해오겠습니다."

이렇게 말하고 있는 유태림을 보고 나는 경애에 대한 성의나 그 성의를 뒷받침할 능력에 있어서 유태림의 적수가 아니라는 것을 느꼈다.

의사가 자리를 비웠다. 그사이 나는 조금도 자신이 없어 보이는 의사의 태도를 힐난하고 경애의 병명이 궁금하다고 덧붙였더니 태림의 의견은 이러했다.

"병이 아니고 열이다. 억지로 말하면 해체열解體熱이나 해긴열解緊熱이라고 할까. 그 사람은 기왕 8년 동안을 줄곧 긴장만 하고 살았던 것 아냐? 자기 나름으론 지조를 지키고 진리에의 집념을 가지고 민족을 위한다면서 그 8년 동안의 긴장을 자기 자신도 어떻게 처리하지 않으면 안 될 상황에서 지리산 가길 작정했던 것인 성싶어. 자기 자신은 애국의 열정이라고 믿고 있겠지만 내가 보기엔 자포자기야. 그런 것이 있잖아? 높은 낭떠러지에서 뛰어내려 한꺼번에 만사를 끝내버리고 싶은. 그와 같은 심정에 몰려 있었던 것이 아닐까 해. 그런데 그것이 절정에 가서 와해가 되는 바람에 기진맥진해버린 거야. 그러니까 열도 날 만하잖아? 그런 열을 의사가 어떻게 알겠어. 어떤 명의가 병명을 알 수 있겠어."

나는 태림의 그 의견을 탁월·명쾌한 관찰, 또는 분석이라고 생각했다. 그러나 너무나 명쾌하다는 점에 나의 불만은 남았다. 어떻게 타인의 심상과정心象過程을 그처럼 꿰뚫어볼 수 있단 말인가. 나는 태림의 의견에 의해서 많은 계발을 받았음에도 불구하고, 자기의 의견에 대한 그의 지나친 자신을 언제나 불쾌하게 생각했다. 그런 때문도 있어,

"절정에서 와해했다지만 병이 낫고 난 뒤에 지리산으로 가버리면 어떻게 할 텐가?"

하고 나는 태림을 건너보았다.

"간단히 지리산을 포기야 않겠지. 고집으로써라도 꼭 가려고 할 거야. 그러나 일단은 좌절된 거거든. 병실에 누워 있는 동안 회심을 시키는 방법을 써야지."

"보다도 해체열, 당신 말따라 이때까지의 긴장이 풀려버린 데서 온 병이라고 하지만 꼭 그렇게만 생각할 수도 없잖아?"

"해체의 동기가 안 될 정도면 저렇게 앓아눕지도 않아. 저렇게 앓아눕는다는 것이 그만큼 마음의 여유가 없었다는 사실을 말하는 것이기도 하고. 하여간 자기 딴으론 기어오를 대로 기어오른 셈이지. 거기서 한 발만 더 건너뛰면 나락이지. 그 나락 일보 전에서 물러설 수밖에 없었다는 데 혼란이 생긴 거야. 마음의 여유가 있었으면 우리에게 그 계획을 포기하는 척해보이는 카무플라주도 쓸 수 있었을 게거든. 그걸 못하는 걸 보니까 경애 씬 팽팽하게 잡아당긴 활이었단 말이다. 말하자면 활줄이 끊어진 거야."

"그렇다고 치더라도 누워 있는 동안 그 활줄을 다시 맬지 누가 알아."

"그러니까 회심하도록 방법을 써야 한다고 하잖아?"

나는 뭐가 뭔지 알 수가 없게 되었다. 다만 유태림과 서경애가 이것을 계기로 어떤 형태로든 결합될 것이 아닌가 하는 예측이 질투의 빛깔을 띠고 내 가슴속에 도사리게 되었다.

병명이 뭣인지를 확인하지 못한 채 4, 5일이 지났다. 4, 5일이 지나고 나서야 체온이 평열로 돌아왔다. 평열이 되었다고는 하나 그동안 식음을 제대로 하지 못한 탓으로 본래대로의 건강을 회복하려면 아직 일주일쯤 더 병원에 누워 있는 것이 좋으리란 의사의 의견이었다.

내 마음의 탓인지 경애는 나날이 쾌활해졌다. 간혹 어두운 구름 같은 것이 얼굴을 스치는 적이 없었던 바는 아니었지만 그것도 순간의 일이었고 소녀 같은 구김살 없는 얼굴에 곧잘 웃음을 띠고 농담을 하기도 하고 농담을 듣기도 했다.

나와 태림은 매일 밤 경애의 병실에 술병을 갖다놓고 잔을 바꿔가며 마시기도 했다. 그런데 어느 날 밤이었던가, 태림은 며칠 전 갖다 준 투르게네프의 『처녀지』에 대한 독후감을 말해보라고 경애더러 요구했다. 경애는 서슴없이 등장인물의 성격, 사고방식 등이 뚜렷뚜렷하게 묘사된, 썩 재미나는 소설이라고 답했다. 그러자 태림은,

"그것뿐?"

하고 고쳐 물었다.

경애는 그것뿐이라고야 할 순 없지만 그 이상의 의견은 말할 주변이 없노라는 뜻의 얘기를 했다.

태림은,

"그 소설의 분위기를 보면 내일에라도 혁명이 일어날 것 같은, 아니 일어나야할 것 같은 상황이 아냐? 그럼에도 러시아 혁명은 그 소설의 무대가 되었던 시대에서 약 3, 40년 후에사 발생했고 50년 후쯤에 성공했거든……."

하고 말을 이었다.

"그것, 절 들으라는 얘기죠?"

경애가 농조로 말했다.

"듣고 싶지 않으면 안 들어도 돼. 한데 그 작중 인물 가운데 말르케로프라는 자가 있지? 노동자와 농민을 위해서 자기 딴으론 전심전력을 다하고 있는 친구인데, 그 친구를 바로 노동자 농민들이 붙들어다가 경찰서에 넘겨 주는 장면이 있잖아? 그걸 경애 씬 어떻게 생각하지?"

"노동자, 농민 가운데는 무지한 사람들이 많으니까 무지의 탓이 아니겠어요?"

경애의 대답이었다.

"무지의 탓이라고 해서 처리가 될까?"

태림은 조심스럽게 말을 가리는 눈치였다.

"나는 어떤 경우 어떤 의미로든 희생이라는 사실을 긍정할 수 없다. 노동자, 농민을 위하는 것은 좋다. 그러나 그들을 위해서 희생하는 것은 싫다. 이것이 나와 노동자, 농민과의 관계다. 솔직하게 말해서 노동자, 농민이 자각하고 스스로의 힘을 집결해서 그들의 이익을 위한 혁명을 일으킨다면 나는 굳이 그 반대의 편에 서서 싸울 의사는 조금도 없다. 그와 동시에 그들의 선두 또는 대열에 서서 혁명을 서둘 의사도 없다. 만일 노동자, 농민을 위해서 내가 꼭 할 수 있는 일이 있다면 기껏 그들의 자각을 북돋아주는 역할 이상을 넘지 않을 게다. 그들이 그들의 실력을 가지고 사회나 국가의 주인이 될 수 있다면 그것은 좋다. 그러나 그들을 위한다고 하면서 내 생활을 희생하는 일은 거절하겠다. 그런데 일부 지식인들은 노동자, 농민을 위해서는 희생도 감수해야 한다고 나서고 있다. 나는 그들을 두 가지로 나눈다. 한 가지는 그야말로 순수한 인도주의의 감상적 표현일 것이고, 한 가지는 노동자, 농민의 이익을 빙자해서 스스로를 특권적 지위에 앉히려는 부류다. 순수한 인도주의자가 환멸할 숙명을 지니고 있다는 것은 러시아 지식인들의 경우를 통해 우리가 너무나 잘 알고 있는 일이니 두말할 것도 없고 노동자, 농민을 빙자한 권력투쟁은 너무나 비루하지 않은가. 말르케로프는 인도주의자였다. 증거를 통해 말할 수는 없지만 순수한 인도주의로써 노동자, 농민을 위한 말르케로프 같은 사람은 혁명이 성공한 뒤에는 말살당하고, 그들을 빙자하고 권리를 쥔 술수의 대가들만이 의젓이 살아남을 것이라고 생각하니 써늘하지 않아?"

"그러니까 지식인은 언제든지 반동 진영에 남아 있어야 하겠구먼요."

이렇게 말했지만 경애의 말투엔 가시가 없었다.

"지식인에겐 지식인으로서의 이상이 있다. 국가를 말하며 자유가 있는 나라, 모든 계층이 평등한 자격으로 정치에 참여할 수 있는 나라, 능력과 노력에 의해서 응분의 보수를 받고 살 수 있는 나라."

"그런 이상국이 가만히 앉아 있어도 출현할까요?"

"그 방향으로 노력하고 그 방향에서 이탈할 때는 저항도 해야지. 그리고 지식인의 이런 이상이 급격하게 달성할 수는 없더라도 지식인은 끈덕지게 이런 이상을 추구해 가야 되잖을까? 그대로 안 된다고 하더라도, 그 이상이 거울이 되고 도표道標가 되어 조금씩조금씩 낫게 하는 작용을 하거든."

"이를테면 점진주의군요."

"경애 씬 상당히 시니컬한데 어째서 공산주의 또는 공산주의자에 대해선 시니컬한 안경을 벗어버리죠?"

"저는 시니컬하지 않아요. 유선생처럼 복잡하게 굴곡 있게 세상을 보지 않고 명료하게 간단하게 세상을 보려고 노력하고 있을 뿐이에요."

"말하자면 공산주의냐, 자본주의냐, 이자택일을 하자는 얘긴데 우리가 명료하게, 간단하게 세상을 보련다고 해서 세상 자체가 그렇게 명료하고 간단하게 되나요. 예를 듭시다. 명료하게 간단한 방향으로 러시아 혁명이 진행되는 가운데 줄잡아도 피아간 4, 5백만의 인명이 죽었다고 합니다. 4, 5백만 명을 죽이고 80점쯤 되는 나라를 만들기보다 사람 하나 죽이지 않고 60점쯤 되는 나라를 만들자는 편에 나는 서 있는데, 경애 씨는 4, 5백만 명을 죽이는 한이 있더라도 혁명을 해야겠다는 말씀인가?"

"그럼 유선생은 혁명의 희생만 생각하고 불합리한 제도 때문에 눈에 보이지 않게 죽어가는 생명은 생각지도 않으시는 모양입니다."

"그러니까 점진적으로 그런 불합리한 제도를 고쳐나가는 편에 서겠다는 것 아닙니까?"

"그런 가능이 있을까요?"

"그 가능이 아마 공산혁명의 가능보다 더욱 가까울 겁니다. 구체적으로 말하면 이 나라를 소비에트 같은 나라로 만드는 것이 쉽겠습니까, 스웨덴 같은 나라로 만드는 것이 쉽겠습니까? 지금 스웨덴이나 노르웨이나 덴마크 같은 나라에서 불합리한 제도 때문에 목숨을 잃는 사람이 있겠어요?"

경애는 '휴' 하고 들릴까 말까 한 한숨을 내쉬었다. 토론에 지쳤다는 표정이었다. 유태림도 말을 끊었다.

이런 토론이 있은 그 이튿날이다. 밖에서 이미 주기를 띠고 경애를 찾은 태림이,

"경애 씨 어때, 퇴원하면 지리산으로 갈 셈이오?"

하고 털어놓았다. 그때까진 지리산 얘기는 일종의 터부처럼 화제에 올리지 않도록 무의식중에라도 피차 조심하고 있었던 것이다. 경애의 헬쑥한 얼굴이 더욱 헬쑥해지는 듯하더니 말을 않고 고개를 숙였다.

"꼭 가고 싶거든 가시오, 길잡이는 못해드려도 말리지는 않을 테니까."

나는 태림의 뜻밖의 말에 귀가 번쩍했다.

"공자님 문자에 삼군의 장수는 빼앗을 수 있어도 필부의 뜻은 빼앗을 수 없다는 게 있지 않습니까. 경애 씨로 말하면 보잘것없는 필부보

다는 훨씬 훌륭한 인물인데 그런 인물의 각오를 꺾는대서야 말이 되나 하고 나는 반성한 겁니다."

경애는 고개를 들고 유태림의 얼굴을 똑바로 바라보았다. 눈빛이 빛나고 있었다. 그러나 입을 열지는 않았다. 조금 사이를 두고 거친 숨을 몰아쉬더니 태림이,

"하지만 친구로서 마지막 충고를 하는 것은 용서해주시오. 경애 씨가 지리산으로 가는 것은 사람을 죽이러 가는 겁니다. 우리, 사태를 리얼하게 드라이하게 설명해봅시다. 그렇게 되는 것 아닙니까? 주의를 위해서, 나라를 위해서, 노동자, 농민을 위해서란 별의별 표현이 있겠지만 간단하게 말하면 사람을 죽이러 가는 겁니다. 그래 지금 지리산에 가서 경애 씨가 수백 명을 죽이고 또 죽이는 것을 도왔다고 해서 주의를 위한 보람이 서겠습니까? 나라를 위한 목적이 달성되겠습니까? 공산혁명이 성공하겠습니까? 결과야 어떻든 해야 할 일을 한다는 신념이 있겠지요. 그러나 결과는 사람의 생명을 몇 개 없앴다는 구체적인 사실로서 남고 신념은 안개가 되고 맙니다. 다시 말하면 죽인다는 사실은 구체적이고 뚜렷한데 그 행위를 통해서 위해야 하는 명분은 막연하고 불분명하다는 얘깁니다. 지리산으로 간다는 것은 또 당신을 죽이러 간다는 얘깁니다. 남을 죽일 작정을 한 사람이 자기는 살아야겠다고 생각하진 않을 것입니다. 그렇다면 당신이 죽는다는 사실은 확실한데 당신의 죽음을 통해서 이룩해야 하는 목적은 애매하고 막연하단 말입니다. 당신이 사람을 죽이지 않았다고 해서 성공할 혁명이 실패할 리도 만무하며 당신이 죽지 않았다고 해서 실패할 혁명이 성공할 까닭도 없을 겁니다. 내 말에 틀림이 없다면 이건 간단한 산술 문제요. 우리는 적극적으로 인간을 위한 공헌은 못할망정 소극적으로나마 사람의 죽음을 감

소시키는 방향에 서야 하지 않겠습니까. 지금 지리산의 빨치산은 감퇴 일로에 있다고 들었습니다. 그러니까 내가 가서 도와야겠다는 감정도 있을 수 있지요. 그러니까 내가 가서 지리산의 잔다르크가 되어야겠다는 정열이 솟음 직도 하지요. 그러나 싸움을 말리지는 못할망정 사람을 죽이지는 맙시다. 서둘러 죽는 짓도 하지 맙시다. 이 나라의 문제를 지리산의 빨치산이 해결하기엔 때가 어긋나고 조건이 틀렸습니다."

경애는 묵묵하게 그저 듣고만 있었다. 태림은,

"알아서 하시오. 이것이 내 마지막 충고, 어느 모로 보나 환영받지 못할 내 마지막 충고요."

하고 덧붙이고는 획 밖으로 나가버렸다. 나도 따라 나갔다. 경애로 하여금 혼자 생각하게 하는 시간을 줄 필요도 있었고 그러한 충고가 있고 난 뒤의 묘한 공기를 감당하기 어려운 마음에서였다.

내일이면 퇴원한다는 날, 그날은 토요일이었다. 나는 점심을 먹고 난 뒤 경애를 찾았다.

목욕도 하고 머리도 깔끔하게 빗고 경애는 책을 보고 앉아 있었다. 내가 들어가자 경애는 자리를 고쳐 앉으며,

"이선생님은 제가 퇴원하고 난 뒤 지리산으로 갈 것이 아닌가 하는 생각을 하고 계셨죠?"

하고 말을 시작했다.

나는 뭐라고 대답할 수가 없었다.

"지리산으로 가지 않을 테니 안심하세요."

장난스럽기까지 한 경애의 말투에서 미루어 이것이 어떤 제스처가 아닐까 하는 의혹이 일었다. 그러나 그런 내색을 하지 않고,

"반가운 말씀입니다. 그 말씀을 듣고 참으로 기쁩니다. 안심도 되

구요."
했다.

"그렇게 말씀을 하시면서도 혹시나 이 여자가 카무플라주 전술을 쓰는 것이 아닌가 하는 생각을 하고 계시죠?"

나는 얼굴을 붉혔다. 그것이 자백처럼 되어버렸다.

"그러나 안심하십시오. 저는 가지 않습니다. 갈래도 가지 못합니다. 선이 완전히 끊어졌거든요. 설사 선이 끊어지지 않았다고 해도 갈 생각은 없구요. 유태림 씨의 언변에 눌려 그렇게 작정한 것도 아니구요. 앓고 누워 있는 동안에 그렇게 되었습니다. 모든 것이 허망해졌어요. 허무주의를 이겨낼 사상이란 없다는 얘기를 어디선가 읽은 적이 있는데 정말 그런 모양이죠."

나는 선이 끊어졌다는 그 선에 흥미를 느껴 물어보았다. 경애의 설명을 들으니 경애가 지리산으로 들어가기 위해서 세 가지의 선이 준비되어 있었다고 한다. 제1선은 경애가 내일 대구로 간다고 하던 그날, 오후 지정된 번호의 버스를 대구행 표를 사가지고 타기로 돼 있었다. 그 차가 W라는 곳을 지날 무렵이면 주위가 어두워진다. 그때 왼편 산봉우리에 봉화가 올라 있으면 안심하고 W와 N과의 사이에 있는 B부락에서 내려 K모라는 사람을 찾으면 된다.

제1선을 이용하지 못할 경우는 이틀 후 역시 지정된 버스를 타고 N에 이르러 심한 복통을 빙자하고 거기서 내려 부락의 약국을 찾아 그 약국의 방을 빌려 있으면 밤중에 일대의 빨치산이 그 동리에 출동해서 납치하는 척 산으로 데려간다. 제3선도 때와 장소는 달라도 대강 이와 같았다.

"선이 끊어졌으면 다시 붙일 순 없습니까?"

했더니,

"세 번째 선까지 끊어지면 상호 위험신호로 알아야 해요. 그뿐만 아니라 피차를 의심해야 하구요. 세 번이나 끊어진 선을 네 번째 이어가지고 갈 수도 없지 않지만 그러면 위험합니다. 적과 내통하고 파견된 스파이가 아닐까 하는 혐의를 받거든요. 그 사문查問은 가혹합니다."

이 이외에도 경애는 지하조직이 활동하는 방식에 관한 흥미있는 얘기를, 구체적인 장소나 인명은 빼고 상세하게 들려주었다. 나는 그런 얘기를 듣고 경애 말따나 허망감을 느꼈다. 조금이라도 객관적인 시야에서 보면 한 치의 가능성도 없는 일을 하기 위해서 지력과 체력을 목숨을 잃을 극한에까지 소모하고 있는 사람들을 생각하니 인생과 사회의 어떤 심연을 바라본 느낌이었다.

무거운 짐을 내려놓았다는 듯이 경애는, 그러면서도 아직은 말쑥히 가실 수 없는 고뇌의 흔적을 보이면서 나와 나의 어머니에게 대한 미안함을 되풀이해서 사과했다. 그 사과가 거북스러워서,

"앞으로 경애 씬 어떡허실 작정이죠?"

하고 나는 화제를 돌렸다.

"절에나 가서 몇 해 살아볼 작정입니다."

"중이 된다는 말인가요?"

"아아뇨, 절이란 환경을 빌리자는 말이지 중이 될 생각은 아직 없습니다."

"그러면서 절간에 몇 해나 있는다는 건?"

"그쯤 되면 할머니가 되겠죠. 잡스러운 욕심도 거북한 야심도 없어지고……."

이렇게 말하는 경애의 표정은 슬펐다. 고독한 여인이란 관념이 뇌리

를 스쳤다. 어쩐지 내 가슴이 떨렸다. 내 마음속 깊이 잠재해 있던 어떤 정열 같은 것이 꿈틀거리는 것이 눈에 보이는 듯했다. 나는 드디어 결심하지 않을 수 없었다.

'이 여자와 결혼하지 못하는 한 나는 평생 독신으로 지내리라.'

실로 엉뚱한 이런 상념이 번개처럼 뇌리의 한구석에 비쳤다.

"대단히 무례한 질문입니다만……."

입안이 마르는 바람에 침을 뿜아 씹고 경애의 시선을 피하며,

"대단히 무례한 질문입니다만……."

하고 나는 다시 중얼거렸다.

경애도 그 묘한 분위기를 알아차렸음인지 몸가짐이 굳어지는 것 같았다.

"지금도 경애 씨는 유태림 씨를 사랑하고 있습니까?"

경애의 얼굴에서 핏기가 사라진 것 같은 일순이 있었다.

"전번에도 한번 그런 질문을 받은 것 같은데 왜 그런 것을 물으시죠?"

"그저, 저……."

"분명하게 말씀드립니다만 전 태림 씨를 사랑하지 않습니다. 친구로서, 오빠의 친구로서 생각하고 있을 뿐입니다. 선생님에게 대한 감정과 꼭 같습니다."

나는 다음 말을 기어코 하고 말겠다고 다짐했다. 그러자면 용기를 모아야 하는 것이었다.

"그러시다면 저어……."

하고 다시 내가 머뭇거리자 경애는 긴장한 얼굴을 억지로 풀어 보이며,

"선생님, 말씀하시질 마세요. 전 선생님의 말씀하고자 하는 것을 짐작할 수 있습니다. 그러니까 그 말씀만은 말아주십시오. 늦었어요. 때

가 늦었어요."

하고 창 밖으로 고개를 돌려버렸다. 창 밖에 고개를 돌린 채 경애는 침울하게 말했다.

"선생님, 이대로 친구로서 영원히 지내도록 하십시다. 아무 말씀 마시구요."

나는 거북한 말을 하지 않고도 배겨낼 수 있다는 안심감과 마지막 희망이 사라져버렸다는 절망감이 뒤섞인 우울한 혼란의 소용돌이를 내 마음속에 지켜보며 한동안을 우두커니 앉아 있었다.

이튿날 경애는 떠났다. 역두에서 나 혼자 전송을 했다. 내가 없는 사이에 태림과 만난 적이 있는지, 마지막 충고를 한다는 그밤 후엔 태림과 만나지 않았는지 나는 알 수가 없었다. 물을 수도 없었다. 자기가 떠나는 것을 태림에게 알리지 말라는 경애의 저의가 어디에 있는지도 알 수가 없었다.

기적을 울리고 기차가 떠났다. 경애를 실은 기차가 산모퉁이를 돌아 시야에서 사라졌을 때 나는 나의 청춘이 그 기차와 더불어 떠나버렸다는 감상으로 해서 한 줄기의 눈물을 흘렸다.

떠나고 난 며칠 후, 나는 경애가 태림 아버지에게서 받은 돈 이백오십만 원 중 십만 원을 제외하고 고스란히 태림의 집 은행계좌에 돌려놓았다는 사실을 알았다.

경애가 지리산 가길 포기한 것은 확실했다.

몇 개의 삽화

그해에도 봄은 있었다. 봄이 지나고 여름이 오면 지리산의 빨치산들이 일대 공세를 취하리란 풍문이 돌았다. 나무와 풀이 무성하게 되면 그들의 활약이 용이하게 되리라는 추측에서였다. 그러나 날이 가고 달이 갈수록 그들의 세력이 감퇴하고 있는 것은 사실이었다. 주모자인 김지회가 죽었다느니 아직 살아 있다느니 하는 말도 퍼졌다. 나는 빨치산의 동향에 유달리 관심을 쏟았다. 나의 생가가 있는 마을이 지리산에 인접해 있는 관계로 어릴 때의 친구들이 상당수 지리산으로 들어가 있었고 언제 그들의 보복이 있을 것인지가 염려스러운 상태에 있었기 때문도 있지만 하마터면 서경애가 그 속에 끼였을 뻔했던 일이 종종 생각이 났기 때문이다.

5월 초, M이 진해에서 붙들렸다는 소문이 돌았다. M은 C고등학교 좌익교사의 수령급으로 있던 사람인데 C시를 떠나기 직전 유태림을 찾아와 직업혁명가로 나설 참이라고 했다던 그 사람이다. 유태림이 들은 소식에 의하면 M은 진해 해군기지에 침투해서 군함을 납북하는 임무를 맡고 있었다고 한다. 그래 군함 두 척은 이미 북쪽으로 보내고 세 번째 배를 보내려고 하다가 탄로난 것이다. M과 더불어 C고등학교의 교사로 있다가 진해에 있는 해사대학海士大學 교수로 전임해 간 7명도 같이 체포되고 C고등학교 출신 학생 10여 명도 같은 운명이 되었다. 정확한 소식은 알 길이 없지만 이들은 해군 군법회의 재판을 받고 모두 사형이 되었다는 것이다.

M은 자기의 소신으로써 죽을 각오가 되어 있었겠지만 7명의 교수와 10여 명의 학생이 불쌍했다. M이라는 존재를 알지만 않았더라면 그런 횡액을 당할 리 만무했으니 말이다.

"M 혼자서 죄를 다 둘러쓰려고 무척 애를 썼던 모양이지만 어디 그렇게 돼?"

암담한 얼굴로 이렇게 말하는 유태림의 얘기를 들으며 나는 해사대학으로 가게 되었다고 내게 인사하러 온 이웃집 정군을 생각했다. 뒤에 안 일이지만 정군의 어머니는 그 사건으로 인해 병들어 죽었고 그 아버지는 실성한 사람처럼 거리를 쏘다니다가 어느 겨울 동사했다고 한다.

강달호가 자수를 했다. 그 신원보증을 유태림의 아버지가 섰다. 풀려나온 뒤 강달호는 C고등학교의 탁구 코치로 취직했다. 그 후 강달호의 입에서 정치담을 들은 적은 없다. 왕년의 일본 인터 하이스쿨 선수권을 가지고 있던 그는 탁구를 통한 후배 양성에 정열을 기울이고 있는 것 같았다.

강달호를 통해서 우리는 박창학이 총살당한 사실을 알았다. 섣불리 정치에 가담하지 않았더라면 평생 화필畵筆을 들고 살 사람이었다.

강달호가 자수하게 된 데는 믿을 수 없는 사실이 숨어 있었다. 지리산으로 간 강달호가 배속된 빨치산은 하준수河準洙란 사람이 인솔하는 도당이었다. 하준수와 강달호는 C고등학교의 동기이고 한때 도쿄에서도 같은 하숙에서 지낸 적이 있다. 하준수는 척식대학이란 데 다니면서 매일 가라테(당수) 연습만 하고 강달호는 청산학원靑山學院에 다니면서 탁구 연습만 했다. 하준수는 H군에선 제일가는 거부의 아들이고 강달호 역시 상당한 자산가의 아들이다. 둘이는 매사에 비위가 맞았던 모양으로 항상 어울려 다녔다.

그러한 두 사람이 지리산에서 만났다. 강달호를 보자 하준수는 눈물을 흘리면서 반겼다. 그러나 만난 그날 밤부터 하준수는 강달호에게 자수를 하고 집으로 돌아가라고 권하기 시작했다. 집 한 채도 불사르지 않기 전에 사람 하나도 죽이기 전에 빨리 돌아가라는 성화였다. 강달호는 처음엔 반신반의했다. 옛날 친구를 믿지 못해 테스트를 하는 것이 아닌가 하고 불쾌하기도 했다는 것이다.

그러나 하준수의 자수 권유는 진심에서 우러나온 것이었다. "네가 여기에 있는 동안은 전투 행동을 안 하겠다."면서 부대를 안전지대에 옮겨놓고 하준수는 자기의 내력을 강달호에게 이렇게 설명했다.

하준수는 일제 말기 학병을 거부하고 지리산으로 피했다. 준수의 집이 넉넉하고 사용인도 많고 해서 일제 경찰의 눈을 피해 의복, 식량, 약품 등을 그의 아버지는 준수가 숨어 있는 곳에까지 보내줄 수 있었다. 그러는 동안 여러 가지 이유로 지리산에 숨어 사는 사람들이 준수의 주변에 모이게 되었다. 수호지의 양산박 같은 얘기다. 준수 자신은 신판 임꺽정이란 말을 즐겨 쓰더라고 했다.

산속에 숨어 살며 할 일이 없으니 매일같이 사냥놀이를 하게 되었다. 총을 쏠 수가 없으니 창이나 맨주먹으로 하는 사냥이다. 당수로선 일본 학생계의 제1인자였던 솜씨에다 민첩한 몸가짐 등으로 해서 맨손으로 산돼지를 여러 마리 잡기도 했다. 토끼니 노루니 하는 짐승을 잡은 것은 그 수를 헤아릴 수도 없고…… 그런데 숨어 사는 사람 가운데 권權가 성을 가진 학자가 있었다. 비가 올 때나 밤엔 준수는 그 학자의 강의를 들으며 지냈다. 이러기를 1년 반쯤 지내고 나서 8·15해방이 왔다. 준수의 고향 H군에서는 군민대회를 열어 만장일치로 준수를 인민위원장으로 추대하고 그를 영웅처럼 환영했다.

군정은 인민위원회를 인정하지 않았다. 준수를 둘러싼 사람들은 군정의 그런 처사를 단연 반대하기로 결심했다. 공산당의 종용도 있었다. 그러자 10월사건이 터졌다. 준수는 앞장을 서지 않을 수 없었다. 그 결과 마지못해 다시 지리산 옛날 동굴로 돌아왔다.

그 무렵 준수의 부친과 경찰서장이 준수의 귀순을 권했다. 준수는 부하들에게 솔직한 자기의 심정을 피력하고 산을 내려 집으로 돌아왔다. 경찰은 일제 때의 항거와 그 집안의 세위를 생각해서 법적으로 소추하지 않기로 하고 포섭했다.

이어 남한 단독정부 수립의 움직임이 있자 산에 남아 있던 옛 부하들이 준수를 모시러 왔다. 자기가 훈련하고 자기가 계몽해서 길러놓은 부하들의 이론 정연한 주장을 물리칠 수 없어 준수는 다시 산으로 돌아왔는데 얼마 안 가 여순반란사건이 발생했다. 준수는 반란군들과 제휴하지 않을 수 없었다.

이제 준수는 일의 성패엔 구애함이 없이 자기의 길을 걸어야겠다고 했다. 그러나 강달호의 경우는 다르다는 것이었다. 설혹 준수가 하는 일이 성공한다고 하더라도 수년, 수십 년의 세월이 걸릴 것이고, 그거나마 막연한 사정인데 아직 백지의 몸으로서 그 화란에 끼이는 행위는 무모하다는 것이 자수 권고의 요지였다.

혁명은 아무라도 하는 것이 아니다. 평범하게 살아가면서도 살 보람을 얼마든지 만들 수 있지 않으냐, 하는 준수의 권고엔 자기가 희생해버린 생활의 부분에 대한 강한 향수 같은 것이 있었다. 그것이 강달호를 움직였다. 강달호가 자수의 결의를 하자 준수는 세밀한 계획을 짰다.

무기를 노획해가지고 도망쳤다는 증거를 만들기 위해 두 자루의 권총을 마련했다. 정보를 물었을 때에 대비하기 위해서 그들의 세밀한 작전계획을 알렸다.

물론 그 작전계획은 약 한 시간쯤의 시차를 두고 짜인 것이지만 강달호가 제시한 정보가 믿을 만한 것이란 인상을 주도록 배려도 했다. 그러고는 강달호가 안전하게 자수할 수 있는 지점까지 호위해주고 준수는 돌아갔다. 준수의 마지막 말은 이랬다고 한다.

"나는 네가 내 몫으로 평범하게 안전하게 살고 있다고 생각하면 안심하고 일할 수가 있을 게다. 뜻을 달리한 친구들을 만나거든 준수는 그래도 나쁜 놈은 아니라고 말해주게."

하준수는 뒤에 괴뢰 중장 남도부南道富란 이름으로 대한민국 경찰에 붙들려 죽을 운명을 가진 사람이다. 진실한 자기가 아닌 또 하나의 자기가 되기 위해 안간힘을 쓰다가 죽은 사람이란 느낌이 짙다.

이 무렵, 태림 주변에 나타난 비극의 하나는 태림과 C고등학교 시절의 동기생이었던 최崔모군의 일이다. 최는 10월폭동의 주모자로서 검거되어 목포 형무소에서 2년의 징역을 치렀다. 형무소에서 나오자 최는 다시 지하조직과 선을 이었다. 이런 움직임을 안 최의 아내는 한사코 남편의 회심을 권했다. 그래도 듣지 않자 그 부인은 다섯 살 난 아이를 데리고 N강에 투신자살을 해버렸다.

지리산 빨치산은 국군의 공격 중점을 분산시키기 위해 일부가 근처야산으로 침투하기 시작했다. 야산대野山隊란 이름이 생겨났다. 그들의 호언장담이 어떻건 그것은 지리산 빨치산이 붕괴하기 시작한 징조였다. 그러나 그들의 단말마적 발악은 주민들에게 커다란 위협이었고 이에 대한 국군과 경찰의 보복도 치열했다. 그 틈에 끼여 희생당한 무고한 양민도 적잖은 수에 이르렀다.

그러니 자연 시민의 눈으로 보면 억울하다고 할 수 있는 사례가 주변에 나타나기도 했다. 단순히 어떤 모임에 참가했다고 해서 혐의를 받는 사람, 아들이나 남편이 행방불명일 경우, 빨치산으로 가지 않았느냐는 추궁, 당국으로서는 응당 신경을 써야 할 일이긴 하나 우리들로 봐선 지나치다고 아니할 수 없는 사례도 빈번히 나타났다. 이와 같이 생각하고 있는 우리들의 태도가 또 당국의 의심을 받게 마련이었다. 좌익분자들이 사회의 표면에서 없어지자, 우익 인사 가운데서 좌익에 동조할 우려가 있는 자를 색출하려는 과잉된 행동까지 나타나게 되었다. 색채가 모호한 친구와 교제하고 있다는 것만도 문제가 되었다. 난처한 친구를 도와주는 행동도 의혹거리가 되었다.

형사들 가운데서도 우리가 가장 신뢰하고 있는 배형사마저 때론 우리를 찾아와서 좀더 태도를 분명히 하라고 경고할 정도였으니 당시의 정황이 얼마나 삼엄했는가를 알 수가 있다. 나와 배형사와 유태림이 같이 앉은 자리에서 유태림이 이런 말을 했다.

"반공은 좋다. 그러나 반공에는 군대적 반공, 경찰적 반공이 있는 동시에 시민적 반공이란 것도 있다. 모든 사람이 군대적으로 경찰적으로 반공하지 않는다고 용공분자로 취급한다면 진실한 뜻에 있어서의 반공의 효과를 올리지 못한다."

또 이런 말도 했다.

"반공이란 따지고 들면 공산주의자가 쓰는 수단에 대한 반대다. 그들이 쓰는 수단이 야비하고 가혹하고 교활하고 비인간적이기 때문에 반공하는 거다. 반공을 한다고 하면서 그들이 쓰는 수단을 그냥 쓴다면 하늘을 보고 침 뱉기가 아닌가."

배형사는 어이가 없다는 듯이 웃었다.

"유선생님, 지금 우리는 전쟁을 하고 있는 겁니다, 전쟁을. 전쟁을 하고 있는데 수단이 어떻고 뭣이 어떻고 할 겨를이 있습니까?"

"그렇게 문제를 뭉쳐가지고 얘기하지 말아요. 그럼 당신들은 국민을 상대로 전쟁을 하고 있는 겁니까? 국민 가운데도 분명히 적이 있지요. 그 적을 잘 가려내란 얘기요. 그저 막연한 심증만 가지고 적으로 몰아치워야 할 정도로 지금의 정세가 그렇게 급박하다고는 생각지 않는데. 어디까지나 경찰은 한 사람이라도 더 살려야 하는 방향으로 나가야 된다고 생각해. 한 사람이라도 더 살리기 위해서 꼭 죽이지 않을 수 없는 행동을 하고 있다는 고민을 가지고 있어야 한단 말이오."

배형사는 토론하러 온 것이 아니라고 하고 유태림의 이 말에는 대꾸를 하지 않았다. 배형사는,

"다만 터무니없는 의심을 받지 않도록 처신을 조심하라는 말씀을 드리러 왔을 뿐이오." 하고 자리를 떴다.

1949년은 이러한, 지금 생각하면 납득이 가질 않는 일들이 연이어 발생한 해다. 보도연맹保導聯盟이란 것이 결성된 것도 이해가 아닐까 한다. 좌익분자에게 돈을 주었다는 혐의쯤을 받아도 이 연맹에 가입하지 않을 수 없었다. 다신 귀찮게 굴지 않을 것이니 들라고 해서 참가했다는 친구도 있었다. 내겐 물론 그런 권유가 없었는데 태림에겐 있었던 모양이었다. 태림은 일언지하에 "나는 어떤 단체에도 가담하지 않는 것

을 신념으로 하고 있다."면서 거절했다. 그러니 나와 태림과 J와 이광열을 빼고는 C시에 사는 우리 친구는 죄다 보도연맹의 맹원이 된 셈이었다.

유태림에 대한 회상을 쓰면서 빼놓을 수 없는 하나의 사건이 있다. 아마 그것은 유태림의 생애에 있어서 절정을 이룬 사건이 아닐까 한다. 1949년 10월, 유태림이 근무하고 있는 대학은 개학 일주년을 기념하는 축제를 계획했다. 이 행사에 대한 모든 책임이 유태림에게 맡겨졌다.

유태림은 연극을 할 작정을 세웠다. 그는 각본으로서 오스카 와일드의 '살로메'를 택했다.

'살로메'를 택한 이유로서 그는 다음과 같이 설명했다.

C시는 일제 이래 연극의 관객으로서는 상당히 높은 수준을 이루고 있다. 그런데 해방 이후 그들이 보아온 것은 좌익 극단의 좌익 연극뿐이다. 그러한 그들에게 신파나 좌익극이 아닌, 그러면서 그 이상의 감동과 도취를 안겨줄 연극을 보일 필요가 있다. 학생들의 경우도 마찬가지다. 그들이 이때까지 보아왔던 연극과는 전연 다른 연극이 있고 또 가능하다는 견문을 줄 필요가 있다. 그러자면 '살로메' 같은 연극이 적당하다. '살로메'는 단막이면서도 한 시간 반을 끌 수 있는 길이이며, 그동안을 꽉 채우고도 남음이 있는 극적 템포와 내용을 가지고 있다. 단막이기 때문에 장치에 정성을 들일 수 있고 무대 운영을 쉽게 할 수도 있다.

뭣보다도 살벌하고 메말라 있는 C시에 환상적이고 정서적이고 고답적인 기분을 불어넣어줄 필요가 있다. 와일드의 유미적인 에스프리는 C시와 같이 경직된 정신상태에 있는 도시에선 신선하고 건강한 바람을 불러일으킬 역설적인 효과를 가질 수 있다.

"그것을 해서 성공할 자신이 있느냐?"고 나는 물었다.

"자신이 있고 없고가 아니라 이 도시가 가지고 있는 연극 역량을 총동원해보는 거지. 그것으로 만족이다."

태림은 자기의 말대로 '살로메'의 연극에 학내 학외를 불구하고 역량 있는 인물을 총동원시켰다. 필요하다고 생각하면 시민 가운데서도 선발했고 고등학교·중학교 학생까지도 동원했다. 이러한 동원에 큰 힘이 된 것은 C고등학교에 있다가 다른 고등학교로 옮아가선 대학으로 진학한 임홍구란 학생이었다. 무대장치는 일본에서 발행한 미술전집을 참고로 해서 천양사天洋社란 간판업자를 주동으로 C시 미술인을 거의 참여시켜서 꾸몄다. 조명은 태림 스스로가 플랜을 짜서 기술자를 독려하고, 의상은 전문서적을 뒤져 알맞게 만들었다.

원작에 없는 서곡도 준비했다. 베를리오즈의 환상곡을 C시에서 물색할 수 있는 악사를 감안하고 작곡가 이재호李在鎬가 편곡했다. 극중의 음악도 준비하고 '살로메'의 안무에는 중지를 모았다. 왕비와 살로메의 역을 맡을 여자를 C시에선 구할 수 없기 때문에 서울에까지 사람을 보내 데리고 왔다. 왕비 역을 맡은 여자의 이름은 실념했으나 살로메 역을 맡은 배우의 이름은 임예심林藝心이라고 기억한다. 헤롯 역은 지금 영화감독을 하고 있는 최군이 맡았다.

원작에도 없는 서곡을 단 것은, 서곡을 하는 동안 장내를 조용하게 하고, 서곡의 사이에 간단한 해설을 넣어 관객을 유도해선 다시 음악으로써 관중을 진정시킨 다음, 막이 오르자마자 무대에 관중의 관심을 흡수하기 위해서라고 했다.

이러한 유태림의 계산은 적중했다. 유태림의 계산 그대로 서곡이 진행되자 관객석은 물을 뿌린 듯 조용해졌다. 그 조용해진 순간을 잡아

음악은 멎고 스피커를 통해 작가 오스카 와일드의 생애와 평가를 간단히 소개하는 말이 흘러나왔다. 그 가운데 '퇴폐를 통해 생의 엄숙함을 계시한 오스카 와일드는 어떠한 사상가보다도 훌륭한 인류의 교사였으며, 스스로를 병들게 해서 인간의 건강을 가르친, 위대하다고는 할 수 없으나 친할 수 있는 예술가'란 설명이 있었다.

막이 열리자 관중들은 무대의 아름다움에 정신을 빼앗겼다. 우선 나부터가 그 황홀한 무대에 놀랐다. 앰버 블루의 광선 속에 비춰진 왕궁의 테라스, 그 위에 피를 머금은 것 같은 달이 걸렸다. 홀연 거기 나타난 것은 환상의 나라였다.

"르가르데 라 륀, 저 달을 봐."

이 첫 대사에 프랑스의 원어 한 토막을 넣고 우리말로 시작하게 한 잔재주는 얄미울 정도로 효과적이었고, 그렇게 시작한 극의 진행엔 추호의 하자도 없었다. 요한의 음산한 목소리도 좋았고, 살로메의 현란한 대사는 관객을 매혹시켰다.

살로메의 대사 몇 구절은 그 뒤 술자리에서나 다방에서나 교실에서 젊은 여자들이 소리를 내어 외어볼 정도로 깊은 감동을 심었던 것이다. 이와 같이 '살로메'는 대성공을 거두었다. 그 이틀 밤의 공연이 C시의 문화적 색채를 일신케 했다고 해도 과언이 아니다. 살로메 역을 맡은 임예심이란 배우는 C시를 떠나면서 자기의 연극생활 십여 년에 이렇게 감격적인 연극을 해보기는 처음이며 이처럼 다구지고 빈틈없고 깊은 이해를 가진 연출을 아직껏 받아본 적이 없다고 하더라는 얘기를 들었다.

나는 유태림이 세상에 한 일을 꼭 하나 들라고 하면 '살로메'의 연출을 들먹일 작정이다. 유태림이 지금 살아 있으면 연극으로서 두각을 나타내지 않았을까 하는 생각조차 든다.

유태림은 이 연극을 통해서 새로운 평가를 얻고 그런 뜻에서도 한동안 C시의 총아가 되었다.
　'살로메'의 성공은 유태림을 스캔들의 주인공으로 만든 화를 초래하기도 했다. '살로메'의 안무를 협조했던 여류무용가와 유태림과의 사이가 이상하다는 소문이 나돌아 그 무용가는 드디어 남편과 이혼하지 않을 수 없는 사건으로 발전했다. 여자고등학교의 음악교사와의 사이도 풍문에 올랐다. 여학생들이 태림의 집을 드나들어 가정 분란이 생겼다는 얘기도 나타났다. 그러나 이 모든 스캔들이 어느 정도로 사실인지는 나로서도 알 길이 없다. 허튼 소문으로 유태림이 공연한 수난을 겪은 것이 아닌가 한다.
　어쨌든 '살로메'의 성공은 태림의 운명에 결정적이고 중대한 전기를 가져온 것만은 사실이다.

파국

1950년 6월 25일.

무더운 날씨였다. 그날의 오후는 더욱 무더웠다. 비를 내릴 생각도 없이 잔뜩 찌푸린 하늘, 바람 한 점 없는 더위…… 그 무더운 날의 오후 우리들 몇몇 친구는 J군이 갓 이사를 한 집의 응접실에 모여 앉아 있었다. 그 속엔 유태림도 있었고 이광열도 있었다. 지금 주 오스트레일리아 대사로 가 있는 민閔군도 끼였다. 그는 마산에서 일부러 C시에 놀러 와 있었던 것이다.

무더위에 지쳐 오가는 말에도 활기가 없었다. 아직 풀지도 않은 짐 꾸러미 위에 걸터앉아서 모두들 땀을 닦으며 바깥 뜰 쪽만을 바라보았다. 무성히 자란 정원의 나무들은 잎사귀 하나 까딱하지 않았다. 밖으로 나가봤자 별수 없다는 생각을 모두들 그렇게 견디고 있는 것이었다.

"아마도 이 무더위는 무슨 변을 낼 것 같은데."

하고 누군가가 말하니,

"변이 안 나면 변을 내야 하겠다. 이런 무더위가 좀더 계속되어 봐, 사람들은 모두 미쳐버릴 게다."

하고 또 누군가가 응수했다.

그런데 그땐 벌써 북쪽에서 변이 일어나고 있었던 것이다. 우리들만 까맣게 모르고 있었을 따름이었다.

일곱 시 가까이 되자,

"이것 안 되겠다. 어디 가서 활딱 벗고 술을 마시든지 강물 속으로 뛰어들든지 해야겠다."고 이광열이 일어섰다. 이것이 신호가 된 듯 모두들 일어서려는 참인데 "뚜우" 하고 사이렌 소리가 울려왔다.

"무슨 사이렌일까."

모두들 신경을 곤두세웠다.

"불일까?"

누군가가 중얼거렸다.

사이렌 소리는 써미한 여운을 남기고 끊어졌다가 다시 울려퍼지기 시작했다.

"이거 확실히 심상찮은 일이다."

하고 이광열이 밖으로 뛰어나갔다. 남은 사람들도 그 뒤를 따랐다.

밖으로 나와 보니 마음의 탓인지 지나가는 사람들의 발걸음이 이상스럽게도 빨라 보였다. J군의 신택新宅이 있는 천주교회에서부터 C시 중앙 쪽으로 일동은 어슬렁어슬렁 걸어내려왔다. 아무 데도 불길 같은 것은 보이지 않았다. 지나가는 사람에게 까닭을 물었지만 모르겠다는 대답을 얻었을 뿐이었다.

S동사무소 입구에까지 왔을 때 청년단 간부 한 사람을 만났다. 이광열이 그의 곁으로 가서 물었다.

"무슨 사이렌입니까?"

"지리산 빨치산들이 대대적인 움직임을 보이고 있는 모양입니다."

청년단 간부의 대답이었다.

"C시 근처에까지 왔습니까?"
하고 내가 물었다.
"그런 기미는 보이지 않는데요."
하는 역시 애매한 대답이었다.

우리들은 그 자리에서 헤어지기로 했다. 마산에서 온 민군은 우선 유태림과 같이 가기로 하고 나와 이광열은 경찰서 쪽으로 갔다.

경찰서에 가서야 비로소 정확한 정보를 알았다. 38선에서 대규모의 충돌이 있었다는 얘기며 우리 국군이 북상해서 벌써 해주를 점령했다는 얘기며를 들었다.

그 정도로 알고 집으로 돌아와 한편 불안해하면서도 저녁밥을 먹고 잤다. 그 이튿날 새벽 요란하게 대문을 두드리는 소리를 듣고 나갔더니 유태림이 문 밖에 서 있었다. 민군을 첫 기차로 보내놓고 들렀다는 것이었다. 그런데 그 표정이 사나울 정도로 암담했다.

"왜 그런 얼굴을 하고 있어? 어서 들어와요."
하고 나는 유태림을 집 안으로 청해 들였다.
"적군이 서울 가까이에까지 왔대."
태림이 침통하게 말했다.
"뭐, 서울에까지?"
"지금쯤은 점령당했을지도 몰라."
나는 대꾸할 힘을 잃었다. 겨우 한다는 말이,
"그거 낭설은 아니겠지?"
하는 것이었다.
"낭설이 다 뭐야. 어젯밤 나와 민군은 한숨도 자지 않고 일본 방송을 듣고 있었는데."

암담한 심정이었다.

"바람을 심어 폭풍을 거둔다는 말은 이걸 두고 한 말이다."

유태림이 괴로운 듯 중얼거렸다. 남조선에 단독정부가 서기만 하면 내란이 있을 것이라고 몇 번이고 되풀이한 유태림의, 옛날의 말들이 하나하나 기억 속에서 소생했다.

겨우 나는 정신을 차려 말했다.

"미국이 가만 있을라구. 곧 격퇴할 거야."

"소련이나 중공은 가만히 있겠나?"

"그럼 또 세계전쟁이 일어나게?"

"사실이 그렇게 되어가지 않아?"

유태림은 사태를 완전히 비관하고 있는 것 같았다. 유태림이 비관적 태도를 취할수록 나는 낙관해보고 싶은 마음이 되었다.

"허나 우리 C시는 남쪽의 끝이니까 여기엔 오지 못하고 전쟁은 낙찰될 거다."

"그럴까? 그렇게만 되었으면 좋겠네만."

유태림은 이렇게 말하고 좀더 있다가 가라고 권했지만 급한 일이 있다면서 총총히 떠나가버렸다.

전세는 급격하게 악화되어갔다. 매일처럼 궐기대회가 열렸다. '××사단 장병은 어디로 모이라.'는 등의 삐라가 나붙게 되었다. 보도연맹원이 속속 체포되고 있다는 소식도 들렸다. 어떻게 하면 총살, 무얼 하면 총살, 하는 식의 경고문이 빈틈이 없을 정도로 나붙기 시작했다.

대전이 함락했다는 소릴 들었는가 하면 적군의 일부가 전라도를 무인지경으로 휩쓸고 내려온다는 소문이 들렸다. 그 소문을 뒷받침하는 것처럼 피란민이 C시를 향해 물밀듯 들어오고 있었다. 학교는 마비해 버렸다. 관공서도 마비상태에 있었다.

그런데다 보련으로서 체포한 자들은 즉결처분하고 있다는, 사실인지 낭설인지 모르는 풍문이 시민들을 더욱 공포의 도가니로 몰아넣었다. 보련원 가운덴 진짜 빨갱이도 있었겠지만 진짜에 속하는 사람들은 재빨리 신변의 위협을 깨닫고 어디론가 도피해버리고 붙들린 사람들의 거개는 '나쯤은 괜찮겠지.' 하는 부류라고도 들었다. 그런 사람들을 총살한다면 이건 이중의 비극이 아닐 수 없었던 것이다.

유태림을 다시 만난 것은 우리 집 문간에서 헤어지고 난 3주일쯤 후였다. 공포의 거리로 변하고 만 후, 우리는 서로 왕래를 끊고 있었다. 하도 궁금해서 유태림의 집으로 전화를 했는데 태림은 학교에 나갔다는 것이었다. 나는 유태림을 찾아서 대학으로 갔다. 거기서 나는 놀랐다. 유태림은 학생들을 모아놓고 유유히 강의를 하고 있었다.

남들은 피란을 가느니 가야 하느니 하고 야단을 피우고 있는데 그 격동하는 시간 속에 강의를 하고 있다니, 하고 생각하다가 비관론자인 유태림이 저렇게 하고 있는 것은 필시 무슨 좋은 전망의 가능이 있는 탓이라고 생각하고 은근한 기대를 걸며 강의실 밖의 복도에서 나는 태림을 기다리기로 했다.

수업을 마치고 나오는 유태림은 나를 보자 한편 불안한 표정을 지었다. 그러곤 물었다.

"이선생, 웬일이야?"

"강의를 할 수 있는 여유가 있으니 다행이로군."

하고 나는 빈정댔다.

"이선생은 그럼 수업을 안 하나?"

"수업을 그만둔 지 벌써 오래됐어."

유태림은 '흠' 하는 표정으로 우두커니 서 있더니,

"수업도 하지 않고 뭣 하지?"

했다.

"수업을 하려고 해도 학생들이 불안해서 안절부절 풍비박산이 되었는데 수업을 어떻게 해?"

"이럴 때일수록 학생들의 경거망동을 막기 위해서라도 학생들을 학교에 붙들어 두어야 하는 건데."

"어디 선생들에게 유선생 같은 능력이 있어야지."

태림에겐 이 말이 빈정대는 어조로 들렸는가 모르지만 내가 한 말은 진실이었다.

태림과 나는 그날 오후 C여고의 교정에서 열린 조병옥 씨와 유진산 씨의 강연을 들으러 갔다.

조병옥 씨의 강연에는 설득력이 있었다.

"김일성이가 장난을 하고 있습니다. 간악한 야심을 품은 불장난입니다. 좀 지나친 장난입니다. 천인이 공노할 장난입니다. 그 장난으로 말미암아 동족이 서로 죽이고 죽고 하는 야단이 지금 벌어지고 있습니다…… 우리에게 죄가 있다면 해방을 얻어 이 나라에 독립국가를 세워보자는 죄밖엔 없습니다. 우리에게 죄가 있다면 민주주의를 사랑하고 민주정치를 해보겠다고 애쓴 죄밖엔 없습니다. 정부수립 이후 겨우 2년이 될까 말까 한 동안 우리의 정치 역량이 어려서 다소의 실수가 있었다는 것은 정직하게 시인해야 할 것입니다. 그러나 우리는 성장하는 과정에 있고 시정하는 과정에 있습니다. 그 어린 싹을 김일성 도당은 그 흙발로 유린하려고 합니다…… 독립국을 원하는 의욕이 강하면 우린 지지 않습니다. 민주주의를 사랑하는 마음이 강하면 우린 망하지 않습니다. 지금은 불평할 때가 아닙니다. 단결할 때입니다. 단결해서 그놈의 장난을 막고 그놈의 야심을 분쇄해야 하겠습니다…….”

    요지는 이와 같은 것이었는데 유태림도 썩 잘된 연설이라고 했다. 신익희 씨의 연설, 이범석 씨의 연설도 있었지만 이 조병옥 씨처럼 청중의 마음에 깊은 감동을 사지는 못했을 것이다. 7월의 태양을 그냥 쪼이며 두 시간이란 시간을 청중들은 꼼짝도 하지 않고 귀를 기울이고 있었던 것을 보아도 짐작할 수 있는 일이었다.

    하동에서 참모총장 채병덕 장군이 전사했다는 소식이 있었다. C시와 불과 30킬로밖엔 떨어지지 않은 곳이다. 미군이 C시로 들어오기 시작했다. 거창한 미군의 장비를 보고 한편 안심을 하면서도 C시가 전장이 되는 경우를 생각해서 어딘가 피란처를 구하지 않으면 안 되게 되었다.

    유태림도 그 무렵엔 학생들을 돌려보내고 피란갈 준비를 하고 있었다. 그런데 어딜 가야 좋을지 망설이지 않을 수 없었다.

    부산으로 가자는 안이 나오기도 했지만 부산은 이미 피란민으로 폭발 직전의 상태라고 들어 마음이 내키지 않았다. 유태림도 동감인 모양이었다. 그럭저럭 끌고 있다가 사태가 급박하게 되었다. 멀리서이긴 하지만 포성이 들리게끔 된 것이다. 나는 유태림과 상의할 겨를도 갖지 못하고 붐비는 기차의 한모퉁이에 웅크릴 자리를 얻어 부산으로 떠나고 말았다. 뒤에 남겨둔 어머니와 아버지를 생각하며 나는 기찻간에서 울었다. 다시 고향에 돌아올 날이 있을까 생각하니 가슴이 에는 듯했다. 기차를 꽉 채운 모든 사람들이 모두 그런 심정인지 서로의 발을 밟고 밟히고 해도 성내는 사람이 없었다.

뒤에 알고보니 내가 탄 그 기차가 그 당시 C시를 떠나 부산으로 온 마지막 기차였다. 유태림의 거취가 어떻게 되었는가를 안 것은 수복 후, 한참이 지난 뒤였다.

유태림은 괴뢰군이 C시로 들어온 바로 앞날 K읍을 향해서 도보로 떠났다. K읍은 태림의 처가가 있는 곳이었다. 죽어도 부모의 곁을 떠나지 않겠다는 것을 태림의 부친이 겨우 타일러 하인에게 어린것을 업히고 태림 부처를 태림의 처가 쪽으로 보낸 것이라고 했다.

C시에서 K읍까지는 한국 리수里數로 백팔십 리. 그곳을 피란처로 택한 것은 그곳에 태림의 처가가 있을뿐더러 바다와는 10리쯤 상거한 곳이어서 미리 배를 하나 사두었다가 최악의 경우엔 그 배를 타고 부산으로 빠질 수 있다는 계산이었다고 한다.

괴뢰군은 C시를 점령하고 마산을 향해 직통 코스를 취했기 때문에 C시와 마산을 연결하는 선에서 조금 떨어져 있는 K읍에 괴뢰군이 도착한 것은 한 달쯤 후였다. 그러니 그 한 달 동안은 유태림이 편안하게 지냈다고 볼 수가 있다. 유태림은 배를 사고 배에다 식량을 실어놓는 등 가능한 준비는 다 한 모양이다. 그랬는데 하루 아침 눈을 뜨고 보니 K읍은 괴뢰군의 수중에 들어가 있었고 태림의 처가와 바다 사이의 길은 이미 차단되어 있었다.

태림은 거기서 다시 산속으로 기어들어가야만 했다. 그러나 태림이 숨은 산을 향해서 포탄이 날아드는 바람에 그곳에서도 견뎌낼 수가 없었다. 태림의 처가는 귀한 사위의 신상에 무슨 사고라도 일어날까 봐 안절부절못했다. 그것이 또 태림에겐 커다란 부담이었다.

그러던 차에 C시 방향에서 온 사람이 H의 시골에 가 있던 태림의 부친이 괴뢰군에게 체포되어 총살을 당했다는 소식을 전해왔다. 뒤에 알고 보니 이것은 낭설이었지만 그때의 태림에겐 청천의 벽력이었다. 태림은 처가의 식구들이 한사코 말리는 것을 뿌리치고 H의 촌가를 향해 길을 떠났다. 태림의 처가에선 사촌 처남뻘 되는 사람을 동행시켰다.

먼 길이었다. 인적 하나 없이 길은 산에서 산으로 골짜구니에서 골짜구니로 펼쳐져 있었다. 간혹 길가엔 부서진 탱크가 뒹굴고 있었고 버려진 시체가 악취를 내뿜고 있었다. 부락이 있어도 사람의 그림자는 보이지 않았다. 겨우 백 리를 걸어 S읍의 어귀까지 왔을 때라고 한다. 1개 소대쯤의 괴뢰군이 저편에서 걸어오는 것을 봤다. 대장인 듯싶은 사람이 소대를 세우고 태림의 신분과 행선지를 물었다. 태림이 사실대로 대답하자 "잘 가시오." 하고 그 소대는 떠났는데 태림이 몇 걸음 떼어놓았을 때 괴뢰군의 병정 하나가 태림을 불러세웠다. 태림이 뒤돌아보니 소대는 걸음을 재촉해서 가고 있는데 그 하나의 병정만은 태림의 곁에 남아서 이러쿵저러쿵 두서없는 말을 걸어왔다. 태림은 그 병정이 속해 있는 소대의 후미가 산모퉁이를 돌아가버렸는데도 움직이지 않는 그 병정의 태도를 이상하게 생각했다.

여름 해가 서산에 지려는 무렵이었다. 그 병정은 돌연 자기들의 부대 본부에 가서 조사할 일이 있다면서 태림을 같이 가자고 했다. 부대 본부가 어디에 있느냐고 태림이 물으니 K읍에 있다고 했다. 백릿길을 걸어 K읍에서 거기까지 왔는데 그 백릿길을 다시 되돌아갈 생각을 하니 태림은 눈앞이 캄캄했다. 사정을 해보았지만 막무가내였다. 그런데 그 병정은 동행하고 있던 사촌 처남은 따라오지 말라고 호통을 쳤다. 만일 따라오기만 하면 가만 안 둔다는 것이었다. 할 수 없이 태림은 그 병정을 따라 되돌아섰다. 사촌 처남은 이럴 수도 저럴 수도 없는 모습으로 우두커니 길 위에 서 있었다. 그것을 보자 괴뢰군의 병사는 다시 한번 고함을 질렀다.

"빨리 가!"하고.

사촌 처남이 몇 걸음 걸어가는 척하는 것이 보였다.

태림은 자기를 데리고 가는 괴뢰군의 병사가 이때까지 만난 다른 병사와 다르다는 것을 느꼈다. 태림은 K읍에서 수 명의 괴뢰 병사와 접촉할 기회가 있었다. 그들은 거의 일반 백성과의 접촉을 회피하는 태도를 취했다. 마지못해 말을 주고받을 경우면 되도록 말을 적게 하려고 애쓰는 것 같았고, 전투상황 같은 것을 물으면, 그런 것을 가르쳐 줄 사람이 뒤에 곧 올 거라고만 하고 입을 다물어버리는 것이 상례였다. 전투대의 병정이 민간인을 조사한다거나 심문하는 일은 거의 없었다. 그런 점으로 비추어볼 때 태림을 데리고 가는 그 괴뢰 병사는 괴뢰군의 법대로 치더라도 불법행위를 하고 있음이 분명했다. 그뿐만 아니라 앞서 간 소대와의 거리를 되도록이면 멀리 떼려고 하는 눈치마저 보이니 이상한 노릇이었다. 산모퉁이를 돌며 뒤를 힐끗 뒤돌아봤다. 괴뢰 병사도 뒤돌아봤다. 사촌 처남의 모습은 어둑어둑해진 황혼 탓인지 분간할 수가 없었다. 태림은 산모퉁이를 돌자 앞으로 펼쳐진 적막한 길을 보고 왈칵 공포심에 사로잡혔다. 거기서 앞으로 30리까진 길가에 동리가 없었다. 바쁜 걸음으로 행군해간 소대는 줄잡아 1킬로 이상 앞으로 가 있을 게고 그 1킬로 사이엔 몇 개의 모퉁이가 있고 고빗길이 있었다. 한두어 방의 총소리쯤은 적막한 밤길을 걸어 행군하는 병정들에겐 신호를 했다는 구실이 될 수도 있다. 이에 생각이 미치자 태림은 그 병사가 자기를 죽일 것이란 예측을 하지 않을 수 없었다.

'새삼스럽게 조사할 건덕지가 없지 않으냐.'

'C읍에도 치안대나 괴뢰 내무서가 있을 것이니 정당한 이유라면 먼 K로 데리고 가지 말고 거기로 연행할 수도 있지 않으냐.'

'그렇다면 이건 무슨 수작일까?'

하고 생각하다가 태림은 불현듯 자기가 차고 있는 시계에 신경이 집중되었다.

'그렇다. 시계다. 그것을 뺏자는 것이다. 시계 하나를 뺏기 위해 부러 소대를 멀리하고 호젓한 밤길을 택했음이 분명하다.'

태림은 지체할 수가 없었다. 그러곤 되도록 평정을 가장하고 말을 걸었다.

"나는 C시에 사는 사람이오. 주소는 여기에 있소. 불미한 일이 있거든 후에 이곳으로 찾아와도 될 게고, 이곳 기관에 연락을 해도 되잖소. 내게 죄가 없는 이상 이 주소를 떠나지 않겠소. 떠나지 않는다는 증거로 이 시계를 당신에게 맡기겠소. 이 시계는 이래봬도 굉장히 비싼 물건이오. 내 재산의 반쯤을 차지하고 있는 것이오. 나는 당신을 믿기 때문에 당신의 이름도 묻지 않고 이것을 잡히겠소. 전쟁이 끝나거든 이 주소로 찾아와서 돌려주오. 그사이에 내게 대한 조사도 하구요."

이렇게 말하며 태림은 시계를 풀어 자기의 주소와 이름이 적힌 종잇조각과 함께 그 병사 손에 간청을 하듯 쥐여주었다. 병사는 걸음을 멈추었다.

"참으로 약속하지? 이 주소에서 떠나지 않기로."

"약속하겠습니다."

"그럼 이 시계는 내가 맡아두지. 언제라도 꼭 찾아갈 끼니께 그리 알라구."

병사는 제법 위엄 있게 이 말을 한 번 더 되풀이하고는 태림에게 오

던 길을 다시 가라고 하더니,

"우리의 속 누구에게도 말하면 안 되오."

하고 다짐을 했다.

주위는 어느덧 완전한 어둠이 되어 있었다. 어둠 속으로 사라져가는 병사의 발자국 소리를 듣자 태림은 그 자리에 주저앉아버렸다. 천년을 산 것 같은 느낌이었다. 하늘에 솟아난 별빛이 유난했다. 그때사 가까이 흐르고 있는 개울물 소리가 들렸다. 벌레 우는 소리도 들렸다. 어둠을 뚫고 간혹 쓰르라미 소리가 귓전을 울렸다.

조금 그렇게 앉아 있으니 사뿐사뿐한 발자국 소리가 들려왔다. 태림은 숨을 죽였다. 발자국 소리의 주인은 가까이 오더니 산 쪽으로 비껴서 서버렸다. 희미한 별빛으로 눈을 꼬누어보니 그건 사촌 처남의 모습이었다.

"창수야."

하고 태림은 외마디 낮은 소리로 불렀다.

"자형!"

하고 창수는 달려들었다. 둘이는 목소리를 죽이며 흐느껴 울었.

그날 밤 태림과 그의 사촌 처남은 S읍엘 들어서는 어귀에 있는 어떤 농부 집에서 잤다. 그러나 태림의 수난은 그것으로써 끝난 것이 아니었다.

하룻밤 신세를 진 농부에게 인사를 하고 태림은 길을 떠났다. 그랬는데 S읍 어귀의 내무서에 걸려들었다. 정복을 입지 않은 사나이가 나오더니 유태림을 심문하기 시작했다. 사투리로 보아 그 지방 사람이 틀림없었다.

"이름은 뭐지요?"

"유태림입니다."

"어디로 가는 길이오?"

"H군으로 갑니다."

"H군? 당신은 C시 사람이 아뇨?"

이렇게 들었을 때 유태림은 그가 자기를 알고 있는 사람이구나 하고 느꼈다. C시와 S읍은 얼마 안 되는 거리에 있는 것이니 태림은 몰라도 태림을 아는 사람은 많을 것이란 짐작도 들었다.

"H군에 아버지가 계시기 때문에 그리로 가려고 하는 겁니다."

"아버지가 H군에 있어? C시로 가면 붙들릴 염려가 있으니 그리로 피하려는 거지?"

"아닙니다."

"아니긴 뭣이 아니야. 유태림이란 반동분자가 인민공화국의 하늘 밑을 활보할 수 있을 줄 알아? 뻔뻔스럽게."

이런 악담이 터져나오자 정복을 입은 사나이가 그 사나이에게 귓속말을 했다. 그 사나이도 뭔가를 소곤거리더니,

"즉시 C시로 압송한다."

하고 무장한 사람을 세 사람 불러댔다.

세 사람 가운데 한 사람은 정복한 군인이었고 두 사람은 지방에서 뽑힌 사람이었다.

태림은 H군으로 가는 길을 곁으로 보면서 C시 쪽을 걸었다. 어제의 강행군에 겹친 강행군이고 보니 태림은 앞으로 닥칠 위험보다도 우선의 고통이 견딜 수 없었다.

해가 거의 질 무렵에야 C시에 도착했다. 시가는 형편없이 변해 있었

다. 심한 폭격의 흔적이 참담할 정도였다. 거리의 중심은 완전히 파괴되고 집 모양을 한 것은 산허리와 변두리에 조금 남아 있을 뿐이었다. 그러나 태림은 자기의 집이 고스란히 그대로 남아 있는 것을 볼 수가 있었다.

'허지만 아버지도 죽고 나도 곧 죽을 것이니 저 집은!'
하고 생각하니 통곡이 터질 심정이었다. 그러나 가까스로 참았다.

태림은 무장한 사람들에게 자기를 데리고 어디로 갈 것이냐고 물었다. 정치보위부로 간다는 것이었다. 태림은 그곳에 가기 전에 한 시간만 어디서 쉬어가자고 했다. 그동안에 사촌 처남을 시켜 아버지가 죽었다는 사실 여부를 알아볼 참이었다. 사복을 한 사람들은 태림의 청을 거절했는데 정복을 한 사람이 응해주었다. 태림은 사촌 처남더러 집엘 좀 갔다 와달라고 이르고 자기가 이처럼 잡혀간다는 얘기엔 일체 언급하지 말라고 당부했다.

사촌 처남의 보고에 의하면 태림의 집엔 하인들밖에 없었지만 그의 부친이 총살당했다는 사실은 전연 낭설이라는 것이었다. 바로 엊그저께 태림의 부친이 집을 들러갔다고 덧붙이기도 했다. 태림은 그날 밤 정치보위부에 수감되었다. 그의 사촌 처남은 힘이 될 만한 사람에게 이 사실을 알리기 위해서 동분서주했다.

정치보위부는 천주교회의 성당을 점거하고 있었다. 내무서는 바로 곁에 있는 절을 점령하고 있었다. 천주교회의 2층을 감방으로 하고 있었는데 거기서 일단 조사가 끝나면 다른 곳으로 옮겨지는 모양이었다. 태림이 그곳에 들어갔을 때는 단 한 사람이 있을 뿐이었다. 그 사람은 남전南電 지점장이었다. 둘이는 서로 면식이 있는 사이여서 손을 잡고 피차의 신세를 한탄했다. 그 2층에서 보면 바로 앞에 J군이 새로 이사한 집이 있다. 불빛이 없는 것으로 미루어 J와 그의 가족도 어디로 피란을 한 모양이었다. 그런데 아침이 되니 그 집에 사람이 들끓었다. 남전 지점장의 말에 의하면 아마 내무서 직원들의 식당이 되어 있는 모양이라고 했다.

밤인데도 서너 차례의 공습이 있었다. 가까운 데 떨어지는 폭탄도 있는 모양이어서 태림이 들어 있는 집 전체가 와들와들 떨 때도 있었다.

"총살당하기 전에 폭격에 죽겠어."

남전 지점장이 중얼거렸다. 이어,

"그들은 공습경보가 내리면 죄다 방공호에 들어가는 모양인데 우리만 이렇게 덩그렇게 올려놓았단 말이오. 참 꾀는 있는 놈들이야."

이렇게 중얼거리고 혀를 찼다.

붙들려오는 도중에 이미 각오가 되어 있긴 했지만 공습에 대한 공포는 미처 생각지 못했던 탓인지 태림은 공습이 있을 때마다 새파랗게 질렸다. 그러나 한편 끌려다니며 시달림을 받은 뒤 총살당하는 것보다 공습에 의해 일순에 종말을 짓는 것도 무방하리라는 생각에 익숙하려고도 애써보았다.

학병엘 갔을 때를 생각해보았다. 그때도 요행히 폭탄이 떨어지는 자리를 겨우 피했다는 것뿐 아닌가. 생명의 실질實質이 폭탄 떨어지는 자리를 겨우 피했다는 그 우연밖엔 없다면 지금 위기에 놓여 있는 이 상태는 지극히 평범하고 당연한 일이 아닌가. 이렇게도 생각해보았으나 극복하기 어려운 것은 공포감이었다.

"방공호에 놈들이 들어갔을 때 이 유리창을 깨고 뛰어내리면 되잖을까요?"

하고 불가능하다는 것을 뻔히 알면서도 유태림은 남전 지점장에게 문기도 했다. 그는 피식 웃었다.

"방공호에 들어앉아서 총은 저 유리창에다가 겨누고 있다오."

"언제부터 이렇게 혼자 있습니까?"

하고 태림이 물었다.

"아까까진 여기 꽉 차 있었소. 유선생이 들어오기 직전에 모두 데리고 나가드면,"

"석방인가요?"

"모르죠. 개중에는 석방된 놈도 있겠지만 딴 데로 간 놈도 있겠지."

"딴 데라뇨?"

"그걸 몰라. 형무소로 가는 건지, 누구도 아는 사람이 없더구먼."

전신이 피로해 있는데도 태림은 뜬눈으로 밤을 새웠다. 간혹 하늘에서 조명탄이 쏘이기도 했는데 하늘에 걸린 등불마냥 아름답기도 했다. 전쟁의 처참한 국면 사이에 꾸며지는 찰나의 아름다움, 태림은 체관諦觀의 평정을 얻지 못하는 스스로에게 미움을 느꼈다.

아침 9시쯤 되어서였다. 유태림은 2층에서 끌려나와 아래층 사무소로 갔다. 강달호가 와 있었다. 강달호는 C시 인민위원회의 문화부장이라고 했다. 정치보위부 책임자라는 군복의 사나이가 모든 것은 강동무에게 일임했으니 강동무와 잘 의논해서 일을 잘하라고 하면서 태림을 석방시켜주었다.

강달호가 태림이 정치보위부에 체포되었다는 사실을 안 것은 거의 밤중 가까이 되어서였다. 태림의 사촌 처남이 전해온 그 말을 듣고 강달호는 그밤을 꼬박 새워가며 인민위원장을 찾고 C시당 위원장을 찾고 경남도 인민위원회의 문화부장과 경남도당 문화책을 찾아다니며 태림의 구명운동을 했다. 그때 마침 당이니 인민위원회니 청년동맹이니 부녀동맹이니 하는 기관은 전부 조직되었는데도 C시 점령 한 달이 넘도록 문화단체를 만들 수가 없어서 안절부절못하고 있는 형편이었다. 강달호는 그 상황을 이용했다. 유태림을 죽이느니보다 그를 이용해서 문화단체를 만들고 그 일이 성공하면 그의 죄를 용서해주든지 다시 죄를 추궁하든지 하면 될 것이 아닌가 하는 식으로 설득공작을 벌인 것이다. 그런데다가 태림이 연전年前 대학창립 1주년 기념행사로 상연한 '살로메'의 연극에 관한 평판을 원용할 수도 있었다. 문화단체를 결성하지 못해서 상부에서의 규탄을 받고 있는 터라 강달호의 설득공작은 수월하게 이루어질 수 있었다. 자기에게 모든 것을 맡기고 태림을 불쾌하게 하는 강압적 수단은 일체 쓰지 말도록 한 것도 강달호의 교사에 의한 것이었다. 그 대신 강달호는 자기 자신의 신분과 생명을 걸고 태림을 감시하고 명령이 있으면 정치보위부에 태림의 신병을 즉각 인도할 것을 맹세하는 서약서를 제출하고 있었다.

석방이 되었기에 그저 기쁘게만 생각한 유태림은 문화단체를 만들어 자신은 연극동맹의 책임자가 되어야 한다는 얘기를 듣고 아연실색할 지경이었다고 한다. 그러나 강달호의 면목을 보아서도 할 수 없는 일이었다. 유태림의 이름으로 동맹원 모집의 광고가 나붙었다. 그러자 음악하는 학생, 연주하는 학생들이 삽시간에 모여들었다. 바이올린을 가지고 오는 자도 있었고 나팔을, 드럼을, 기타 악기들을 들고 모이는 사람도 있었고 그림 도구를 가지고 모이는 사람도 있었다. 한 달을 별러도 사람이 모이질 않아 결성하지 못했던 문화단체가 불과 일주일 동안에 거뜬하게 결성되었다. 그뿐만 아니라 문학동맹, 음악동맹, 연극동맹, 미술동맹 단위 동맹이 제각기 활동을 할 수 있을 정도의 멤버를 갖추었다. 강달호가 유태림의 구명운동을 한 명분이 그로써 일단은 선 셈이었다.

그러나 유태림의 경우는 달랐다. 문화단체를 만든다고 해도 적어도 두어 달은 걸릴 것으로 보고 지연작전을 쓸 요량이었는데 예상 외로 빨리 된 것이 그로선 탐탁하지 않았다. 이 위에 커다란 충격사건이 있었다. 유태림이 정치보위부에서 풀려나왔다는 소식을 듣고 이광열이 피신처에서 C시로 들어왔다가 학생동맹에게 붙들려 어디엔가 감금된 사건이었다. 태림은 강달호를 통해 그의 구명운동을 서둘렀으나 하등의 효과도 볼 수 없었고 도대체 어디다 대놓고 운동을 해야 할지 그 요령조차 파악할 수 없는 형편이었다. 태림은 이광열의 불행을 자기의 책임으로 알았다. 자기가 전력을 다하여 그들의 비위를 맞추기만 하면 혹시 이광열의 구출이 가능하지 않을까도 생각해봤다.

연극동맹이 결성되자 이동연극移動演劇을 준비하라는 지령이 내렸다. 유태림은 3단계의 지연작전을 쓰기로 했다. 첫째 각본의 제작과 선택을 미끼로 지연하고 둘째는 연습을 미끼로 지연하고 셋째는 장비를 미끼로 지연작전을 쓸 작정이었다. 이 작전은 성공했다고 볼 수가 있다. 각본의 선택에 2주일이 걸리고 연습하는 데 2주일이 걸렸다. 합계 4주일이라는 것이 타이밍에 맞았다. 만일 4주일이 지나도 이동연극이 출발하지 못했더라면 본부에 남아 있어야 할 것이었고 본부에 남아 있었다면 일제 후퇴명령이 내린 뒤면 감시를 받고 있는 유태림은 독자행동을 취하지 못하고 지리산으로 막바로 들어가야 했을 것이니 말이다.

당에서 파견나온 소위 지도위원이란 자가 연습과정을 구경하고 나더니 내일 아침 출발하란 명령을 내렸다. 장비가 되어 있지 않다고 했더니 이동극에 무슨 장치가 필요 있느냐, 모든 것은 현지에서 조달하면 된다고 우겼다.

그래 유태림이 H 방면으로 떠나게 된 것이 9월 26일, 그 익일 공연할 목적으로 D에 다다른 것이 27일, 이땐 벌써 단보따리 짐을 진 소위 공산정권의 요원이란 자들이 국군의 진격에 밀려 지리산으로 향해 도망치고 있는 중이었다. 태림은 그러나 그때까지 그것을 몰랐다. 누구에게 물어도 대답을 안 하는 것이었다. 그랬는데 괴뢰군 1대가 황급히 지나가며 유태림의 단체를 보고 뭐냐고 묻기에 이동연극단이라고 했더니 머잖아 이곳이 전쟁터가 될 거니 빨리 후방으로 물러서서 연극을 하든지 말든지 하라는 것이었다.

유태림 일당은 황급히 짐을 꾸려 지리산 가까운 곳까지 갔다. 추석명절이라 어느 동리에서 대접을 받고 M이라는 데까지 왔을 때 산 밑의 길로 태극기를 단 탱크가 지나가는 것이 보였고 탱크의 진로를 초계하는 비행기가 뜨고 있었다. 퇴각하는 괴뢰군은 숲속에 기어들어 있어 태림의 일당은 앞으로도 뒤로도 가지 못하게 되었다. 그것이 9월 30일. 어떤 골짜구니에 숨어 있었을 때 C시에서 오는 길이란 어떤 청년을 만났다. C시의 소식을 물으니 C시의 기관은 전부 후퇴했다는 것이었고 문화단체도 강달호 이하 지리산을 향해서 떠났다고 했다. 유태림이 떠난 바로 그날 밤에 일제 후퇴명령이 내렸다는 것이었다.

유태림은 엉겁결에 잊고 있었는데 이때까지 행동을 같이해오던 지도위원이란 자가 없어졌음을 알았다. 단원들에게 물어보아도 언제 어디서 없어졌는지 모른다는 답이었다.

유태림은 그때사 단원 27명의 운명이 자기의 결심 하나에 매여 있음을 알았다.

함께 지리산으로 들어가느냐, 전원 같이 C시로 돌아가느냐, 이 자리에서 해산하고 각자 자유행동을 취하느냐를 결정해야만 했다.

음력 8월 18일 밤의 달이 숙연한 빛깔로 골짜구니를 내리덮고 있었

파국 333

다. 유태림은 단원들에게 자기가 파악한 대로의 정세판단을 알리고 어떤 결과가 나오든 만장일치로 결정하자고 제의했다. 만장일치가 아닐 경우 어느 편을 택하든 위험하다고 느꼈기 때문이다.

신중한 토론이 오고 간 끝에 지리산으로 들어가자는 안은 만장일치로 부결되었다. 유태림의 설득이 그만한 효과를 낸 것이었다. 이어 같이 C시로 돌아가는 안도 만장일치로 부결되었다. 남은 길은 그 자리에서 해산하는 것이었다. 유태림은 그 지방의 지리를 설명하면서 가까운 곳에 친척을 가진 사람은 손을 들라고 했다. 남자단원 일곱이 손을 들었다. 그러곤 그 사람들에게 함께 동반해도 무방하다는 사람이 있는가를 물었다. 한 사람쯤이면 좋다는 의견이 나왔다. 그럭저럭 배분을 하고 나니 여자단원 여섯이 남았다. 그 여섯을 태림이 책임지기로 했다. 그곳에서 20리 산길을 걸어 C시 쪽으로 가면 태림의 고모가 살고 있었다. 그날 밤은 바로 가까운 곳에 친척이 있는 사람을 제외하고 모두 태림의 고모 집으로 가기로 했다.

새벽녘에야 고모 집에 도착했다. 고모는 이게 웬일이냐고 통곡을 터뜨리면서 태림과 그 일당을 맞았다. 추석 음식도 있었고 해서 아닌 새벽에 연회가 벌어졌다.

모두들 운명의 고빗길에서 만난 사람들이었다. 그 사람들이 이 새벽의 주연酒宴을 마지막으로 각기의 운명 속으로 떠나야 했다. 죽음이 기다리고 있을지도 모르는 운명, 감옥이 기다리고 있을지도 모르는 서로의 운명이었다.

그해의 9월 30일.
나는 부산에서 진주로 돌아왔다. 내가 부산에 있을 동안의 부산의 동태는 유태림과는 하등의 관계가 없기 때문에 생략하기로 한다. 나는 적군이 C시를 점령하기 직전 C시를 떠나는 마지막 열차를 타고 떠났다가 적군이 후퇴한 후 C시로 들어가는 최초의 열차를 타고 돌아온 것이다. 말하자면 유태림도 나와 같이 행동을 했더라면 아무 일도 없었을 것이었다.

만 두 달 만에 보는 C시의 모양은 너무나 처량했다. 변두리에 조금씩 집을 남기고 시 중심으로부터 사방 일대는 완전히 파괴되어 있었다. 어디로 보아도 와륵瓦礫의 더미, 그 더미 근처에 피란길에서 돌아온 무리들이 서성거리고 있는 모습은 슬픈 정황이었다. 임진壬辰의 그 옛날, 이 C시는 왜군에 유린되어 초토로 화했다고 하는데 그로부터 3백 수십 년 후에 또다시 그러한 비운에 휩쓸린 것이다.

그런데 원체 변두리에 있었던 탓인지 내 집만은 타지도 않고 기와와 유리가 다소 부서진 정도로 그대로 남아 있었던 것이 다행이었다. 산허리에 있는 유태림의 집도 그냥 남아 있었다. J군이 새로 이사간 집은 흔적도 없이 사라졌다. 말기에까지 남아 있었는데 B29의 폭격으로 당시 식사를 하고 있던 내무서원 수십 명과 함께 폭파되었다고 들었다.

유태림도 유태림의 가족도 C시에 돌아오지 않고 있었다. 유태림에 관해서는 별의별 소문이 떠돌고 있었다. 유태림이 자진해서 공산당에 협력했다는 사람도 있었고 그들에게 붙들려 마지못해 그들과 같이 일하는 척만 하고 있었다는 사람도 있었다.

어느 날 배형사를 만났다. 유태림의 동정에 대해서 가장 깊은 관심을 가지고 있는 그는 재빨리 태림에 관한 정보를 모은 모양으로,

"유선생은 거의 감금상태에 있으면서 피동적으로 움직이고 있었던 모양인데 딴 데를 나돌지 말고 빨리 C시로 돌아와야 합니다. 그래야만

터무니없는 오해도 풀고 할 텐데 통 보이질 않으니 야단났다."
고 걱정을 했다. 이어 강달호와 N군은 적들과 함께 지리산으로 간 것 같고 납치당한 이광열은 산청군과 함양군의 경계쯤에서 사살당한 듯싶다고 덧붙였다. 나는 실신할 정도로 놀랐다.

폐허에 판잣집이 들어서기 시작했다. 인간의 생명력이 잡초를 닮았다는 생각을 절실하게 하는 정경이 이곳저곳에서 벌어졌다. 한편 부역자附逆者라는 새 말이 나돌고, 부역자 검거 선풍이 맹렬히 불기 시작했다.

10월 중순경, C시로 돌아온 태림의 부친에게서 태림이 부산에 가 있다는 사실을 알았다. 두 달쯤 안 보는 사이에 태림의 부친은 10년을 한꺼번에 늙어버린 것 같은 인상이었다. 나는 태림이 빨리 C시로 돌아오도록 해야 한다고 배형사의 말을 전하며 그렇게 권했다.

배형사의 말을 자기도 들었다면서 태림의 부친은 이렇게 말했다.

"태림은 당분간 이곳으로 돌아오지 않을 게다. 경찰에 붙들릴까 봐 무서워서가 아니라 C시의 친지들과 학생들에게 대할 면목이 없다고 그러더라. 그 마음을 나도 이해한다. 그래 나도 그 애를 굳이 돌아오도록 권하지 않을 참이다."

이런 태도를 보면 당시 태림의 부친은 자기 아들에게 미구에 닥칠 위험을 알아차리고 있지 못했던 모양이었다. 태림이 한 짓은 태림 스스로가 부끄럽게 여기고 스스로를 책해야 할 일이긴 해도 사직司直의 문제가 될 정도는 아니라고 생각하고 있었음이 분명하다.

10월 하순 태림은 경남 경찰국 사찰분실의 형사들에 의해 체포되었다. 태림에게 관한 정보는 태림이 괴뢰단체인 연극동맹 위원장, 이동극단 단장으로 되어 있었다. 붙들려온 노동당 C시당의 간부가 진술한 바에 의하면 노동당은 태림에게 이런 감투를 씌우지도 않았고 씌울 작정도 없었다. 잠정적으로 그런 일을 맡겼을 뿐이었다. 그런 사정을 알 까닭이 없는 사찰분실의 형사들은 거물급 부역자를 잡았다고 개가를 올렸다.

그러나 그 당시 계엄사령부의 법무관으로 있던 B소령(전 C고등학교의 교사)이 이 사실을 알고 즉시 구출운동에 나섰다. 도경 사찰과장은 C경찰서에 무전으로 조회를 했다. C경찰서의 L서장은 유태림은 자기가 책임지겠노라고 증언했다. 그래 유태림이 체포된 지 3시간 만에 풀려 나오게 되었다.

유태림은 그로써 일이 끝난 줄만 알았다. 당분간 부산에 정착할 준비도 했다. 그랬는데 유태림은 12월 중순 어느 아침, 정체불명의 기관원에게 연행되어 얼마간 행방을 모르게 되었다. 공교롭게도 이때 B소령은 거제도 포로수용소 심사관으로 전근되어 부산에 없었다.

유태림을 데리고 간 사람들은 미군 CIC 광복동 분실 소속의 정보원이라고 했다. 시내 경찰서를 찾아도 허사였던 것은 당연한 일이다. 유태림은 미군 CIC의 의뢰 구속이란 명목으로 당시 남서南署의 유치장에 있었지만 의뢰 구속자의 성명까지는 경찰에 알리지 않았던 모양이다. 유태림의 가족과 우리들이 그의 소재를 알게 된 것은 태림이 검찰청으로 송치된 후였다. 태림은 검찰 구속 10일 만에 불기소로 풀려 나왔다. 그때는 1950년 12월 31일이었다.

태림의 행동은 처단을 받을 만한 정도는 물론 아니다. 그러나 비상조치법이란 것이 시행되고 있는, 엄벌 일방의 풍조 속에서 그런 관대한 처분을 받았다는 것은 불행 중 다행이라고 아니할 수 없다. 괴뢰집단의 조그마한 감투를 썼기 때문에 6·25가 끝난 지 10여 년이 흘러간 오늘에까지 감옥살이를 하고 있는 사람이 있다고 들었다.

유태림은 형무소에서 풀려나오자, C시로 오지 않고 해로海路를 거쳐 H면에 있는 자기 집의 산장으로 들어가버렸다. C시의 대학에서 학생들이 유태림을 데리러 간 적도 몇 차례 있었던 모양이지만 완강히 거절했다. 그러면 사표를 수리하겠다고 학장으로부터 간청이 있었지만 "나는 파면을 당해야 마땅하다."면서 그 제의에도 응하지 않았다.

내가 유태림을 그의 산장으로 처음 찾아간 것은 1951년 2월 첫 토요일, 해질 무렵이었다. 산문山門을 들어선 나의 눈에 처음 보인 것이 장작을 쪼개고 있는 태림의 모습이었다. 장작을 손수 쪼개느냐는 인사 대신의 내 말에 태림은 자조 비슷한 웃음을 띠고 중얼거렸다.

"지금부터 나는 농부가 될 작정이니까."

나는 그날 밤 태림의 산장에서 묵었다. 그때 태림이 한 말을 기억에 떠올려보면 대강 이러했다.

"정치보위부에 붙들려갈 땐 나는 당연하다고 생각했다. 죄야 있건 없건 그들은 나를 적이라고 취급할 수 있었으니까. 죄인으로서가 아니라 적으로서 붙들렸다는 생각이었지. 그러니까 각오도 서게 되더구먼. 그러나 대한민국의 기관에 붙들렸을 땐 정말 어처구니가 없었어."

그래 그는 검사의 신문도 거절하고 재판도 거부할 작정을 세웠다고 했다.

"생각해보라구. 말이 되는가. 나는 완강히 검사의 심문을 거절했지. 검사는 펄펄 뛰며 야단을 하더구먼. 곁에 있던 서기가 내 뺨을 치기도 했지. 뻔뻔스러운 빨갱이라고 하면서, 잠자코 당하기만 했지. 그래 첫날은 간수를 보고 그냥 끌고 가라고 하드먼. 3일쯤 후에 또 불러냈어. 여전히 같은 태도를 취하니까 검사가 그 이유를 말해보라고 타이르드

먼. 그때 나는 이렇게 말했어. 당신들은 내가 대한민국의 법률을 어겼다고 나를 붙들어온 것이 아니냐. 그런데 국민이 법률을 지키게 하자면, 그 법률을 지킴으로써 자기의 생명과 재산을 보존할 수 있다는 보장을 해주어야 할 것이 아닌가. 국민에게만 의무가 있는 것이 아니라 정부에게도 의무가 있다고 생각한다. 그럼에도 불구하고 정부는 국민의 생명과 재산을 보전할 의무를 포기하고 도망쳐버렸다. 그러나 나는 불가피한 사정이라는 것을 알기 때문에 원망조차도 하지 않았다. 나는 적의 정치보위부에 붙들렸다. 어떤 친구가 감시할 것을 맹세하고 나를 구해냈다. 그 친구의 호의와 입장을 저버릴 수가 없었다. 그래 나는 한 달 동안 감시를 받으며 그들이 시키는 연극연습이란 것을 했다. 그것뿐이다. 그것뿐이라도 나는 내 스스로 고향에도 돌아가지 못할 정도로 굴욕을 느끼고 있다. 그런데 당신들은 나를 체포했다. 게다가 심문까지 하고 재판까지 하려고 하고 있다. 내게 죄가 있다면 여기 이렇게 살아 있다는 죄밖에 없다. 당신들은 나를 왜 죽지 않고 살아 있느냐고 추궁하고 있는 셈이다. 나는 내가 살기 위해서 아무도 속이지 않았고 아무도 상하지 않았고 아무도 나로 인해 손해를 입게 하지 않았다. 내 체면을 깎고 내 굴욕을 견디고 겨우 내 생명 하나를 건졌을 뿐이다. 그런데도 나를 체포하고 심문한다는 것은 폭력이다. 이왕 폭력으로 할 바엔 심문이고 재판이고가 필요 없지 않으냐. 그래서 나는 심문도 재판도 거부한다. 대충 이런 말을 했더니 또 검사 서기가 건방진 놈이라고 하면서 폭력을 쓰려고 하더구먼. 그러나 검사는 그 서기를 말리고, 잘 알았다면서 나를 다시 형무소로 돌려보냈다. 또 사흘인가 지냈지. 검사는 지금 전쟁 중이고 누가 적인지 누가 동지인지 분간 못할 상태이니 적군과 다소 교섭이 있는 사람이면 일단은 의심해야 할 처지에 있지 않으냐, 그 흑백을 가리기 위해서 조사를 하는 것이지 죄인으로 단정한 것은 아니라고 하면서 판단을 속히 내리기 위해서라도 순순히 심문에 응하라고 했어. 가만히 생각해보니 이유가 있는 말 같았다. 그래서 심문을 받은 결과 불기소로 나왔는데, 그땐 내가 당당하게 굴어서 그런 결과가 된 줄만 알았지. 뒤에 알고 보니 그게 아니었어. 아버지의 피나는 노력이 있었고 C시 경찰서장의 호의가 있었던 탓이었어."

유태림은 자기가 좌익계의 기관에도 잡히고 대한민국의 검찰에도 걸려들고 한 사실 자체에 적잖은 충격을 받은 것 같았다. 그의 말을 빌리면 설 자리가 없다는 기분이며 그러니 도무지 살맛이 나지 않는다고 했다.

"지금 나는 어떻게 해야 한단 말인가. 무엇을 해야 한단 말인가. 농사를 짓고 틈틈이 책이나 읽고 지낼 생각이지만 도무지 마음이 편하질 않으니 어떻게 하면 좋을는지 막연하다."

이렇게 말하는 그를 향해 나는 생각을 너그럽게 가지라는 멋없는 충고밖엔 할 수가 없었다.

그는 이광열이 죽었다는 사실엔 반신반의하고 있었다. 시체를 찾지 못한 이상 그렇게 단정할 수 없다는 것이었다. 태림은 자기 나름대로 사람을 보내보기도 하고 광열의 가족과도 연락을 취하고 있는 모양이었다. 강달호와 Z군, 기타 산으로 들어갔다고 들은 사람들에 관해선 언급하길 꺼렸다.

그는 또 K읍에서 S읍으로 올 때 인민군 병사에게 당했던 얘기도 하면서,

"공자는 위방불입危邦不入 난방불거亂邦不居라고 했다지만 불입과 불거의 자유도 없는 나라에서 살자면 어떻게 해야 하는가. 굴원처럼 먹라

수에 빠져 죽어야 옳을까."
하고 한탄하기도 했다.

두 번째, 세 번째 그를 찾았을 때도 대강 이상과 같은 얘기들이 오갔을 뿐이었다. 다만 마지막 그를 찾았을 땐 이광열에 대한 절망을 말하면서,

"만일 이광열이 죽었다고 하면 그것은 내 탓이다. 내가 정치보위부에 붙들렸다가 곧 풀려나왔다는 소문을 듣고 그는 피신처에서 나온 것에 틀림이 없잖아. 나 정도가 괜찮으니까 자기도 괜찮겠지 하고, 그런 오산을 하게 한 원인이 광열의 비극을 만들었고 그 원인이 내게 있단 말이다. 만일 광열이 죽은 것이 확실하다면 나도 살아 있을 수가 없는 심정이다."
라고 했다. 그 말투가 너무나 비통했기 때문에 "큰 마음을 먹고 좋은 시대를 기다려볼 일이 아닌가." 하는 설된 위로를 하는 것이 겨우였다.

그해의 5월. 유태림은 해인사로 갔다. 내겐 간단한 편지를 남겼다. 그 사연은 이랬다.

광열의 죽음을 확인했다. 그렇다고 해서 나도 따라 죽을 순 없다. 그러나 이대로 가만히 있을 수도 없다. 궁여의 생각이 해인사로 가는 일이었다. 부처님 앞에서 그의 명복을 빈다는 생각은 아예 없고, 빌어 무슨 보람이 있으리라고도 생각하지 않는다. 다만 그에게 속죄하는 뜻으로 해인사 고요한 환경 속에서 한동안 살아보고 싶다. 내일 곧 돌아올지도 모르고 영영 돌아오지 않을는지도 모른다. 다행하게도 나는 아버지에게 손자를 하나 남길 수 있었다. 아버지도 내 생각

에는 찬성이었다. 언젠가 해인사에 오는 일이 있으면 찾기나 해주게. 이군에겐 여러 가지로 폐만 많았다. 아버지와 어머니에게 안부를 전해달라.

나는 유태림이 해인사로 갔다는 소식을 듣자 서경애를 생각했다. 그 여인도 또한 해인사로 간다고 떠나지 않았던가. 그러나 한편 그때까지 서경애가 해인사에 있으리라는 생각은 해볼 수 없었다. 그리고 나는 유태림의 고민에는 동정하면서도 그의 행위에는 동조할 수 없었다. 가족을 돌보지 않아도 좋고, 해인사에 들어박혀 있어도 생활할 수 있는 물질적인 여유가 있는 사람이 해보는 사치의 일종이라고까지 생각했다.

나는 잠시 유태림을 잊었다. 전쟁터가 약간 먼 곳으로 옮겨졌달 뿐이지 전쟁은 한창이었고, 그 전쟁을 뒷받침하기 위해 학교생활에도 영일寧日이 없었다.

7월 13일이었다. 나는 신문을 펴들고 펄쩍 뛰었다.

7월 12일 밤, 해인사를 빨치산의 주력 부대가 습격해서 해인사 구내에 있는 H대학의 학생 약 40명과 해인사에 투숙하고 있던 외부인사 10여 명을 납치해갔다는 기사였다. 황급히 읽어내려가는 눈에도 유태림의 이름이 역력했다. 납치된 인사의 명단 맨 처음에 유태림의 이름이 있었던 것이다.

유태림이 빨치산에게 납치되었다는 소식은 C시 전체를 뒤흔들어놓은 대사건이었다. 지방도시나마 오랜 역사 속에서 자라난 C시는 타지방에선 좀처럼 볼 수 없는 특색이 있었다. 그것은 자기 고을에서 낳은 인재에 대한 독특한 애착이다. 유태림이 부역을 했다느니 그래서 C시를 떠나 있다느니 할 땐 그저 어떤 사람의 신상에 변화가 있었다는 것으로 별반 큰 관심을 끈 것같이 보이지 않았는데 납치되었다는 보도가 있자 아연 양상이 달라졌다. 그런 것으로 보아 태림은 C시의 시민에게 인재로서의 인상을 심어놓았다는 사실을 알 수가 있었다.

태림의 집은 초상이 난 집같이 되었다. 그의 부친을 어떻게 위로해야 할지 갈피를 잡을 수 없었다. 해인사로 몸소 가보겠다는 태림의 부친을 겨우 만류해놓고 수 명의 대학생과 더불어 내가 해인사엘 가보기로 한 것은 7월 20일경이었다. 더 일찍 떠나려고 했던 것을 그처럼 늦추게 된 것은 치안상태가 고르지 못하다는 이유로 해인사 방면의 출입이 금지되어 있었기 때문이다.

가야산 해인사는 성록盛綠의 계절 속에 한결 더 웅장하고 우람한 모습이었으나 50여 명의 납치자를 냈다는 비극의 흔적으로서 쓸쓸하게 느껴졌고, 숲속마다에 음현陰現하는 군복들의 범람으로 살풍경하기조차 했다.

홍도여관이란 곳에 자리를 잡고 7월 12일 밤의 상황을 알아보았다.

그날 오후 해인사 계곡에서 기우제가 있었다.

이 기우제엔 그곳의 군수, 서장, 해인사를 경비하고 있는 경비대의 대장 등도 참석하고 있었다. 해인사엔 군대와 경찰의 경비대와 더불어 산에서 자수해 돌아온 사람들로서 구성된 의용대라는 것도 있었다.

빨치산은 기우제를 지내고 있는 낮부터 근처에 잠복하고 있었던 모양이다.

군수와 서장 등이 기우제를 지내는 것을 지켜보고 가만히 있었던 것은 그들의 잠입 목적이 물자보급에 있었던 까닭인 성싶다고 했다.

기우제 끝에 술판이 벌어졌다. 이 술자리엔 경비대 대원, 의용대 대원 들도 한몫 끼였다.

군수와 서장, 기타 유지들이 해인사의 계곡을 떠난 것은 아직 해가 남아 있을 무렵이었는데 술판은 그들이 떠나고 난 뒤에도 계속된 모양이다.

땅거미가 내리자 빨치산은 일제히 행동을 개시했다. 미리 상황을 파악하곤 빈틈없는 계획을 짜서 덤벼든 빨치산의 공격을 술취한 경비대원들이 막아낼 재간이 없었다. 빨치산은 그 1대로써 경비대와 의용군을 포위 공격하고 다른 1대는 절에 침입했다.

절에 침입한 빨치산의 일대는 방방을 들추어 중, 일반인 할 것 없이 절 안에 있는 사람은 전부 노전爐殿으로 몰아넣었다. 그리고 일부는 노전에 감금당한 사람들의 명부를 작성하고 일부는 절간을 뒤져 쓸 만한 물건을 가려내선 한 사람이 짊어지고 갈 정도의 부피로 짐을 수십 개 꾸렸다.

그 작업이 끝나자 중을 제외한 학생, 외부인사들에게 짐을 한 개씩 짊어지우고는 빨치산은 어디론지 사라져 가버렸다. 그 사이 빨치산의 일대는 아랫부락에서 의용대의 간부 두 사람을 참살하고 홍도여관에 묵고 있는 헌병 하나를 결박지워 끌고 갔다는 얘기였다.

우리는 노전에 감금당하고 있었다는 중을 찾아서 더 상세한 것을 물었다.

그 중의 말에 의하면 명단이 작성되자 그 명단에 따라 한 사람 한 사람씩 불러 세우고는 그들의 눈겨냥에 맞추어 이편에 서라 저편에 서라고 지시하더라는 것인데 다발총과 권총을 겨눈 강압행동이라서 항의니 반대니 할 겨를이 도무지 없었다는 것이었다. 유태림도 그때 불려 세워진 사람 가운데 끼였던 모양이다.

"그렇게 총칼을 마구 들이대놓고 한다는 말은 어처구니가 없었죠."
하고 그 중은 말했다.

무슨 말을 하더냐는 우리의 물음에 대해 그 중은 그들의 말이라면서 이렇게 전했다.

"여러분들의 열성적인 보급노력에 진정으로 감사합니다. 그사이 약간 부자연한 절차가 있었을 것으로 압니다만 이것은 우리의 형편상 만부득이한 일이니 용서해주십시오. 좀더 시간이 있고 얘기할 여유가 있으면 여러분이 자진해서 할 일을 시간을 단축하는 의미에서 사정이 이렇게 되었습니다. 우리는 1분 앞, 1초 앞의 운명을 모르는 사람들입니다. 이 방문을 열고 나가는 순간, 저 모퉁이를 도는 순간, 어떤 운명이 우리를 기다리고 있을지 알 수가 없습니다. 그런 점으로 보아 양해 있기를 바랍니다. 여러분과 헤어지는 마당에서 꼭 한 말씀 드리고자 하는 것은 우리 인민공화국이 승리 못할 바 아니라는 점입니다. 앞으로 여러분은 인민의 적이 되지 않도록 조심하시기 바랍니다."

이렇게 말하고 나서 그 중은,

"자식들, 즈근 날강도 행위를 자행하고 인민의 적 노릇을 예사로 하면서 우리들 보고 인민의 적이 되지 말라고 하니 적반하장도 유분수지."
하며 피식 웃었다.

유태림이 묵고 있었던 곳은 대웅전을 정면으로 보고 바른편에 자리잡은 관음전의 동쪽 끝방이었다. 아직 겨를이 없어 치우지 못했다는 변명과 함께 관음전의 사동이 열어보이는 태림의 방엔 토족土足의 흔적이 그냥 남아 있었고 몇 권의 책이 산란해 있었다. 그 책 가운데 『불교성전』이란 것은 있는 것이 당연하다고 보았지만 『라틴어 문법』 책이 끼어 있는 데는 가슴을 찌르는 감회가 있었다.

여기에서의 유태림의 생활이 어떠했느냐는 질문에 대해서 사동의 대답은 이랬다.

"좋은 분이었어요. 그런데 매일 계곡에 나가서 물에 발을 담그고 앉았다가 산을 걷고 하다간 아무 일도 안 하고 책만 보고 있었어요."

나는 불현듯 서경애의 생각을 했다. 그래 이렇게 물어보았다.

"누가 찾아오는 사람은 없던?"

"없었어요."

"태림 씨가 찾아가는 사람도 없고?"

"그런 사람도 없었어요."

사동은 그렇게 말하다가 언뜻 생각이 돋았는지 이런 말을 했다.

"빨갱이가 들어오고 난 그 이트이튿날 유선생님을 찾은 사람이 있었습니다."

"어떤 사람이더냐?"

"국일암에 있는 여자였습니다."

"국일암? 젊은 여자더냐?"

"아직 젊었어요. 국일암은 신중들이 있는 곳입니다."

"그럼 그 여자는 중이야?"

"아뇨. 옷은 중옷을 입고 있었지만 머리는 깎지 않았던데요."

나는 그 여자가 서경애라는 것을 의심하지 않았다. 그러나 다시 물었다.

"그 여잔 국일암에 오래 있었나?"

"꽤 오래 있은 줄로 압니다. 작년에 거길 심부름 갔을 때도 있었으니까."

나는 그 사동더러 국일암에까지 안내해달라고 부탁했다. 국일암은 큰 절에서 동쪽으로 등을 하나 넘은 데 있었다. 거길 가는 도중 나는 국일암엔 빨치산이 가지 않았다는 사실을 알았다.

조그마한 암자엔 인기척이 없었다. 사동이 한참 불러대고서야 늙은 여승이 방문을 열었다. 참선을 하고 있는 중이라고 보였다.

나는 대강 인사를 하곤 서경애가 여기에 있었느냐고 물었다. 여승은 나를 의심하는 눈초리로 훑어보더니,

"댁은 누구시오?"

하고 물었다.

나는 간단하게 내 처지를 얘기하고 국일암을 찾은 이유까지도 설명했다. 그랬더니 금시에 눈물이 글썽하게 되더니,

"서경애는 갔다오."

하고 말했다.

"가다니, 어디로요?"

나는 다급하게 물었다.

"어디로 갔는지 알기나 하면 이처럼 걱정도 하지 않겠소."

차근차근 물어본 결과 사정은 이랬다.

서경애는 일 년 반쯤 전에 국일암으로 왔다. 그 후 머리를 깎지 않았지만 독실한 수도자로서 처신해왔다. 불명을 대덕행大德行이라고 지었다.

7월 12일 빨치산이 큰 절을 습격했다고 들었을 때에도 서경애는 아무런 말이 없었다. 13일 저녁 때에 납치당한 사람들의 이름이 알려졌다. 그때부터 서경애는 마음의 평정을 잃었다. 유태림이 해인사에 와 있었다는 사실을 서경애는 전혀 모르고 있었는데 납치된 후에야 알게 된 것이었다.

서경애는 14일 큰 절에 가봐야겠다면서 암자를 나섰다. 두어 시간 만에 돌아왔는데 얼굴은 사색이었더라고 한다. 그 까닭을 알고자 했으나 별일 없다는 대답뿐이었다.

그런데 그저께 새벽 서경애는 돌연 행방을 감추어버렸다. 예불시간이 되었는데도 일어나지 않아 침소로 가봤더니 방 안은 깨끗하게 정돈되어 있었고 이불을 깐 흔적도 없었다.

책상 위에 종이쪽지 하나가 있었다.

'나를 찾지 마시오.'

이렇게 쓰인 쪽지였다.

일어서는 나를 보고 노여승은 합장하며 고개를 숙였다.

"부처님의 가호가 있을 겁니다."

하는 쉰 듯한 목소리를 등뒤에 들으면서 정신없는 사람처럼 암자를 걸어나왔다.

유태림 등을 납치해 간 빨치산이 거창 덕유산 쪽으로 이동하고 있다는 정보가 들렸다. H대학 학생 몇이 탈출해서 돌아왔다는 이야기도 들렸다. 그 가운데 몇몇을 찾아보기도 할 작정이었지만 비관적인 생각이 앞섰다.

첩첩한 산과 산.

그 산의 무성한 숲을 헤치며 서경애가 유태림을 찾아 헤매는 모습이 눈앞에 선하게 나타나는 느낌이었다.

나는 가슴 한복판에 구멍이 뚫린 듯한 허탈감을 안고 C시로 돌아올 수밖에 없었다.

에필로그

유태림이 납치된 지 10여 년의 세월이 흘렀다. 어떤 수단을 다 써도 그 후의 소식을 알 길이 없었다. 그를 쫓아 지리산으로 들어간 서경애의 소식도 알 수가 없었다. 그러니 유태림과 서경애가 산속에서 만날 수 있었는지 없었는지도 물론 알 길이 없다.

지리산의 빨치산이 전멸된 지 이미 오래다. 일부는 이북으로 도주했다고도 하지만 대부분은 사살되었고 일부는 생포되고 또는 귀순했다. 유태림과 서경애는 생포된 가운데 또는 귀순한 가운데 끼이지 않은 것은 확실하다. 육군 법무부에 근무하고 있는 B씨는 생포되고, 또는 귀순한 빨치산에게 유태림과 서경애의 소식을 묻도록 담당관에게 골고루 간곡한 청을 해놓았다고 했는데 그런 조치를 통해서도 이렇다 할 단서가 나타나지 않았다.

그런데 단 한 번 나는 유태림의 소식을 들은 적이 있다. 소식이래야 별것이 아니었지만 산속에서의 유태림의 동태를 알린 한 토막이었다. 빨치산으로 있다가 생포되어 5년형을 받고 복역한 후 출옥한 H란 청년이 당시 부산에 있었던 나의 근무처로 찾아온 일이 있었다. H는 C고등학교를 졸업한 후 서울의 Y대학에 재학 중 6·25를 만나 의용군으로

징발되어 괴뢰군과 행동을 같이하고 있다가 생포된 청년이었다.

산속에서의 생활을 얘기하던 도중, H는 유태림을 덕유산 골짜기에서 만났다고 했다. 자기는 전투부대에 속해 있기 때문에 바삐 행군을 하고 있는 중이었는데 덕유산 골짜기를 지나다가 수송부대를 만났다. 그 속에 유태림이 끼여 있더라는 것이었다.

"하두 남루한 행색을 하고 있어서 처음에는 몰라뵀었습니다."

그래 만나서 무슨 얘기를 했는가 하고 나는 물었다.

"가슴이 벅차서 말이 나와야지요. 그저 우두커니 선생님 곁에 쭈그리고 앉았지요. 선생님은 슬픈 눈으로 저를 한번 슬쩍 쳐다보시더니 아무 말도 하시질 않고 고개를 숙여버리드먼요."

"그래 그뿐이야?"

"도리가 있었겠습니까. 우리는 거기서 조금 쉬었다가 곧 떠나버렸으니."

"그럼 자네 생각으론 유선생이 어떻게 되었겠는가?"

나는 실오라기 하나 정도의 정보라도 찾아내기 위해 이렇게 물었다.

"아마……."

하고 그는 말꼬리를 흐렸다.

나는 그 이상은 듣고 싶지 않았다. 다만 이렇게 되묻지 않을 수 없었다.

"그 속에 끼이면 그렇게 탈출하기 힘드나?"

"거의 불가능합니다. 아마 유선생 같은 분은 보급작전에도 참가시키지 않았을 테니까요."

H의 말에 의하면 보급작전이란 그 약탈행동에 참가만 시켜주어도 부락에 내려갔을 때를 틈타 탈출할 기회가 혹시 생기는 기회가 있다는 것이다. H대학의 학생들(유태림과 같은 밤에 납치된 학생들)이 대거

탈출에 성공한 것도 그들을 약탈행동에 참가시킨 때문이라고 했다. 그런데 유태림은 그 일에 참가시키지 않고, 약탈해온 물건을 전투부대에서 전투부대로 옮겨다 주는 일만 시키고 있었으니 그 심한 감시를 받으면서 어찌 탈출할 수 있었겠느냐는 얘기였다.

서경애의 소식도 물었으나 여자는 거개 전투부대에 속해 있고 H와는 다른 소속이었을 것이니 알 길이 없다고 하는 것이다.

H에게서 그 얘기를 듣고부턴 두세 달에 한 번씩은 남루한 누더기를 입은 유태림이 나의 꿈길에 나타나곤 하는 것이다.

유태림이 그 후 어떻게 되었을까 하는 덴 세 가지의 추측을 할 수가 있다.

한 가지는 북으로 갔다는 소수분자들 틈에 끼여 북으로 갔다는 추측, 다른 한 가지는 서경애와 만나, 좌익들에 대한 서경애의 영향력을 발동해서, 유태림과 서경애가 그 무리에서 빠져나와 어떤 절로 들어가선 영영 세상을 등져버리지 않았을까 하는 추측, 마지막은 어느 산골짜기에서 총에 맞아 이미 백골이 되어 있을 것이라는 추측이다.

북으로 갔을 것이란 추측은 유태림의 성격을 보아 도저히 성립될 수 없는 추측이다. 그러나 이 추측에 매달려보고 싶은 심정은 6·25동란 중, 괴뢰군이 많은 인사를 강제로 납북해 갔다는 사실에 공유한다. 가장 바람직한 것은 서경애와 더불어 어느 산골에 은신했을 거라는 추측인데 빨치산들 사이에 그렇게 할 아량이 있으리라곤 상상할 수도 없으니 거의 공상에 가까운 이야기다.

유태림의 부친은 아직껏 유태림이 절대로 죽지 않았다는 신앙 속에서 살고 있다. 어떠한 형태로든 살아 있을 것으로 믿고 실종선고를 받을 생각도 안 한다. 살아 있다는 한 조각의 증거도 찾지 못하면서, 죽었

다는 증거가 나타나지 않았다는 그 점에서 매달려,

"그놈이 죽을 리가 없다."

고 믿고 있는 것이다.

그것도 그럴 것이 유태림의 부친은 유태림과 친한 사이였던 친구가 지리산 전투부대의 부대장으로 있었을 때 그에게 탄원해서 지리산 근처에 흩어져 있는 시체를 모조리 조사한 일이 있었다. 시체를 파묻었다는 곳이 알려지면 자신이 인부를 데리고 현장으로 가서 시체를 살폈다. 그러는 노력 가운데 유태림의 부친은 수많은 시체를 유족들에게 보내주는 갸륵한 일도 했었다. 그런 노력을 10여 년 동안 했는데도 태림이 죽은 흔적이 나타나지 않았으니 태림의 부친으로서는 태림이 살아 있다고 믿고 싶은 것은 당연한 일이다.

나도 그의 부친의 염원 섞인 신앙을 같이하고 싶다. 어느 곳엔가 유태림이 살아 있다고 믿고 싶다. 그러면서 유태림에게 구원이 있다면 그가 몸소 민족의 비극 속에 끼여 민족의 슬픔과 민족의 고민을 자기 스스로의 육체와 정신으로 슬퍼하고 고민했다는 바로 그 점이라고 생각한다.

유태림이 자기 나름으로 옳게, 착하게, 바르게, 보람 있게 살려고 했던 것을 의심하지 않는 나는 한국의 지식인이 그 당시 그렇게 살려고 애썼을 경우 월등하게 운이 좋은 환경에 있지 않는 한 거개 유태림과 같은 운명을 당하지 않았을까 하는 생각을 지워버릴 수가 없다. 그런 의미에서 유태림의 짧은 생애는 결코 무의미한 것이 아니라고 나는 믿는다.

E군!

이로써 유태림에 관한 기록을 끝내기로 한다. 졸렬하고 부족한 능력의 탓으로 유태림의 편모나마 생생하게 그려내지 못한 것이 유감스럽다.

그런데 몇 가지 덧붙일 것이 있다.

유태림의 아들은 현재 S대학의 불문과에 재학하고 있다. 아버지가 없는 대신 조부모와 어머니의 극진한 사랑 속에 아쉬움 없이 자라고 있다. 자기 아버지를 닮아 뛰어난 재질을 가졌으며 인간성도 따뜻한 모양이어서 교수들과 동배들의 사랑을 받고 있다는 얘기였다. 태림 일가는 C시에 있는 집을 버리고 H촌의 산장만 남겨둔 채, 모두 서울에서 살고 있다. 손자를 따라 서울로 이사를 한 셈이다.

나는 가끔 태림이 가르친 제자들과 만나는 기회를 가진다. 태림이 C고등학교에서 맡은 바로 그 학급에서 박사가 셋, 대학교수가 여섯, 판사 검사가 각각 하나, 고급관리가 다섯, 은행지점장이 셋, 꽤 성공한 실업가가 둘, 음악가가 하나, 한국의 현 문단에서 강력한 영향력을 가지고 있는 문학평론가가 하나, 일류신문의 중견급 논설위원이 하나, 국영기업체의 간부 하나, 의사가 하나, 중고등학교의 교사가 셋, 합해서 29명이 우리나라 사회에 진출해선 일류의 인물로서 활약하고 있다. 태림이 C고등학교에서 그 학급을 맡을 때 33명이었고 그것을 고스란히 졸업시켰는데 이상 29명을 제외한 4명 가운데 한 명은 병사病死, 세 명은 동란 중에 행방불명이 되었다.

하나의 학급에서 이처럼 많은 인재를 배출했다는 것은 학생들 자신의 소질이 훌륭한 탓도 있었겠지만 당시의 상황을 생각하면 교사 유태림의 공로를 크게 평가하지 않을 수 없다. 중년기에 들어선 그들은 모일 때마다 유태림을 회고하고 얘기꽃을 피운다. 그 뒤 대학엘 가서 많은 선생을 만났지만 유태림 선생에게서와 같이 강력한 영향을 받은 선생을 만나지 못했다는 모두들의 얘기다. 그들은 아직도 유태림이 한 말들을 종종 회상하곤 정신의 영양을 삼는다고도 했다. 교사로서 그만했으면 성공한 편이 아닌가.

끝으로 한 가지 부탁이 있다. 가즈에라고 하는 여자와 유태림 사이에 낳은 아들이 있다고 들었는데, 유태림의 아들이라고 밝힐 필요 없이 그 아들과 유태림의 부친과를 짧은 시간이나마 상면시킬 수가 없을까. 그 사람이 한국으로 나와도 좋고 유태림의 부친이 일본으로 가도 좋다. 그 사람의 얘기를 전했더니 유태림의 부친은 도쿄에 있는 손자를 한 번이라도 보고 자기의 마음이 우러나는 대로 뭐든 정을 표시할 수 있는 흔적을 해줄 수만 있다면 아무 여한이 없겠다는 것이다. 칠십 고령이지만 아직도 정정한 편이니 일본 여행도 지금 같아서는 용이할 것 같다. 아무쪼록 군의 주선이 있기를 바란다.

군이 C공론에 쓴 한일조약에 관한 코멘트를 커다란 감동을 갖고 읽었다. 한일조약에 임하는 일본 측의 태도는 어디까지나 참회의식의 발현이어야 한다는 골자였는데 군의 그와 같은 의견이 어느 정도 한일조약에 반영되었는지는 몰라도 그런 정신이 반드시 씨앗이 되어 어떤 형상으로든 보람이 있을 것을 믿고 의심하지 않는다.

대학교수로서 학자로서의 군의 대성을 빌고 자중자애하길 바란다. 도쿄에 있는 옛 학우들에게 안부를 전해주게.

이 편지를 보내고 얼마 안 되어 E에게서 회신이 왔다.

……군의 편지를 읽고 비통함을 금할 수가 없다. 나도 유군의 아버지와 같은 신앙을 갖고 싶다. 도쿄에 있는 학우들의 심정이 모두

그렇다. 그 섬세하고 고상하고 진지한 위인이 누더기를 입고 산속에서 죽어 없어졌대야 말이 되겠는가. 나는 유군이 그 서경애란 여자와 산속에서 만나 빨치산의 무리에서 탈출해선 심산의 동굴 속에 숨어버렸다는 추측을 즐기기로 하겠다. 납치되었을 때에 가족과의 단절을 각오한 그는 서경애를 만나서 제2의 인생을 기획하고 설계했을 것이 분명하지 않은가. 속세를 염리厭離한 은사隱士의 생활, 나는 이 동양적 로맨티시즘을 기어이 고집한다. 신선이 되어 나타날—아니 나타나지 않아도 좋다—유태림을 상상하는 것은 얼마나 즐거운 일이냐. 그를 잃은 비통 가운데서도 이 공상만이 위로가 된다. 가즈에에게 군의 부탁을 전할 참인데 섣불리 했다간 실패할 염려가 있어 몇몇 친구들과 의논한 결과 구조적으로 설득하기로 했다. 일본에서 제일가는 사생아를 만들겠다고 공언한 바 있지만 지금쯤은 아버지의 이름을 가르쳐줘도 될 시기가 아닌가 하는 생각도 든다. 유태림과 같은 인물이 아버지라면 그 아들에게 손색이 될 리도 없으니 말이다. 도쿄에 있는 유태림의 아들은 인턴도 마치고 지금 대학병원에 근무 중인데 우리와 상종하던 시절의 유태림과 너무나 닮은 데는 놀랄 정도다. 상냥하고 진지한 청년 의사로서 촉망이 크다고 들었다. 머지않아 설득 결과를 알릴 작정이니 그렇게 알고 기다려주게.

이 편지와 같이 보내는 유태림의 수기는 학도병에 지원하고 난 후에 자기 고향에서 써서 내게 보낸 기록이다. 군이 읽어도 알 것이지만 당시 벌써 자기의 운명을 예견한 것 같은 구절이 있는 것을 보고 놀랐다. 이 기록 외에도 상당한 부피의 기록이 있지만 이것은 후일 한 권의 책을 만들든지 우리들의 기관지에 특집하든지 할 계획이 있으니 그때 그것을 보낼 작정이다. 그러니 사진을 찍어 보내는 기록은 이것이 마지막이라고 생각하고 양해하기 바란다. 군의 대성을 빈다. 자중하게. 유태림 군의 부친에게 도쿄에 있는 그의 학우들이 경건한 위문을 보낸다고 전해주길 간절히 바란다.

유태림의 수기 5

(이것은 유태림이 고향에 돌아와 있을 무렵에 쓴 것인데 E에게 대한 편지 형식으로 되어 있는 것이다.)

E형,

신문을 보고 이미 알고 있을 게다. 곤론마루가 침몰했다. 언젠가 자네, 그 배의 이름이 좋지 않다고 한 적이 있었지. 남의 나라 산을 자기 나라 산처럼 취급하고 있다면서. 바로 그 배다. 12월 20일(1943년), 이 20일이란 일자는 우리에겐 참으로 악일惡日이다. 그 설명은 뒤에 하기로 하고…… 밤 10시에 출범한 곤론마루는 시모노세키의 앞바다 오키노지마를 통과한 약 40분 후인 오전 두 시 반경, 미군의 기뢰를 맞고 때마침 풍랑이 거세게 인 바닷속으로 침몰하고 말았다. 천수백 명이 목숨을 잃었다지만 아직껏 정확한 수는 발표하지 않고 있다. 살아남은 사람은 70여 명에 불과하다고 한다.

나는 그 기사를 읽고 눈앞이 캄캄해졌다. 그 사고가 있은 날의 바로 앞날 최종률에게서 전보를 받았기 때문이다.

그 전보에 의하면 최종률은 틀림없이 그 배를 탔을 것이었다. 그는 연락선에서 내리는 즉시 내 고향으로 기차를 타고 와서 내 집에 며칠간 머물다가 함경도 자기 고향으로 돌아가게 되어 있었다. 그래 나는 그날 막차가 닿을 무렵 기차 정거장으로 마중 나갈 작정을 하고 있었던 것이다.

불안한 마음으로 나는 막차를 기다렸다. 최종률은 나타나지 않았다. 불길한 예감에 사로잡힌 나는 가만히 있을 수가 없었다. 하이어를 대절하고 이미 자정이 넘은 시간인데도 부산으로 향했다. 가솔린 대신 목탄으로 달리는 하이어는 1백 7, 80킬로 남짓한 거리를 여섯 시간이나 걸렸다. 부산에 도착해도 아직 날은 밝지 않았다. 부랴부랴 수상서, 파출소로 달려갔다. 파출소는 이미 울음 바다가 되어 있었다. 땅바닥을 치며 울부짖고 있는 사람들의 사이를 비집고 파출소 앞에 게시해놓은 승선자 명부를 보았다. 없어 주었으면 하는 요행에의 기대는 무너졌다. 최종률의 이름이 거기 나붙어 있었다. 동명이인일 수도 있다는 한 오라기의 희망을 안고 자세히 물어보았더니 최종률은 바로 그 최종률이었다.

"혹시 구조되었을지도 모르니까 너무 낙담하지 마시오."

파출소 주임은 샛노랗게 질린 내 얼굴을 보고 이렇게 말하는 것이었지만, 자기 앞에서 수탄장愁嘆場을 벌일까 봐 하는 소리로 나는 들었다.

그 후 나는 수일을 부산에서 머물며 할 수 있는 대로 수단을 다 써보았지만 시체를 찾기도 무망한 상태였다. 나는 며칠을 또 부산에서 묵었다. 최종률의 고향에 나는 그 슬픈 소식을 전해야만 했고 그의 가족이 나타나길 기다려야 했던 것이다.

내가 묵고 있는 여관으로 찾아온 것은 종률의 노부老父였다. 사실은 그처럼 나이를 먹지 않았을지 모르나 그 소식을 듣고 기차를 타고 오는 도중 그렇게 늙어버린 것인지도 몰랐다. 경성鏡城이라고 하면 함경북도로서도 북쪽이다. 그곳의 토박이 말을 그나마 실성한 정신으로 뭐라고 말씀하고 계셨지만 나는 알아들을 수가 없었다. 그저 멍청하게 고개만 끄떡여졌다. 겨우 알아들은 말이란 것이 최종률이 도쿄를 떠날 때 발송한 책 꾸러미가 열두 상자 집에 도착해 있다는 것이었다.

책 주인은 오지 않고 책만 도착했다는 사실이 그 노인이 받은 충격을 한결 더 강하게 했을 것은 두말할 필요조차 없다.

시체도 찾을 가망이 없다는 것을 확인하고서야 종률의 부친은 북행열차를 탔다. 그 뒷모습을 보고 나는 비로소 눈물을 흘렸다. 최종률이 너무나 불쌍해서 못 견디겠다는 감정이 복받쳐 올랐다.

20일이 악일이란 것은 우리들의 학교 사고가 난 것이 어느 해, 어느 달의 20일이었고, 퇴학을 당한 것이 20일, 최종률이 형을 받은 것이 20일이었다는 사실을 두고 한 말이다. 종률의 가정은 넉넉하지 못하다. 그런데도 아들을 일본의 고등학교에까지 보냈다. 반도의 부모가 아들을 유학시키는 사정은 일본인인 너희들은 상상조차 못할 것이다. 그런데 학교에선 퇴학당하고 징역까지 치렀으니 부모의 마음은 짐작할 수 있지 않은가. 그러나 부모는 아들을 믿고 있었을 것이다. 언젠가는, 하는 기대를 버리지 않았을 것이다.

최종률은 도쿄에서의 꿈을 버리고 살아갈 무대로서 만주를 택했다. 그러나 그것은 이루어지지 못하고 말았다. 그 강한 의지와 건강한 체구가 순수한 동정인 채 이 세상에서 사라졌다. 깨끗한 생애라고 말해도 어처구니가 없고 위안도 되지 않는다. 가장 가슴 아파하는 것은 내가 도쿄를 떠날 때 같이 나가자고 종률에게 굳이 권했는데 종률은 "자네는 다시 도쿄로 돌아올 셈치고 떠나지만 나는 영영 돌아오지 않을 각오로 떠나니 이럭저럭 수습해야 할 일이 많지 않겠느냐."면서 뒤에 남아 있은 사실이다. 종률이 수습해야 한다는 말은 몇몇 사람에게 돈을 빌린 것이 있는데 그것을 벌어 갚아야겠다는 뜻이었다. 그런 내막을 번연히 알면서 나는 혼자 떠나버린 것이다. 이런 조그마한 마음먹이 하나를 쓰지 못해서 최종률을 죽인 것이 아닌가, 하는 생각을 하면 나는 한없이 슬프다.

곤론마루 침몰로 인한 비극은 사망한 사람의 수효만큼 되겠지만 최종률 이외에 나는 또 기막힌 정경을 목격했다. 부산에서 여관업을 하며 단 하나인 동생을 공부시키고 있는 일본인 여자가 있었다. 그 동생은 교토에 있는 대학에서 공부하고 있었는데 금번의 학도 출진으로 학교를 그만두고 입영하게 되었다고 한다. 그 동생이 병정에 가기 전, 살아 있는 유일한 혈육인 누이를 만나보러 온다고 곤론마루를 탔다는 것이다. 우연한 기회 그 여자의 사연을 알고 우리는 서로 동정하며 하룻밤을 지냈다. 그 학생은 철학과에 적을 두고 있었다고 했는데 그가 누이에게 보내온 것 가운데는 철학 전문잡지에 실린 논문이 몇 편 끼어 있었다. 서양철학의 전통이 강한 그 대학에서도 장래를 촉망하고 있었던 학생이란 것이 잡지의 후기에 쓰인 평으로도 알 수가 있었다.

그는 철인哲人과 철학학자哲學學者를 준별하고 소크라테스, 잘도노, 브루노, 스피노자를 예증하는 한편 국내의 사이비 철학자를 인증하곤 철인으로서의 지혜와 실천에 이르지 못한다면 철학학자란 책더미 속에 헤매는 책버러지에 불과하다는 격렬한 문장을 남겨놓기도 했다. 어려운 시대를 살아 이기기 위한 의지 같은 것이 느껴지기도 해서 감동이 있었다.

이밖에도 얼마나 많은 가능이 물속에 묻혔을까. 그러나 이런 생각은 지나친 센티멘털리즘일 것이고 나는 최종률만 슬퍼하면 그만이다. 자네는 자주 상종할 기회가 없어서 모르겠지만 최종률은 아까운 청년이다. 어려운 환경 속에서 자란 수재였음에도 불구하고 그러한 유의 수재가 빠지기 쉬운 입신 출세주의에 사로잡히지 않고, 인간으로서 인격으로서 떳떳해야겠다는 에스프리를 관철한 위인이다. 최종률은 자기에게 못마땅하게 뵈거나 불합리하거나 한 일을 당하면 "이럴 턱이 없는데, 이럴 턱이 없는데." 하는 말버릇이 있었다. 최종률은 "이럴 턱이 없는데."란 생각을 되풀이 되풀이하면서 현해탄 거센 물결과 싸우다가 드디어는 지쳤을 것이다. 그 검은 파도와 영웅처럼 싸우다가 죽었을 것이다. 검은 세파世波에 항거하다가 검은 해파海波와 싸워 죽은 최종률의 죽음을 나는 영웅의 죽음이라고 하고 싶다.

    반도의 학생들에게도 천황폐하에게 충성할 수 있는 기회를 줄 것이니 학도병으로 지원하라는 총독부로부터의 명령이 공보되었다.
    병정엔 일본인인 너희들만 가는 것인 줄 알았더니 내선일체, 일시동인의 보람이 이렇게 빨리 나타날 줄이야 몰랐다.
    나는 지원하기로 했다. 누구의 강압에 의한 것이 아니고 순전한 나의 자유의사로써다. 고등학교 시절 사건이 있었을 때 나를 감싸준 당시의 C시 경찰서장이 권유차 나에게 왔다. 그러나 나는 그분의 권유 때문에 지원하는 것은 아니다. 모두들 지원하는데 나 혼자만이 빠질 수 없다는 동류의식으로써 지원하는 것도 아니다. 이광수라는 민족의 선구적 문인이 가야마 미쓰로香山光郎라는 이름으로 한 권유 강연에 감동되어서도 아니다. 우리가 전쟁터에 나가 공을 세우면 앞으로의 반도인 취급이 나아질 것이란 희망으로 지원하는 것도 아니다. 너희들 일본인 학우들이 출전하니까 나도 따라가야겠다고 마음먹고 지원하는 것도 아니다. 가네무라 류사이金村龍濟라는 반도 출신의 시인이 쓴 애국시에 도취된 때문에 지원하는 것도 아니다.

병정에라도 가지 않으면 할 일이 있을 것 같지 않아서 지원한다는 말은 다소 진실에 가깝다. 완전히 미지의 세계란 그 점에 솔깃한 마음이 끌려서였다고 해도 거짓은 아니다. 전 세계가 전쟁통에 뒤흔들리고 있는데 나 혼자 정자나무 그늘에 낮잠을 잘 수 없다는 생각도 진실의 일부는 된다.

그러나 나는 이런 막연한 생각만을 가지고는 바로 죽음과 통하는 길이라고 할 수 있는 병정으로 갈 수 없다는 생각도 해본다. 그래서 나는 일본의 병정으로서의 각오를 만들기 위해 장혁주란 자의 「조선 지식인에게 호소한다」라는 글을 읽어보았다. 장혁주는 우리 민족성의 결함이라고 하면서 ① 본능적인 격정성 ② 정의심의 결핍 ③ 비열 비굴한 심성 등을 들고 있다. 그런데 2천만을 현재 헤아리고 있는 인구로써 구성되어 있는 민족의 성격을 이처럼 추상화해서 설명할 수 있는 능력을 천재라고 해야 할 것인지, 사기라고 해야 할 것인지는 알 수가 없다. 나는 도쿄의 신주쿠에서 일본인의 터무니없는 격정을 보아왔고, 정의심의 결핍을 보아왔고, 비열함과 비굴함을 보아왔다. 그런 경험을 종합해서 과연 일본인을 비판할 수 있을까. 나는 일본에 충성하는 것이 장혁주와 같은 행동을 해야 하는 것이라면 그런 충성과는 아득한 먼 거리에 있는 나를 발견한다.

현영섭玄永燮이라는 자의 「조선인의 길」이라는 것도 읽었다. 그의 의견에 의하면 조선 사람은 빨리 조선말을 버리고 국어(일어)를 사용해야 하며 생활방식 자체를 일본화해야 한다는 것이다.

나는 결코 민족주의자가 아니고 조선 독립운동을 추진하고자 하는 사람도 아니지만 장張이나 현玄과 같은 사고방식을 납득할 수가 없다. 이런 종류의 글을 읽고 있으니 내가 학도병에 지원하는 행위가 이들의 생각을 행동화한 것으로 보이지나 않을까 하는 겁조차 난다.

그러니까 더욱 나는 내가 학도병에 지원하는 나 자신의 마음을 납득시킬 수 있는 뭔가를 찾지 않을 수가 없다. 납득할 수 없는 이유를 안고 도장에 끌려가는 소처럼 끌려가긴 나는 싫은 것이다.

내선일체의 길을 닦기 위한 역군으로서? 그런데 그 내선일체론의 기성품은 한결같이 불결하고 비굴하고 역겨우니 어떻게 하는가. 다른 차원에서의 내선일체의 모색이 가능할지도 모르나 내 힘에는 겨운 문제다.

대동아공영권의 사석捨石으로서? 이것도 역시 실감이 나질 않는다. 우선 막연하기 짝이 없는 목적을 상정하고 사석이 되겠다는 생각부터가 내겐 납득이 안 간다.

이러한 혼미한 나날을 애상哀傷과 더불어 내 마음을 어루만지는 일련의 시가 있다. 김광섭金珖燮이란 시인의 시다.

이 해의 자화상

장미를 얻었다가
장미를 잃은 해

저기서 포성이 나고
여기서 방울이 돈다

아침에 나갔던 청춘이 저녁에
청춘을 잃고 돌아올 줄 몰랐다.

의사는 칼슘을 권하고
동무는 술잔을 따랐다

드디어 애수를 노래하여
익사 이전의 감정을 얻었다

흰 종이에 힘없는 팔을 들어
이 해의 꽃을 담뿍 그렸다.

　내 번역의 솜씨가 서툴러 원시의 기분을 그냥 살릴 수 있었을까가 두렵지만 연거푸 세 번만 읽어주기 바란다. 글 가운데 '방울'은 신문 호외를 파는 아이들의 방울 소리라고 들어도 좋고 대사건이 '나'라고 하는 소우주에 울린 메아리라고 상징적으로 받아들여도 좋다.
　"아침에 나갔던 청춘이 저녁에 청춘을 잃고 돌아올 줄 몰랐다"는 구절은 조선어의 운율로 읽으면 랭보의 시를 닮아 절실하기까지 하다.
　이제 무엇을 말하랴! 한스 크리비나(카로사, 「루마니아 일기」의 주인공)의 절규가 들릴 뿐이다.
　나는 병정이란 것을 생각해본다. 헤로도토스의 『역사』에 누누累累한 사시死屍를 쌓아놓고 두보의 시편에 임리淋漓한 눈물을 뿌려놓은 병정이라고 하는 그 운명.
　병정은 그저 병정이지 어느 나라를 위해, 어느 주의를 위한 병정이란 것은 없다. 죽기 위해 있는 것이다. 도구가 되기 위해 있는 것이다. 수단이 되기 위해 있는 것이다. 영광을 위한 재료가 되기 위해 있는 것이다. 무엇을 위해 죽느냐고 묻지 마라. 무슨 도구냐고도 묻지 말 것이며, 죽는 보람이 뭐냐고도 묻지 말아야 한다. 병정은 물을 수 없는 것이다. 물을 수 없으니까 병정이 된 것이며 스스로의 뜻을 없앨 수 있으니까 병정이 되는 것이다. 나폴레옹의 병정이니 더욱 영광스럽고 차르의 병정이니 덜 영광스럽지도 않다. 톨스토이의 장장한 『전쟁과 평화』는 결국 이 말을 하고 싶었던 것이 아닐까?

 십 년 후에 만날 수 있을까.
 백 년 후에 만날 수 있을까.

 '아마 성공할 것이다.
 그러나 확실히 죽을 것이다.
 그렇다면 마찬가지가 아니냐.'

 콘스탕의 이 말이 진실이라면
 인생 이십오도 과히 나쁜 운명은 아니다.

나는 아득한 옛날 프랑스의 파리 어느 거리에서 만난 절름발이 거지를 생각한다. 나는 그에게 한 푼의 돈을 주고 다리를 어디서 다쳤느냐고 물었다. 그는 외인부대에 갔었다고 했다. 외인부대엔 뭣 때문에 갔느냐고 되물었더니 그는 품위와 위엄을 갖추고 답했다.
 '운명'이라고.

운명…… 그 이름 아래서만이 사람은 죽을 수 있는 것이다.

1943년 11월
柳泰林

E에게

근대사의 굴곡과 문학적 인식의 만남

김종회 문학평론가·경희대 교수

이병주의 문학과 「관부연락선」의 의의

마흔네 살의 늦깎이 작가로 출발하여 한 달 평균 200자 원고지 1천 매, 총 10만여 매의 원고에 단행본 80여 권의 작품을 남긴 이병주 문학은, 그 분량에 못지않은 수준으로 강력한 대중친화력을 촉발했다. 그와 같은 대중적 인기와 동시대 독자에의 수용은 한 시기의 '정신적 대부'로 불릴 만큼 폭넓은 영향력을 발휘했고, 이 작가를 그 시대에 있어서 보기 드문 면모를 가진 인물로 부상시키는 추동력이 되었다.

그는 1921년 경남 하동에서 출생하여 일본 메이지대학 문예과와 와세다대학 불문과에서 수학했으며, 진주농과대학과 해인대학 교수를 역임하고 부산『국제신보』주필 겸 편집국장을 지냈다. 1992년에 타계했으니 유명을 달리한 지도 벌써 십수 년이 흘렀다.

이상에서 거론한 이력이 그가 40대에 작가로 입문한 이후 겉으로 드러난 주요한 삶의 행적인 셈인데, 그러나 그 내면적인 인생유전은 결코 한두 마디의 언사로 가볍게 정의할 수 없는 엄청난 근대사의 파고를 밟아왔다. 기실 이 기간이야말로 일제 강점기로부터 해방공간을 거쳐, 남과 북의 이데올로기 및 체제 대립과 6·25동란 그리고 남한에서의 단독 정부 수립 등, 온갖 파란만장한 역사의 굴곡이 융기하고 침몰하던 격동기였다. 그처럼 험악한 세월을 관통하며 지나오면서, 한 사람의 지식인이 이렇다 할 상처없이 살아남기란 애초부터 불가능한 일이었던 것이다.

요컨대 지금까지 알려져 있는 그의 삶은 몇 편의 장대한 소설로 쓰일 만한 것인데, 그러한 객관적 정황을 외면하지 않고 그는 스스로 소유하고 있는 탁발한 글쓰기의 능력을 발동하여, 우리 근대사에 기반을 둔 역사 소재의 소설들을 써나갔다. 그런만큼 이러한 성향으로 그가 쓴 소설들은 상당 부분 자전적인 체험과 세계인식의 기록으로 채워져 있다. 특히 「관부연락선」은 이 유형의 대표적인 작품이라 할 수 있다.

우리는 그의 데뷔작 「소설·알렉산드리아」를 읽고 눈을 크게 뜨며 놀란 여러 사람의 글을 볼 수 있으며, 그로부터 40여 년이 지난 오늘에 그 작품을 다시 읽어보아도 한 작가에게서 그만한 재능과 역량이 발견되기는 참으로 쉽지 않은 일이겠다는 감회를 얻을 수 있다.

산뜻하면서도 품위 있게 진행되는 이야기의 구조, 낯선 이국적 정서를 작품 속으로 끌어들여 누구든 쉽사리 접근할 수 있도록 용해하는 힘, 부분부분의 단락들이 전체적인 얼개와 잘 조화되면서도 수미상관하게 정리되는 마무리 기법 등이 이 한 편의 소설에 편만遍滿하게 채워져 있었으니, 작가로서는 아직 무명인 그의 이름을 접한 이들이 놀라는 것은 무리가 아니었다고 할 수밖에 없다.

작가는 자신의 문학적 초상에 관해 서술한 글에서, 이 작품을 두고 '소설의 정형'을 벗어난 것이지만 그로써 소설가로서의 자신이 가진 자질을 가늠할 수 있었다고 적었는데, 아닌 게 아니라 그 이후에 계속해서 발표된 「마술사」, 「예낭 풍물지」, 「쥘부채」 등에서는 소설적 정형을 완연히 갖추면서도 오히려 그것의 고정성을 넘어서는 창작의 방식을 보여주기 시작했다.

이러한 초기의 작품들에는 문약한 골격에 정신의 부피는 방대한 문학청년이 등장하며, 거의 모든 작품에 소위 '감옥 콤플렉스'가 나타난다. 이는 작가의 현실 체험이 반영된 한 범례이며 향후 두고두고 그의 소설을 간섭하는 하나의 원형이 되고 있다.

이 초기의 단편에서 장편으로 넘어가는 그 마루턱에서 작가는 「관부연락선」을 썼다. 일제 말기의 5년과 해방공간의 5년을 소설의 무대로 하고 거기에 숨은 뒷그림으로 한 세기에 걸친 한일관계의 팽팽한 긴장을 깔았으며, 무엇보다도 일제하의 일본 유학과 학병 동원 그리고 그 과정에서의 교유관계 등 작가 자신이 걸어온 핍진한 삶의 족적을 함께 담았다.

그러면서 이 소설은 장차 그의 문필과 더불어 호방하게 전개될 역사 소재 장편소설들의 외양을 짐작하는 데 중요한 이정표가 된다. 「산하」와 「지리산」 같은 대하장편들이 그 나름의 확고한 입지를 가질 수 있는 것은, 「관부연락선」에서부터 보이기 시작한 역사적이고 시대적인 사실과 문학의 예술성을 표방하는 미학적 가치가 서로 씨줄과 날줄이 되어 교직될 수 있었기 때문이다. 이 소설적 판짜기의 구조를 통하여, 그는 역사를 보는 문학의 시각과 문학 속에 변용된 역사의 의미를 동시에 길어 올릴 수 있었던 것이다.

민족적 좌절의 기록과 그 역사적 관점

특히 역사와 문학의 상관성에 대한 그의 통찰은 남다른 데가 있어, 역사의 그물로 포획할 수 없는 삶의 진실을 문학이 표현한다는 확고한 시각을 정립해놓았다. 매우 오래전 어느 자리에서, 필자는 그에게 "역사적 기록의 신빙성에 대해 어떻게 생각하느냐."는 선문답적인 질문을 던져본 적이 있었다. 그때 그는 서슴없이 "역사는 믿을 수 없는 것이다."라는 답변을 내놓았다. 표면상의 기록으로 나타난 사실과 통계수치로서는 시대적 삶의 실상이 노정한 질곡과 그 가운데 스며 있는 사람들의 뼈아픈 사연들을 제대로 반영할 수 없다는 논리였던 것이다.

그런데 문제는 그가 남겨놓은 이와 같은 값있는 작품들과 문학적 성취에도 불구하고, 당대 문단에서 그에 대한 인정이 적잖이 인색했으며 또한 그의 작품세계를 정석적인 논의로 평가해주지 않았다는 데 있다. 물론 거기에는 그 나름의 사유가 있다.

그가 활발하게 장편소설을 쓰기 시작하면서 역사 소재의 소설들과는 다른 맥락으로 현대사회의 애정문제를 다룬 소설들을 또 하나의 중심축으로 삼게 되었는데, 이 부분에서 발생한 부정적 작용이 결국은 다른 부분의 납득할 만한 성과마저 중화시켜버리는 현상을 나타냈던 것으로 여겨진다. 말하자면 지나치게 대중적인 성격이 강화되고 문학작품이 지켜야 할 기본적인 양식의 수위를 무너뜨리는 경우를 유발하면서, 순수문학에의 지구력 및 자기절제를 방기하는 사태에 이른 감이 약여躍如했던 것이다. 그뿐만 아니라 여기에 구체적인 예증으로 열거할 만한 작품이 너무 많기까지 하다.

그러나 이러한 부정적 측면을 제하여 놓고 살펴보면, 우리는 여전히 그에게 부여되었던 '한국의 발자크'라는 별호가 결코 허명이 아니었음을 수긍할 수밖에 없다. 일찍이 대학에서 문학을 공부하던 시절, 그는 자신의 책상 앞에 "나폴레옹 앞엔 알프스가 있고, 내 앞엔 발자크가 있다."라고 써붙여 두었다고 술회한 바 있다.

이 오연한 기개는 나중에 극적인 재미와 박진감 넘치는 이야기의 구성, 등장인물의 생동력과 장쾌한 스케일, 그리고 그의 소설 곳곳에 드러나는 세계 해석의 논리와 사상성 등에 의해 뒷받침된다.

반복해서 말하자면, 그는 우리 문학사가 배태한 유별난 면모의 작가였으며, 일찍이 로브그리예가 토로한 바 "소설을 쓴다고 하는 행위는 문학사가 포용하고 있는 초상화 전시장에 몇 개의 새로운 초상을 부가하는 것이다."라는 명제의 수사에 여실히 부합하는 작가라 할 수 있겠다.

만약 그가 보다 미학적 가치와 사회사적 의의를 갖는 주제를 택하여 힘을 분산하지 아니하고 집중했더라면, 빼어난 문필력과 유례를 찾아보기 어려운 극적인 체험들로써, 그 자신이 마력적이라고 언급한 도스토옙스키의 「죄와 벌」 같은 웅장한 작품을 생산할 수도 있지 않았을까 하는 안타까움이 아직도 여러 독자들에게 남아 있다.

이병주의 타계 후, 이미 세상의 시비곡절을 손에서 놓은 다음인 그는 『월간조선』 1994년 6월호에서 박윤규라는 소장 문필가의 글을 통해, 그 자신이 빨치산이었다는 충격적인 시비에 휘말렸다. 그러자 곧바로 그다음 달 7월호에서 작가의 아들인 이권기 교수가 이를 반박하는 내용을 인터뷰하여, 앞의 불을 진화하는 사건이 있었다.

근본적으로 그가 교전 중 피접해 있던 해인사에서 납치되어 지리산에서 부역을 할 수밖에 없었는지 아니면 그것이 낭설인지 정확하게 확인하기는 어렵다. 당시의 문제에 가장 근접해 있는 아들 이 교수에 의

하면, 그것은 근거없는 추측에 불과한 것으로 보인다. 그러나 오늘날에 와서 그 둘 가운데 어느 것이 사실이었는지는 그렇게 중요하지 않을지도 모른다. 문제는 온전한 이성을 가지고 이 땅에 살았던 한 사람의 지식인이 피치 못하게 당면할 수밖에 없었던 사태, 광란하듯 춤추던 역사의 회오리바람과 어떻게 대응해야 했는가라는 사실인 것이다.

이를 제대로 설명해보기 위하여 이병주는 1972년부터 근 15년에 걸쳐 그의 대표작 「지리산」을 썼고, 그보다 한 단계 앞선 시대를 배경으로 그의 장편시대 개화를 예고하는 문제작 「관부연락선」을 썼다고 할 수 있겠다.

「지리산」이 그러한 것처럼 「관부연락선」 또한 '거대한 좌절의 기록'이다. 유태림이라고 하는 한 전형적 인물, 일제시대에서 해방공간에 걸쳐 살았던 당대 젊은 지식인의 전형성을 갖는 그 인물만의 좌절을 기록한 것이 아니라, 그가 대표하는 바 이성적인 사유체계를 가진 젊은 지식인 일반과 그 배경에 있는 우리 민족 전체의 좌절을 기록한 것이다.

한일관계사 전반에 대한 실증과 반성

앞서도 언급한 바 있지만 이 소설의 시간적 무대는 1945년 해방을 전후한 5년간, 도합 10년간이다. 그러나 이야기의 파장이 뻗어 있는 내포적 공간은 한일관계사 전반을 조망하는 1백여 년간에 걸쳐 있다. 작가는 이 넓은 공간적 환경을 자유롭게 활용하면서, 역사적 사실을 문학적 시각으로 조망하는 직무를 수행한다.

중학교의 역사책에 보면 의병을 기록한 부분은 두세 줄밖에 되지 않는다. 그 두세 줄의 행간에 수만 명의 고통과 임리한 피가 응결되어 있는 것이다.

「관부연락선」의 주인공 유태림이 의병대장 이인영의 기록을 읽으며 역사의 무게라는 것을 새삼스럽게 느끼는 대목이다. 작가는 바로 이러한 정신, 역사의 행간을 생동하는 인물들의 사고와 행동, 살과 피로 메우겠다는 정신으로 이 소설을 썼다. 그것은 곧 그만이 독특하게 표식으로 내세운 역사와 문학의 상관관계이기도 하다.

이 소설은 도쿄 유학생 시절에 유태림이 관부연락선에 대한 조사를 벌이면서 직접 작성한 기록과, 해방공간에서 교사생활을 함께한 해설자 이선생이 유태림의 삶을 관찰한 기록으로 양분되어 있다. 그리고 이 두 기록이 교차하며 순차적으로 진행되고 있으며, 따라서 하나의 장이 이선생인 '나'의 기록이면 다음 장은 유태림인 '나'의 기록으로 되는 것이다.

유태림의 조사를 통해 관부연락선의 상징적 의미는 물론 중세 이래 한일 양국의 관계가 드러나기도 하고, 이선생의 회고를 통해 유태림의 가계와 고향에서의 교직생활을 포함하여 만주에서 학병생활을 하던 지점에까지 관찰이 확장되기도 한다.

때에 따라 관찰자인 이선생의 시점이 관찰자의 수준을 넘어서는 전지적 작가 시점으로 과도히 진입하는 경우가 적지 않으며, 유태림에게서 들은 얘기를 종합했다는 태도를 취하면서도 실상은 유태림 자신이 아니면 설명할 수 없는 부분도 간간이 눈에 띈다. 또한 이야기의 내용에 있어서도 진행되는 사건은 픽션인데 이에 주를 달고 그 주의 문면은 실제 그대로여서 소설의 지위 자체를 혼란스럽게 만드는 대목도 있다.

이는 아마도 이 소설의 대부분이 작가 자신의 사고요 자전적 기록인 까닭으로, 사실과 픽션에 대한 구분 자체가 모호해져버린 결과가 아닌가 싶으며, 어쩌면 작가는 소설의 전체적인 메시지 외의 그러한 구체적 세부를 덜 중요하게 생각한 것이 아닌가 싶기도 하다.

　작가가 시종일관 이 소설을 통해 추구한 중심적인 메시지는, 그 자신이 소설의 본문에서 기록한 바와 같이 "당시의 답답한 정세 속에서도 가능한 한 양심적이며 학구적인 태도를 지키고 살아가려고 한 진지한 한국청년의 모습"이다. 능력과 의욕은 가지고 있으면서도 이렇게도 못하고 저렇게도 못하기로는 유태림이나 우익의 이광열, 좌익의 박창학이 모두 마찬가지였다.

　일제시대를 지나 해방공간의 좌우익 갈등 속에서도 교사와 학생들이 어떻게 처신해야 옳았으며, 신탁통치 문제가 제기되었을 때 어떻게 하는 것이 올바른 선택이었으며, 좌우익 양쪽 모두의 권력에서 적대시될 때 어떻게 처신해야 옳았겠는가를 작가가 질문하는 셈인데, 거기에 이론 없이 적절한 답변은 주어질 수가 없을 것이다. 작가는 다만 이를 당대 젊은 지식인들의 비극적인 삶의 마감―유태림의 실종 및 다른 인물들의 죽음―을 통해 제시할 뿐이다.

　"한국의 지식인이 그 당시 그렇게 살려고 애썼을 경우, 월등하게 운이 좋은 환경에 있지 않는 한 거개 유태림과 같은 운명을 당하지 않았을까 하는 생각"이다. 또 "유태림의 비극은 6·25동란에 휩쓸려 희생된 수많은 사람들의 비극과 통분痛忿되는 부분도 있지만, 일본에서 식민지 교육을 받은 식민지 청년의 하나의 유형"이라는 기술들은 곧 상황논리의 거대한 물결에 불가항력적으로 침몰할 수밖에 없는 인간의 모습이라는 인식과 소통된다.

유태림이 도쿄 유학 시절에 열심을 내었던 관부연락선에 대한 연구는 바로 이 상황논리의 발생론적 구조에 대한 탐색이었으며, 제국주의 통치국과 식민지 피지배국을 잇는 연락선이 그것을 극명하게 상징하고 있다는 인식의 바탕 위에 놓여 있다 할 것이다.

유태림은 관부연락선을 도버와 칼레 간의 배, 즉 사우샘프턴과 르아브르 간의 배에 비할 때 영락없는 수인선이라고 해도 과언이 아니라고 적으면서도, 이를 맹목적 국수주의의 차원으로 몰아가지 아니하고 그중 80퍼센트는 조선의 책임이라고 수긍한다. 이는 을사보호조약에서 한일합방에 이르는 역사과정에 있어서 민족적 과오의 반성을 그 사실史實과 병렬시키고 있기 때문이다.

이 소설적 정치토론을 다시 읽는 까닭

이와 같은 역사적 관점의 정립과 더불어 작가는 매우 비판적이고 분석적인 어조로 당대의 특히 좌익 이데올로기의 허실을 다루어나간다. 아마도 이 분야에 관한 한 논의의 전문성이나 구체성에 있어 우리 문학에 이병주만 한 작가를 찾기는 어려울 것이다.

예컨대 "여순반란사건이 대한민국 정부를 위해서는 꼭 필요했던 시련"이라는 언술이 있는데, 이와 같은 수사는 여간한 확신과 논리적인 자기 정리 없이는 쓸 수 없을 터이다. 그의 논리에 의하면, "만일 그런 반란사건이 없었고 그러한 반란분자들이 정체를 감춘 채 국군 속에 끼어 그 세위를 확장해가고 있었다면, 6·25동란 중에 국군 가운데서의 반란을 방지할 수 없었을 것"이라는 가설이 세워진다.

동시에 그는 남한에서의 단독정부 수립과 이승만 정권의 제1공화국

성립이 필수불가결한 일이었다고 변호한다. 그럴 만한 이성적인 논리를 앞세워 이를 차근차근 설명한다. 이 험난한 이데올로기 문제에 이만한 토론의 수준을 마련한 작가가 우리 문학에 쉽지 않다는 감상과 더불어, 우리는 그의 주장이 단순한 보수우익의 기득권 보호의지와는 차원이 다르다는 사실을 인정하지 않을 수 없다. 말하자면 그는 소설을 통해 심도 있는 정치토론을 유발한 거의 유일한 작가이다.

그러기에 그가 계속해서 내보이는 여운형, 이승만, 김구 등 당대 정치 지도자에 대한 인물평에는 우리 시대의 정치사에 대한 새로운 개안을 가능하게 하는 힘이 있다. 특히 그는 여운형의 암살사건에 대하여, "몽양의 좌절은 이 나라 지식인의 좌절이며 몽양과 더불어 상정해볼 수 있는 모든 가능성의 말살"이라고 개탄했다.

이 모든 혼돈하는 세태 속에서 유태림과 그의 동류들은, 역사의 파도가 높고 험한 만큼 가혹한 운명적 시련과 부딪칠 수밖에 없었다. 유태림이 실종되기 전에, 그가 좌익 기관에도 잡히고 대한민국 검찰에도 걸려들고 한 사실 자체에 적잖은 충격을 받는 대목이 나오는데, 이는 실로 당대의 이 나라 젊은 지식인들이 회피할 수 없었던 구조적 질곡을 실감 있게 드러내준다.

이 소설의 마지막, '유태림의 수기 5' 끝부분은 이렇게 막음되어 있다.

운명…… 그 이름 아래서만이 사람은 죽을 수 있는 것이다.

다른 소설들에서 '운명'이라는 단어가 등장하면 토론은 종결이라고 하던 작가가 유태림의 비극을 운명의 이름으로 결론지었을 때, 거기에는 도도한 역사의 격랑에 밀려 부서져버린 한 개인의 삶에 대한 깊은 조상이 함유되어 있다. 운명의 작용을 인식하고서 그 비극의 답안을 발견했다는 어투도 된다.

작가는 1972년 신구문화사에서 상재된 『관부연락선』의 「작자부기」에서 "소설이라는 각도에서 볼 때 「관부연락선」은 다시 달리 씌어져야 하는 것이다."라고 적었고, 송지영 씨가 「발문」에서 "어떠한 '소설 관부연락선'도 그 규모에 있어서 그 내용의 넓이와 깊이에 있어서 이처럼 감동적일 수는 없을 것이라는 결론에 이르렀다."고 반론했다. 소설의 순문학적 형틀이 완숙해야 한다는 측면에서 작가의 말은 틀리지 않으며, 소설 전체의 박진감과 감동에 있어서 송지영 씨의 표현 또한 틀리지 않다.

우리에게는, 우리 역사에는, 너무도 많은 유태림이 있으며 그들의 아픔과 비극이 오늘날 우리 삶의 뿌리에 맞닿아 있다. 이 명료한 사실을 구체적 실상으로 확인하게 해준 것은, 오로지 이 작가의 공로이다. 그것은 또한 이미 30여 년 전에 소설의 얼굴로 등장한 이 역사적 격랑의 기록을, 오늘날 우리가 다시 찾아 읽어야 하는 까닭이기도 하다.

■ 참고서지

김주연, 「역사와 문학 – 이병주의 '변명'이 뜻하는 것」, 『문학과지성』, 1973 봄호.
남재희, 「소설 '지리산'에 나타나는 지식인의 상황분석」, 『세대』, 1974. 5.
이보영, 「역사적 상황과 윤리 – 이병주론」, 『현대문학』, 1977. 2~3.
이광훈, 「역사와 기록과 문학과…」, 『한국현대문학전집 48』, 삼성출판사, 1979.
김영화, 「이념과 현실의 거리 – 분단상황과 문학」, 『한국현대시인작가론』, 신아

출판사, 1987.
이형기, 「40년대 현대사의 재조명」, 『오늘의 역사 오늘의 문학 8』, 중앙일보사, 1987.
임종국, 「현해탄의 역사적 의미」, 위의 책.
임헌영, 「이병주의 작품세계」, 『한국문학전집 29』, 삼성당, 1988.
임금복, 「불신시대에서의 비극적 유토피아의 상상력 – '빨치산', '남부군', '태백산맥'」, 『비평문학』, 1989. 8.
김윤식, 「지리산의 사상」, 『1950년대 문학연구』, 예하, 1991.
이재선, 「이병주의 '알렉산드리아'와 '겨울밤'」, 『현대한국소설사』, 민음사, 1991.
임헌영, 「빨치산 문학의 세계」, 『분단시대의 문학』, 태학사, 1992.
정호웅, 「지리산론」, 『1970년대 문학연구』, 예하, 1994.
김종회, 「근대사의 격랑을 읽는 문학의 시각」, 『위기의 시대와 문학』, 세계사, 1996.
이남호, 「한국 현대 대하소설과 그 이해」, 『한국 대하소설 연구』, 집문당, 1997.
임헌영, 「현대소설과 이념문제」, 위의 책.
윤여탁, 「사회문제에 대한 관심과 소설적 대응」, 『한국현대소설사』, 삼지원, 1999.
용정훈, 「이병주론」, 중앙대 석사학위논문, 2001.
김종회, 「이병주의 문학과 역사의식」, 『문학사상』, 2002, 5월호.
김윤식, 「작가 이병주의 작품세계」, 『나림 이병주 선생 10주기 기념 추모선집』, 나림 이병주선생기념사업회, 2002.
이형기, 「지각작가의 다섯 가지 기둥 – 이병주의 문학」, 위의 책.
최혜실, 「한국 지식인 소설의 계보와 '행복어사전'」, 나림 이병주 선생 11주기 추모식 및 문학강연회 강연, 2003. 4. 3.
김종회, 「한 운명론자의 두 얼굴 – 이병주의 소설 '소설·알렉산드리아'에 대하여」, 나림 이병주 선생 12주기 추모식 및 문학강연회 강연, 2004. 4. 30.
임헌영, 「이병주의 '지리산'론 – 현대소설과 이념문제」, 위의 문학강연.
정호웅, 「이병주의 '관부연락선'과 부성의 서사」, 위의 문학강연.
김윤식, 「학병세대의 글쓰기 – 이병주의 경우」, 나림 이병주 선생 13주기 추모식 및 문학강연회 강연, 2005. 4. 7.
김종회, 「문화산업 시대의 이병주 문학」, 위의 문학강연.
이재복, 「딜레탕티즘의 유희로서의 문학 – 이병주 중·단편소설을 중심으로」, 위의 문학강연.

작가연보

1921 3월 16일 경남 하동군 북천면에서 아버지 이세식과 어머니 김수조의 사이에서 태어남. 호는 나림那林.
1931 북천공립보통학교(7회).
1933 양보공립보통학교(13회) 졸업.
1936 진주공립농업학교(27회) 졸업.
1941 일본 메이지대학 전문부 문예과 졸업, 와세다대학 불문과에 재학 중 학병으로 동원되어 중국 소주蘇州에서 지냄.
1948 진주농과대학과 해인대학(현 경남대학)에서 영어, 불어, 철학을 강의.
1954 등단하기 이전 이미 『부산일보』에 소설 「내일 없는 그날」을 연재함.
1955 『국제신보』에 입사, 편집국장 및 주필로 언론 활동.
1961 5·16 때 필화사건으로 혁명재판소에서 10년 선고를 받고 복역 중 2년 7개월 후에 출감. 외국어대학, 이화여자대학 강사 역임.
1965 중편 「소설·알렉산드리아」를 『세대』에 발표함으로써 등단.
1966 「매화나무의 인과」를 『신동아』에 발표.
1968 「마술사」를 『현대문학』에 발표. 「관부연락선」을 『월간중앙』에 연재(1968. 4~1970. 3). 작품집 『마술사』(아폴로 사) 간행.
1969 「쥘부채」를 『세대』에, 「배신의 강」을 『부산일보』에 발표.
1970 「망향」을 『새농민』에 연재.
1971 「패자의 관」(『정경연구』) 등 중·단편을 발표하는 한편 「화원의 사상」을 『국제신보』에, 「언제나 그 은하를」을 『주간여성』에 연재.
1972 단편 「변명」을 『문학사상』에, 중편 「예낭 풍물지」를 『세대』에, 「목격자」를 『신동아』에 발표. 장편 「지리산」을 『세대』에 연재. 장편 『관부연락선』(전 2권, 신구문화사) 간행. 영문판 『예낭 풍물지』(번역: 서지문, 제임스 웨이드) 간행.

1973 수필집『백지의 유혹』(강남출판사) 간행.
1974 중편「겨울밤」을『문학사상』에,「낙엽」을『한국문학』에 발표.
1976 중편「여사록」을『현대문학』에, 단편「철학적 살인」과 중편「망명의 늪」을 『한국문학』에 발표. 창작집『철학적 살인』(한국문학)과『망명의 늪』(서음출판사) 간행.
1977 장편「낙엽」과 중편「망명의 늪」으로 한국문학작가상과 한국창작문학상 수상. 창작집『삐에로와 국화』(일신서적공사), 수필집『성 – 그 빛과 그늘』(상·하, 물결사) 간행.
1978 중편「계절은 그때 끝났다」와 단편「추풍사」를『한국문학』에 발표.「바람과 구름과 비」를『조선일보』에 연재. 창작집『낙엽』(태창문화사), 장편『망향』(경미문화사)과『허상과 장미』(범우사) 그리고『조선일보』에 연재했던 『미와 진실의 그림자』(대광출판사),『바람과 구름과 비』(전9권, 물결출판사) 간행. 수필집『사랑받는 이브의 초상』(문학예술사), 칼럼집『1979년』(세운문화사) 간행.『지리산』(세운문화사) 간행.
1979 장편「황백의 문」을『신동아』에 연재. 장편『여인의 백야』(상·하, 문음사),『배신의 강』(범우사),『허망과 진실』(상·하, 기린원) 간행. 수필집『사랑을 위한 독백』(회현사),『바람소리, 발소리, 목소리』(한진출판사) 간행. 장편『언제나 그 은하를』(백제) 간행.
1980 중편「세우지 않은 비명碑銘」과 단편「8월의 사상」을『한국문학』에 발표. 작품집『서울은 천국』(태창문화사), 소설『코스모스 시첩』(어문각),『행복어사전』(전6권, 문학사상사),『인과의 화원』(형성사) 간행.
1981 단편「피려다 만 꽃」을『소설문학』에, 중편「거년의 곡」을『월간조선』에, 중편「허망의 정열」을『한국문학』에 발표. 장편『풍설』(상·하, 문음사),『서울 버마재비』(상·하, 집현전),『당신의 성좌』(주우) 간행.
1982 단편「빈영출」을『현대문학』에 발표.「그해 5월」을『신동아』에 연재. 작품집『허망의 정열』(문예출판사), 장편『무지개 연구』(두레출판사),『미완의 극』(상·하, 소설문학사),『공산주의의 허상과 실상』(신기원사), 수필집『나 모두 용서하리라』(집현전), 소설『역성의 풍·화산의 월』(신기원사),『행복어사전』(전3권, 문학사상사),『현대를 살기 위한 사색』(정음사),『강변이야기』(국문) 간행.
1983 중편「그 테러리스트를 위한 만사」를『한국문학』에,「소설 이용구」와「우아한 집념」을『문학사상』에,「박사상회」를『현대문학』에 발표. 작품집『그

	테러리스트를 위한 만사』(홍성사), 고백록『자아와 세계의 만남』(기린원),『황백의 문』(전2권, 동아일보사) 간행.
1984	장편『비창』(문예출판사)으로 한국펜문학상 수상. 장편『그해 5월』(전5권, 기린원),『황혼』(기린원),『여로의 끝』(창작문예사) 간행.『주간조선』에 연재했던 역사기행『길 따라 발 따라』(전2권, 행림출판사),『당신의 뜻대로 하옵소서 - 소설 김대건』(대학문화사) 간행.
1985	장편「니르바나의 꽃」을『문학사상』에 연재. 장편『강물이 내 가슴을 쳐도』,『꽃의 이름을 물었더니』,『무지개 사냥』(전2권, 심지출판사), 수필집『생각을 가다듬고』(정암),『지리산』(전7권, 기린원),『지오콘다의 미소』(신기원사),『청사에 얽힌 홍사』(원음사),『악녀를 위하여』(창작예술사),『산하』(전4권, 동아일보사) 간행.
1986	「산무덤」을『한국문학』에,「어느 낙일」을『동서문학』에 발표.『사상의 빛과 그늘』(신기원사) 간행.
1987	장편『소설 일본제국』(전2권, 문학생활사),『운명의 덫』(상·하, 문예출판사),『니르바나의 꽃』(전2권, 행림출판사),『남과 여 - 에로스 문화사』(원음사),『남로당』(상·중·하, 청계),『소설 장자』(문학사상사),『박사상회』(이조출판사) 간행.
1988	『유성의 부』(전4권, 서당),『그들의 향연』(기린원) 간행. 역사소설「허균」을『사담』에,「그를 버린 여인」을『매일경제신문』에, 문화적 자서전「잃어버린 시간을 위한 메모」를『문학정신』에 연재.『행복한 이브의 초상』(원음사) 간행.
1989	장편『소설 허균』(서당),『포은 정몽주』(서당),『내일 없는 그날』(문이당) 간행.
1990	장편『그를 버린 여인』(상·중·하, 서당) 간행.『꽃이 된 여인의 그늘에서』(상·하, 서당),『그대를 위한 종소리』(상·하, 서당) 간행.
1991	인물평전『대통령들의 초상』(서당),『달빛 서울』(민족과 문학사) 간행.
1992	4월 3일 오후 4시 지병으로 타계.『세우지 않은 비명』(서당) 간행.

관부연락선 2

지은이 이병주
펴낸이 김언호

펴낸곳 (주)도서출판 한길사
등록 1976년 12월 24일 제74호
주소 10881 경기도 파주시 광인사길 37
홈페이지 www.hangilsa.co.kr
전자우편 hangilsa@hangilsa.co.kr
전화 031-955-2000~3 팩스 031-955-2005

부사장 박관순 **총괄이사** 김서영 **관리이사** 곽명호
영업이사 이경호 **경영이사** 김관영 **편집주간** 백은숙
편집 박희진 노유연 최현경 강성욱 이한민 김영길
관리 이주환 문주상 이희문 원선아 이진아 **마케팅** 정아린
디자인 창포 031-955-2097
인쇄 예림 **제책** 예림바인딩

제1판 제1쇄 2006년 4월 20일
제1판 제5쇄 2022년 8월 22일

값 14,500원
ISBN 978-89-356-5923-4 04810
ISBN 978-89-356-5921-0 (전30권)

• 잘못 만들어진 책은 구입하신 서점에서 바꿔드립니다.